Conoce nuestros productos en esta página, danos tu opinión y
descárgate gratis nuestro catálogo.

www.everest.es

Dirección editorial
Raquel López Varela
Coordinación editorial
Ana María García Alonso
Maquetación
Cristina A. Rejas Manzanera
Diseño original
Semadar Megged
Título original
Ripper
Traducción
Alberto Jiménez Rioja
Nuria Jiménez Rioja

© EDITORIAL EVEREST, S. A.
Carretera León-La Coruña, km 5 - LEÓN
ISBN: 978-84-441-4825-0
Depósito legal: LE. 1151-2012
Printed in Spain - Impreso en España
EDITORIAL EVERGRÁFICAS, S. L.
Carretera León-La Coruña, km 5
LEÓN (España)
Atención al cliente: 902 123 400

DESTRIPADOR

STEFAN PETRUCHA

Para Shelby, por mirar con su mirada.

1

23 de mayo de 1895

Biblioteca Lenox

—Voy a enseñarle un secreto.

La seguridad en sí mismo de aquel desconocido resultaba muy del agrado de Elizabeth B. Rowley, que frecuentaba a jóvenes medio calvos y con aspecto de morsa, más patosos que los monos del zoo de Central Park. Este era distinto, era... *lobuno*. Le había encantado su forma de apartarla del tedioso rebaño. Mientras los caballeros con pañuelos de seda y las damas con vestidos y sombreros aparatosos se apiñaban en el vestíbulo principal de alto techo, ellos dos estaban entre estanterías abarrotadas de libros que atesoraban quién sabía qué secretos.

—¿No nos echarán de menos? —preguntó ella—. No querría hacerles un feo.

El desconocido le dedicó una sonrisa.

—Tiene usted razón, no me deje llevarla por el mal camino. Seguro que la fiesta es mucho más interesante.

Más allá de las estanterías, Astors, Guggenheims, Rockefellers y otros miembros de familias de renombre hablaban de esto y de aquello. Del negocio de la cultura; del tiempo de mayo; del nuevo Comisionado de la Policía de Nueva York, un tal Theodore Roosevelt, como si fuese a cambiar algo en un cuerpo tan corrupto que apenas se diferenciaba de las bandas callejeras.

—¿Dónde está ese secreto suyo? Me gustaría pensar que cerca, ¿señor...?

—Nada más bajar las escaleras. Aunque habrá poca luz, me temo.

—En tal caso tendré que confiar en usted para que me guíe —dijo ella, deslizándole la mano por la parte interior del codo y sorprendiéndose al palpar la dureza de sus músculos. Encima era alto.

Él la alejó aún más de la aburrida multitud, adentrándola por pasillos llenos de estantes, hasta llegar a una vieja puerta que se bamboleaba con tristeza sobre sus goznes. Tras ella descendía una escalera empinada que, pese a recibir la luz de una bombilla desnuda, se perdía en las tinieblas.

El hombre bajó por delante. La joven siguió agarrada a su brazo hasta que llegaron a la negrura, donde él la abandonó a su suerte. Ella se las apañó para bajar sola los dos últimos peldaños. Al pie de la escalera presintió más que vio que se encontraban en una gran estancia con fuerte olor a libros.

—No hubo suficiente dinero para electrificar todo el edificio —dijo una voz incorpórea.

—Qué pena —contestó ella. Por fin distinguió la silueta del desconocido y no la perdió de vista mientras él giraba la válvula de un vetusto aplique de gas. Al tiempo que el fluido salía con un suave siseo, el hombre rebuscaba en sus bolsillos.

—No para mí. Siempre he aborrecido las bombillas del señor Edison: demasiado crudas —dijo extrayendo un fósforo. Al rascarlo contra la pared enlucida, creó una chispa, zarcillos de humo y por fin una flor pequeña y cálida. Cuando la acercó al aplique, una llama dorada titiló en la boquilla—. Esto es mucho más agradable.

La luz reveló filas de estanterías como tumbas que parecían extenderse hasta el infinito; cuando bailó, las sombras oscilaron.

—Además, aviva la oscuridad, como un latido.

Antes de que a la joven se le ocurriera una respuesta ingeniosa, él la condujo por el pasillo central, donde se detuvo tras haber recorrido un cuarto de la distancia que los separaba del fondo y pasó el dedo índice por los desgastados lomos de unos libros. La joven, preocupada por no haber hablado desde hacía un buen rato, se estrujaba los sesos en busca de algún comentario interesante. Por fin preguntó:

—¿Trabaja usted en el mundo editorial? ¿Escribe?

—¿Yo? No, no. He escrito unas cuantas... cartas, nada más —respondió él, y sacó un libro grueso de un estante.

Al acercarse para verlo, ella percibió el calor que desprendía su gabán.

—¿Es ese su secreto? ¿No me lo va a presentar? —preguntó risueña.

—¡Tonto de mí! Elizabeth Rowley, le presento a *Los crímenes de Jack el Destripador*, publicado en 1891.

Ella contuvo una risita histérica.

—¡Oh, vaya! ¡Una novelucha morbosa! ¿No es esa del asesino de Whitechapel que hizo una carnicería con unas pobres mujeres en Londres hará unos siete años?

—Pobres en más de un sentido —precisó él, hojeando las páginas—. Vivían en las peores circunstancias, gorreando apenas lo necesario para comer. Jamás tocó a una mujer sana.

—Claro que no. No se hubiera atrevido.

Él se volvió para mirarla.

—No lo atraparon, así que es difícil saber *a qué* se hubiera atrevido, ¿no le parece?

—¿Y por qué le interesa tanto ese asesino horrendo?

—En realidad, mi interés se centra en este libro en particular. Es muy chapucero, está plagado de errores sobre los hechos acaecidos y en el aspecto gramatical haría sonrojarse a un escolar. Esa es la razón de que haya tan pocos ejemplares. Goza, sin embargo, del honor de ser el único libro sobre Jack el Descarado con... esto.

Lo sostuvo en su dirección, abierto por una lámina. Incluso a la luz distante del aplique se distinguía lo rudimentario de la escritura.

25 de septiembre de 1888

Querido Jefe:

No hacen más que dicir que la policía me tié pillao y de eso na. Qué risa me da cuando van de listos y presumen de andar tras la pista. Con esa guasa del Mandil de Cuero es que me parto. Odio a las putas y las pienso seguir destripando hasta que reviente. Gran trabajo el último. Ni tiempo de chillar tuvo la dama. A ver si me pillan, a ver. Me gusta mi oficio y estoy deseando entrar en faena. Pronto sabrá de mí y de mis jueguitos. Hasta recogí un poco de la cosa roja propiamente dicha de mi último trabajo en una botella de cerveza pa escribile la presente, pero se puso tan gorda que no he podio usarla. La tinta roja pega, digo yo, ja, ja. A la siguiente le cortaré las orejas pa mandárselas a los polis pa que se partan. Guarde la presente hasta que yo trabaje algo más, después suéltela. Mi cuchillo es tan bonito y tan afilao que quiero empezar lo antes posible. Buena suerte.

Atentamente

Jack el Destripador

—Había leído algo sobre esa carta, pero no la había visto —dijo ella.

Él retiró el libro.

—Pocos de aquí la han visto. Esta es la única copia que puede conseguirse en Nueva York sin recurrir a Scotland Yard en Londres.

Con un gesto brusco, el hombre arrancó la página y se la guardó en el bolsillo.

—Ahora... ya no hay ninguna.

Ella abrió mucho los ojos. La destrucción era un atrevimiento, pero sus razones tendría. Mientras él dejaba el libro en su sitio, la joven trató de encontrar alguna:

—¿Es usted un representante de la ley, señor...?

—Depende de a qué ley se refiera usted. Yo sigo la mía propia.

Un destello le hizo girar la cabeza hacia un costado del hombre. Su mano sujetaba un cuchillo largo y afilado, oro y plata a la luz de gas. Elizabeth B. Rowley levantó la vista al tiempo que la mano derecha de él se alzaba para apretarle la garganta. Cualquier palabra que pudiera haber dicho, cualquier protesta que pudiera haber formulado quedó silenciada por aquella mano.

El desconocido levantó a la joven poco a poco, con una fuerza atroz, hasta que sus talones primero y las puntas de sus pies después dejaron de tocar el entarimado.

—Por favor, no perdamos el tiempo en formalidades —dijo él—, llámame Jack.

2

Estaba rodeado de sonidos perturbadores, pero se esforzó por reprimir el temblor de sus manos. Carver Young tenía que concentrarse. Tenía que hacerlo. Podía hacerlo. No era ningún crío con miedo a la oscuridad. Si acaso, era un *amante* de la oscuridad, pero los crujidos del ático desataban su imaginación. Viejas hojas de periódico flotaban como pájaros vacilantes, ropajes mohosos hacían frufrú como si estuvieran habitados por espíritus y, por si fuera poco, la cuchilla de carnicero clavada en el techo justo sobre su cabeza empezó a oscilar.

Era demasiado. Carver retrocedió entre los crujidos de las tablas del suelo.

«¡No! Como me oigan…».

Maldiciéndose entre dientes y andando de puntillas se colocó de nuevo bajo la hoja. No se iba a caer. Llevaba años en el mismo sitio. ¿Por qué se iba a caer en aquel preciso momento? Respiró hondo y examinó otra vez la cerradura. El ojo era pequeño, y los pernos que impedían el giro del cilindro, difíciles de alcanzar. Por supuesto, aquella era la primera cerradura del orfanato Ellis que se le resistía.

13

No era su primer delito, pero sí el único que podía cambiarle la vida. Allanar la cocina o arramblar con algún que otro suministro escolar era perdonable, ya que podía incluirse en lo que la señorita Petty, directora del orfanato, denominaba «indiscreción juvenil», pero esto lo llevaría de cabeza a la cárcel.

¡Finn y su banda se iban a partir de risa! Carver el Enclenque metido en las Tumbas, encerrado con asesinos y rateros, mientras Finn, el verdadero ladrón, seguía libre. ¿Pero no harían lo mismo Sherlock Holmes o Nick Neverseen? ¿Amoldar la ley a su gusto para encontrar la verdad?

La cuchilla crujió otra vez, como ansiosa por castigar a alguien. Hasta que Carver no la había visto con sus propios ojos creyó que era un cuento chino que los críos utilizaban para asustarse. La leyenda decía que Curly, el cocinero, había pillado a un muchacho sin nombre robando galletas y que, borracho como una cuba y loco como una cabra, había agarrado una cuchilla de carnicero y perseguido al chaval hasta el ático. Allí, cuando alzaba la cuchilla para asestar el golpe final, el pobre diablo se hincó de rodillas gimoteando y el cocinero se ablandó y lanzó el arma contra el techo.

Quizá la dejaron allí como advertencia, al modo de la calavera y las tibias cruzadas de un tesoro pirata. Aunque, en realidad, se parecía más a esa vieja leyenda griega de la Espada de Damocles. ¿Que cómo era? Pues Damocles envidiaba a un rey, así que el rey le sugirió que intercambiaran sus papeles. El «rey» Damocles se quedó encantado hasta que vio sobre su cabeza una espada pendiente de un hilo. Y entendió el mensaje: el precio del poder era el miedo.

¿Por eso le temblaban tanto las manos a Carver?

Tras esa puerta cerrada se encontraban los archivos confidenciales de todos los huérfanos del Ellis, los que se habían ido y los que, como él, llevaban allí más de una década. Carver no sabía nada de sus padres, ni sus nombres, ni qué aspecto tenían, ni dónde vivían, ni siquiera si estaban vivos o no. Young, su apellido, había sido un invento de la señorita Petty, porque a él lo dejaron allí siendo casi un bebé. No mucho después empezó a trastear con las cerraduras y a pensar en subir allí arriba y descubrir si había algo que la señorita Petty no le había dicho (siempre se resistía a hablarle de su pasado). La directora iba a estar fuera todo el día, así que ese era el momento adecuado para cumplir su misión.

O eso creía él. Tras una hora de intentos, la cerradura seguía sin rendirse a su colección de clavos doblados. O eran muy gruesos o no tenían la forma adecuada, y allí no disponía de nada para doblarlos por otro sitio.

Se apartó de la puerta y miró en torno por si encontraba alguna otra herramienta. La larga y ancha estancia, cementerio de recuerdos, estaba repleta de cajas amontonadas al buen tuntún, colgadores con ropa y baúles. Una chispa de color llamó su atención en la penumbra. Entre unos viejos y masticados cuadernos de caligrafía descansaba lo que en tiempos fue su juguete favorito: un viejo *cowboy* montado en su caballo de cuerda.

Había venido de Europa, procedente de una persona rica que lo había donado porque estaba viejo y roto.

La señorita Petty se quedó encantada cuando Carver, que entonces contaba cinco años, se puso manos a la obra y lo arregló sin la menor ayuda. Él también le puso el nombre: *Cowboy Man*. Ahora, a los catorce años, volvió a admirar el jinete de hojalata. La llave giraba libremente. Se había vuelto a estropear, pero quizá pudiera ayudarlo por última vez.

Con su clavo más grueso, hizo palanca para quitar un costado del caballo. Aunque daba la impresión de que hubieran derramado leche en su interior hacía muchos años, las piezas seguían intactas. Habría podido hasta arreglarlo, pero no necesitaba un juguete. Arrancó el alambre que movía las patas del animal. Aun siendo suficientemente fino, estaba muy oxidado y era posible que se rompiera. No obstante, valía la pena probar.

Lo dobló cuidadosamente y, una vez que su forma le satisfizo, lo metió por el ojo de la cerradura y lo movió con calma. Algo hizo clic. El cilindro giró y la puerta osciló hacia dentro. ¡Conseguido!

Después de lanzar una risita triunfal a la cuchilla del techo, se metió en un cuarto lleno de archivadores grises. Estaba demasiado oscuro para leer las etiquetas, pero supuso que el cajón de abajo a la derecha contendría las letras X-Y-Z. Al abrirlo, el metal chirrió con fuerza. Carver no entendía la ilegalidad del asunto, al fin y al cabo el único expediente que pensaba mirar era el suyo.

Los sacó todos y se dirigió hacia la luz tenue que se colaba por un ventanuco. Mientras hojeaba el extraño montón, una corriente de aire arrancó un trozo de papel de la última carpeta. Por miedo a tirar los expedientes si se agachaba a recogerlo, lo pisó y siguió mirándolos.

No había equis, pero sí unas cuantas uves dobles: Welles, Winfrey, Winters y allí al fondo, *Young, Carver.* Su expediente. Sin nada.

Vacío salvo por una tarjeta de ingreso como las que había visto en el despacho de la directora, donde se indicaba el nombre del huérfano y las pertenencias que traía consigo. Los espacios para los nombres de los padres estaban en blanco. Ni siquiera mencionaban a la mujer que, según la señorita Petty, lo había llevado al orfanato.

Solo vio una anotación, con la letra pulcra de la directora, de 1889. Hablaba de una carta procedente de Inglaterra. ¿De sus padres? No lo decía.

Carver se miró el pie; el papel doblado seguía debajo. Dejó los archivos en el suelo y recogió el pequeño e imperfecto rectángulo. Era una carta. De papel grueso. La pluma la había manchado de tinta en varios lugares. Estaba escrita con mala letra, garrapatos casi.

18 de julio de 1889

No pienso dejarlo pero tengo que parar un poco, Jefe. Pero aquí no se acaba. Ni he reventao ni mi filoso cuchillo quié dejar su vistoso trabajo. Aunque esta vez la sangre es mía y aun sale. Creí que ella había muerto demasiao aprisa pa nuestro retoño pero no. Ahora contará ocho años y dicen que ha sacao mi oreja en el hombro... me vendrá bien pa encontralo. Le gustará mi trabajo, apuesto a que sí, en cuanto le enseñe a jugar mis juegos. Pero eso tendrá que esperar. Procure no echarme en falta.

Atentamente

La leyó una y otra vez, soslayando las faltas de ortografía. A la cuarta, las piezas empezaron a encajar.

Creí que ella había muerto demasiado deprisa para nuestro retoño, pero no. Ahora contará ocho años.

Ha sacado mi oreja en el hombro...

El remitente creía que su hijo había muerto en el parto, junto a la madre. Carver tenía ocho años en 1889 y, en el hombro, una marca de nacimiento con forma de oreja. ¡El remitente era su padre!

Su padre había tratado de encontrarlo... ¿Y si seguía vivo? ¿Y si seguía por ahí fuera buscándolo?

3

Tras robar unas manzanas de la despensa, Carver se sentó en su muy pequeña cama del dormitorio de los chicos. Antes de la hora de acostarse la solitaria estancia estaba desierta, ya que los demás trabajaban o jugaban, haciendo de ella el lugar perfecto para disfrutar de su premio.

Estaba tan enfrascado en el estudio de la carta que casi no advirtió que la señorita Petty había aparecido en el umbral de la puerta. Apenas tuvo tiempo de guardarse la carta en el bolsillo antes de que ella curvara el dedo índice en su dirección y ordenara hoscamente:

—¡Ven conmigo!

¿Ya lo había descubierto? ¿Tan pronto? ¡Si había sido muy cuidadoso!

Siguió en silencio a la matriarca por las escaleras hasta llegar al estrecho vestíbulo que separaba el comedor de la cocina, donde se encontraba su despacho. Siempre había sido una mujer muy tiesa, pero no como en ese momento. Seguro que estaba furiosa. Era eso, fijo, esta vez había ido demasiado lejos.

Carver estaba a punto de disculparse, de explicarse, cuando vio que en el despacho de la directora había gente. Finn Walker y Delia Stephens ocupaban el banco de tamaño infantil y parecían terriblemente incómodos.

Al ver a Carver, Finn entrecerró los ojos y gruñó con su voz casi grave:

—Si este ha dicho que he hecho algo, ha vuelto a mentir.

Pese a lo grandullón que era, a la señorita Petty le bastaba una simple mirada para silenciarlo.

Finn se metía en líos cada dos por tres, más que Carver, pero ¿qué hacía Delia allí? La chica de cabellos negros y cara redonda llevaba en el Ellis casi tanto como Finn y como Carver, pero su comportamiento había sido siempre impecable. Su vestido de algodón era demasiado fino para el tiempo que hacía, pero ella estaba sonrojada y sudorosa, como si la hubieran sacado de la lavandería en plena faena.

¿Qué pasaba allí?

—Siéntate —dijo la señorita Petty.

Para mantenerse lo más lejos posible de Finn, Carver se apretujó entre Delia y la pared.

Tras cerrar la puerta, la directora se colocó frente a ellos y, en vez de propinarles una azotaina verbal, carraspeó y dijo con voz trémula:

—Han vendido este edificio. Nos ha adquirido una institución más grande, situada al norte, con un campo de deportes y un gimnasio. El dinero sobrante servirá para que nos financiemos durante muchos años.

Finn soltó exactamente lo que Carver estaba pensando:

—¡Yo no quiero irme de la ciudad!

—Calla —dijo Delia—, ¿no ves que no ha acabado? Hay algo más.

Un temblor recorrió el labio superior de la directora, pero ella lo borró con la mano, como una cifra mal escrita en la pizarra.

—El Consejo también ha decidido que ya no podemos seguir albergando a residentes mayores de trece años. He solicitado por última vez que se permitiera quedarse a nuestros internos más antiguos, a ti, Delia, y a tus dos compañeros aquí presentes, pero mi petición ha sido denegada sumariamente. Mucho me temo que tendremos que hacer otros arreglos.

Al ver la perplejidad reflejada en sus caras, la señorita Petty se levantó, se acercó a ellos, y con un ademán extrañamente afectuoso, ahuecó la mano para sostener el mentón de Delia, a quien dijo:

—Me gustaría ofrecerte un puesto en nuestra nueva cocina, pero creo que en tu caso no hará falta.

Para ellos reservaba una expresión más severa.

—Respecto a los chicos, sigo lamentando no haber podido ser un padre al mismo tiempo que una madre. Creo que para ambos es necesario uno con urgencia. No obstante, yo recomendaría encarecidamente que, para no acabar en la calle, se olvidaran cuanto antes de las trastadas y procuraran causar la mejor impresión posible en el Día de los Padres Potenciales que se celebra la semana próxima.

—Pero… —dijeron Carver y Finn al unísono.

—No prometo nada —cortó ella—, pero si hacen lo correcto, puede haber sorpresas. Dado que su padre fue un buen amigo del Ellis, el nuevo Comisionado de la Policía me ha prometido asistir para dar publicidad al evento. Si hay alguna posibilidad de no convertirse en pillos de la calle, está en esa reunión.

Finn seguía atónito, pero Carver se emocionaba por momentos.

—¿Roosevelt? —preguntó—. ¡Está investigando el asesinato de la biblioteca! Dicen que el cadáver estaba...

La señorita Petty cerró los ojos.

—Señor Young, por favor. Me complace sobremanera que lea usted, pero si ampliara un poco sus horizontes, encontraría temas de conversación menos desagradables.

—Lo siento.

Ella hizo una mueca.

—No lo dudo. Es hora de irse. A mí me resta concretar ciertos detalles y ustedes tienen mucho en qué pensar.

Pero al salir, en lo único que pensaba Carver era en que iba a conocer a un detective de carne y hueso que podía ayudarlo a encontrar a su padre.

Recorrieron juntos el pasillo: Delia y Finn abatidos, Carver entusiasmado.

—Se rumorea que la abrió en canal —anunció el último alegremente.

Delia puso los ojos en blanco y replicó:

—Leo los periódicos.

—Todos los demás estaban bailando y charlando, y ella no hacía más que gritar en el piso de abajo y los otros ni se enteraron.

De repente, Finn empujó a Carver contra la pared, le aplastó el estrecho tórax con su grueso antebrazo derecho y le acercó mucho la cara para ordenar:

—¡Cállate!

Harto de años de matonismo, Carver se negó a encogerse.

—¿Y si no qué? ¿Me vas a pegar delante del despacho de la directora? Ni siquiera tú eres tan imbécil.

—No creas que he olvidado lo que me hiciste —repuso Finn sin soltarlo.

—Me sorprendes, Finn, de verdad. Vamos, que no dejará nunca de sorprenderme que sepas *hablar*.

Finn lo empujó con más fuerza, sacándole el aire de los pulmones.

—¡Yo no robé ese guardapelo! —protestó Carver.
Delia los miraba con cara de asco.

—Déjalo en paz, Phineas. ¿No tenemos ya bastantes problemas?

El matón gruñó pero bajó el brazo. A Carver le dolían las costillas. Aunque la cara estuvo a punto de crispársele de dolor, se obligó a permanecer inexpresivo. Al fin y al cabo, la razón estaba de su parte.

Una semana antes, la interna de diez años llamada Madeline había denunciado el robo de su guardapelo, único recuerdo que le quedaba de su madre muerta. La directora anunció que si a la mañana siguiente lo encontraba sobre su escritorio, no haría ninguna pregunta. Pero eso no fue suficiente para Carver. Él se escondió en el cuarto de al lado y esperó… hasta que Finn, con poco más que cierto aspecto culpable, hizo acto de presencia y dejó el colgante sobre la mesa.

Ya era bastante malo que Finn y su banda se hubieran hecho con el control del orfanato y que su buena pinta le ayudara a irse siempre de rositas, ¿encima le robaba el guardapelo a una pobre niña por una birria de oro? Carver estaba harto. Más que harto. Volvió a llevar a escondidas la joyita al dormitorio de los chicos, esperó a los sonoros ronquidos indicativos de que Finn dormía profundamente y la dejó sobre su tórax.

Por la mañana, Tommy, uno de los más pequeños, los despertó a todos al gritar:

—¡Finn tiene el guardapelo!

Los demás rodearon soñolientos a un Finn de ojos enormes y clavados en la cadena que colgaba de su dedo índice. Fue un instante memorable, pero Carver lo estropeó todo al sonreír de oreja a oreja. Cuando Finn se dio cuenta, se figuró enseguida que el Enclenque tenía algo que ver.

Y fue a por él, como una locomotora de vapor, echando la cama hacia atrás medio metro al levantarse. Sin embargo, la señorita Petty se presentó antes de que el torpe gigantón lograra alcanzarle y sacó a aquel del dormitorio arrastrándolo de una oreja, la cara más roja que su pelo. El inspector Young había resuelto su primer delito y facilitado, en consecuencia, la imposición de una pena justa.

Pero allí no se impuso pena alguna. Pasara lo que pasase detrás de la puerta cerrada del despacho de la directora, Finn no se llevó la peor parte. Carver aún se preguntaba qué había sucedido y por qué razón seguía Finn empeñado en vengarse. Todo había sido muy confuso. Hasta en ese momento en que el gigantón se alejaba de ellos a zancadas, Delia, en vez de darle las gracias, miraba a Carver con desaprobación.

Este se sonrojó y se defendió como pudo:

—Quien robó el guardapelo de Madeline fue él, ¡yo le vi tratando de devolverlo!

—Phineas no es ningún ladrón —replicó ella entrecerrando los ojos.

—Pero es *todo lo demás*, ¡lleva *años* siéndolo!

—Pero no es un ladrón —repitió Delia con calma—, no es propio de él, a diferencia de otros a los que nunca les faltan manzanas.

Carver se puso rígido.

—Ah, ya entiendo, estás coladita por él, como todas las demás chicas.

A ella se le crispó la cara.

—Que crea que no es un maleante no significa que vaya a casarme con él. Es que, aunque fuera culpable, don Gran Detective, ¿no se te ocurrió nada mejor que delatarlo? ¡Podría haberte hecho picadillo! —Delia suspiró—. Supongo que pensaste que estabas cumpliendo con tu deber. La señorita Petty dice que si un burro vuela, la pregunta no es cuánto sube, sino cómo es posible que vuele.

Carver se sintió de pronto insignificante.

—¿Crees que soy un burro?

—No, pero eres distinto. Que te enfrentes a Finn lo demuestra —contestó la chica. Luego lo examinó, como si tratara de calarle, y acabó por señalar sus abultados bolsillos—. Mal escondite para manzanas. ¿Me das una?

Carver gruñó pero sacó una para cada uno. Delia dio un mordisco y añadió:

—Más te valdría no birlar más cosas antes del Día de los Padres Potenciales.

Él se encogió de hombros.

—Para mí será una pérdida de tiempo. Tengo catorce años, soy demasiado mayor para ser un niño y demasiado… *enclenque* para ser un buen aprendiz.

Delia no le contradijo.

—Según la señorita Petty, a mí no me adoptan porque soy demasiado lista. Los hombres no quieren que nadie les meta ideas raras en la cabeza a sus mujeres. Por eso tampoco me ha propuesto nunca para los trenes de huérfanos, y de eso me alegro: creo que si tuviera que trabajar en una granja me volvería loca.

—Pues yo era demasiado *enclenque* para el Medio Oeste —dijo Carver, repitiendo la palabra aposta para ver si ella decía algo en contra—. Y pienso como tú: prefiero esto. Edificios grandes, puentes largos... ¿qué más se puede pedir?

Delia asintió.

—Por eso he tomado cartas en el asunto, jeje, y me he estado carteando con Jerrik y Anne Ribe. Los dos trabajan en el *New York Times*, él como reportero y ella en la sección de pasatiempos. Vendrán el Día de los Padres.

Carver soltó un fuerte silbido.

—¿El *New York Times*? Eso es casi tan bueno como el *Herald*, ¿no? Me alegro por ti, Delia, de verdad.

—Ha habido mujeres periodistas —respondió Delia dedicándole una sonrisa irónica—, pero ellos dicen que a lo máximo que puedo aspirar es a algún rollo como el *Diario del ama de casa*.

—Estarían locos si no te dieran una oportunidad. Y sería genial, ¿no? Seguir de cerca los asesinatos, desenmascarar los delitos...

—Algo así —dijo ella lanzándole una mirada traviesa—. La verdad es que he estado practicando contigo. ¿Qué has encontrado esta mañana en el ático? —preguntó y dio otro mordisco a la manzana.

5

—¿Qué? —dijo Carver—. ¿Cómo…?

—Ha sido fácil. Estaba repartiendo la ropa limpia y no hacía más que oír crujidos. Al principio creí que eras una rata, pero luego me picó la curiosidad, fui a mirar y te vi trasteando con la cerradura esa. Estabas tan concentrado que no hubieras visto ni a un elefante. Tendrás que admitir que tu sentido de la ley y el orden es bastante estrambótico, entregas a Finn pero tú te saltas las reglas a la torera.

Carver se puso rígido y soltó:

—Tú al menos sabes dónde está tu madre; hasta la ves una vez al mes. Lo único que pasa es que no tiene dinero para mantenerte. A mí me abandonaron en la puerta del orfanato en un cesto de mimbre, como a un personaje de cuento. Me encantan las historias de misterio, pero el mayor misterio que conozco soy yo mismo. ¿Está mal que quiera averiguar algo de mis padres?

—No —contestó Delia con más dulzura—, pero no creo que la señorita Petty te haya ocultado nada.

—Pues te equivocas —contestó Carver sin pensar.

—¿De veras? ¿Y qué has averiguado? —preguntó Delia y, al verlo dudar, le dio un puñetazo en el hombro—. No voy a decírselo a nadie, Carver. Nos conocemos de toda la vida. ¿Me lo enseñas?

Carver se moría por compartir su secreto con alguien. ¿Por qué no con Delia?

—Vale, pero aquí no.

La agarró por el codo y la condujo a un aula vacía del segundo piso. Ya era de noche y la única luz provenía de una farola de la calle. Como de costumbre, la oscuridad lo reconfortó. También hacía más fresco. Le preocupó que Delia tuviera frío, pero vio que ella sonreía complacida al recibir en el sudoroso rostro el aire que se colaba por una raja del cristal de la ventana.

Carver había empezado a pensar en lo guapa que se había puesto cuando Delia lo miró con dureza y espetó:

—¿Y bien?

El chico exhaló un gran suspiro y sacó la carta.

—¿De tus padres? —preguntó, asombrada, Delia—. ¿Están vivos? ¿Por qué no te lo dijo la señorita Petty?

—Léela y lo sabrás todo —contestó Carver haciéndole señas para que se acercara.

Ambos estudiaron solemnemente la carta. Carver, que ya se la sabía de memoria, trató de ver más allá de las palabras para sentir la presencia de su padre, del hombre que sostenía la pluma, que pensaba los pensamientos. El esfuerzo lo puso nervioso, aunque no entendiera por qué.

—Ha puesto «filosa» en vez de «afilada» —dijo señalando la palabra.

—Eso suena a londinense —comentó Delia. Cuando acabó de leer, su ceño estaba tan fruncido como un mar encrespado—. Tiene muchas faltas y parece escrita por... por un loco.

Carver se puso a la defensiva.

—Puede que no tenga mucho sentido a propósito, que sea como una pista. Habla de una oreja en el hombro, ¿verdad? Pues esa es mi marca de nacimiento.

—¿Dónde?

Ansioso por demostrar que llevaba razón, Carver se bajó la camisa para enseñarle la espalda desnuda.

—No estás tan enclenque, que conste. Has echado un poco de músculo y todo.

Carver hizo lo posible por no sonrojarse.

—¿La ves? En el hombro derecho.

Delia se acercó.

—¿Cuánto hace que no te bañas? Yo no veo más que roña.

Carver sintió sus dedos sobre la piel y fue una sensación muy placentera hasta que la chica empezó a frotar a lo bruto.

—¡Que no sale! ¡Que es una marca de nacimiento! —protestó.

—Perdón. Es verdad que parece una oreja. Carver... la carta es de tu padre...

—¿Y qué hago con ella? —Carver volvió a ponerse la camisa—. A la señorita Petty no puedo decírselo.

—Yo podría buscar alguna especie de ayuda oficial —dijo Delia—, alguien que tenga acceso a los registros, como...

—¡Roosevelt! —exclamó Carver muy animado—. ¿Si tú puedes escribir al Times, por qué no voy a escribir yo a Roosevelt?

—Yo estaba pensando en un funcionario o un bibliotecario —dijo Delia con cara de preocupación—. ¿Al Comisionado de la Policía? Eso es como si le escribieras a Sherlock Holmes.

Pero Carver no la escuchaba.

—Ha sido cazador y *cowboy* y *sheriff*. Seguro que me ayuda, si alguien nos presentara... y yo le causara buena impresión... lo mismo hasta me daba un trabajo, como tú con lo del Times, ¿no crees?

Antes de contestar, Delia lo miró boquiabierta un momento. Por fin dijo:

—Es que estará muy ocupado, ¿sabes?, acabando con la corrupción de la ciudad y todo eso, y tratando de resolver ese asesinato...

—Yo digo que no se pierde nada por probar, ¿y tú?

—Bueno —respondió Delia lentamente—, por probar...

Esa noche Carver no pegó ojo. A la luz de un viejo farol de mano, se dedicó a trabajar con denuedo en la carta para Roosevelt, releyéndola una y otra vez hasta que salió el sol. La envió esa misma mañana y esa misma tarde miró si había respuesta.

Pero los días pasaron sin novedad alguna. Al cabo de una semana empezó a temerse que Delia estuviera en lo cierto… como escribir a Sherlock Holmes. Para cuando llegó el Día de los Padres Potenciales, estaba convencido de que Roosevelt era un farsante, un estirado con mucho blablablá y poco dedicarse a lo que de verdad importaba.

En vez de intentar presentarse, Carver se quedó en un rincón estirándose su muy pequeña camisa y sintiéndose muy desgraciado. Encima de que el cuello le ahogaba, los pantalones le picaban de mala manera, como si estuvieran forrados de ortigas. Y lo que era peor, la chaqueta no le cerraba lo suficiente para tapar las viejas manchas de comida de la camisa.

Al reparar en su enfurruñamiento, la señorita Petty dijo:

—Ánimo, señor Young. ¿Quién sabe? Quizá el destino le tenga reservada una sorpresa. Al fin y al cabo, nada es eterno.

En eso tenía razón. Por fin caía en la cuenta de que su infancia, por infeliz que hubiese sido, empezaba a desvanecerse. Desde tiempos inmemoriales, el comedor había estado separado del vestíbulo principal por un tabique de madera decorado con los personajes de Mamá Oca. En ese momento había desaparecido, dejando un gran espacio abierto que ocupaba la cuarta parte de la planta baja.

Las estropeadas mesas de madera de los niños habían sido reemplazadas por versiones plegables de tamaño adulto y estaban pulcramente cubiertas con manteles. Las habituales ventanas desnudas habían sido revestidas con cortinajes de color burdeos. Había luz por todas partes, demasiada, tanta que Carver no tenía dónde esconderse de los desconocidos.

Cuando Delia se acercó a su solitario rincón, Carver se temió que fuera para volver a criticarlo.

Pero ella solo estaba alegre:

—Uy, qué cara tenemos —le dijo con tono juguetón.

¿Es que Delia no entendía nada de nada? Carver señaló a los huérfanos con la cabeza. Pululaban entre una gente tan peripuesta que parecía fabricada para dar paseos por la Quinta Avenida tras las misas dominicales.

—Es como si estuviéramos haciendo una... una... ¿cómo se dice cuando una tienda se quema y hay que vender las existencias a precio de ganga?

—¿Liquidación por fuego? —sugirió Delia.

—¡Todos a la calle! —dijo Carver arrastrando la mano por el aire para reproducir el anuncio invisible. Delia no hizo caso y le tiró del apretado cuello.

—Si quieres te lo ensancho. La señorita Petty dice que los chicos me han quedado bien, aunque tú opines que solo los he estado preparando para una especie de mercado de esclavos.

Era verdad. Delia había hecho maravillas para adecentar a los residentes, parcheando por aquí, remendando por allá…

—¿Y qué me dices de mí? —añadió girando sobre sí misma para enseñarle el vestido—. ¿Doy el pego?

Sí. Al pronto, Carver había pensado que era una de las visitantes. El vestido, de un tono algo más claro que azul eléctrico, le hacía juego con los ojos y parecía nuevo.

—Supongo —masculló.

Delia le tiró del brazo.

—Venga, como te quedes aquí solo, no vas a conocer a nadie.

Carver meneó la cabeza.

—Aquí nadie ha venido por los huérfanos, han venido para babear por Roosevelt.

En la mesa de las bebidas, una pequeña multitud se había reunido en torno a un hombre fornido que gastaba bigote poblado y quevedos. Sus dientes eran grandes y blancos, sus ojos pequeños y penetrantes, su áspera voz llegaba a todos los rincones de la estancia:

—Tengo en mis manos el más importante y más corrupto de los cuerpos —decía Theodore Roosevelt—. Soy muy consciente de la ardua tarea que me espera…

—Un charlatán de feria, eso es lo que es —refunfuñó Carver.

Delia chasqueó la lengua.

—¿Hasta cuándo vas a estar enfadado porque no dejó todos sus casos de asesinato para leer tu carta? ¿Te gustan los detectives? Pues los detectives trabajan para él. Deberías saludarlo.

Carver se derrumbó de nuevo contra el rincón.

—No te entretengas por mí.

Delia carraspeó y dijo:

—Tengo noticias y ya es definitivo, Jerrik y Anne Ribe piensan adoptarme. Bueno, en realidad, no solo eso: la señora Ribe quiere que la llame Anne. En cualquier caso, seré más como su empleada y su ayudante. ¡El *New York Times*! ¿Te lo imaginas? Mira, allí están.

Delia señaló una pareja joven en la multitud que rodeaba a Roosevelt. Iban bien vestidos, pero no tan peripuestos como los otros. El hombre, delgado, de anteojos y cabello rubio y corto, llevaba un bloc en la mano y hacía todo lo posible para atraer la atención del Comisionado, sobre todo balancearse a izquierda y derecha a la manera de un hurón. La mujer, con el cabello rubio recogido en un pulcro moño, se llevaba continuamente la mano a la boca, quizá para no reírse de las cabriolas de su marido. A Carver le cayeron bien desde el principio.

—Es fantástico, Delia —dijo obligándose a sonreír.

—¿Reconoces entonces que a veces pasan cosas buenas?

—¡A ti! —replicó Carver—. A mí me tocará vender los periódicos que tú escribas. Yo voy para pillo de la calle.

—¡Deja ya de gimotear! —Delia señaló de nuevo a Roosevelt—. El señor Ribe dice que todos los reporteros de sucesos tienen despachos enfrente de la jefatura de policía, en la calle Mulberry. Siempre que pasa algo interesante, el Comisionado Roosevelt se asoma a la ventana y les lanza su grito de *cowboy*: «¡Yipi, yipi, hey!».

—¿Y? —dijo Carver encogiéndose de hombros.

—¿Y? —remedó Delia dándole un manotazo—. ¿Pero cómo puedes estar enfadado con un tipo que se asoma a la ventana y grita «yipi, yipi, hey»? Vete a hablar con él.

—¿Y qué le digo?

—¿No se te ha ocurrido que puede ser la sorpresa de la que hablaba la señorita Petty?

—¿En serio? —preguntó Carver frunciendo el ceño.

—Siento no haberte animado cuando hablaste de escribirle. En cierto modo yo tenía razón, pero también estaba equivocada. Lo que quiero decir es que… aunque él no sea tu sorpresa, deberías hacer lo posible para que lo fuera. A veces uno debe labrarse su propia suerte.

Dicho esto, Delia dio media vuelta y se alejó.

¿Sería posible que el Comisionado Roosevelt quisiera conocerlo? ¿Iba a atreverse a albergar de nuevo esperanzas? Carver abandonó la seguridad de su rincón y fue avanzando poco a poco sin apartarse de la pared. ¿Pero qué le decía? ¿Y cómo? Cuando llegó justo detrás de la ponchera, Jerrik Ribe conseguía por fin formular su pregunta:

—¿Qué puede decirnos sobre el asesinato de Elizabeth Rowley? Se rumorea que el cuerpo estaba...

—¡Vamos, vamos! —respondió Roosevelt. Fue una frase dicha con gentileza, pero pronunciada con tal autoridad que sonó más bien como: «¡A callar!»—. ¡No es tema para niños! —añadió ofreciendo a los huérfanos sentados a sus pies una sonrisa de oreja que reveló el considerable hueco entre sus incisivos superiores.

De repente, el hombre frunció el ceño y se volvió para mirar a Carver, quizá porque su instinto de cazador le decía que lo estaban espiando. Por un instante los ojos de ambos se trabaron.

Carver sintió que aquel hombre emitía algo poderoso. Roosevelt giró la cabeza con expresión intrigada y volvió a dirigir su atención al periodista.

—Lo único que puedo decirle es esto: en los cinco primeros meses de 1895 hemos investigado al menos ochenta asesinatos, y le aseguro que en todos y cada uno de ellos ¡nos aplicamos a fondo!

—He oído que...

Roosevelt lo interrumpió de nuevo:

—Me he enfrentado a rinocerontes, a leones, incluso al anterior comisionado de la policía neoyorquina y me he mantenido firme. No crea que con usted va a ser distinto. Solicite una entrevista a mi secretaria, la señorita Minnie Kelly, y se la daré, pero solo porque la citada señorita habla maravillas de su mujer.

Satisfecho y apesadumbrado al mismo tiempo, Ribe contestó:

—Gracias, señor.

La señorita Petty le entregó a Roosevelt un vaso de ponche. Él tomó un sorbo, chasqueó los labios y exclamó:

—¡Delicioso!

Al ver que era incapaz de acercarse más, Carver se alejó a hurtadillas. Trabajar para la policía… menudo sueño. Estaba claro que Delia podía conseguir lo que se propusiera, pero quizá los sueños no estuvieran hechos para él.

7

A medida que la fiesta avanzaba, más se divertían todos, excepto Carver. Las mujeres de apariencia altanera se arriesgaban a mancharse los vestidos por acercarse a los niños; los hombres se rozaban las rodilleras de sus caros trajes por charlar o jugar con ellos.

El único asistente que se mantenía al margen era Finn.

Si la chaqueta de Carver era demasiado pequeña, la de Finn estaba a punto de reventar. Parecía un mono adiestrado, de esos que acompañan a los organilleros vendiendo bolsas de cacahuetes.

En ese momento, Bulldog, su lugarteniente, se le acercó al trote y le habló con excitación. Aunque era tan grande como Finn, tenía solo doce años y una cara plana que lo asemejaba al can homónimo. Su aspecto le había granjeado la inquina de los otros hasta que Finn lo prohijó, ganándose al punto su lealtad eterna.

Carver estaba demasiado lejos para oír lo que decía, pero Bulldog señalaba a un hombre alto y con barba situado junto a la mesa de los sándwiches. Casi todos los chicos de la banda de Finn estaban allí, incluso Peter Bishop, un recién llegado que, pese a sentirse más americano por pertenecer a una banda, necesitaba que lo empujaran para infringir las normas. Según escuchaba a Bulldog, Finn iba perdiendo su expresión de amargura. Un intrigado Carver se acercó para oír lo que decían.

—¡Es de fiar! —chillaba Bulldog—. Ese de ahí es el coronel E. Waring, el que diseñó las alcantarillas de Central Park nada menos. Está buscando jóvenes como nosotros para barrer la basura en verano y quitar la nieve en invierno. ¡Paga dinero de verdad! ¡Cinco centavos semanales! ¡Y los que son como tú seguro que acaban de capitán o algo así!

El matón pelirrojo se irguió y dijo:

—¿Tú crees...?

¿Barrendero? Era un trabajo duro, pero a Finn le gustaría. Más que eso: le encantaría callejear siendo su propio jefe. Carver suspiró al caer en la cuenta de que hasta su torturador encontraba un lugar en la vida.

Pero en cuanto los jóvenes dieron un paso hacia el coronel, apareció la señorita Petty y dijo:

—Phineas, estas dos personas quieren conocerte.

A su lado había una pareja impecablemente vestida. El hombre, tan plano como una figura recortable, era de cara pálida y severa. Su bien alimentada esposa llevaba un vestido tan ancho que el polisón no dejaba que nadie se le acercara a más de un metro.

Ella levantó unos anteojos con manija, de esos que llaman «impertinentes», y examinó a Finn de arriba abajo, como si estuviera considerando la posibilidad de confeccionarle un gabán de invierno.

La señorita Petty hizo las presentaciones:

—Este es el señor Alexander Echols, fiscal del distrito, y su esposa, Samantha. Les he hablado mucho de ti y están considerando la posibilidad de adoptarte.

—Eh... —dijo Finn. Tenía los ojos clavados en el coronel y sus amigos, a media habitación de distancia.

—¿Habla? —preguntó la señora Echols—. Yo hubiera preferido que no, pero de cara es apuesto.

—Sí... —contestó Finn. Carver vio que el chico había empezado a sudar.

—Ah —dijo la señora Echols—, ¿y no tiene ningún otro igual de apuesto y que no hable? Solo necesitamos que quede bien en las fotos.

—No —contestó fríamente la directora. Aunque era obvio que no le gustaban, tomó a Finn de la mano y lo acercó a la pareja. Como eran ricos, veía una buena oportunidad para uno de sus residentes. Así que esa era la sorpresa de Finn.

En medio de la habitación el coronel Waring había sacado un pequeño bloc y chupaba la punta de un lápiz, listo para anotar nombres. Bulldog se encogió de hombros a modo de adiós avergonzado y se apresuró a reunirse con los demás.

Una vez que la directora se despidió también, los Echols se pusieron a hablar como si Finn no estuviera delante.

—Tiene los brazos gordos —dijo con desagrado la esposa.

—Puede que sea la ropa —contestó el marido encogiéndose de hombros—. Nos vendría muy bien para los actos benéficos.

—Me parece mucha complicación. ¿No podríamos alquilar uno?

—No creo. Además la adopción en sí me dará muy buena prensa. Eso sí que sería benéfico de verdad —comentó el marido, tras lo cual se inclinó hacia delante y le dijo a Finn despacio y subiendo la voz—: Nos gustaría llevarte a nuestra casa. Te daremos buenos alimentos, ropa y educación. ¿Qué te parece?

Carver olía la chamusquina mental de Finn. El fuerte pelirrojo, acostumbrado a ladrar órdenes que eran siempre obedecidas, parecía de pronto triste y perdido. La vergüenza ajena le hizo apartarse. Pensó en Delia; llevaba razón en lo de labrarse la propia suerte. Si a Carver le importara un poco el tipo de vida en la que pensaba meterse, iría hacia Roosevelt a toda máquina y le causaría buena impresión, como fuese.

Se acercó a la ponchera mirándose los pies. ¿Le decía lo de la carta o solo que tenía muchas ganas de ser detective, inspector o lo que fuera? A medio camino levantó la vista. Roosevelt se había ido. Carver recorrió la habitación con la mirada, girando la cabeza cada vez a mayor velocidad. No estaba por ningún sitio.

Delia, sin embargo, se encontraba cerca de la entrada, junto a Anne Ribe y la directora. Carver se le acercó corriendo y la separó de las otras de un tirón.

—¿Dónde está Roosevelt?

La sonrisa de Delia se desvaneció.

—Se ha ido. No has hablado con él, ¿verdad? Hace solo un minuto; lo mismo puedes alcanzarlo.

Carver se lanzó hacia la puerta y estuvo a punto de tirar a un hombre de aspecto extraño, entrecano y cargado de espaldas. El desconocido gruñó algo pero Carver hizo caso omiso. Salvó de un salto los tres escalones y miró con desesperación calle arriba y calle abajo. El aire le enfrió el sudor del cuello. Los coches de punto y los carruajes privados traqueteaban sobre los adoquines. Los transeúntes pasaban a zancadas, pero ninguno tenía la escasa estatura ni los anchos hombros del Comisionado.

Carver se había pasado las horas muertas compadeciéndose de sí mismo y había perdido su oportunidad. ¿Cómo iba a encontrar a su padre él solo? Desde siempre había echado algo en falta, no solo un pasado ni una identidad, sino alguien que le enseñara. Un padre, aunque no fuese el suyo. ¿Qué iba a hacer ahora?

Volvió a la entrada tirándose con tal fuerza del cuello de la camisa que lo descosió. El aire que revoloteó en la parte superior de su pecho anunciaba el invierno.

—¿No enseñan modales en este sitio? ¡Mira por dónde vas, chico!

Carver levantó la vista. Era el viejo de antes, el viejo con pinta de gnomo; seguía en el umbral lanzándole miradas asesinas.

—¿Eres sordo además de idiota? —añadió el gnomo.

Carver giró la cabeza para verlo mejor. Era de esos con los que es preferible no meterse. Su barba y su pelo estaban tan revueltos como el nido de una ardilla, pero sus ojos refulgían de inteligencia y su mano izquierda, que sujetaba la puerta, parecía terriblemente fuerte. La derecha sin embargo estaba estropeada: agarraba solo con tres dedos, como si tuviese el índice y el pulgar inutilizados, la vara negra de un bastón con puño de plata en forma de cabeza de lobo.

¿Quién era? La vieja capa que cubría su encorvada figura quizá fue buena en tiempos, pero en la actualidad estaba raída y arrugada. El resto de su ropa llevaba siglos sin ver el agua ni la plancha. De no ser por el desaliño, podría haber pasado por el propietario de una funeraria.

Carver estaba a punto de disculparse cuando el hombre gritó de nuevo:

—¡Eh, chico! Te he preguntado si eres sordo además de idiota.

Aparte de que su voz nasal de tenor hacía daño al oído, Carver detestaba que le llamasen «chico» o «idiota».

—Ninguna de las dos cosas —replicó.

El hombre pareció más intrigado que ofendido. Sin soltar la puerta, inclinó el cuerpo para acercarse.

—¿Qué *cosas*, chico?

Carver mantuvo la calma.

—No soy sordo ni idiota, y de chico tengo ya poco.

El desconocido puso los ojos en blanco.

—¡No, desde luego, más te pareces a un cerdo de granja! ¿No sabes decir *señor* al dirigirte a tus superiores? Y cuando empujas a alguien y estás a punto de tirarlo pides disculpas, lo sientas o no.

—Le ruego que me disculpe, *señor* —dijo Carver, esperando que su tono diera a entender lo poco que lo sentía.

Sin embargo, el hombre no se ofendió. Una sonrisita llevó a las comisuras de sus labios la luminosidad de sus ojos.

—Ya está. Eres un chico que pide perdón. ¿Adónde ibas con tantas prisas?

Carver volvió a mirar calle arriba y calle abajo.

—A ningún sitio.

El hombre soltó una risa socarrona.

—Así que eres como todos los condenados necios de esta ciudad, ¿no? —dijo y levantó el bastón hasta tocarle prácticamente la nariz—. Al menos tú lo sabes. Ya es algo, ¿no?

Bajó el bastón.

—¿Eres Carver Young?

—¿Cómo?

—Creí que no eras sordo. ¿Eres Carver Young?

—Sí, ¿y usted quién es…, señor?

El hombre no contestó y se adentró en la sala renqueando. Carver, que no sabía qué hacer ni qué decir, se sintió un chico y un idiota.

Carver miró fijamente la puerta durante largo rato. ¿Era aquella la sorpresa que le tenía reservada la señorita Petty? ¿Iba a ser adoptado por… un gnomo?

¿Qué podía hacer? Fugarse. De todas formas lo iban a echar dentro de nada… Había bromeado con Delia sobre el tema, pero podría hacerse vendedor de periódicos, ¿por qué no?, y pasar la noche en uno de sus refugios. Mejor que trabajar en una funeraria…

¿Cuánto le llevaría guardar sus cosas?

Cuando volvió a entrar, el calor de los cuerpos y los ruidos de la fiesta lo recibieron como una bofetada. Finn seguía en el mismo sitio, mirando con envidia la alegre charla entre Bulldog y el coronel Waring. La señora Echols le agarró el mentón para girarle la cabeza.

—¡Pssst! —Delia hacía aspavientos en dirección a Carver. Quizá pudiera verla en el Times cuando recogiese sus diarios. Avanzó un paso, pero ella le indicó que no se moviera y señaló locamente hacia el vestíbulo trasero, es decir, hacia el despacho de la directora. ¿Y dónde se había metido la directora? ¿Y el de la funeraria? Ah, Delia intentaba decirle que ambos estaban en el despacho.

Debería irse a guardar sus cosas, pero la idea de dejar el Ellis para siempre lo retenía. Quizá valiera la pena enterarse al menos de lo que el gnomo tenía que decir. Entró a hurtadillas al vestíbulo y cerró la puerta sin hacer ruido. La del despacho estaba abierta de par en par, y su luz arrojaba la forma oblonga de dos figuras parlantes. Carver se apretó contra la pared y avanzó centímetro a centímetro. A medio metro de la puerta seguía sin oírlos, pero los veía en el espejo con forma de Humpty Dumpty. Se atrevió a dar otro paso a tiempo para escuchar que el gnomo decía con tono desdeñoso:

—La carta estaba muy bien, pero en persona es mucho menos impresionante de lo que pensaba.

¿*Carta*? ¿La que le había escrito a Roosevelt? ¿Qué otra iba a ser? El corazón de Carver se desbocó.

—Le doy mi tarjeta y la dejo que vuelva con sus invitados —añadió el hombre, levantándose de la silla.

Colocó la tarjeta de pie, apoyada en la lámpara del escritorio.

—Gracias, señor Hawking —dijo la señorita Petty.

Hawking. ¿Trabajaría para Roosevelt? ¿Acababa de arruinar Carver su *segunda* oportunidad al echársele encima como un elefante y, para más inri, al estar luego altanero?

Iban a salir de un momento a otro, y no era probable que encontrarlo espiando mejorara la opinión que el señor Hawking se había formado sobre él, pero no conseguiría escabullirse a tiempo. ¿Por qué habría cerrado esa estúpida puerta a sus espaldas? El cuarto de la limpieza en el que siempre se escondía estaba al otro lado del despacho. A poca distancia, pero para alcanzarlo debía cruzar por delante de la puerta abierta. Cuando Hawking se levantó y se giró hacia la directora, no solo dio la espalda a la puerta sino que impidió a aquella la vista de la misma. Era lo que Carver necesitaba. Se agachó, pasó por delante del despacho como una centella y se metió en el cuartito. Dio una patada a una escoba, pero agarró el palo antes de que se cayera.

—Siento mucho haberle hecho perder el tiempo —dijo la señorita Petty al salir al vestíbulo.

—Si engordara un poco —gruñó Hawking—, podría trabajar de gorila. Al menos así sacaría provecho de sus cualidades empujadoras.

Carver se mordió los labios. Sí, había sido culpa suya, lo había estropeado todo. Y ni siquiera sabría nunca qué hubiera sido ese *todo*.

La puerta del vestíbulo principal se abrió y la conversación se diluyó entre el alboroto de la fiesta. Carver esperó un poco, únicamente para asegurarse, y salió del cuarto. Estaba solo. Para el caso podía seguir con su plan de fuga pero, por otra parte, ¿qué razón tenía ya para escaparse?

¿Trabajaría Hawking para Roosevelt? Necesitaba saberlo. Se acercó a la puerta del despacho manoseando sus fieles clavos doblados y la abrió sin dificultad. Al fin y al cabo no era la cerradura del ático. Una vez dentro, miró a toda prisa la tarjeta que el desconocido había dejado en el escritorio. Estaba impresa en un papel grueso, de calidad, pero algo arrugado. Las letras en relieve decían:

Albert Hawking

Agencia Pinkerton

¡La Pinkerton! A Carver le rechinaron los dientes. ¡La agencia de detectives más famosa del mundo! Allan Pinkerton era el mejor detective privado de Estados Unidos. Durante cincuenta años él y sus agentes, conocidos como los Pinkerton, habían luchado contra secuestradores, atracadores, asesinos, bandas y demás. Él había fallecido, pero su agencia tenía sucursales por todas partes, y su logotipo, un ojo sobre el lema «Nunca dormimos», había dado origen al término *private eye*, u ojo privado, por el que se conocía en inglés a los detectives.

Lo mismo estaba a tiempo de disculparse. De suplicar. De llorar, si era preciso.

¿Figuraba una dirección? ¿Un teléfono? El anverso solo contenía el nombre y la agencia. Carver la volvió; en el reverso había unos números y unas letras:

40 42,8 (N)

74,4 (O)

Parecían rehundidos en el papel, mecanografiados. Por esa razón estaba la tarjeta algo arrugada. Alguien la había metido en el rodillo de una máquina de escribir. Hawking tenía la mano mal y era probable que no pudiese agarrar una pluma ni un lápiz. Pero ¿por qué se había tomado la molestia de mecanografiar unos números? Carver memorizó los datos y dejó la tarjeta donde la había encontrado. Después, para que no le vieran entrar desde la zona del despacho, dio un rodeo que pasaba por la lavandería y la parte trasera del edificio hasta llegar a la entrada principal.

Para cuando regresó, la reunión tocaba a su fin. Recorrió el gentío con la mirada en busca de Hawking pero fue inútil: se había esfumado, igual que Roosevelt. Ni siquiera vio a la señorita Petty. Hizo lo posible por recordar todos y cada uno de los insultos que Finn le había dedicado a lo largo de los años para verterlos sobre sí mismo.

No obstante, seguía contando con los números de la tarjeta. Debían de significar algo. Si pudiera imaginarse el qué, aún estaría a tiempo de impresionar al hombre. ¿Una combinación? No, las combinaciones no tenían decimales.

Mientras le daba vueltas, Delia se le acercó, bullente de preguntas:

—¿Lo has conocido? ¿Habéis hablado? Parecía... interesante, como si lo hubieran herido en la guerra. ¿Es alguien importante? ¿Qué has hecho tú?

Cuando no obtuvo respuestas y reparó en su cara larga, añadió:

—¿O debería preguntarte qué *no has hecho* tú? Carver, dime que has hecho algo.

—Oh, sí, claro que he hecho algo. Tenía tantas ganas de encontrar a Roosevelt que he estado a punto de tirar al suelo a Albert Hawking, de la agencia Pinkerton, y luego lo he ofendido tanto que no quiere saber nada de mí.

—¡No!

—He visto su tarjeta, pero no figura la ciudad, ni el país, ni… ni… —Carver se interrumpió a media frase, echó un vistazo a Delia y se alejó dando saltos por el vestíbulo.

—¿Adónde vas? —gritó ella.

—¡A labrarme mi suerte!

9

Carver subió a toda velocidad por la escalera que conducía a las aulas. Oyó que Delia lo seguía esforzándose por no perderlo pese a su vestido largo y sus incómodos zapatos, pero no podía detenerse. Una vez en su clase se dirigió al mapamundi que colgaba de la pared y pasó los dedos con ansia a lo largo de las fronteras.

Delia, con los zapatos en una mano y el borde del vestido en otra, apareció en la puerta jadeando.

—Podrías contármelo por lo menos.

Carver sonrió y dijo:

—Los números y las letras del reverso de la tarjeta son las coordenadas de longitud y latitud, en grados, minutos y segundos. Los grados indican que está aquí, en la ciudad de Nueva York.

—¿Que está aquí el qué?

—No tengo ni idea, ¿pero a que es emocionante? —Carver miró en torno—. Necesito algo donde se vean los minutos y los segundos, algo más local, un plano de la ciudad… ¿y de dónde…? ¡Ya sé!

Pasó por delante de Delia como un ciclón, pero al tener esta los zapatos en la mano, fue pisándole los talones hasta la cocina, donde profirió un grito ahogado al ver que Carver manoseaba las recetas de Curly.

—Como te pille haciendo eso, *te mata*.

—En cuanto acaba de cocinar se marcha: la señorita Petty le da la noche libre. Ya sabes que Curly se pierde cada dos por tres, ¿no?, pues por eso con sus recetas guarda también... ¡esto!

Sostuvo un plano turístico en alto.

Después retiró de una mesa utensilios sucios y migas de pan, y lo desdobló. Pasó los dedos en horizontal por el borde superior y en vertical por el centro de la isla de Manhattan.

—Está en la esquina de Broadway con Warren, enfrente del City Hall Park.

—¿Qué hay ahí? —preguntó Delia.

—Un edificio de apartamentos, creo —contestó Carver con el ceño fruncido—. Será fácil de averiguar, está a menos de media hora a pie.

—¡Pues vamos!

—Lo siento, Delia, pero creo que debería ir solo —respondió Carver, tras lo cual abrió una ventana y se sentó en el alféizar.

Ella se revolvió, furiosa:

—¿No creerás que voy a entretenerte?

—No, no es eso —dijo Carver observando el metro y medio de altura que lo separaba del callejón.

—¿Entonces qué?

Él tosió y carraspeó.

—Es que es tarde, y hay tipos muy brutos, y tú eres demasiado... demasiado...

—¿Débil? ¿Lenta?

—¡No! —exclamó Carver—. ¡Demasiado bonita, cuernos!

Dicho lo cual saltó, aterrizó y echó a correr. Para cuando Delia pensó en hacerle prometer que le contaría todo ya se había ido. Al cerrar la ventana vio su reflejo en el cristal. ¿Bonita? No tenía motivos para asociar esa palabra a su persona. Sin embargo, mientras se miraba, sonrió. Aparte de unos cuantos cabellos descolocados, tenía que admitir que no estaba nada mal.

El tiempo se esfumaba como las manzanas de edificios detrás de Carver, el aire olía a caballos y a carbón ardiente. Worth... Duane... Chambers... El City Hall y el parque contiguo aparecieron a su izquierda. A la derecha distinguió los vistosos toldos de los almacenes Devlin.

Se detuvo. Al picor causado por su chaqueta se añadía la carne de gallina provocada por el aire frío. Unos cuantos pasos más le llevaron a la esquina en cuestión. En una piedra del edificio habían cincelado *Warren Street*. Allí estaba, pero aquel era un barrio gubernamental y financiero, y las oficinas de Pinkerton distaban por lo menos diez manzanas. ¿Habría entendido mal los mapas o las cifras?

Cruzó la calle para estudiar los cinco pisos del edificio. ¿Había oficinas sobre los almacenes Devlin? Seguro que no. Lo único notable estaba en la acera de la calle Warren y era una extraña mancha de cemento con la longitud y el ancho de una caja de escaleras. Daba la impresión de que hubiesen sellado algo hacía años. Cuatro caños de metal de medio metro de alto, curvados en la parte superior, marcaban las esquinas. Eran una especie de tuberías, pero ¿para qué? Intrigado, Carver se acercó y alargó la mano para tocar una. En el momento en que su piel hizo contacto con el metal una voz gangosa y chirriante le hizo detenerse:

—Ahí lo tiene, señorita Petty, le dije que en el lapso de una hora a más tardar.

Carver giró sobre sus talones. Pocos metros por detrás, a la luz de una farola sibilante, estaban Albert Hawking y la directora del orfanato. Tras ellos, en la esquina, aguardaba el coche de punto que los había llevado hasta allí.

Hawking siguió hablando con la señorita Petty, pero sin quitarle ojo a Carver.

— Envíe el papeleo y sus cosas a la dirección que le he dado. Ahora tendrá que perdonarnos, me gustaría hacer una pequeña visita turística con mi nuevo discípulo.

¿Discípulo?

Al ver que Carver seguía estupefacto, la directora tuvo que toser varias veces para llamar su atención.

—¿Señor Young? —dijo por fin—. ¿Le parece un arreglo adecuado?

Un boquiabierto y atontado Carver asintió con la cabeza.

—¿Se le ha comido la lengua el gato, señor Young? —insistió la directora.

—No se preocupe, señorita Petty —terció Hawking—. Ya sé que habla, lo he oído antes y, la verdad, por hoy ha sido más que suficiente.

Pero Carver recuperó la voz:

—Sí, señora. El… el arreglo… me parece muy adecuado, gracias.

La directora le respondió con la sonrisa más amplia que jamás le había visto y dijo:

—Eso mismo opino yo. Quiero que sepas que aunque te prohibí ciertas lecturas cuando eras niño, siempre pensé que tu mente y tu corazón… en fin… solo espero que te des cuenta…

Pese a seguir conmocionado, Carver acabó por notar que la estoica señorita Petty tenía la voz entrecortada por la emoción. Se conocían de toda la vida, o casi, y se estaban despidiendo. Hubiera querido abrazarla, pero le pareció una locura.

Hawking dio un leve codazo a la directora.

—Por favor, señorita, el pajarillo debe abandonar el nido. Es hora de separarnos.

La señorita Petty recobró el control.

—Por supuesto —dijo y subió al coche que esperaba. Hawking dio un golpe con el bastón cerca del cochero.

—Llévela de vuelta al Ellis y envíeme la cuenta. No acepte ni un penique de esa mujer, ¿entendido?

Un chasqueo de lengua del cochero puso a los caballos en movimiento. Carver pudo ver la cara de la señorita Petty a través del cristal y le pareció distinguir una lágrima en su mejilla. Sintió un nudo en la garganta y se preguntó si volverían a verse alguna vez.

Cuando el coche había recorrido media manzana, la emoción de Carver fue sustituida por la sorpresa que le causó comprender lo sucedido: habían dejado una pista para hacerle una prueba ¡e iba a recibir clases de un detective de verdad! Se sintió como si la portada del semanario New York Detective Library hubiese cobrado vida y se lo hubiera tragado; y hasta el momento lo único que había recibido su benefactor eran insultos.

—Siento muchísimo mi tono de antes, señor —dijo Carver, haciendo acopio de toda su sinceridad—, y siento cualquier palabra o actitud que haya podido ofenderle.

Hawking soltó una risita socarrona.

—Claro que lo sientes —dijo. Después entrecerró los ojos y lo señaló con la punta del bastón—, y tú al menos lo sabes, chico, tú al menos lo sabes.

10

El giboso caballero asintió hacia un lugar situado detrás de Carver.

—Estabas haciendo algo antes de ser interrumpido. Continúa.

—¿Cómo dice, señor?

—En la carta que le mandaste a Roosevelt —dijo Hawking irritado— afirmabas que querías ser detective, ¿cierto?

—Sí, señor, pero ¿cómo sabe usted…?

—¡Mal, mal, mal! —cortó Hawking haciendo un brusco gesto de negación con la cabeza—. Una respuesta llevaría a otra pregunta y nos pasaríamos aquí toda la noche. Si quieres ser detective, vuelve a lo que estabas haciendo. Detectar.

Agitó su bastón hacia el cuarteto de cañerías del parche de cemento.

—¿Qué estabas mirando?

—Este trozo de cemento de la acera —contestó Carver confuso—; parece como si hubieran enterrado algo, señor.

—En 1873, para ser exactos. Sigue mirando, cuéntame más y no me llames señor cada dos por tres. Detesto la repetición.

Carver miró fijamente los tubos.

—Los caños... ¿están fuera de lugar?

Hawking frunció los labios. Emitía irritación en oleadas.

—Los caños están donde están. Todo está donde está. ¡Lo que no sabes es por qué demonios están ahí! ¿Cómo lo averiguas?

Carver apenas había dicho esta boca es mía, y ya lo estaba haciendo todo mal. Aquello era como hablar con Delia, solo que peor.

—¿Preguntando?

—¿Preguntando a quién?

—¿A usted? ¿A alguien de Devlin?

—Devlin está cerrado y yo no pienso decírtelo.

Era otro examen, como lo de la tarjeta. Carver se concentró, pero no se le ocurría nada. Los acerados ojos de Hawking no le perdían de vista, calándolo. Carver se preguntó si podría saber lo que pensaba por su postura o recitar de corrido lo que había desayunado, a la manera de Sherlock Holmes.

—El trato no está decidido, chico, dame menos de lo mejor de ti y te devuelvo de cabeza al Ellis. ¡Deja de perder el tiempo! ¡Usa las aptitudes que te han traído hasta aquí!

Sintiéndose más intimidado de lo que se había sentido nunca en presencia de Finn, Carver se arrodilló junto al tubo más cercano. No era más que eso: un tubo de metal. ¿Qué más podía ser? Metió la mano por la abertura. A pocos centímetros del borde tocó una tela metálica: un filtro.

Quizá estaban conectados a algo de abajo. ¿Sería una parte del sótano de los almacenes? Hawking se apoyó en la fachada, y su rostro expresó el alivio de no tener que seguir soportando el peso de su cuerpo. Tras él había una puerta rara. Hacía juego con el diseño del edificio, pero era más nueva y distinta, como el cemento, y no tenía picaporte ni ojo de cerradura. El marco de metal dorado se encrespaba en el cristal del centro, dibujando intrincadas volutas. Ese cristal era ahumado y lo que hubiera detrás estaba oscuro.

Hawking tamborileó con los dedos sobre el pelo blanco de su sien.

—No te limites a pensar, date algo en qué pensar. El cerebro es como una rata dando vueltas en la rueda de una jaula. Está atrapado y ni siquiera lo sabe. Solo sabe lo que le cuentan los sentidos: úsalos.

Carver era un manojo de nervios, se sentía como un idiota, pero quería seguir. Rodeó el tubo con las manos. Era grueso y pulido. Su superficie estaba decorada a intervalos regulares con aros en relieve.

—Es caro —supuso.

—Bueno, ya es algo. ¿Para qué puede servir?

Si era una tubería de desagüe, estaba al revés. Carver puso la oreja contra la abertura, pero el ruido de la calle le impedía oír. Un viento gélido recorría Broadway ululando, los caballos golpeaban el suelo con los cascos, las ruedas traqueteaban sobre el empedrado. Al cubrirse la otra oreja y concentrarse, logró oír y sentir una corriente constante, casi mecánica, de aire cálido.

—¡Es un respiradero! —soltó.

—Enhorabuena, no eres un completo zoquete —anunció Hawking—. Y ahora ¿cómo puedes averiguar qué hay debajo?

El pequeño triunfo acicateó a Carver, que recordó una historia del New York Detective Library protagonizada por Nick Neverseen. Nick no era Holmes, pero para encontrar a unos secuestradores escondidos en una mina, se dirigió a un conducto de ventilación y...

—Atascando el conducto —propuso Carver—. Quienquiera que esté ahí abajo tendría que salir.

La risa de Hawking lo sorprendió, no se parecía en nada al cloqueo de las risitas anteriores: era fuerte y resonante.

—Esto me gusta —dijo el detective—, pero a «quienquiera que esté ahí abajo» le haría bastante menos gracia. No se te ha ocurrido intentar moverlo, ¿verdad? Claro, ¿para qué? Al fin y al cabo está empotrado en cemento. Rodéalo otra vez con las manos y gíralo a la derecha.

Carver lanzó a Hawking una mirada de perplejidad, pero obedeció. La sección situada sobre el aro superior giró un cuarto de vuelta, se paró y volvió a su posición original con un clic.

Al ver la expresión de Carver, el detective dijo:

—Si esa tontería te impresiona tanto, no pasas de esta noche. Empuja hacia abajo, gira a la izquierda, tira hacia arriba y gira a la derecha. Vamos.

Carver movió el tubo en el orden indicado, sin tener ni idea de lo que podía suceder. Recordó otra historia en la que Allan Quartermain entraba en un templo antiguo apretando ciertas piedras en un orden determinado, pero esto pasaba en medio de una calle de Nueva York, ciudad que Carver creía conocer al dedillo.

Después del giro final, una serie de sonidos metálicos resonó en el tubo. Mientras Carver se levantaba y se echaba hacia atrás por miedo de que la acera se abriese chirriando, hubo un último y débil clic, pero no del tubo en cuestión, sino de la puerta situada detrás de Hawking.

Se había abierto sola.

Carver sonrió como un crío de siete años.

—¿Una cerradura de combinación?

—Eso mismo. El diseñador es aficionado a los artilugios. Yo, por mi parte, no los soporto —dijo Hawking y agarró la puerta—. ¿Entramos?

El detective entró poco más de medio metro y se giró hacia la calle. Carver creyó que lo estaba esperando, pero al acercarse vio que Hawking no podía avanzar más. El cuarto mediría medio metro cuadrado, espacio apenas suficiente para cuatro personas de pie. No había otras entradas; las paredes estaban cubiertas de rejas metálicas similares a las de la puerta.

Una vez que Carver cruzó el umbral, Hawking bajó una palanca y cerró la entrada. Hubo un olor aceitoso de maquinaria y el cuartito se llenó de un sonido similar al que había seguido al último clic del tubo: un giro suave y continuo de engranajes ocultos. Pero lo más raro era que el viento no se había detenido y que, en vez de soplar de izquierda a derecha, soplaba de arriba abajo.

Carver contempló maravillado el exiguo espacio.

Hawking se encogió de hombros.

—¿No has montado nunca en ascensor?

11

Con un dedo índice tembloroso, Hawking oprimió el botón escondido tras un panel de la pared. El chirrido de los engranajes fue más insistente, el viento más fuerte. Carver sí que había montado en ascensor, pero siempre había oído un retumbo y había experimentado una sensación de movimiento. Allí no había nada de eso.

—Este es neumático. El hueco es hermético y un gran ventilador sube o baja la cabina —explicó el detective, y añadió con cierto desdén—: proporciona un desplazamiento más suave, digo yo.

Al poco el viento se detenía y la puerta se abría con un clic, revelando una sala inmensa y de considerable altura tenuemente iluminada por pequeños apliques de gas. Un enorme cilindro de acero con una igualmente enorme rueda dentada dominaba el fondo de la estancia, de suelo a techo. El metal estaba cubierto por una artística celosía de madera entre cuyos huecos se veían las enormes palas giratorias.

—¿Eso es el ventilador? —preguntó Carver.

—La parte de arriba —contestó Hawking distraídamente—. Ahora verás el resto. Y no preguntes más, que nos entretenemos.

Pasaron por delante de una placa metálica que rezaba: *Transporte Neumático Beach*. Aparte de eso, el lugar parecía abandonado. Cruzaron un largo vestíbulo sin ninguna característica especial y bajaron varios escalones que conducían a una habitación diminuta. Carver pensó que se trataba de otro ascensor, pero Hawking se limitó a abrir una segunda puerta y, con un vago gesto de la mano dijo:

—Bienvenido al futuro, o al menos a cómo lo imaginó el señor Alfred Beach hace veinticinco años.

Carver profirió un grito ahogado. Había candelabros, cortinajes, divanes, poltronas, butacas y un piano y, en el medio, una fuente en funcionamiento con peces de colores nadando en el poco profundo pilón. Las paredes estaban decoradas con frescos y, a la derecha, detrás de un tabique bajo, giraban lentamente el eje y los engranajes del gigantesco ventilador que habían visto arriba. Todo era más propio de una refinada mansión de los Astor o de una novela de Julio Verne que de un lugar escondido bajo tierra.

Pero lo más increíble era el resplandeciente vagón de tren situado entre dos escaleras de bajada. Consistía en un cilindro metálico horizontal con una puerta en cada plano de corte y una ventana oval a cada lado de la puerta. No se parecía a nada que Carver hubiera visto ni a nada sobre lo que hubiese leído. Estaba aislado, sin locomotora. Detrás de él se abría un túnel circular de hierro, perfectamente adaptado a la forma del coche y con la boca orlada de vistosas bombillas rojas, blancas y azules.

Carver estaba deseando recorrer aquel lugar extraño y fascinante milímetro a milímetro, pero Hawking lo empujó hacia el vagón.

—Ya te lo explicaré ahí dentro. ¡Quiero sentarme!

Al llegar a las escaleras, se hizo evidente por qué estaba tan enfadado. Tras colocar el bastón en el primer peldaño y retorcer la cadera para bajar el pie, su rostro se crispó de dolor. Sobreponiéndose a sus pocas ganas de tocar al truculento detective, Carver lo agarró del brazo. Hawking masculló algo que sonó a «bien» y siguió refunfuñando hasta que entraron al vagón.

El penumbroso espacio de unos seis metros de largo estaba dividido por un exiguo pasillo bordeado por dos cómodos sofás, en cuyo centro había una mesilla con una lámpara y otra ventana oval. Parecía un salón lujoso pero muy estrecho.

Hawking se arrastró hasta una de las mesillas y se sentó al lado. Tras una única exhalación, se inclinó y giró la válvula de la lámpara.

—Luz de circonio —dijo suspirando—. Dos pequeños tanques, uno de oxígeno y otro de hidrógeno, situados bajo los asientos alimentan esta boquilla que contiene una chispa de circonio.

Dicho esto bajó la cabeza para protegerse los ojos, prendió una cerilla y encendió la lámpara. De ella brotó una llama fina como un lápiz y de una luminosidad inaudita.

A diferencia de la amarillenta luz de gas, esta era blanca como la del sol. A Carver le encantó.

Hawking manoteó hacia ella como si espantara un mosquito.

—Son juguetes, chico, meros juguetes. Cuanto mayor seas, más artefactos te irás encontrando; pero si mis lecciones te son de alguna utilidad, aprenderás que todo esto es simple y llana decoración. Lo importante es lo que haya dentro de ti y lo que veas en el interior de los demás, ¿lo entiendes?

—Sí, señor.

—No, no lo entiendes. Es posible que te hagas una idea cuando esté a punto de finalizar el tiempo que pasaremos juntos.

Dio la espalda a la luz y le indicó por señas que se sentara a su lado. Luego empujó con el pie una palanca situada en la base de la mesilla. En repuesta, el vagón se puso en marcha, pero tan suave y silenciosamente que, de no ser por lo que veía a través de las ventanillas, Carver no se hubiera enterado.

—Allá por 1870 —dijo Hawking—, Alfred Beach excavó este túnel en secreto para demostrar que su medio de transporte era mucho más elegante que los trenes elevados que silbaban, pedorreaban y apestaban. La gente llegó a utilizar su pequeño metropolitano por pura curiosidad, pero Alfred no consiguió el permiso para ampliar la línea. En consecuencia, este lugar fue cerrado y olvidado hasta que yo colaboré en su adquisición.

Otra sorpresa más en un día lleno de ellas.

—¿Esto es suyo?

—No empieces a imaginarte una fabulosa herencia; aparte de que el dinero no era mío, ya apenas queda.

Era de Allan Pinkerton. Ya supongo que lo conoces, porque en caso contrario mi tarjeta no hubiera picado tu curiosidad.

—Sí, era un hombre asombroso.

Los ásperos modales del detective se suavizaron un poco.

—En eso llevas razón. Yo estaba presente cuando frustró un intento de asesinato contra el Presidente Lincoln. Participé en sus operaciones secretas durante la guerra de Secesión, y después le ayudé a capturar algunos de los peores criminales que ha visto nuestro país. ¿Asombroso? Se parecía más a una fuerza de la naturaleza que a un hombre, o eso pensaba yo. En 1869 sufrió una apoplejía. Los médicos se empecinaban en decirle que se quedaría paralítico de por vida, pero él se empecinó en llevarles la contraria. Fue tan doloroso como volver de entre los muertos, pero poco a poco, día a día, se obligó a levantarse, tambalearse y andar. Al cabo de doce meses caminaba de nuevo, puede que más despacio, pero seguía valiendo lo que diez hombres con la mitad de sus años… —Hawking hizo una pausa—. Ojalá pudiera decir lo mismo de mí.

—¿Qué… qué le pasó a usted? —preguntó Carver.

—Las vidas de una en una, chico. Mientras Allan Pinkerton se recuperaba, sus hijos se hicieron cargo del negocio y en él siguieron. Él pasó el resto de su vida luchando con uñas y dientes para defender su propia obra: sus hijos querían especializarse en la seguridad de las fábricas, y ese no era el legado que Pinkerton quería dejar. Por ese motivo legó una importante suma de dinero a los dos agentes en quienes más confiaba, yo mismo y Septimus Tudd, a fin de que fundasen una nueva agencia dedicada a la lucha contra el crimen. Por otra parte, como Tudd ha sentido siempre debilidad por los artilugios, me enredó para utilizar este sitio como sede central.

—¿Y por qué no es usted conocido?

—El cuerpo de policía de Nueva York —contestó Hawking con creciente enfado— dispone de un presupuesto anual de cinco millones de dólares, y recoge otros diez gracias a los sobornos. Pinkerton estipuló que nuestra organización fuera secreta a fin de evitar la corrupción y de luchar contra la policía si era preciso.

El vagón salió deslizándose a una gran zona abierta. Seguían en el subsuelo, pero aquel lugar era tan espacioso que daba la impresión de encontrarse al aire libre. Muy, muy arriba, Carver vio una inmensa cúpula de ladrillo reforzada por vigas metálicas. La vía acababa en un pequeño andén, al borde del gran espacio que los agentes llamaban «plaza». A ambos lados se alzaban construcciones de tres pisos de altura, a modo de edificios. Uno tenía grandes vanos, el otro era una mole maciza.

En el primero, Carver vio el interior de muchas habitaciones: oficinas llenas de archivadores o armerías donde se almacenaban revólveres, rifles y artefactos extraños; distinguió también un amplio recinto plagado de cables y conductos que parecía un laboratorio. A diferencia de las elegantes pero abandonadas estancias situadas bajo los almacenes Devlin, estas estaban bien iluminadas y bullían de actividad. Carver vio unas veinte personas: hombres con traje y bombín o en mangas de camisa, varias mujeres, y una pareja de hombre y mujer con gafas protectoras y monos grasientos que se encorvaba sobre un mecanismo cuya función resultaba indescifrable.

En el andén los esperaban tres hombres. Dos de ellos, altos y bastante jóvenes, flanqueaban a uno mayor y más robusto ataviado con sombrero hongo. Era más o menos de la edad de Hawking, unos cincuenta años, y tenía cierto parecido con un amistoso perro pastor.

—Durante un tiempo fue bien —caviló Hawking—, hasta que el dinero empezó a escasear.

—¿Está usted al mando de todo esto? —preguntó Carver extasiado.

La puerta del vagón se abrió y el hombre con aspecto de perro pastor se plantó enfrente de ellos con los brazos en jarras, bloqueándoles la salida.

—¡Le has dado la combinación, Hawking! —exclamó—. ¡No habíamos quedado en eso!

—No, no estoy al mando —contestó Hawking a Carver—, el que manda es este: Septimus Tudd.

12

Hawking se dispuso a levantarse y dijo:

—Tampoco te pregunto si puedo ir al retrete, Septimus. Si este chico va a ser mi aprendiz, tendrá que saber cómo se entra aquí, digo yo.

—Te lo ruego, Albert, no me des más sorpresas —replicó Tudd.

—Lo intentaré —dijo Hawking dedicándole una sonrisa ecuánime—, pero no te prometo nada.

Los dos más jóvenes trataron de disimular unas risitas.

—Bienvenido, señor Hawking —dijo el más delgado, sonriendo de oreja a oreja—. Cuánto tiempo sin verlo.

Hawking apoyó el bastón en el suelo.

—No tanto, Emeril y… mhhh… Jackson, ¿no?

Los dos asintieron con la cabeza, agradecidos.

Carver se apresuró a ayudarlo, pero el viejo detective lo apartó con un suave codazo. En la puerta, el esférico Tudd enganchó un brazo de Hawking con su manaza, atrajo al detective hacia él y susurró con fuerza suficiente para que Carver también lo oyera:

—Por favor, no me rebajes delante de los agentes. Ya tengo bastante con no poder pagarles a fin de mes.

Hawking se encogió de hombros con expresión evasiva. Al salir al andén de baldosas y ladrillos, Tudd hizo ademán de dirigir la comitiva, pero era obvio que Hawking conocía muy bien el camino. Mientras lo recorrían, los ojos de todos los demás estaban clavados en ellos. Al principio Carver pensó que lo miraban a él, por nuevo, pero se percató de que estaban mucho más interesados en Hawking.

Después de aguantar matones toda su vida, a Carver le costaba imaginarse lo que sería infundir tanto respeto. Sin embargo, Hawking hizo una mueca y aceleró su ladeado caminar, como si aquella admiración le resultara insoportable.

Por fin entraron a un vestíbulo abierto que acababa en una gran puerta doble de caoba. A su izquierda había dos placas; la de arriba rezaba *Director* y la de abajo *Septimus Tudd*. El desvaído rectángulo que rodeaba a la segunda daba a entender que el predecesor de Tudd había merecido una placa mayor. ¿Hawking?

Emeril y Jackson abrieron la hoja derecha pero se quedaron fuera. Tudd, Hawking y Carver pasaron a un despacho grande y abarrotado, con un enorme escritorio y tres mesas de roble para reuniones llenas de archivos, fotos y recortes de periódicos. Las paredes, revestidas con paneles de madera oscura, estaban cubiertas de planos con calles marcadas y mapas de ferrocarriles y carreteras.

El único objeto decorativo parecía ser un espejo oval de fabricación defectuosa, ya que distorsionaba los reflejos como un espejo de feria. Carver se rió por lo bajo al recordar la envidia que había sentido cuando Delia vio uno en el parque de atracciones de Coney Island, aunque solo había ido para colaborar en la vigilancia de sus compañeros más pequeños.

Se moría por contarle que había visto la sede central secreta de la agencia… pero no iba a poder. Por algo era secreta y tenía aquella extraña y fantástica cerradura.

Y descubrió algo más.

—¿Señor Tudd? —dijo hablando por primera vez—. ¿Puedo preguntarle cómo sabe que el señor Hawking me ha dado la combinación?

El voluminoso detective se volvió para mirarlo con ojos chispeantes.

—Porque lo vi —contestó señalando el espejo—. Esta es una de las creaciones de nuestro departamento de investigación. Ven, échale un vistazo, aquí no tengo muchas oportunidades de lucirlo, que digamos.

Carver se acercó. La periferia del cristal permaneció borrosa, pero en el centro apareció la fachada lateral de los almacenes Devlin, con la puerta del ascensor, los tubos metálicos clavados al suelo y hasta la mitad inferior de un coche de punto y su correspondiente caballo avanzando por Broadway.

—¿Pero cómo…?

Tudd señaló un tubo plateado que salía de la parte trasera y se perdía en el techo.

—Espejos, colocados en ángulos precisos a lo largo de este conducto que comunica con la superficie. Periscopio, lo llaman.

—¡Increíble! —exclamó Carver.

—Y caro —rezongó Hawking—. ¿Y tú te preguntas dónde se ha ido el dinero?

—Has de saber —replicó Tudd ceñudo— que el ejército está interesado en adquirir la patente.

—«Interesado», pero de momento no has visto ni un penique.

Tudd se estiró cuan largo era y de pronto, pese a su contorno, se convirtió en un hombre imponente.

—¡No tengo por qué dar explicaciones a alguien que lleva meses sin venir! ¡Yo he convertido este lugar en la instalación vanguardista para luchar contra el crimen que Pinkerton soñó! No puedes ni imaginar los avances que hemos hecho. En unas semanas nos entregarán nuestros primeros carruajes eléctricos.

—¿Carruajes eléctricos? —soltó, encantado, Carver.

—¡Cállate, chico! —espetó Hawking—. ¿Y cuánto cuestan?

—¡Qué más dará lo que cuesten! —replicó Tudd, parapetándose detrás del escritorio.

Siguió hablando, pero Carver notó que Hawking ya no le prestaba atención. Los perspicaces ojos del detective recorrían la mesa para examinar las fotos y los recortes de periódico. Cuando Carver siguió la mirada de su mentor, vio que todos se referían al asesinato de la biblioteca. Las fotos del crimen demostraban la veracidad de los rumores: el cuerpo había sido mutilado. Carver, que no había visto nunca un cadáver y menos en aquellas condiciones, sintió un mareo. Era justo el tipo de tema que la señorita Petty pretendía evitarle.

Un fuerte silbido, como de tetera, salió de entre los dientes apretados de Tudd. El hombre apartó a Carver del escritorio mientras decía:

—Lo siento, señor Young, pero la información que esta agencia recopila no es para consumo público.

—¿Todavía sigues persiguiendo fantasmas? —preguntó Hawking. Luego resopló y el desdeñoso sonido irritó aún más al director.

—Por desgracia no todos disponemos de tu soberbio instinto —replicó Tudd.

—Si tú contaras con la mitad de mi instinto, no seguirías perdiendo el tiempo —dijo Hawking entre risitas desdeñosas.

13

—Es solo una teoría —se defendió Tudd—. La policía está estancada, y la resolución de este asesinato nos daría la oportunidad de hacer pública la existencia de la Nueva Pinkerton.

—Si eso pretendes, ¿por qué no lo haces sin más? ¿Por qué necesitas esconderte detrás de una victoria imaginaria? —inquirió Hawking.

—Aparte de que dar publicidad a la agencia contradice los deseos de Allan, es preciso fortalecer nuestra posición. Por otro lado, admito que capturar al asesino más famoso del mundo resulta muy tentador.

—Para alimentar tu ego, supongo.

—¡No! Yo sólo quiero…

Mientras los dos seguían discutiendo, Carver se inclinó hacia delante para echarle otro vistazo al escritorio. Le llamó la atención un informe policial que describía al asesino de la señora Rowley como «un hombre de una fuerza inaudita», pero Tudd lo quitó del medio rápidamente y lo condujo hasta una de las dos lujosas butacas situadas frente al escritorio.

—Me gustaría contar con tu ayuda, Albert —dijo tras dejar sentado a Carver—. En tal caso nuestros hombres podrían...

—Ese tema está zanjado.

Tudd suspiró.

—Es una verdadera pena que un hombre de tu valía pierda el tiempo con locos.

¿*Con locos*? ¿Qué era aquello?

—Lo mismo podría decirse de ti, en cierto modo.

—¿Te refieres a Roosevelt? —preguntó Tudd—. Aparte de Allan Pinkerton, es el hombre más íntegro que he conocido en mi vida. Me cuesta un mundo mentirle todas las mañanas cuando voy a trabajar.

Carver ya no sabía qué preguntar primero:

—¿Trabaja usted para Roosevelt? ¿Por eso vieron mi carta?

—Revelando tus propios secretos, ¿eh, Tudd? —Hawking se carcajeó—. La palabra adecuada sería «interceptaron», chico. Venga, cuéntaselo todo, dile que eres *el escribano* de Roosevelt.

—Yo podría citar algunos de los puestos que has ocupado por amor de la investigación y que no son precisamente para enorgullecerse —repuso Tudd entrecerrando los ojos. A continuación se volvió hacia Carver—. Hijo, casi todos nuestros agentes ocupan puestos en dependencias policiales, políticas o periodísticas. Yo soy ayudante del Comisionado.

—Escribano —entremetió Hawking.

—¡Ejem! Tu carta... me impresionó. Pensé que el señor Hawking necesitaba un ayudante, y que tu presencia en este lugar le quitaría de la cabeza la idea de jubilarse. No se me ocurrió que pensara arrebatarme mi trabajo para dártelo a ti en tu primera visita.

—En este momento solo me interesa encargarle un trabajo.

—¿De verdad? —preguntó Carver—. ¿Y de qué se trata, señor?

—De que busques a tu padre.

A Carver estuvo a punto de salírsele el corazón por la boca.

—Es una forma excelente de iniciar tu formación, con un misterio que estés deseando resolver. Si crees que podrás desenvolverte, claro está. Tendrás que patearte las calles, pero contarás con estas instalaciones...

—Hasta cierto punto —interrumpió Tudd—. Quiero ayudar, por supuesto, pero nuestros recursos no son ilimitados. Supongo que podría hacer que alguien le echara un vistazo a esa carta que encontraste para buscar huellas, analizar la letra...

Carver se mareó de la emoción. ¿Disponer de aquel sitio para encontrar a su padre?

—El señor Tudd —dijo Hawking inclinándose hacia delante— ha contratado a un nuevo analista de documentos forenses que tiene escarceos con la grafología. ¿Conoces la diferencia?

—El analista deduce la identidad del autor; el grafólogo, su personalidad.

—Bien, bien —dijo Tudd—, quizá no sea tan descabellado pensar que podrías dirigir esto algún día.

Umm… ¿Te ha dicho el señor Hawking que trajeras la carta?

—No era necesario —respondió este—. He supuesto que siendo algo tan preciado para él lo llevaría siempre encima. ¿Estoy en lo cierto, chico?

—Sí —contestó Carver sonriendo.

—No es una prioridad, pero tampoco hay razón para no ponerla a la cola —dijo Tudd extendiendo la mano.

Carver, emocionado, dirigió la mano a su bolsillo, pero el bastón de Hawking le impidió completar el movimiento.

—Espera —ordenó su mentor—, si vas a ser mi ayudante quiero que tengas acceso ilimitado a las instalaciones. No podrás examinar esa escritura, pero puedes hacer otras cosas.

—¡Eso es imposible! —bramó Tudd.

—Al contrario: es de lo más posible.

El director resopló con tanta fuerza que le tembló el bigote.

—¿Podemos hablar de eso en privado? —preguntó.

Carver se levantó de un salto, no fuesen a creer que necesitaba niñera. Los dos hombres guardaron silencio mientras él abría la puerta y salía, con la cabeza a punto de explotar por todas las preguntas que había ido acumulando.

14

Los dos agentes más jóvenes esperaban en la puerta cuando Carver salió.

—Los viejos pistoleros quieren decirse unas palabritas, ¿eh? —dijo Emeril y extendió la mano para estrechar la de Carver—. John Emeril. Hace tres años que estoy en la agencia.

Jackson hizo lo mismo, aunque con un apretón bastante más fuerte. Tenía la nariz torcida, como si se la hubiesen roto en una pelea a puñetazo limpio, y una cicatriz poco visible en la mejilla derecha.

—Josiah Jackson. Impresionante el sitio, ¿verdad?

—La primera vez que vi ese metropolitano pensé que había entrado en una novela de Julio Verne —comentó Emeril. Tenía un cutis impoluto, pero estaba pálido y entrecerraba continuamente los ojos, como para leer una letra diminuta.

—Vaya que sí —contestó Carver. Tras el sombrío Hawking y el rugiente Tudd, aquellos dos eran un alivio.

—Y el metro solo es el principio —dijo Jackson, desabotonándose la chaqueta y apoyándose en la pared—. Han inventado cosas que dejarían bizco a Verne.

—Sí, pero ya podían inventar un cheque mensual inamovible —intervino Emeril.

—¿Entonces los dos son detectives? —preguntó Carver.

—Así es —dijo Emeril—. No estamos de porteros todo el día. Solicitamos esta labor de hoy porque queríamos ver al señor Hawking.

—¿En qué tipo de casos han trabajado?

—No creo que podamos hablarte de ellos —contestó Jackson—, pero sí puedo decirte que no son tan excitantes como los que salen en los libros.

—¡No le digas eso! —protestó Emeril—. ¡Jackson y yo nos hemos enfrentado a secuestros, sobornos y atracos de bancos! No podemos dar detalles de los casos, es verdad, pero también lo es otra cosa: no todo consiste en corretear por las cloacas revólver en mano, estropeando tus mejores trajes, para atrapar a un ladrón.

—Ahí está el busilis —convino Jackson—. Hay que atraparlos antes o durante. Después el daño ya está hecho. Y para eso hay que investigar mucho y suponer mucho, a fin de intentar meterse en la mente del criminal.

—Lo que Jackson suele dejarme a mí —dijo Emeril—. Quien es un verdadero entendido en el cerebro del delincuente es el señor Hawking. Se dice que guarda uno en su escritorio. El bueno de Hawking… todo un personaje.

—Te vas a formar con el mejor —dijo Jackson.

—¿Por qué quiere jubilarse? —preguntó Carver.

—¿No te lo ha contado? —preguntó Emeril a su vez —. No sé mucho de su trabajo con la Pinkerton original, pero se dice que cuando empezó aquí era un cerebrito, como yo.

—¿Ah, sí? Yo creía que era un musculitos, como... ejem.

Emeril puso los ojos en blanco.

—Hace unos ocho años —prosiguió este—, se obsesionó con una banda callejera especializada en secuestros.

—Y en extorsiones, ¿no? —dijo Jackson.

—Sí, pero sobre todo en secuestros. Por suerte o por falta de ella, secuestraron a la mujer de un individuo muy rico y le advirtieron, como es habitual, que no llamara a la policía. Dada la corrupción existente, el marido sospechó que algunos polis podrían estar involucrados, así que nos contrató a nosotros.

—¿Contrató? —preguntó Carver.

—No tenemos inconveniente en aceptar dinero...

—... de quienes pueden pagarlo —completó Jackson.

—En cualquier caso —siguió Emeril—, Hawking se aplicó a fondo. No había la menor pista, pero él sacó respuestas de la nada.

—¡De su trasero, dirás!

—¿Y qué importa eso? El caso es que resolvió el problema. Se figuró dónde la retenían.

—En un almacén. Y allí se plantó con el propósito de tomarse la justicia por su mano. Se llevó a cinco agentes...

Pese a estar tremendamente excitados, los dos jóvenes guardaron silencio de golpe.

—¿Y? —preguntó por fin Carver.

—Resultó que además de secuestradores había, en efecto, policías implicados, y que tenían revólveres nuevos que disparaban más deprisa y con más precisión que cualquier otro de la época. Hawking no esperaba encontrarse con tal potencia de fuego. La secuestrada murió y todos los agentes también. Hawking recibió cinco balazos.

Carver exhaló. Ya imaginaba que la operación había sido un drama, pero no que fuese también un trágico error.

—Se marchó al extranjero a operarse —dijo Jackson con voz más suave— y ha estado fuera casi un año, pero lo más que han podido hacer ha sido devolverle un poco de movilidad en el brazo. Ya has visto cómo está. Ya no quiere saber nada de trabajar, pero sí quiere controlar a Tudd… y Tudd…

—No es un mal hombre —interrumpió Emeril—, aunque yo no le confiaría la inversión de mis ahorros, y es un buen detective.

—Pero no como Albert Hawking.

El mentor de Carver empezaba a cobrar sentido. ¿Cómo no iba a estar amargado y malhumorado después de aquello?

En ese momento, la voz de Tudd, hueca y diminuta, salió de la nada:

—Que pase Carver.

Este miró a su alrededor, incapaz de figurarse de dónde provenía.

—Tubo acústico —explicó Emeril—, transporta los sonidos por un conducto. Los barcos llevan usándolos desde hace un siglo y las buenas oficinas también.

Mientras Jackson extendía la mano hacia la puerta, Emeril sacó de la pared un pequeño tubo de caucho y dijo al embudo metálico del extremo:

—Ahora mismo, señor Tudd.

Cuando Carver entró en el despacho, Hawking señaló a Tudd con su agarrotada mano derecha y dijo:

—Dale la carta.

—¿Qué…? —preguntó Carver parándose en seco.

—Te lo diré en dos palabras. Por ahora, entrégale al señor Tudd tu preciosa misiva. Quizá en un año o dos se dignarán a mirarla y descubrirán que eres el Príncipe de Gales. Vamos.

Carver sacó la nota doblada de su bolsillo trasero. Habían pasado demasiadas cosas demasiado rápido. Poco antes aquella carta era lo que más le importaba en la vida. Hawking, Tudd, la Nueva Pinkerton… aún le parecían irreales. La carta era sólida, real. No estaba seguro de querer desprenderse de ella pero tampoco veía razón para no hacerlo. Aunque al cerrar los ojos podía reproducir hasta la menor mancha de tinta, sintió una punzada de dolor al entregarla.

Tudd, consciente de la importancia del gesto, dedicó a Carver una sonrisa de simpatía y desdobló el papel con la mayor delicadeza.

—¿Un año? —dijo tras examinarlo—. Ni mucho menos. Pero tardaremos un poco, hijo.

—Se lo… se lo agradezco mucho —contestó Carver enredándose en las palabras.

—Umm —respondió Tudd. Luego rebuscó en su escritorio hasta encontrar un tubo de cristal de unos ocho centímetros de diámetro cerrado en ambos extremos con tapones de goma. Quitó un tapón, enrolló la carta con cuidado y la introdujo en el tubo. Después de sellar el otro extremo, metió el tubo en uno de mayor diámetro situado detrás del escritorio. El más pequeño fue absorbido con un súbito zoc.

—Sistema de correo neumático, cortesía del caballero que construyó el metro —explicó Tudd alegremente—. En la Bolsa de Londres llevan usándolo desde 1853, pero supongo que nuestro querido Hawking, aquí presente, opinará que es tirar el dinero.

—Si fuese a quebrar, sí —replicó el aludido levantándose—. El laboratorio no está lejos, ¿verdad?

Dicho esto se dirigió a la puerta, lanzó a Carver una sacudida de mentón para indicarle que lo siguiera y dijo:

—Hasta pronto, Septimus.

Una vez en el vestíbulo, Carver se figuró que ya no había problemas para formular preguntas:

—¿Qué…?

Hawking cortó el aire con su mano sana y dijo:

—Delante de los agentes no. Buenas noches, Jackson, Emeril.

—Encantado de verle, señor.

—Buenas noches, señor Hawking.

Carver se hubiera quedado eternamente entre los tubos acústicos, los metropolitanos neumáticos y los espejos periscopio, pero Hawking lo condujo de nuevo al metro. No le dirigió la palabra hasta que se deslizaban por el túnel:

—Ya está decidido —anunció—, se te permite el acceso completo.

Carver dejó escapar una risa de asombro.

—Eso es genial, señor, pero el señor Tudd se oponía. ¿Cómo ha conseguido usted que cediera?

—Una mentira piadosa —contestó Hawking encogiéndose de hombros—. Le he dicho que deseaba que tuvieras acceso libre porque, de cuando en cuando, te encargaría tareas para que las hicieses en mi lugar. Darte acceso a ti sería como dármelo a mí.

—Pero... ¿ya no le interesa a usted resolver delitos?

—No desde el incidente que sin duda te han contado Jackson y Emeril con todo su trillado esplendor. Hay mucho más de lo que ellos suponen y preferiría que tú no te molestaras ni en preguntar. Lo pasado, pasado está. Respecto a ti, chico, ahora que ya has visto todas estas paparruchadas lujosas, puedes dedicarte a lo que de verdad interesa: el estudio de la mente criminal.

La extraña sonrisa de Hawking le recordó a Carver la conversación del despacho, así que comentó:

—El señor Tudd ha dicho que pasa usted mucho tiempo con locos.

Hawking ladeó la cabeza a la derecha y después a la izquierda.

—En lo que algunos llaman manicomio y yo llamo... hogar.

15

—Al ferry de la isla de Blackwell —dijo Hawking al cochero y, volviéndose hacia Carver, advirtió—: No te acostumbres a esto. Es tarde y estoy deseando volver a casa, pero tú te desplazarás sobre todo a pata.

A Carver no le importaba lo más mínimo. Descontando cuando se colgaba de la parte trasera de algún carruaje o se colaba sin pagar en un tren elevado, iba siempre a pie. Sin embargo, sí había dos cosas que le preocupaban: haber dejado la carta de su padre y el hecho de que en la isla Blackwell había tan solo una cárcel y un manicomio; aunque le molestaba más lo de la carta. Intentó distraerse con el hipnótico y perezoso ruido de los cascos sobre el empedrado, pero no podía librarse de la persistente sensación de que había hecho mal.

En el ferry, el viejo detective se empeñó en subir a la cubierta superior, completamente abierta. Treparon por la estrecha escalera metálica y se dirigieron a proa, justo cuando el capitán aceleraba las máquinas. El súbito movimiento a punto estuvo de tirar a Hawking. Carver se apresuró a sujetarlo, pero él se agarró a la barandilla con su estropeada mano derecha.

—Le encanta este jueguecito —dijo Hawking, mirando con desprecio al capitán. El tipo entrecano que manejaba el timón soltó una risita burlona. Carver pensó que ojalá supiera algún día que había insultado a un maestro y patrón de detectives.

Una rociada de agua humedeció el rostro de Carver. Detrás de sí dejaban la estela de humo de carbón; olía a mar. El tiempo era desapacible, pero resultaba difícil preocuparse por nada con las luces de Nueva York a un lado y las de Brooklyn al otro reflejándose en el agua picada y negra como la pez del río. Tras recorrer un kilómetro y medio, la punta de la isla de Blackwell se hizo visible. Era tan baja y tan plana que la mole gris del Hospital Penitenciario parecía asentada en el agua. Cuando el ferry se acercó a un muelle, Carver pensó que no estaría tan mal vivir entre personal sanitario, pero, una vez que salieron los otros pasajeros, Hawking le hizo un gesto de negación con la cabeza y dijo:

—La próxima parada.

El barco siguió avanzando entre resoplidos y abandonó un lugar de agradable verdor: un huerto donde los presos cultivaban su propia comida. Poco después alcanzaba uno de los imponentes muros que dividían la isla y a continuación otro más, este con torres de vigilancia y guardias armados. El resto del terreno estaba dominado por una construcción tenebrosa, que más parecía un lugar de tortura que de tratamiento, en cuyo centro se erguía una torre octogonal abovedada.

El ferry se detuvo.

—Aquí es —anunció Hawking.

Carver intentó disimular que se le había caído el alma a los pies.

Mientras caminaban, su mentor señaló las encrespadas aguas del extremo norte de la isla.

—La Puerta del Infierno. Cientos de barcos se hundieron en ese lugar hasta que el ejército utilizó trescientas mil libras de explosivos para volar las rocas. Tal explosión originó un géiser de doscientos cincuenta pies de altura, y el estruendo llegó hasta Princeton, Nueva Jersey.

Petrificado por la constatación de que iba a vivir en un manicomio, Carver se limitó a asentir educadamente.

Hawking se detuvo y se apoyó en el bastón con ambas manos.

—¿Qué ocurre, señor? —preguntó Carver.

—¿Quieres hacerme creer que un chico como tú, criado en esta ciudad, no conoce la mayor explosión artificial de su historia?

—Yo... yo no he dicho que no la conociera —balbuceó Carver perplejo.

—No, pero has asentido como si no la conocieses. Si te hubiera dicho que la calle Broadway debe su nombre a que era una avenida muy ancha, ¿hubieras asentido también?

—¿Sí, señor? Esto... ¿no, señor?

Hawking lo estudió desapasionadamente.

—De aquí en adelante me dirás con exactitud lo que conoces y me harás preguntas sobre lo que no conozcas. No quiero perder el tiempo explicándote lo que ya sabes ni quiero pasar por alto lo que ignores. Apoyó la mano agarrotada en el hombro de Carver. Pesaba mucho, como algo muerto. Demasiado amedrentado para mirarla, el chico clavó los ojos en el sombrío rostro de su mentor.

—Para conseguir algo, necesito tu mente; la necesito abierta y la necesito sincera. Farfulla mentiras a los demás, si quieres, pero yo no te voy a permitir ni una palabra, ni un asentimiento, ni un guiño falsos, ¿entendido?

—Sí.

—¿En qué año fue esa explosión que acabo de mencionar? —preguntó Hawking entrecerrando los ojos.

—En 1885 —respondió Carver, y tras una breve pausa añadió—: El 10 de octubre.

La sombra de una sonrisa cruzó por el rostro de Hawking, que ladeó la cabeza hacia el ominoso edificio.

—¿Qué sabes de este lugar?

—Que es el manicomio de Blackwell —contestó Carver, encogiéndose de hombros. Luego trató de recordar algo más, pero la mano de su hombro le ponía nervioso—. Una mujer se hizo pasar por loca para que la encerraran y contó en un libro lo mal que vivían los pacientes.

—Nellie Bly —precisó Hawking—. *Diez días en un manicomio*. ¿Lo has leído?

—No, pero Delia… una amiga, me habló de él una vez.

Hawking le quitó la mano del hombro y lo condujo hacia los escalones de la torre central.

—También lo llaman el Octágono. Es el primer manicomio de financiación pública de Nueva York. Las dos alas construidas hasta el momento se llenaron en cuestión de meses. Para ahorrar dinero, los guardias son presos de la cárcel, así que durante casi todo el día los pacientes están en manos de los tiernos desvelos de ladrones y asesinos. El librito de Bly hizo que todos se portaran mejor durante un tiempo, pero las cosas han cambiado poco.

Hawking esperó a que Carver abriera la puerta. Cuando este lo hizo, vio una espectacular escalera que se elevaba en curva desde el suelo de baldosas hasta la cúpula; un círculo de columnas delimitaba cada piso. Encima del mostrador delantero colgaba el lema: *Mientras hay vida, hay esperanza.* Un guardia sin afeitar yacía en el suelo cerca de la puerta interior doble, roncando.

—¿Tú crees que eres un huérfano? Los huérfanos de verdad están aquí.

La puerta de doble hoja daba paso a un corredor largo y tenebroso por el que vagaban figuras imprecisas. Algunas estaban sentadas con apatía en bancos estrechos, otras caminaban como si avanzaran bajo el agua. Un hombre anduvo hacia la pared, se golpeó la cabeza, retrocedió y volvió a golpearse. En cada golpe, Carver oía un ruido sordo que le recordaba al bote de una pelota en la acera del orfanato Ellis. *Pom, pom, pom.*

—Ese es Simpson —dijo Hawking—. En el fondo de su corazón, se cree capaz de atravesar las paredes.

Al final tendrá que venir un celador para llevárselo en camilla y atarlo a la cama.

A continuación se dirigieron a la escalera curva. Por mucho que Carver ayudara a Hawking, la subida resultaba lenta y dolorosa, y estaba salpicada por los extraños gemidos y los lastimeros gritos de los internos. Para horror de Carver, Hawking identificaba a los pacientes por sus ruidos:

—Ese gruñido es del señor Gilbert. Entró hace dos años y está diagnosticado de «orgullo mortificante». ¿El gemido? De Grace Shelby, siete meses por «pasión desenfrenada». El gañido, de Reginald Cowyn, aquejado de «esperanzas frustradas». Esperanzas frustradas, ¡ja! Lo que Nelly Bly no llegó a comprender es que los médicos están tan locos como sus pacientes.

Cuando Carver pensaba que aquella tortura se prolongaría eternamente, llegaron al último descansillo y a una sencilla puerta de madera. Hawking, que apenas podía respirar mientras buscaba la llave, se volvió hacia atrás para mirar los muchos peldaños y explicar:

—Por eso no me gusta salir.

Luego empujó la puerta con la cadera y pasaron a una sala oscura y octogonal, como la propia torre pero más pequeña. Cuatro de las paredes tenían ventanales que llegaban casi al suelo; las otras cuatro, estanterías. Había además un sofá, una mesa, unas cuantas sillas y algo que parecía una cama.

Con un gesto falto de gracia, Hawking se sentó a la mesa y encendió un viejo farol de mano. La estancia estaba abarrotada de objetos, como un cerebro demasiado pequeño atiborrado de pensamientos. Había libros, mapas, instrumentos, cosas grotescas e irreconocibles en frascos llenos de líquido e incluso un cuenco con algo muy similar a fragmentos de hueso; y periódicos, un sinfín de periódicos desparramados por el suelo, algunos desgarrados.

Sobre la mesa, junto a la lámpara de queroseno, descansaba una máquina de escribir rodeada de bolas de papel arrugado y una bandeja de hospital con los restos del desayuno de Hawking, que daban la impresión de ser tan poco apetitosos como los huesos.

El detective señaló la silla del otro lado de la mesa. Carver obedeció despacio, intentando no respirar hondo en las proximidades de la bandeja.

—¿Qué opinas? —preguntó Hawking.

Le había exigido sinceridad, así que Carver contestó:

—Me gusta más la sede de la Nueva Pinkerton.

Hawking profirió un gruñido y barrió la mesa con el bastón. La bandeja, con plato, cubiertos y vaso incluidos, salió volando y se estampó contra el suelo. Carver se quedó atónito, aterrado. Por debajo, los gemidos aumentaron en cantidad y volumen.

El farol de mano dejaba en sombras medio rostro de Hawking.

—Escúchame con mucha atención: ¡todos esos artilugios deslumbrantes no son más que zarandajas para necios! La sede central está debajo de una cloaca porque se lo merece. Este es el único sitio *honrado* de toda la ciudad, el único donde los pedazos de la mente, esos que nos hacen ser como somos, no enmudecen ni por miedo ni por el qué dirán. Por eso estoy aquí, teóricamente como asesor de los delincuentes locos, pero en la práctica como director. Aquí es donde podemos aprender cuál es el origen de la delincuencia, cuál es el origen del hombre. Piénsalo… y recoge lo del suelo.

Hawking se levantó, caminó pisando fuerte hasta lo que parecía una cama y se derrumbó en ella.

—Echa al suelo los cojines de las sillas. Mañana te buscaremos algo más apropiado.

Carver recogió lo mejor que pudo los pedazos de cristal y los dejó en la bandeja, esperando que la luz de la mañana revelara alguna papelera. Después, sin decir ni pío, agarró un cojín, despejó un trozo de suelo y se tumbó.

Acabó por dormirse entre llantos doloridos, risas histéricas y algún que otro grito provenientes del piso inferior, mientras pensaba en el verdadero significado de que los sueños se hicieran realidad.

16

Carver estaba rígido, con la cara caliente.

Clac, clac, clac, jisssssssssssssss. Clac, clac, clac, jisssssssssssssss.

¿Qué era ese ruido? Cuando abrió los ojos la luz del sol lo deslumbró. Los entrecerró y parpadeó antes de darse cuenta de que seguía en el Manicomio Blackwell. Mirando el lado bueno, eso quería decir que la Nueva Pinkerton también era real.

Miró en torno. Los siseos provenían de un radiador de hierro; los chasquidos, de Hawking, que pulsaba lentamente las teclas de una máquina de escribir con su agarrotada mano derecha.

—Sé que estás despierto, chico —dijo el detective—. Tómate un momento para aclararte las ideas, pero nada más. Esta noche ha hecho frío, aquí arriba no llega apenas la calefacción y el invierno se adelanta.

El detective parecía más animado, como si el ajetreo del día anterior hubiese barrido en parte de su mal genio. Aún así, Carver permaneció en silencio mientras se ponía los pantalones y la camisa que llevaba el Día de los Padres Potenciales, es decir, la víspera. ¿Era posible que hubiera transcurrido tan poco tiempo?

—¿Te gustan los rompecabezas? —preguntó Hawking—. Aquí tienes uno. Mira estas teclas de la máquina: *QWERTY*. ¿Te has preguntado alguna vez por qué siguen ese orden?

Carver repitió lo que había oído:

—Porque han juntado las letras más corrientes en inglés para facilitar la escritura.

—No, eso es lo que cree la mayoría de la gente, y la mayoría de la gente es tonta. Christopher Latham Sholes diseñó este teclado en 1874 con el fin de disminuir la velocidad del mecanógrafo y evitar, en consecuencia, que las teclas se trabaran. Los pacientes ya están desayunando; podrás ducharte solo. Después vas al comedor y subes dos desayunos.

Pese al mejorado humor de Hawking, Carver se alegró de alejarse de él un rato. Por la mañana, el hospital no parecía tan espantoso. Había menos quejidos y las duchas del piso inferior estaban, en efecto, desiertas. Carver hubiera querido cambiarse de ropa, pero al menos las toallas con que se secó estaban limpias.

Sin embargo, el estrecho comedor de la primera planta era puro bullicio. Intentó no mirar, pero los hinchados entrecejos y los diminutos ojos de ciertos pacientes eran fascinantes. Incluso las risas parecían desconectadas de sus propietarios. El único que le habló fue la mujer que estaba delante de él en la cola. Cuando Carver la miró sin querer demasiado rato, ella le explicó que era la esposa de Grover Cleveland, presidente de los Estados Unidos. Carver no tenía ni idea de cómo reaccionar. Le preocupaba que se pusiera violenta si la contradecía o que le contagiara su locura si se acercaba demasiado.

¿Sería capaz de acostumbrarse a aquel sitio? No tenía otra, si quería que Hawking y la Nueva Pinkerton le ayudaran a encontrar a su padre y le enseñaran a ser un detective de verdad. Valía la pena pasar ciertas incomodidades por eso, ¿no?

Cuando volvió a la planta superior, el té tibio, la avena grisácea y el pan eran tan insípidos que Carver echó de menos la comida de Curly. A Hawking no le importaba. Se puso el bol cerca de la máquina y alternó el aporreo de teclas con las cucharadas de papilla. Cuando vació el cuenco, dijo:

—Pregúntame en qué estoy trabajando.

—¿Tiene que ver con mi padre?

—No, eso es cosa tuya. Esto son notas sobre Hunter y Smellie, los padres de la obstetricia moderna. Su trabajo, de hace más de un siglo, salvó la vida a innumerables mujeres. ¿Te parece una labor digna de alabanza?

—Sí —respondió Carver—, claro.

—Mira que eres insulso. Contesta ¡cielo santo, cuán angelicales! o ¡me importan menos que un cuesco de mis posaderas! Mejor aún, pregúntame por qué deberían interesarle a un detective.

—Está bien. ¿Por qué…?

—Porque eran asesinos —cortó Hawking—. Como necesitaban cadáveres frescos para investigar, encargaron el asesinato de un sinfín de mujeres, algunas embarazadas. ¿Sigue siendo una labor digna de alabanza?

—No —dijo Carver—, eran delincuentes.

—Define «delincuente» —exigió Hawking.

—Alguien que infringe la ley.

—Los hombres que fundaron los Estados Unidos infringieron la legislación británica. Benjamin Franklin dijo que o permanecíamos juntos o nos colgaban por separado. ¿Era un delincuente?

—No... bueno, sí, pero... esas leyes eran injustas y había que cambiarlas.

—Luego para ser como Franklin, ¿tienes que infringir la ley a veces?

—Sí —admitió Carver dubitativo.

Hawking se limpió los labios y echó la servilleta al cuenco.

—Anoche fui demasiado duro contigo, chico. Olvidé que tu sentido del bien y del mal proviene de noveluchas de tres al cuarto. En la vida real, las fronteras están mucho más desdibujadas.

—No soy idiota —objetó Carver.

—No he dicho que lo fueras —repuso Hawking entrecerrando los ojos—. Si pones en mi boca palabras que no he dicho, acabarás sin dedos. Hasta la mente de más valía puede precipitarse al abismo al ver desbaratadas sus esperanzas.

—¿Al qué? —preguntó Carver.

—Al abismo —repitió Hawking, tamborileando con los dedos sobre la mesa—. Te pondré un ejemplo, verdadero además. Una mujer está sentada en el teatro disfrutando de la representación cuando, de repente, un coche de bomberos sale al escenario. Forma parte de la obra pero, como es tan inesperado, la mujer grita.

La cuestión es que cuando empieza a gritar le es imposible dejar de hacerlo. La sacan a rastras y la traen aquí, donde consideran que está total e irremediablemente loca. Cualquier idiota se percataría de que no lo está, pero entre el personal no hay ni un solo idiota: solo médicos, alienistas. Eso ocurrió hace dos años. Hasta la semana pasada no conseguí que me garantizaran su liberación.

—Pero... ¿por qué gritaba tanto si no estaba loca?

—Porque pensaba que conocía el mundo, y en su mundo los coches de bomberos estaban en la calle, no en los escenarios. No pudo soportar esa alteración de la realidad. Ese fue su abismo. Hasta tú encontrarás el tuyo algún día, no lo dudes. Pero ahora es tiempo de limpiar. Tus pertenencias llegarán esta tarde.

Carver no entendió muy bien lo del abismo, pero la clase había acabado. En las horas siguientes se dedicó a apilar libros y papeles en las estanterías de una pared, miniaturas en las de otra, instrumentos en las de una tercera y así sucesivamente. Debido a las muchas paredes de la estancia, pudo reservarse un sitio para él mismo, y darle cierta intimidad gracias a lo que al pronto le pareció un tablero de mesa plegado y al abrirlo resultó ser un biombo.

A la hora de comer bajó a por las bandejas, como en el desayuno, y al regresar a la habitación encontró dos celadores montando un jergón para él. Sus pertenencias, en efecto, ya estaban allí, y vio con sorpresa que Hawking estaba hojeando su pequeña colección de novelas detectivescas.

—Allan Quartermain, Nick Neverseen, y Holmes, Holmes, Holmes y más Holmes —dijo el detective—. ¿Eres un admirador de Doyle?

—Pues sí —contestó Carver.

—¿Serías capaz de resolver uno de sus casos basándote en la información que proporciona la historia?

—No, pero es que Holmes es un genio.

—El que es un genio es Doyle. En realidad, utiliza un truco barato: el lector no dispone nunca de toda la información, por lo que Holmes puede dar con las respuestas en el último minuto. Más te valdría leer sobre otro Holmes: H. H. Holmes, multiasesino. El año pasado lo atrapó un agente de la Pinkerton, Frank P. Geyer. El *Philadelphia Inquirer* está reproduciendo su confesión por capítulos. ¿Equivale eso al coche de bomberos del escenario?

Carver conocía a ese Holmes pese a los esfuerzos de la señorita Petty por evitarlo. Había cometido unos veinte asesinatos, muchos de ellos en la Exposición Universal de Chicago, ciudad en la que vivía y en la que atraía a sus víctimas hasta su casa, denominada por la prensa «Castillo del crimen». La idea de que un ser así escribiera artículos repelía a Carver, pero también lo fascinaba.

—¿Cree usted que contará la verdad?

—No, pero las mentiras siempre revelan algo del mentiroso. Nos dan la posibilidad de entrar en su cabeza, método que utiliza mi detective de ficción preferido.

A Carver le sorprendió que a Hawking le gustara algo, pero el hombre encorvado dejó a Sherlock Holmes y buscó en sus estanterías, de donde sacó un libro fino que arrojó a Carver.

Se llamaba: *Los crímenes de la calle Morgue*.

—C. Auguste Dupin, creado por Edgar Allan Poe, inventor de la novela policiaca. Dupin combina el raciocinio con la lógica y la imaginación para familiarizarse con el criminal y, en cierto modo, convertirse en él. ¿Crees que podrías hacerlo, chico? ¿Volverte loco para encontrar al loco? ¿Ser ladrón, o algo peor, para atrapar al ladrón?

Carver pensó en ello. ¿Se estaba refiriendo a robar de verdad? ¿Y qué había querido decir con eso de «o algo peor»?

Hawking lo observaba como si pudiera leerle los pensamientos en los surcos del ceño.

—Bueno, basta por hoy —dijo el detective—, ya me he hartado de ver cómo intentas pensar. Tengo que visitar a unos pacientes. Échate en tu cama y lee ese libro. Mañana temprano volverás a tu querida Nueva Pinkerton y empezarás la búsqueda de tu padre. Pronto comprobaremos hasta dónde estás dispuesto a llegar.

17

El viento matutino del East River helaba los huesos, pero al menos Carver se había librado del manicomio y de Hawking. La palabra «excéntrico» se quedaba corta para definir a su mentor. Aquel hombre era como una trampa para osos, siempre dispuesto a rebanarte el tobillo si no te andabas con cuidado. Cada conversación con él era un examen. Hasta había subrayado un párrafo al principio de la Calle Morgue:

«Así como el hombre robusto se complace en su destreza física y se deleita con aquellos ejercicios que reclaman la acción de sus músculos, así el analista halla su placer en esa actividad del espíritu consistente en *desenredar*. Goza incluso con las ocupaciones más triviales, siempre que pongan en juego su talento. Le encantan los enigmas, los acertijos, los jeroglíficos, y al solucionarlos muestra un grado de perspicacia que, para la mente ordinaria, parece sobrenatural».

Significara lo que significase. De todas formas, a Carver le había gustado. El inesperado final, que incluía un orangután, era divertido, y aunque durante todo el desayuno había estado temiendo que Hawking lo interrogara sobre el tema, al detective solo le interesaba mecanografiar. Cuando Carver estaba a punto de salir, Hawking había sacado la hoja de la máquina, la había metido en un sobre y, al dar este a Carver, le había advertido que no leyera la nota hasta llegar a su «dorado» destino. Carver se la guardó en el mismo bolsillo que había contenido la carta de su padre.

Un silbido ensordecedor lo devolvió con un respingo al mundo real; el ferry estaba atracando. Carver había regresado a esa ciudad que tan bien conocía, pese a la opinión de su maestro, y estaba en camino de vivir una gran aventura.

A pie, con tan poco dinero que apenas le llegaría para la comida y el billete de vuelta, Carver trotó alegremente por las calles, desviándose solo para acercarse a los vendedores de cacahuetes o de patatas asadas a fin de disfrutar tanto del aroma como del calorcillo de sus carritos humeantes. Hacía frío para septiembre, pero el día era claro y Broadway se extendía hasta el infinito.

Sin embargo, tuvo que contener sus ansias de regresar a la Nueva Pinkerton: la esquina con la calle Warren estaba cubierta por un mar de sombreros oscilantes. Carver no iba cometer el estúpido error de que le vieran usar la entrada secreta, así que cruzó al City Hall Park para esperar que el gentío se dispersara.

No obstante, después de unos veinte minutos fue incapaz de seguir esperando. Cruzó la calle y, con la expresión más inocente que pudo componer, giró el tubo en el orden establecido. Vio con alivio que, cuando la puerta se abrió y él se coló dentro, nadie le prestaba atención.

El ascensor lo manejó sin problemas, pero no recordaba cómo había arrancado Hawking el vagón cilíndrico. Tras un momento de pánico se acordó de una palanca y un pisotón, así que se sentó donde lo había hecho el detective y apretó los talones contra la base; al ver que no pasaba nada, pisó con más fuerza, una y otra vez. Seguía dando pisotones cuando al mirar por las ventanillas vio que ya estaba en marcha.

Los dos jóvenes agentes lo esperaban en el andén. El pálido Emeril, en pleno bostezo, leía un ejemplar de *Judge's Quarterly*, una revista de humor. El musculoso Jackson, sin chaqueta y arremangado, se agachaba y se levantaba en plena serie de ejercicios calisténicos.

—¡Por fin llega el joven Sherlock! —dijo Emeril cuando Carver salió del vagón—. Tudd te ha visto en la calle.

—Nos preguntábamos por qué tardabas tanto —añadió Jackson, recogiendo su chaqueta de la barandilla.

—No quería que me vieran entrar —explicó Carver.

—Bien hecho, pero no era necesario —dijo Jackson dándole palmaditas en la espalda—. Es solo una puerta lateral de un edificio.

—Sin embargo, es bueno acostumbrarse a no llamar la atención —terció Emeril—. Mientras nadie sepa que existimos, nadie nos encontrará.

—Yo sí —precisó Carver.

—Porque Hawking te condujo hasta nosotros —objetó Jackson.

—Ya es hora de ponerse en marcha —dijo Emeril doblando la revista para guardársela en el bolsillo—. Vamos a ser tus guías. Tudd quería venir, pero está muy ocupado con su caso. Hawking piensa que deberías empezar por el ateneo.

—Que es el modo finolis de referirse a la biblioteca —aclaró Jackson con un guiño.

Al llegar a la plaza giraron a la derecha y cruzaron un pequeño puente para alcanzar la segunda construcción, más grande y también más extraña: la fachada principal consistía en un enorme muro de ladrillo donde el único vano era una puerta de dos hojas.

—¿Qué tal te va con Hawking en el manicomio ese? —preguntó Jackson.

—Um... —contestó Carver. Los jóvenes detectives le caían bien, pero no se sentía cómodo hablando de su mentor.

—Tudd se teme que al perder parte de su cuerpo, haya perdido también parte de su mente —dijo Jackson—. ¿No te tratará con demasiada dureza, no? ¿Está en sus cabales?

—Eh, eh —cortó Emeril—. Apenas hace tres días que lo conoce, y nosotros dos lo hemos visto menos de una hora.

—Entendido —respondió Jackson y salió disparado hacia la puerta para abrirla—. Si lo de ayer te impresionó, ya verás esto.

Carver se impresionó, desde luego, pero sobre todo por el olor. El tufo a moho lo golpeó como un puño. Del aire colgaba una manta de vetustez y silencio que lo envolvió de inmediato. No había pisos, ni habitaciones, ni pasillos. Docenas de lámparas de mesa descansaban sobre pequeños escritorios, pero ninguna suponía un desafío para la galopante oscuridad. Era como una cueva inmensa, una cueva forrada de libros. Todo estaba lleno de estanterías, casi todas de suelo a techo, casi todas abarrotadas. Las escaleras corrían por toda su altura, como pilastras de un templo de madera y papel.

—Tenemos registros de inmigración —dijo Emeril en voz baja—, archivos clasificados de todos los diarios importantes de Nueva York publicados en la última década y, el orgullo de la Pinkerton, vieja o nueva, el mayor fichero de delincuentes del país: miles de expedientes y de fotografías y de...

—¡Chis!

Justo delante, sentado a un gran escritorio, un hombre con anteojos se llevaba el dedo a los labios y miraba con inquina a los recién llegados.

—Beckley, según lo apuntes en el registro puede empezar —susurró aún más bajo Jackson y, dirigiéndose a Carver, añadió—: Nosotros tenemos tarea, pero te echaremos un ojo.

Emeril dio a Carver un empujoncito hacia el hombre bajo, delgado y anguloso que respondía al nombre de Beckley. Sin decir palabra, este agarró una pluma estilográfica paralela a una hoja de papel, miró una lista hasta llegar al nombre de *Carver Young* y lo tachó rápidamente. Luego se levantó y echó a andar a zancadas entre los escritorios. Al estar con Hawking, Carver se sentía tieso como una tabla, pero al ver la tiesura de Beckley se sintió como encogido.

Mientras avanzaban, Carver jadeó cuando una mole metálica y oscura que la poca luz ocultaba se hizo visible. Un coloso de engranajes, ejes y bielas recorría casi toda una pared. Al acercarse, el chico vio cientos de tarjetas con agujeros diminutos sujetas en varias partes de la máquina mediante finos ganchos metálicos, como insectos atrapados en una telaraña de hierro.

—¿Qué es...? —balbuceó.

—Una máquina analítica —explicó Beckley—. No la usamos más que en contadas ocasiones porque, al igual que tú, hace demasiado ruido.

—¿Pero qué...?

—¡Chis!

Escarmentado, Carver guardó silencio. En el primer escritorio vacío equipado con papel y pluma, Beckley encendió la pequeña lámpara eléctrica, retiró la silla y regresó a su puesto a zancadas. Carver tomó asiento, brincó al crujir la silla y enlazó las manos sobre el tablero.

Bueno, pues allí estaba, listo para comenzar su vida como detective, listo para buscar a su padre. En algún lugar oculto entre aquellos millones de libros podía encontrarse su nombre, quizá incluso su dirección.

Lo malo era que no conocía ni siquiera el nombre.

¿Entonces... por dónde empezaba?

Pasaron los minutos. Pánico, un pánico mucho peor que el provocado por no acordarse del funcionamiento del vagón cilíndrico le atenazó el pecho. Se removió en el asiento y cada crujido fue un cañonazo en aquella quietud de iglesia. Sin mover ni un dedo, llevaba todas las de alcanzar el más absoluto de los fracasos.

Su mirada saltó de una persona a otra, todas leyendo o escribiendo con gran aplicación. Al lado opuesto de la sala vislumbró el bulto como de insecto de una máquina de escribir. Nadie se atrevía a usarla, por ruidosa, pero a él le recordó a Hawking, lo que a su vez le recordó la nota.

¡Seguro que contenía instrucciones! Era ridículo limitarse a aparcarlo en la biblioteca, ¿no? Sacó el sobre y lo abrió rasgándolo. El ruido le granjeó varias miradas severas y un segundo y sonoro ¡chis! de Beckley. Carver hizo una mueca de dolor, sacó la nota y la leyó:

Ponte en el lugar de tu padre.

¿Eso era todo? Miró el papel por delante y por detrás. Eso era todo. Le había llevado toda la mañana mecanografiar eso. Si Carver no hubiera estado en una biblioteca, habría soltado un grito.

Lo releyó. Era otro examen. Ponerse en el lugar de su padre. ¿Pero cómo iba ponerse en el lugar de un hombre que no conocía?

Y de pronto se le ocurrió: podía escribir lo que sí sabía. Sería una forma de empezar. Echó mano a la pluma y escribió una lista:

1. Tuvo un hijo, yo, alrededor de 1881.
2. Envió una carta al orfanato desde Inglaterra en 1889.

Esa carta era la pista más importante. ¿Qué indicaba la carta?

3. Que tenía mala letra y mala ortografía.
4. Compartimos una marca de nacimiento con forma de oreja.
5. Su mujer está muerta.
6. Trabaja con cuchillos... ¿un matarife, un carnicero?
7. Le dijo a su jefe que dejaba el trabajo porque había descubierto que yo estaba vivo.

Su mente se enganchó al último punto: dejaba el trabajo. Eso quería decir que su hijo le importaba, ¿no?

8. Sabía que yo estaba en el orfanato Ellis.

Tal como Delia había sugerido, eso daba lugar a otra posibilidad, otra a la que Carver tenía pocas ganas de enfrentarse:

9. No pudo o no quiso hacerse cargo de mí.

Quizá porque era pobre, como la madre de Delia. Pero si se había tomado la molestia de dejar su trabajo y de cruzar el océano, ¿por qué no había ido a conocerlo? Un momento.

10. Cruzó el océano desde Londres.

¿Qué había dicho Jackson sobre los registros de inmigración? ¿Figuraría la llegada de su padre? No sabía el nombre, pero sí el año. Quizá había una lista de inmigrantes de Inglaterra. Carver se dirigió al mostrador.

—¿Sí, señor Young? —preguntó Beckley en voz baja.

—¿Podría indicarme dónde están los registros de inmigración de 1889?

—Los manifiestos de pasajeros de los buques entrantes. Sección I, estantería cuarenta —dijo. Luego señaló una zona oscura situada a su espalda, abrió un cajón bien engrasado y sacó una lámpara sujeta a una correa para la cabeza—. Necesitará esto. Hay tomas de corriente en el borde de los estantes. Recuerde que está enchufado antes de subir o bajar. Estos aparatos son caros.

Dicho esto le indicó que bajara la cabeza y le sujetó rápidamente la correa alrededor de la frente. Carver enfiló hacia las estanterías sintiéndose como un minero.

El estante cuarenta de la sección primera se encontraba lo menos a seis metros de altura, así que acercó una escalera y trepó con el cable en la mano. Cuanto más subía, más oscuro estaba. Para cuando llegó al que suponía era el estante cuarenta, no veía nada en absoluto. Palpando el borde halló una toma de corriente circular y metió el enchufe. La bombilla zumbó; proyectaba un cono de luz blanca hacia cualquier lugar al que dirigiera la cabeza. Después de disfrutar un momento del artilugio, Carver se dedicó de lleno al trabajo.

Cada año de registros ocupaba varios volúmenes, salvo 1889, que estaba en uno solo. Con la esperanza de que aquello significara menor cantidad de nombres, Carver lo sacó y empezó a bajar. Poco más abajo, al sentir un tirón en la cabeza, recordó que no había desenchufado la lámpara frontal. Esta se le salió, se golpeó contra la estantería y se quedó oscilando en la oscuridad; el libro estuvo en un tris de escapársele de las manos. Todos lo miraban.

Por lo menos la bombilla no se había roto. Avergonzado, recobró el equilibrio, volvió a subir y desenchufó la lámpara.

Una vez en el suelo, abrió el libro con emoción, pero la página que vio estaba en blanco. Extrañado, miró otra; también en blanco. Las hojeó todas, y todas estaban igual. ¿Era una especie de trampa?

Regresó enfadado y se lo enseñó a Beckley.

Por primera vez el rostro del bibliotecario expresó algo parecido a un sentimiento: perplejidad. Dándose golpecitos en la barbilla, susurró:

—Ah, sí. Este volumen es un marcador. Desde 1855 a 1890 los inmigrantes se registraron en el Castillo de Clinton, en Battery Park. Cuando en 1892 se abrió la Isla de Ellis transfirieron los registros, aunque la mayoría fueron destruidos en un incendio.

A Carver se le cayó el alma a los pies.

—¿Un incendio? ¿No quedó ninguno?

—En la Isla de Ellis queda algo. Están tratando recuperar lo que pueden, pero con el tremendo flujo migratorio existente, no es una prioridad.

La Isla de Ellis, un largo trayecto que quizá no condujera a ninguna parte. Aunque el nombre de su padre siguiera allí, ¿cómo iba a reconocerlo? Un momento. ¡Había una manera! ¡La letra! La forma de escribir, casi de garabatear, de su padre era muy reconocible.

—¿En los registros hay firmas de los pasajeros?

—Si saben escribir, sí. En caso contrario hacen una cruz.

Entonces aún había esperanza, y estaba en la Isla de Ellis. Usaría el dinero de la comida para pagar el ferry. Carver dejó la lámpara y el libro a Beckley, recogió sus notas y se dirigió a la salida. Jackson y Emeril se pegaron a él, aunque no abrieron la boca hasta que estuvieron fuera.

—¿Ya está? —preguntó Jackson.

—¿Sabéis si podré ver los registros de la Isla de Ellis?

—¿De la Isla de Ellis? —repitió Emeril con una sonrisa.

—Menos de una hora —dijo Jackson mirando su reloj—. Tudd ha perdido la apuesta.

—¿Pero qué pasa? —inquirió Carver.

—Ya lo verás —dijo Emeril echando a correr—. ¡Que no empiece la sesión sin mí!

18

Mientras Emeril se dirigía como una centella al despacho de Tudd, Jackson guiaba al muy confuso Carver al edificio de fachadas abiertas del lado opuesto de la plaza.

—¿He hecho algo mal? —preguntó el último—. ¿Adónde vamos?

—Qué va —dijo Jackson cuando se acercaban a una puerta—, has hecho algo bien. Vamos al sector técnico.

Les abrió una pelirroja de atuendo muy formal e increíbles ojos verdes que, al verlos, pareció casi tan atónita como el propio Carver.

—¿Ya?

Jackson se estiró cuan alto era ante la atractiva mujer.

—Te lo he dicho, Emma. Hawking estaba seguro de que lo conseguiría en menos de una hora.

La pelirroja asintió con la cabeza y los condujo a una gran sala llena de máquinas raras, cables, tubos y herramientas diversas. Carver no conocía la mayor parte de los objetos, pero sí creyó reconocer el que descansaba en la mesa central: una larga bocina que se elevaba de un cilindro situado sobre una caja de madera con una manivela. Aunque había visto las salas en las que se pagaban cinco centavos para oír música con esos aparatos, no pudo resistirse al impulso de preguntar:

—¿Es un fonógrafo?

—Efectivamente —contestó la mujer—, pero con algunas modificaciones que mejoran la calidad de la grabación.

Antes de que Carver pudiera indagar sobre los detalles, un excitado señor Tudd irrumpió en la estancia, se sentó a la mesa y le indicó que tomara asiento.

—Perdona por tantos misterios, pero todos sentíamos gran curiosidad. Cuando nuestro excéntrico señor Hawking nos visitó semanas atrás para hablar de tu carta, yo conseguí que utilizara nuestro nuevo aparato de grabación; y él, en vez de cantar una canción o recitar un poema, insistió en grabar un mensaje... para ti.

—Pero todavía no nos conocíamos —objetó Carver frunciendo el ceño.

—Él estaba seguro de que te conocería —repuso Tudd con una sonrisa—. La cuestión es que dejó dicho que solo debías oír la grabación tras preguntar por la Isla de Ellis, e insistió en que solo te llevaría una hora hacer tal pregunta desde que entraras al ateneo. Yo pensé que te costaría ese tiempo simplemente familiarizarte con la biblioteca, la verdad. —Tudd señaló el fonógrafo con un dedo rollizo—. El sonido se graba mediante la vibración de una aguja diminuta, llamada estilete, que hace marcas en un cilindro de cera. Edison pensó en utilizar un disco, pero la velocidad de giro del cilindro es más constante. Una vez que la cera se seca, la misma aguja recorre las hendiduras y recrea el sonido, que es amplificado por la bocina. Lo único que tienes que hacer es girar la manivela.

Tudd, que de tan ansioso parecía un crío, le hizo aspavientos a Carver para animarle a empezar, aunque este no hubiera podido decir si su excitación se debía al aparato o al mensaje de Hawking. A él le emocionaban las dos cosas, así que giró la manivela. El cilindro rotó, la pequeña aguja se alzó y cayó. Una voz metálica y lejana salió por la bocina:

—Sabes que la carta procedía de Londres y, dada la fecha, querrás ver si encuentras algo en el manifiesto de pasajeros de ese año. Una vez que llegues a la Isla de Ellis, pregunta por el Contador. Así se llama: el Contador. Es un amigo, un antiguo paciente del manicomio, en realidad, pero no te preocupes: no muerde. Mencióname y él te ayudará a conseguir lo que necesitas.

La grabación se había acabado, pero Carver siguió girando la manivela con la esperanza de que hubiera algo más.

Tras varios segundos de solitarios chirridos, Tudd sugirió:

—Creo que ya puedes dejarlo.

—¿El Contador, eh? —dijo Emeril.

—Probablemente un loco de atar, como Hawking —comentó Tudd entre risitas.

—¿Esto es todo? —preguntó Carver.

—¿Qué más quieres? —preguntó a su vez Tudd, encogiéndose de hombros—. Ya tienes el siguiente rompecabezas. Ánimo, hijo. Adelante. Comunícanos lo que descubras.

Con todas las miradas puestas en él, Carver se levantó y se encaminó hacia la puerta. Además de que la perspectiva de encontrarse con un antiguo interno del Octágono no resultaba alentadora, la grabación de Hawking, de hacía semanas, originaba una nueva e inquietante sospecha: que el detective fuese brillante no significaba que no pudiera estar loco.

19

Carver entró en el vagón y pateó la palanca. ¿Cómo había sabido Hawking que iban a conocerse? Se sentía como un peón en el juego de otro. «Ya tienes el siguiente rompecabezas», había dicho Tudd. Le estaba poniendo a prueba, igual que Hawking.

Al ver una sombra respingó y su pie mandó rodando un cilindro de metal oscuro a la otra punta del coche. Carver se levantó para recogerlo. Parecía una especie de catalejo. Era frío al tacto y pesaba, pero podía llevarse en el bolsillo. Tenía un único botón. Sin molestarse a pensar si debía hacerlo o no, Carver lo apretó.

¡*Shiiic!*

El cilindro se alargó tan deprisa que el chico respingó de nuevo. Desplegado parecía un bastón corto y negro, acabado en una punta roma de cobre. Carver lo balanceó unas cuantas veces. Cortaba el aire con facilidad.

Pero cuando en la última oscilación rozó la pared de metal del coche, el bastón profirió una horrenda serie de chispazos. Aterrado, Carver lo arrojó al suelo. De la marca que había dejado en la pared salían volutas de humo. Era un arma, seguro que era un arma.

Carver le dio un empujoncito cauteloso con el pie. Como no pasó nada, lo recogió y presionó el botón. *¡Shiiic!* y el artilugio se plegó hasta recuperar su forma original.

Carver no tenía ni idea de cómo se usaba un arma así, pero supo por instinto que no la había encontrado por casualidad, y ese mismo instinto le dijo que se la guardara. Algo se había puesto en marcha y estaba casi seguro de que, incluso en ese preciso instante, los Pinkerton no le quitaban ojo.

Se guardó en el bolsillo el asombroso ingenio y echó a andar por Broadway. Enseguida enfilaba hacia el sur en un tranvía que iba lo menos a treinta kilómetros por hora. Lo llamaban de «electricidad subterránea» porque funcionaba gracias a un raíl central electrificado. ¿Pero qué alimentaba al bastón?

Cuando llegó a los muelles de la calle South, la vista de los clíperes de altos mástiles amarrados junto a inmensos trasatlánticos de vapor borró todas sus preocupaciones de un plumazo. Zigzagueó relajado entre estibadores, inmigrantes recién llegados y pasajeros. Aquella ciudad era su hogar. Nadie podría seguirle si él no quería.

La estela de un barco hizo cabecear al viejo ferry de la Isla de Ellis, que se acercaba a la punta de Manhattan como un cansado burro de carga. Cuando hundió la proa, un sinfín de hombres, mujeres y niños, boquiabiertos ante su nuevo hogar, se precipitaron hacia delante; cuando la alzó, todos se inclinaron hacia atrás. Parecían sobrecogidos. El padre de Carver pudo haber salido de aquel mismo ferry. ¿Qué pensaría en aquella época?

En cuanto el ferry atracó, Carver subió a bordo. Después de una travesía un tanto accidentada, la embarcación viró para adentrarse en el canal que dividía la Isla de Ellis y atracó casi enfrente del edificio de cuatro torres que albergaba el Centro de Inmigración Federal. A espaldas de Carver, y a menos de un kilómetro de distancia, brotaban del agua el brazo y la cabeza verde azulados de una figura ciclópea: la Estatua de la Libertad.

En el interior del edificio, la masa humana habría sido abrumadora de no ser por la amplitud del espacio. Docenas de lenguas se entremezclaban en un rugido continuo. Entre la masa había agentes gritando las mismas órdenes una y otra vez respecto a las colas a ocupar. Detrás del mostrador, tres hombres uniformados se aplicaban con denuedo a la formulación de preguntas. Después de una larga espera, un guarda robusto de gesto ofendido le hizo señas para que se acercara.

Cuando el chico le explicó el motivo de su visita, el hombre señaló el fondo del vestíbulo y dijo:

—Vete a las escaleras de Separación.

Al ver su cara de perplejidad, el agente añadió:

—Escaleras de Separación. La central es para los que pueden entrar al país; la derecha y la izquierda, para los retenidos. Baja por la derecha. En el primer descansillo hay una puerta que da al sótano. Empuja lo que haga falta, nadie de esa cola lleva prisa.

Mientras Carver se abría camino, el vestíbulo se abarrotó aún más. Se dirigió a la cola de la derecha, ganándose miradas de través por adelantar a los que esperaban. Casi nadie protestó pero, mientras bajaba la escalera, un hombre corpulento con barba de tres días le agarró del brazo.

Cuando abrió la boca Carver esperó que hablara inglés, para así al menos poder explicarse, pero en lugar de pronunciar palabras el hombre le soltó una bocanada de aire fétido y empezó a toser. Carver contuvo el aliento y, forcejeando con violencia, consiguió liberarse.

Después corrió aterrado hasta el pie de la escalera, donde encontró la puerta del sótano. Daba paso a un corredor limpio pero desierto donde el chico se quedó respirando pesadamente, con el corazón desbocado. Por la primera puerta, gruesa y metálica, se filtraba un leve olor a carbón. El picaporte estaba atascado, pero tirando un poco logró girarlo. El desorden del despacho de Hawking no era nada comparado con el de ese cuarto, del que ni siquiera se apreciaba el tamaño. Estaba revestido de estanterías y mesas, ambas cubiertas por rimeros de papeles quemados: la fuente del olor.

Pero lo más raro no eran esos montones carbonizados, sino los cordeles, innumerables, de todos los colores, deshilachados y podridos, que conducían desde los rimeros hasta el extraño montículo situado en un rincón oscuro. En conjunto, parecía una mugrienta telaraña multicolor.

En ese instante el montículo se movió y agitó la telaraña. Carver echó mano al bastón de manera instintiva, pero se abstuvo de usarlo al ver que el montículo era en realidad un hombre. Sin afeitar, como Hawking, y con la ropa tan sucia que había adquirido un tono uniforme de gris. No llevaba lentes, pero abría mucho los ojos, como si viera mal.

—¿Qué? —inquirió a guisa de saludo.

—¿Es usted el Contador? —preguntó Carver.

Al fruncir la cara, el hombre convirtió sus arrugas en una telaraña más.

—¿Cuántos años tienes?

—Catorce. Vengo de parte de...

—¿Fecha de nacimiento? ¿Estatura? ¿Peso?

—¿Perdón?

—Son cifras, ¿no? Tienes que llevar la cuenta, si no todo... —dijo barriendo el aire con el brazo y agitando en consecuencia las cuerdas— desaparecerá.

—De acuerdo —contestó Carver. Luego recitó de un tirón su peso, su estatura y su fecha de nacimiento, pero con eso solo consiguió desatar más preguntas: ¿Número del calzado? ¿Cantidad de dientes? Carver siguió respondiendo hasta que el hombre pareció darse por satisfecho y el chico pudo explicarle el motivo de su visita y quién lo enviaba.

—Hawking —repitió el Contador—, el número uno de mi libro. ¿De qué año es ese registro?

—Eh... de 1889.

—Inmigrante nuevo —dijo el hombre, recorriendo los cordeles con sus largos dedos. Agarró algunos y soltó otros.

—¿Nuevo? —preguntó Carver.

—Hasta 1870 la mayoría de los inmigrantes eran anglosajones y protestantes, salvo los irlandeses; es decir, como la gente de aquí. Después de esa fecha, empezaron a llegar viajeros del este y del sur de Europa: católicos, judíos rusos, asiáticos... Ideas distintas, inmigrantes *nuevos*.

—¿Cuántos cree usted que llegarían en 1889?

—333 207 —respondió el Contador sin dudar ni un segundo.

Carver se encogió, abrumado por el peso de la inmensa cifra.

—Demasiado grande, ¿no? Ese número es como un león; a ver si podemos domarlo. ¿País de origen?

—Inglaterra, Londres.

El Contador dejó caer varios cordeles.

—60 552. Más pequeño, un mero lince. ¿Mes?

—Um... julio —Carver recordó que aquella era la fecha de la carta.

—5 046. Un simple minino. ¿Hombre o mujer?

—Hombre.

Más cuerdas cayeron.

—3 279. ¿Viajaba solo o con la familia?

—Solo —contestó Carver: dudaba que su padre tuviera familia.

—Bien. Eso es poco común. 522. Un gatito recién nacido. ¿Con profesión o sin ella?

La carta hablaba de cuchillos. Podía ser un carnicero, y además tenía jefe, así que seguro que ejercía una profesión.

—Con profesión.

—316. ¿Traía dinero? ¿Sabes su edad? —El Contador tiró suavemente de un cordel, como si tentara a un pez con el cebo.

—Eso es todo lo que sé —respondió Carver encogiéndose de hombros.

El hombre miró los seis cordeles que le quedaban en la mano y ordenó:

—Sigue el rastro.

La emoción de Carver venció a su repulsión y el chico siguió los cordeles. No era fácil pero, cada vez que se despistaba, el Contador daba un tironcito al que correspondía. Los cordeles le condujeron a una pequeña pila de manifiestos de embarque, algunos demasiado quebradizos para ser movidos y otros demasiado negros para poder leerse.

Carver se quedó mirándola con inquietud.

—¿Cuántos registros quedan de ese año?

—108 —dijo el Contador—, pon que tienes un treinta por ciento de probabilidades.

Carver hojeó el montón con mucho cuidado, saltándose la letra clara y de trazo suave y las equis de los analfabetos, para buscar los duros garabatos de su padre. Le parecía que llevaba así más de una hora y estaba a punto de rendirse cuando su corazón dio un vuelco ante una firma especial. La letra era inconfundible. En media hoja chamuscada, de tinta casi brillante, estaba la firma de su padre, el nombre de su padre... Jay Cusack.

No parecía inglés. ¿Sería irlandés? Jay Cusack. ¿Sería posible encontrarlo?

La voz del Contador lo devolvió a la habitación:

—¿Lo tienes ya?

—¡Sí! ¡Muchas gracias!

El Contador le dedicó una inclinación de cabeza que envió vibraciones por los cordeles.

—En tal caso, buena suerte. Dale recuerdos a Hawking de mi parte. De no ser por él, yo seguiría en el manicomio. Y ya sabes, hijo, hagas lo que hagas, procura que cuente.

20

Jay Cusack. *Jay Cusack.* ¿Entonces él era... *Carver Cusack?*

Desde su regreso al muelle de la calle South, no hacía más que darle vueltas al nombre. No era fácil de pronunciar, pero eso no importaba. Seguía sabiendo muy poco, incluso de él mismo: ¿había nacido aquí o en Inglaterra?, ¿por qué había pensado su padre que estaba muerto?

Al percatarse de su apetito, se volvió distraídamente hacia un vendedor de fruta y creyó ver una oscura silueta ocultándose tras una esquina. ¿Lo estaban siguiendo? ¿Era todo aquello un simple juego para los Pinkerton? Podía haber sido la sombra de un toldo movido por el viento, pero...

Dobló la esquina y miró la calle. El sol del atardecer, casi oculto por los edificios, arrojaba largas sombras de vendedores, obreros e industriales; aparte de eso no había nada.

Real o no, el encuentro aumentó sus recelos, pero no le impidió pasar el viaje de vuelta pensando en qué hacer a continuación. Aunque Nueva York era enorme, no podía haber muchos Jay Cusack.

Al llegar a la calle Warren se abrió paso hacia la sede central. Si lo había seguido algún Pinkerton, no dio señales de vida. De hecho, cuando el vagón se detuvo en el andén apenas hicieron caso de su llegada. En cuanto abrió la puerta, Carver oyó la exaltada conversación entre Tudd y varios agentes.

—¿Que no aparece? —decía Tudd—. ¡Su valor es incalculable! ¡Nos llevó un año perfeccionar ese arma!

Hablaban del bastón, sin duda. ¿Debería decirles que lo había encontrado? Antes de que pudiese decidirlo, Tudd reparó en su presencia, puso cara de alegría y empezó a formularle preguntas:

—¿Qué tal, qué tal? Cuéntanoslo todo.

Tudd era tan simpático que Carver sintió el aguijonazo de la culpa. Cuando acabó de informar de sus descubrimientos y estaba a punto de sacar el bastón, el detective le preguntó:

—La hoja, la hoja con la firma, ¿la has traído?

Parecía emocionadísimo al respecto. La desconfianza de Carver volvió a dispararse pero, en vez de preguntarle para qué la quería, le tendió el sobre.

Tudd sacó la hoja quemada y miró la firma:

—Sí, sí, parece la misma letra.

Al notar cómo sostenía el papel, Carver sintió de repente el impulso de protegerlo:

—Es muy quebradizo. No podrá meterlo en un tubo, como al otro. Yo se lo llevaré a su experto si quiere.

—No, no —contestó Tudd—, ya lo llevo yo, con el máximo cuidado.

—¿Puedo acompañarle? —preguntó Carver mirándolo de hito en hito—. Me gustaría compararlo con la carta.

—Lo siento, hijo. Ten paciencia. Solo ha pasado un día, que sin embargo te ha cundido mucho.

Dicho esto, el director se marchó a toda prisa. Carver empezaba a cansarse de tanto «hijo». Por mucha simpatía que Tudd derrochara, acababa de quitarle la segunda pista sobre la identidad de su padre. El chico se obligó a recordar que aquel hombre no le había demostrado más que amabilidad, no le había dado más que oportunidades. Sin embargo, ya no estaba tan ansioso por devolverle el bastón.

Hasta sin la hoja seguía viendo el nombre. Jay Cusack. Jackson y Emeril corrieron hacia él cuando se dirigía al ateneo. Al parecer ya habían oído lo de su éxito.

—¡Maravilloso!

—¡Qué suerte! ¡Seguro que aquí averiguamos algo más!

—¿Cusack? ¿No es polaco? —aventuró Jackson.

—Normando —corrigió Emeril—. En Inglaterra sigue de actualidad, sobre todo entre los irlandeses, y antes entre los franceses. He estudiado los apellidos.

—Y todo —dijo Jackson con los ojos en blanco.

Pese a disfrutar de su compañía, Carver ya no confiaba en ellos como antes. Asintió en dirección a la puerta.

—Solo me queda una hora antes de volver a Blackwell y me gustaría hacerlo con una dirección.

Los dos agentes se desternillaron de risa.

—¿Qué es tan divertido? —inquirió Carver.

—Qué es imposible tardar tan poco —dijo Jackson cuando pudo hablar—. Ni usando la máquina analítica creo yo que…

—¿Qué es eso? ¿Qué hace? —preguntó Carver al recordar el enorme artilugio.

—Desde que Beckley no soporta el ruido, más bien poco —contestó Jackson entre risitas—. La última vez casi salta encima del pobre mamotreto. Tudd se conoce todos los entresijos: él fue el primero que consiguió hacerla funcionar.

—Respecto a tu pregunta —interrumpió Emeril—, fue inventada por Charles Babbage, creador asimismo de la máquina diferencial, una calculadora mecánica. La máquina analítica tiene muchas más aplicaciones. Contesta preguntas utilizando los datos codificados en las tarjetas perforadas. Si quieres, digamos, una lista de los parientes del actual ocupante del 375 de Park Avenue, perforas la pregunta en una ficha, enciendes la máquina y, en una hora o así, te escupe la respuesta.

A Carver se le desorbitaron los ojos.

—¿En serio? ¿Podré usarla para buscar a mi padre?

Jackson meneó la cabeza.

—En primer lugar, Beckley la odia; en segundo, se estropea cada dos por tres; y en tercero, las tarjetas solo contienen los nombres de la clase alta de la ciudad. Tu padre pertenecerá más bien a la obrera, ¿no crees? Supongo que si agotas las demás vías y se lo pides a Beckley… Hasta ese momento tendrás que seguir el método tradicional. Con suerte, una hora te dará para amontonar las guías sobre la mesa.

Pero resultó que Jackson se equivocaba. Carver no solo amontonó las guías desde 1889, sino que hojeó cuatro y copió las direcciones de todos los Jay Cusack que encontró. Cuando llegó la hora de marcharse, iba por cincuenta y siete. *Cincuenta y siete.* Y, aún peor, a mediados del quinto libro cayó en la cuenta de que debería anotar todos los Cusack, por si existía algún familiar que supiera dónde encontrarlo. Al salir miró con nostalgia la máquina analítica. Como leyéndole el pensamiento, Beckley hizo un gesto de negación con la cabeza y procedió a sugerirle que mirara no solo diez guías más, sino los archivos de los principales diarios y los informes de la policía y los registros de los hospitales.

Carver se marchó amilanado. La cabeza le zumbaba con solo recordar las listas que le quedaban por ver, tanto que cuando salió a la calle Warren apenas oyó la conocida voz que gritaba:

—¡Carver!

Levantó la vista. Por la ventanilla del coche de punto detenido en la esquina se asomaba con gran excitación una bonita joven. La ropa nueva y elegante resultaba totalmente desconocida, pero el cabello negro y la cara pecosa eran inconfundibles.

—¡Delia! —gritó él acercándose al trote.

—¡Es estupendo! Acabo de salir del Edificio *New York Times.* ¡Es un sitio increíble! ¡He visto los archivos, la redacción, todo!

Claro. El *Times* estaba en Park Row, apodada Calle de la Prensa, a solo unas manzanas de distancia.

—¡Genial! —dijo Carver.

—Íbamos a casa, a West Franklin, 27. El tío de Jerrik les alquila un edificio victoriano precioso, estilo Reina Ana, con un roble enorme que queda justo delante de la ventana de mi cuarto. Todavía no lo he probado, pero parece fácil de trepar. ¿Y tú qué? ¿Comprándote algo en Devlin?

Claro. Allí estaba Delia de punta en blanco y él con su ropa raída del orfanato Ellis. Por mucho que le avergonzara, no podía decirle la verdad, y no solo por haber entrado en una sede central secreta, sino porque Delia era la pupila de unos periodistas.

—No... solo iba a casa —contestó.

—¡Eso es que te ha adoptado alguien! ¿El viejo detective?

«Sí, y vivimos en un manicomio», hubiera querido contestarle Carver, pero farfulló:

—No, no es él.

—Ah... —Delia puso cara de no creérselo—. ¿Entonces quién?

—Otra... persona —tartamudeó Carver.

—¿Y tiene nombre? —preguntó Delia pacientemente.

El embarazoso silencio duró hasta que la mujer que la acompañaba se inclinó hacia delante. Era Anne Ribe, la joven del Día de los Padres Potenciales. Sus ojos brillaban con una inteligencia que, pese a su falta de parentesco con Delia, a Carver le recordaron a esta. Anne extendió una mano enguantada y dijo:

—¡El misterioso Carver Young! Delia nos habla mucho de ti y, sin embargo, nos cuenta tan poco...

¿De verdad? Qué sorpresa, y Delia parecía bastante incómoda. Carver se quedó desconcertado pero se acordó de estrechar la mano tendida.

—Es que no hay mucho que contar —respondió.

—¿Podemos llevarte? Estoy segura de que Delia está deseando que la pongas al día.

—¡No! —exclamó Carver, con tal contundencia que Anne Ribe parpadeó y esbozó una sonrisita suspicaz—. Gracias, pero es que tengo que ir andando.

—¿A dónde? —preguntó Delia, y se le acercó para decirle con el movimiento de los labios—: ¿Qué pasa?

—¡Nada! —contestó él del mismo modo mientras retrocedía.

Delia puso una cara muy larga.

—Es complicado —se justificó Carver.

—Sí, ya —replicó su amiga echándose hacia atrás y aplastándose contra el asiento.

—Bueno, pues ¡encantada de conocerte! —dijo Anne Ribe y el coche se puso en marcha.

Carver, confuso y angustiado, lo miró alejarse. Aunque a Delia le encantaba desafiarlo y chincharlo, formaba parte de su vida desde siempre. Pensó en llamar al carruaje o en perseguirlo para contárselo todo... pero no pudo. Ya tenía bastante con enfrentarse a su nueva vida.

Y a cincuenta y siete Jay Cusacks, de momento.

21

Igual que ocurría con la proa del ferry cuando se levantaba y volvía a caer sobre las aguas embravecidas, el ver a Delia había subido el ánimo de Carver para arrojarlo con más fuerza contra el suelo. La lobreguez de la isla no mejoró su humor, y menos aún ver a Simpson dándose cabezazos. Pom, pom, pom. Carver estuvo tentado de acompañarle.

Mientras subía penosamente la larga escalera circular, esperaba contra todo pronóstico que su mentor lo ignorara; así podría estrenar su nueva cama y sufrir un colapso.

Aunque la máquina de escribir estaba silenciosa, el montón de papeles adyacente había crecido. Hawking, sentado a la mesa, miraba con una lupa los complicados objetos de latón extendidos sobre un trapo manchado de grasa. Uno de ellos estaba en un tornillo de banco y el detective hacía lo posible por limpiarlo con la mano izquierda, la sana.

Sin molestarse en levantar la mirada dijo:

—Tus quehaceres domésticos me han inspirado, chico.

—¿Qué es eso?

—Un artilugio. Llámame hipócrita si quieres, pero los trenes me encantan. Y no del tipo silencioso, sino de los de vapor: bien gruñones. Esto es una pieza antigua de equipamiento ferroviario que se utilizaba para desenganchar vagones y cambiar agujas. Debería servir para nuestros trenes elevados. La verdad es que encuentro fascinantes estos mecanismos. Me relajan.

Al levantar la cabeza, Hawking reveló sus ojos intensos y escrutadores.

—Parece que has tenido un día movidito.

Carver masculló algo indefinido.

El detective arrojó el trapo sobre la mesa y preguntó:

—¿Jugamos a Holmes y yo, supongo?

—Creí que no le gustaba Holmes —dijo Carver.

—Y no me gusta —contestó Hawking apoyando el brazo sano sobre una rodilla—, pero para hablar contigo debo utilizar un idioma simplista que tú entiendas. Podría ser peor, podrían ser canciones infantiles.

Unas pupilas negras como el carbón inspeccionaron a Carver, quien se sintió como si le aguijonearan la mente con un tenedor.

—Hombros caídos, cara pálida, aspecto agitado. Estás demasiado triste como para haber fallado completamente. Supongo que has tenido cierto éxito, pero tú no lo crees así.

Después y para mayor incomodidad de Carver añadió:

—Exacto.

A continuación arrugó la cara, como para mirar más intensamente una bola de cristal.

—Has oído mi mensaje, has ido a la Isla de Ellis, el Contador te ha ayudado y has encontrado un nombre.

—¡Canastos! ¿Cómo sabe todo eso? —preguntó Carver sorprendido.

—Mira que eres inocentón —dijo Hawking con una risa socarrona—. En este mismo despacho hay un teléfono. He hablado con Tudd hace media hora. ¿Qué ha pasado en el ateneo para que estés tan abatido?

—Cincuenta y siete Cusacks —explicó Carver—, y solo he mirado cuatro guías.

—Esperaba que el Contador te hubiera enseñado algo sobre números —dijo Hawking frotándose la barbilla—. Quizá no estabas escuchando. ¿Sabes cuántas personas viven en esta ciudad?

—No exactamente. Muchas.

—Millón y medio, más o menos. En un día, *un día,* has reducido un millón y medio de posibilidades a menos de un centenar, ¿y te quejas? ¿Eres de esos que ven la luz al final del túnel y piensan que el tren se les echa encima? ¡Anímate, lo peor está por llegar!

Hawking puso otra pieza metálica en el tornillo de banco.

—Tus noveluchas solo muestran una minúscula fracción del trabajo detectivesco. Ahí solo importa la brillantez del delito, la seducción de las pistas, el dramatismo de la persecución y la batalla final sobre un acantilado majestuoso rodeado de rompientes. Y hala, ¡justicia servida! Si describieran el mundo real, el héroe se pasaría las cuatro quintas partes de la historia sentado en la biblioteca durante meses siguiendo pistas falsas. Pero nadie pagaría dinero por eso, claro está.

Hizo una pausa para mirar la nueva pieza con la misma atención que había dedicado a Carver.

—Pensar, leer, patearse las calles, esperar. En eso consiste la mayor parte del asunto. Hay, desde luego, persecuciones, trabajo de incógnito y... tiroteos, pero no tienen nada de románticos. ¿Sigues queriendo ser detective?

—Sí —contestó Carver.

—Pero no tanto como hace una semana —dijo Hawking con una sonrisa.

—No me importa el esfuerzo, pero estoy... sorprendido.

—Pues ya verás dentro de un mes, cuando tu lista se haya alargado en vez de acortarse. —Se calló para mirarlo otra vez con atención—. Hay algo más, ¿verdad? ¿Una chica?

Aquello pasaba de castaño oscuro. ¿Cómo podía saber lo de Delia?

—Así que me han seguido.

—¿Eh? —dijo Hawking, y se encogió de hombros—. Tudd no lo ha mencionado, aunque no me extrañaría que lo hiciera. Pero esto último lo he leído en tu cara. Las mujeres son un tema complicado en el que no podré serte de gran ayuda, salvo quizá para decirte si son culpables de algo o no lo son. Y como todo el mundo es culpable de algo, la respuesta será siempre que lo son.

Carver necesitaba contárselo a alguien, y los Pinkerton ya no le inspiraban confianza, así que solo le quedaba Hawking.

—No es eso. Es que me he encontrado con una amiga del orfanato y he querido contarle lo que estoy haciendo pero no he podido.

—Porque te avergüenza vivir en una casa de locos, así que habrás farfullado alguna triste y mal concebida mentira. Un desperdicio de creatividad. Di lo que quieras de mí, chico. Me trae sin cuidado lo que opine de mi persona la deplorable masa humana.

—No solo es eso. Son los Pinkerton. No puedo hablar de ellos —dijo Carver.

—Ah, bueno, pero tampoco necesitas mentir. «Una verdad dicha con mala intención supera siempre a la ficción». Es de William Blake, que también dijo: «Más vale matar a un niño en su cuna que alimentar deseos inactivos», pero de eso hablaremos otro día. Respecto a Tudd, el brujo baratija, y los Pinkerton, dile que te han pedido que no hablaras del trabajo que estás haciendo para mí. Eso suena romántico y misterioso, ¿no crees? A ciertas mujeres les encanta. Y si prefieres despertar su simpatía, dile que te pego. Cosa que haré, dicho sea de paso, como no vayas ahora mismo al comedor y me traigas la cena.

Por alguna razón, Carver se imaginaba que nada de eso impresionaría a Delia.

Dio media vuelta para dirigirse al comedor.

22

En las semanas siguientes la lista aumentó hasta casi un centenar de nombres. Carver pasaba el día inmerso en tareas tan rutinarias y tan aburridas que hasta las maravillas de la sede central le resultaban cada vez menos maravillosas. Sin embargo, con diligencia y obstinación, caminó sin descanso entre Blackwell y Manhattan, visitando dirección tras dirección y entendiendo por fin la inmensidad de la ciudad que tan bien creía conocer.

Casi todas las direcciones le conducían a casas de vecindad, donde hablaba con traperas y mendigos ciegos. Uno de ellos le sugirió que probara en el cementerio de pobres, donde se enterraba a los muertos anónimos con números en lugar de nombres y apellidos. Vio familias de seis o siete miembros que vivían en dos cuartuchos, apretujados en una mesa para fabricar flores artificiales que vendían para subsistir.

Dos Cusack eran fabricantes de cigarros puros, uno capataz de un taller de corbatas y tres carniceros (lo que supuso el renacer de su esperanza). Sin embargo, ninguno de ellos había mandado una carta al orfanato Ellis. Había también unos cuantos con profesiones de más prestigio, un banquero, un abogado, pero cada vez que iba al norte para buscarlos entre los hogares de la clase alta, estaban a punto de arrestarlo por vago y maleante. Encima, como el personal del Octógono lavaba su ropa cada vez más pequeña y más deshilachada con lejía, además de tener pinta de pobre, olía a pobre. Aún peor, cada visita al ateneo le daba dos Cusack nuevos por cada uno que tachaba. Pese a que una vez había visto a un agente engrasando la máquina analítica, Beckley se negaba en redondo a ponerla en marcha.

—Parece que vas bien —solían decir Jackson o Emeril para animarlo.

Tudd estaba tan ocupado que ni eso. Siempre que Carver le preguntaba por el análisis grafológico, el director se limitaba a menear la cabeza.

Por la noche el aprendiz de detective estaba tan cansado que casi era capaz de hacer oídos sordos a los sermones de Hawking; sin embargo, no podía ignorar los gemidos de los pacientes.

Lo único un poco emocionante ocurrió una tarde en que regresó temprano al manicomio. Al entrar en el Octágono, vio a Hawking salir por una puerta estrecha de la planta baja. La puerta encajaba tan bien en la pared que cerrada era prácticamente invisible. ¿Adónde conduciría?

En cuanto vio a Carver, Hawking la cerró a toda prisa y espetó:

—Esto no te concierne.

Aunque Carver no se atrevió a preguntar nada, no olvidó esa puerta ni que podía ocultar un misterio más fácil de resolver que el de la identidad de su padre. Quizá alguna vez pudiera cruzarla, si reunía la presencia de ánimo suficiente para desobedecer a su mentor. Con la llegada de octubre el frío se recrudeció. El cielo, los árboles, hasta los edificios: todo se agrisaba. Cuando Carver se enteró de que un vendedor llamado Jim Cusack trabajaba en la Calle de la Prensa, el corto paseo desde los almacenes Devlin lo llevó frente a la sede del *New York Times*. El chico se quedó mirando el primer edificio de la ciudad dedicado en exclusiva a un periódico con la esperanza de ver a Delia en una de sus ventanas.

Algunos días lo único que lo impulsaba a seguir era el convencimiento de estar realizando un nuevo examen para Hawking; si aguantaba lo suficiente el detective acabaría por darle algún magnífico consejo que lo sacaría por fin del atolladero. Sin embargo, dejando aparte comentarios sarcásticos, conversaciones con poco sentido y lanzamiento sañudo de un par de libros en su dirección, Hawking le ofrecía poca o ninguna ayuda. Su única observación sobre la búsqueda de su padre fue:

—Antes o después, chico, o te rendirás o encontrarás algo, y no tengo ni idea de si sucederá lo uno o lo otro.

Carver tampoco.

23

Una mañana en que el termómetro se precipitó por debajo del punto de congelación, Hawking se empeñó en meter a Carver en un viejo gabán apolillado.

—No quiero que me traigas enfermedades, chico. Si quieres verme muerto, tendrás que encargarte tú mismo.

Todas las pegas puestas por Carver se desvanecieron durante la travesía en ferry: el viento era gélido. Por primera vez abandonó la cubierta superior y se acurrucó entre los pasajeros de la inferior.

El día antes, Beckley se había presentado con un apéndice de una guía de 1889 en el que figuraba un J. Cusack en la calle Edgar. Carver estudió un plano durante una hora para dar con una calleja diminuta que conectaba Trinity Place y Greenwich.

Hacía tanto frío que decidió tirar la casa por la ventana y tomar el metro elevado en Greenwich. Pese a la nube de humo de la locomotora y la cara sudorosa y rojiza del maquinista, los vagones estaban helados.

La calle Edgar parecía aún más pequeña que en el plano, ya que su longitud no llegaba ni a quince metros. Además, los muros que la conformaban no tenían ni una puerta. Acababa de encontrar otro callejón sin salida.

Volvió a Greenwich para preguntarle a un policía:

—¿No había apartamentos en la calle Edgar?

—Los tapiaron y los vendieron hace cinco años.

Carver hizo uso de su pretexto habitual:

—Es posible que mi padre viviera por esta zona. ¿Conocía usted a Jay Cusack?

—Cusack, Cusack. Lo tengo en la punta de la lengua pero, vaya, que no me sale.

Carver captó el mensaje, y sacó de su bolsillo las pocas monedas que le quedaban. Al ver el mísero soborno, el policía puso los ojos en blanco.

—Guárdate el cambio. Deberías hablar con Katie Miller; dos manzanas al sur, gira a la izquierda y segunda puerta a la derecha. Donde los maullidos.

Haciendo caso omiso del extraño comentario, Carver siguió las instrucciones. Al principio de la calle un tufo acre de animal se mezclaba con los habituales olores a caballos y carbón.

La peste aumentaba en la segunda puerta, por la que se filtraba un coro apagado de maullidos. Tras decirse que no era nada raro tener unas cuantas mascotas, Carver llamó con la aldaba de hierro. Un arrastrar de zapatillas acompañó al coro gatuno.

La puerta se abrió con un chirrido y una ráfaga de aire caliente que olía a gato y a un fuerte producto químico. Unos ojos azules y muy abiertos lo miraron de hito en hito desde una cara arrugada. Si la mujer hu-

biera tenido la nariz ganchuda, habría sido clavadita a
una bruja.

—¿Katie Miller?

La anciana respondió con un parpadeo que Carver
tomó por un sí.

—¿Era usted la propietaria de los apartamentos de
la calle Edgar?

—¿Y qué si lo fui?

—¿Tuvo alguna vez un inquilino llamado Jay Cusack?

—¿Ese? —preguntó a su vez la mujer; le centellea-
ban los ojos—. Sí, pero hace mucho, mucho tiempo.
Seis años lo menos —precisó. Los maullidos se intensi-
ficaron—. ¡Calma, pequeños! ¡Enseguida descansare-
mos, lo prometo!

Luego miró de nuevo a Carver y añadió:

—Iba a ocuparme de ellos anoche pero estaba ago-
tada. ¿Qué te pasa a ti con Cusack? Si te debe dinero,
ya puedes ir olvidándote. No te conviene meterte con
él.

—Creo que es mi padre.

Lo había dicho tantas veces que las palabras ya no le
emocionaban. Sin embargo, le sorprendió el profundo
desconcierto de la mujer.

—¿Hijo tú de esa bestia? Tú… te pareces, es verdad; la mandíbula, la forma de la cabeza… pero en ti
hay algo bueno. ¿De tu madre?

¿Bestia? ¿Qué quería decir con eso? ¿Habría conocido de verdad a su padre? Carver trató de conservar
la calma:

—No sé, me he criado en un orfanato.

—Yo entiendo mucho de huérfanos. Los recojo —dijo. Luego abrió más la puerta y, por primera vez, le sonrió a Carver—. Entra.

La intensidad del olor le obligó a contener el aliento. Había gatos para dar y tomar, desde enormes machos a cachorritos, desde domésticos a callejeros, que levantaban el pelaje del lomo y bufaban al verlo. Algunos llevaban placas con su nombre y la dirección de sus dueños en relieve.

¿Esos también eran huérfanos?

Un sofá cercano a dos ventanas cerradas estaba plagado de mininos, pero la mujer los quitó como si fueran cojines. Mientras se sentaba, Carver asintió con la cabeza en dirección a las ventanas y dijo:

—¿Podríamos abrir una, por favor? El aire está un poco... cargado.

—¡Uy, no, no, no! ¡Se escaparían! Saben lo que les espera.

—¿El qué?

—El *sueño* —explicó Katie, sentándose enfrente de Carver—. Todas las criaturas temen su fin.

—¿Usted... los mata?

—Por pura compasión. Hay miles rondando por las calles, sin hogar, famélicos —dijo con calma, y agarró una gran hembra blanca, la dejó caer en su regazo y le pasó las manos por el lomo para calentarse los dedos—. Antes éramos un grupo, la Banda del Socorro Nocturno, pero ya hace casi dos años que condenaron a la pobre señora Edwards por la ridiculez esa de la asociación protectora de animales. —Hizo una pausa para mirar a Carver y señalarlo con un dedo nudoso—. Ya lo creo que te pareces.

Tratando de olvidarse de los gatos, Carver preguntó:

—¿Sabe dónde podría encontrarlo?

—No; se quedó poco tiempo. Era un hombre grande y tenebroso, como cubierto por una nube, como si lo persiguieran o él persiguiera a alguien, no lo sé —dijo y sus ojos azules se agrandaron aún más—. He visto su mirada en los animales, más en los perros que en los gatos. ¿Y qué son los perros sino lobos degradados? *Lobuno*. Era lobuno. Un depredador, ¿sabes? Lo recuerdo sobre todo por lo del piano.

—¿Lo tocaba?

—No. Él lo… lo tiró. Era de un profesor fallecido. Cuando quisieron sacarlo de la casa le rompieron dos ruedas, así que lo dejaron en la puerta, bloqueando el descansillo. El señor Cusack no lo soportaba, porque siempre andaba con prisas. Se ofreció a moverlo pero yo le dije que para eso se necesitaban lo menos dos hombres. Entonces él lo empujó hasta el balcón y lo tiró a la calle desde el segundo piso. A continuación amontonó los pedazos. Después de eso le tuve miedo.

¿Podía ser su padre alguien así? Carver se reclinó en el asiento, atónito, y dio un cabezazo a algo cálido y peludo que se retorció y se escabulló. Se estaba mareando, e ignoraba si se debía a la falta de aire o al hecho de que su padre podía ser un hombre violento.

—¿Recuerda algo más? —preguntó con voz temblorosa.

—Bueno, una vez recibió un paquete. Supongo que era para él, porque aunque no llevaba su nombre, me lo arrancó de las manos y dijo que tenía que ver con no sé qué institución.

—¿El orfanato Ellis? —preguntó Carver, sin estar seguro de cuál era la respuesta que quería oír.

—Puede —respondió Katie—, no me acuerdo. Pero sí recuerdo el nombre que figuraba en el paquete, Raphael Trone; lo anoté por si la policía lo arrestaba por ladrón y buscaba un testigo. No te ofendas, pero parecía de esos.

—¿Un delincuente?

—Más bien alguien al que todo le traía sin cuidado. Un maleante si le daba por ahí, un héroe si le apetecía. Sastre, hojalatero, pintor, marinero, rico, pobre, mendigo, ladrón.

El ruido de cristal roto llegado del interior de la casa interrumpió la canción infantil. Kate se levantó y la gata blanca de su regazo se precipitó al suelo

—¡El cloroformo otra vez no! ¡La última vez que lo tiraron estuve tiesa tres días! Vuelvo en un minuto.

—No se preocupe, yo tengo que irme —dijo Carver, pero ella ya no le escuchaba. Dijo desde el pasillo:

—Hora de dormir, preciosos míos.

En cuanto dejó de verla, Carver se puso en pie. Estaba deseando marcharse, encontrar un sitio para pensar y respirar lejos de la anciana y sus condenados a muerte.

¿Era su padre un hombre violento? Recordó la referencia a los cuchillos de la carta, y eso le trajo a la me-

moria la advertencia de Hawking sobre el «abismo».
No sabía nada de él, ¿qué se esperaba?
Por lo menos una cosa sí resultaría sencilla: antes de
marcharse abrió las dos ventanas. Ya desde la acera, al
abrazo del frío, contempló un momento la catarata de
gatos que salía de la casa.

Luego hizo lo mismo que ellos: echar a correr y no
parar.

24

Hawking dejó de mirar el grueso y polvoriento volumen con la palabra *Ferrocarril* incluida en el título para decir:

—¡Como no dejes de dar vueltas, te mando a una celda de abajo!

Ni esa amenaza pudo calmar a Carver, que seguía pensando en los detalles de su encuentro con Katie Miller y cambiando de dirección en cada frase recordada, hacia el East River un segundo, edificios y estrellas lejanos, hacia una negra pared de libros al siguiente.

Hawking acabó por agarrar el bastón y atravesarlo contra las piernas de Carver, consiguiendo que este cayera al suelo cuan largo era. A continuación señaló la nariz del caído con la punta de la vara y profirió una orden de una sola palabra:

—¡Siéntate!

—Ya *estoy* sentado, ahora sí —objetó Carver.

—A la mesa. Dejaré pasar el descaro por esta vez, pero ten cuidado con el tono que gastas al dirigirte a mí. Y ahora resume lo que te ronda por ese chico cerebro tuyo en unas cuantas preguntas y cuando te tranquilices me las haces.

Dicho esto volvió a la lectura.

Carver se levantó con el corazón desbocado. Todo lo que el detective tenía de inteligente, lo tenía de cargante.

—¿Y si no lo puedo resumir? ¿Y si es demasiado para resumirlo?

Hawking pasó una página con la mano buena.

—Finge que no se trata de tu padre, finge que no se trata de ti. Figúrate que eres un rey o el presidente o Nick Neverseen o Roosevelt si te da la gana. Hazte a la idea de que estás ayudando a un viejo *cowboy* amigo tuyo procedente de las tierras yermas de Dakota a encontrar a su padre. El tipo te cae bien, pero no te mueres por sus huesos ni, desde luego, piensas volverte loco por ayudarlo.

Pese al timbre etéreo y nasal, la voz de Hawking tenía una intensidad similar a la de su mirada. El efecto no fue inmediato, pero Carver lo intentó. No mucho después el remolino de sus sentimientos se aquietaba.

—De acuerdo —dijo cuando pensó que estaba preparado.

Hawking puso un marcador en la página que leía.

—¿Podría mi pa... ese hombre... podría ser un delincuente violento?

—Todo es posible. ¿Por qué lo dices?

Carver movió las manos como para indicar que era obvio.

—Por la descripción de la señora de los gatos: lobuno, tenebroso, fuerte, violento. Tiró un piano a la calle.

—¿No te preocupaba hace semanas la cantidad de Cusacks que habías encontrado? —preguntó Hawking con una sonrisita de suficiencia—. ¿No aprendiste nada de aquello? En primer lugar, ¿cómo sabes que ese hombre es tu padre?

—La señora dijo que me encontraba parecido con él.

—¿Confías en una mujer rodeada de gatos y cloroformo? Debes seguir la pista como has hecho con todos los demás, pero ¿lobuno, violento y fuerte? ¿Tengo que mandarte mañana a los muelles para que veas la cantidad de hombres que responden a esa descripción? ¿Qué más?

Carver se quedó cabizbajo pero no convencido.

—En la carta mi padre decía que trabajaba con cuchillos.

—¿Y por eso deduces que cortaba *gente*?

—No —respondió Carver encogiéndose de hombros—, pero... algunos lo hacen. H. H. Holmes, el asesino ese, por ejemplo, y el que mató a la mujer en la biblioteca.

—Te está bien empleado, por cotillear las fotos de Tudd. Así al tuntún se me ocurren ocho profesionales que trabajan con cuchillos: matarifes, carniceros, pescadores, curtidores, panaderos, cocineros, barberos y fabricantes de cigarros puros; y si prefieres apuntar más alto en la escala social puedes incluir médicos y cirujanos. Con estos suman diez. También es verdad que tu padre y H. H. Holmes respiraban aire y posiblemente tuvieran dos ojos, dos brazos y dos piernas —dijo Hawking, y quizá llevara razón.

—Pero es lo *primero* que encuentro sobre él.

—Entonces es obvio que necesitas encontrar más cosas.

—Pero...

—¿Sabes lo que tu amigo Sherlock Holmes hubiera dicho en semejante situación? «Es un error garrafal sostener teorías antes de disponer de todos los elementos de juicio, porque así es como este se tuerce en un determinado sentido». ¿Lo reconoces?

—Sí, es de *Estudio en escarlata*.

—Te funciona mejor la memoria que los sesos. ¿Entiendes lo que significa?

Al igual que otras muchas veces durante sus charlas con Hawking, Carver se sintió como un idiota.

—Sí. Que al final intentas adaptar los hechos a la teoría —contestó y eso le recordó algo—. Tudd tiene una teoría sobre el asesino de la biblioteca, ¿no? ¿Cuál es?

Hawking estampó la palma de la mano contra la mesa y exclamó:

—¡Tudd! ¡Preferiría que la sede central estuviera en manos de la matagatos! Lo único que quiere Tudd es una solución única, mágica. Atrapa al asesino de la biblioteca y los Nuevos Pinkerton se presentarán como ángeles caídos del cielo entre la admiración general y una catarata de casos por resolver, de paso. ¡Sus teorías no son más que sandeces! Nunca debería... —Se calló un instante para frotarse la agarrotada mano derecha y suspiró—. Yo tengo mi propio plan para salvar la agencia, chico, más lento, más reposado, sin magia de por medio. Aunque podría *parecer* mágico...

Aliviado por librarse momentáneamente de sus propios problemas, Carver preguntó:

—¿Cuál es su plan?

—¡Ja! Tú.

—¿Yo?

—Dame esa lista de nombres que llevas siempre encima —dijo Hawking tendiendo la mano.

Carver dudó al recordar lo ocurrido con la carta y la firma de su padre, pero acabó por ceder.

Hawking alisó la lista sobre la mesa y dijo:

—La letra deja bastante que desear, pero no seré yo quien juzgue ese tema. Ah, veamos. Has tachado a un Cusack con tu mismo color de ojos y de pelo porque ya tiene una gran familia, pero aquí hay otro en las mismas circunstancias al que has puesto una interrogación, ¿por qué?

Hawking giró el papel para enseñárselo a Carver, que se encogió de hombros y contestó:

—La primera familia no tiene apenas para comer. No me cabía en la cabeza que ese hombre dejara su trabajo y se arriesgara a cruzar el océano con ellos para buscarme. El segundo vive algo mejor, por lo que pensé que, si había perdido a su primera esposa, podía no importarle correr ciertos riesgos para encontrar a su hijo.

—¿Te has preguntado por qué llevas trabajando tanto tiempo sin ayuda? —dijo Hawking. Carver asintió—. Porque no has cometido ningún error. No sé si habré juzgado mal esas novelas tuyas o si se trata de algo que te ronda por la sangre, pero eres un diamante en bruto. Yo intentaré cortarte y pulirte. Nunca me superarás, pero sí superarás a Tudd con todos sus artilugios.

Cuando los ojos de ambos se encontraron y Carver detectó un dejo de admiración en las negras pupilas de Hawking, reparó en que aquel hombre excéntrico ya no le daba tanto miedo.

El detective propinó otra palmada a la mesa y añadió:

—Pero volviendo al tema que nos ocupa. Pese a toda tu diligencia, tu intuición, tu perspicacia y tu cegadora brillantez hay un hecho estruendoso que ya conoces del que es muy sencillo sacar una conclusión. Es algo que hasta Tudd hubiera visto en un segundo y que tú, sin embargo, no ves.

—¿El paquete? —preguntó Carver frunciendo el ceño.

—No. El hombre a quien iba dirigido.

—¿Raphael Trone? ¿Como mi padre lo conocía, él conocería a mi padre?

—Quizá —dijo Hawking suspirando—, pero no es eso a lo que quería llegar. Creo que te mereces una ayudita. Escucha con atención; cuanto menos tenga que explicártelo, menos me defraudarás. Raphael es sin duda un nombre italiano; Trone… puede ser español o francés, ¿no te parece una combinación rara? No imposible, pero rara.

—¿De un matrimonio mixto?

—No seas tan trivial. ¿Qué dijo la señora Miller sobre el paquete?

—Solo que era de él —contestó Carver tras rebuscar en sus recuerdos.

Hawking no hizo el menor comentario; Carver lo miró fijamente hasta que el detective puso los ojos en blanco.

—No me obligues a reconsiderar mis planes respecto a ti, chico —dijo acercándose de nuevo el libro.

Pero la respuesta llegó hasta Carver como un fogonazo:

—¡Puede ser un alias! Raphael Trone es Jay Cusack. El paquete era «de él».

—Y —completó Hawking— te será mucho más fácil seguirle la pista a un nombre como Raphael Trone que a uno como Jay Cusack.

25

Por la mañana el cielo de Blackwell, gris y tormentoso, amenazaba con una nevada inusitadamente prematura. Carver tuvo que apresurarse para tomar el primer ferry. Ya no le estorbaba nada el gabán de Hawking, y no solo por el tiempo, sino porque al conocer los planes de su mentor respecto a él, el apolillado harapo era como una insignia de honor. El viejo detective le había prestado incluso un espejito algo desazogado por si pensaba que lo seguían.

Cuando el ferry llegó a la ciudad, el capitán les advirtió que, a causa de la tormenta, era muy probable que el servicio se suspendiera hasta el día siguiente. Carver estaba a una manzana de los almacenes Devlin cuando cayeron los primeros copos, la mayoría tan gordos que, más que descender suavemente, se lanzaban al suelo en picado. Solo los tipos más atléticos salían a la calle; los paseantes habituales brillaban por su ausencia. Hasta la sede de la Nueva Pinkerton estaba medio desierta. Una agente que Carver no conocía estudiaba a solas un manual de carruajes eléctricos en una sección abierta del laboratorio.

—¿Dónde está todo el mundo? —le preguntó Carver.

—En sus puestos y a cubierto; ya sabes, la tormenta. Hay dos grados bajo cero: el segundo mes de octubre más frío de la historia.

—¿Está el señor Beckley?

—Ese está siempre —contestó la mujer. Al verla tan concentrada en el manual, Carver la dejó y se dirigió al ateneo, deseoso de probar con el nombre exótico. Empezó con el mismo apéndice de 1889 que le había proporcionado la dirección de la calle Edgar. La suerte seguía de su parte: había una dirección, solo una, de Raphael Trone, en el número 27 de la calle Leonard, a solo siete manzanas de allí. Pensando que quizá no pudiera salir más durante el resto del día, Carver se puso en marcha.

No podía haber pasado dentro más de media hora pero, en el exterior, la diferencia era abismal. Por todas partes colgaban mantas blancas; las cornisas, los alféizares y los árboles estaban engrosados por la nieve; los cocheros aparcaban al abrigo de las bocacalles y los tranvías habían sido borrados de la faz de la tierra.

Carver contaba siete años cuando la ventisca de 1888 derribó tendidos eléctricos, taponó calles y puso patas arriba toda Nueva York, pero todavía recordaba la fascinación que había sentido al ver que la gran ciudad podía llegar a paralizarse por completo. Esa mañana tenía la misma apariencia mágica. El viento del temporal había arrastrado incluso el olor a caballos y a carbón, ¿no era eso en sí extraordinario?

Tras recorrer unas cuantas manzanas, todo era menos fantástico y más agotador. Ya no sentía las puntas de los pies y se pasaba más tiempo quitándose copos de nieve de las pestañas que caminando. Sin embargo, siguió adelante como pudo, hasta que sintió algo raro y se paró en seco para orientarse.

Al principio pensó que había sido un escalofrío causado por el viento pero, cuando miró en torno, la sensación permaneció con él. Asombroso. Aunque seguía habiendo algunas personas por Broadway, el tramo que se desplegaba ante él era únicamente suyo. Ni una sola huella marcaba la nieve.

Estaba solo pero, al igual que en su excursión a la Isla de Ellis, se sentía vigilado. Era ridículo. Ni siquiera había agentes de guardia en la Nueva Pinkerton. No obstante, escrutó los umbrales vacíos y las hileras de ventanas negras, inclinando la cabeza cada vez más atrás, hasta que solo vio la blancura del cielo.

Nada.

No había por qué preocuparse. Unas manzanas más, una llamada a la puerta y volvería al ateneo. Pero la sensación no lo dejaba en paz. ¿Era emoción por el nombre nuevo? ¿Miedo a la violencia descrita por la señora de los gatos? ¿Entonces por qué no lo había sentido antes?

Se abrió camino por la calle Leonard, dando pisotones de cuando en cuando para recuperar un poco la sensibilidad de los pies. Más adelante había comercios con apartamentos encima. A menos que el número 27 hubiese sido robado, su destino estaba entre ellos.

Un viento súbito levantó un débil olor a azufre. Más allá de los comercios se distinguían las columnas de un templo antiguo. Eran las Tumbas, la cárcel más grande de la ciudad, llamada así porque su diseño se basaba en el grabado de un mausoleo egipcio. Al estar construida sobre una laguna contaminada y drenada, el mal olor seguía flotando en el aire.

Después de la charla de Hawking, Carver no quería sacar conclusiones precipitadas, pero la cercanía de la cárcel avivó el miedo de que su padre fuese un delincuente violento. Para consolarse, se dijo que lo mismo había encontrado trabajo como carcelero. Eso concordaría con un hombre fuerte e iracundo. Además, ambos, padre e hijo, harían un tipo similar de trabajo.

La ventisca era tan intensa que había que entrecerrar los ojos para ver los números de las casas, por lo que Carver debía aflojar aún más el paso. Por fin encontró el 27. Era de un comercio cuyos escaparates dejaban ver una serie de gruesas botellas de vidrio, además de tinturas, polvos y medicinas envasadas, como tónico de cereza, «indicado para toda clase de trastornos nerviosos». Una botica, oscura y cerrada.

A los apartamentos superiores se accedería por la tienda. Al apretar la cara contra el cristal, Carver entrevió una escalera al fondo de uno de los corredores. Como no quería marcharse sin más, golpeó el escaparate con los nudillos.

Poco después una luz se derramó por la escalera y un hombre fornido de cabello greñudo y anteojos, envuelto en una bata clara, miró hacia abajo desde los peldaños superiores.

—¡Está cerrado! ¡Hay tormenta! ¡El boticario se ha ido! —gritó.

—¡Solo quiero preguntar una cosa!

—¿Estás enfermo? —dijo el hombre bajando otro peldaño.

—No, es que...

—¡Pues vuelve mañana! —cortó el otro, y desapareció escaleras arriba.

Carver llamó tres veces más, pero no obtuvo respuesta. Estupendo. Se había cargado la oportunidad de hablar con los caseros, por pelmazo. El frío había traspasado el viejo abrigo y le helaba la piel. Era hora de regresar.

Dio media vuelta marcando un arco en la nieve y se paró en seco. A la acera le pasaba algo raro. Su instinto lo percibió antes que él.

Las suyas habían dejado de ser las únicas huellas. Había un segundo par, más grande, más pesado. Corría paralelo a las suyas pero, a media manzana, se desviaba para entrar en un callejón.

Lo estaban siguiendo.

26

Carver apretó la espalda contra el escaparate para recobrar el aliento, pero mantuvo los ojos clavados en el callejón por el que entraban las huellas y estuvo pendiente del menor ruido. Pasó un minuto sin oír más que el ulular del viento y el susurro de la nevada.

Enrojecido, tomó aire jadeando y exhaló nubecillas de vapor.

Unas risas provenientes de la otra dirección le hicieron volverse hacia la cárcel. En paralelo a la fachada principal del tétrico y compacto edificio, una pandilla de desharrapados espalaba la nieve y de paso celebraba una batalla de bolas. Aunque la calle Leonard seguía desierta, cerca de las Tumbas varios carruajes se afanaban para avanzar entre la ventisca.

Por lo menos no estaba solo. Si gritaba pidiendo auxilio lo oirían.

El hormigueo de su espalda hizo que girara de golpe la cabeza hacia el callejón. Una sombra alta y gruesa vaciló en la esquina antes de adentrarse de nuevo en él. Al sentirse un poco más seguro por la gente de alrededor y recordar que el bastón seguía en su bolsillo, Carver fue capaz al fin de pensar: si no eran los Pinkerton, ¿quién lo seguía? Dudaba mucho que pudiera acercarse a preguntárselo, pero tampoco podía quedarse allí congelándose para los restos. Pensó en el espejo de Hawking y tuvo una idea. Cuando Nick Neverseen creía que lo estaban siguiendo, volvía sigilosamente sobre sus pasos y sorprendía a su perseguidor por la espalda.

Como la mayor parte de los callejones de una manzana se comunicaban, Carver podía doblar la siguiente esquina, esperar a que el tipo fuese tras él, meterse por otro callejón y regresar a la calle Leonard desde atrás. Así lo vería mejor e incluso podría seguirlo hasta dondequiera que viviese.

De acuerdo con el plan, enfiló hacia las Tumbas y dobló la esquina. Allí se aplastó a toda prisa contra una pared, sacó el espejito y lo sostuvo en alto para ver la calle Leonard. Le preocupaba que el frío le congelase los dedos, pero no tuvo que esperar mucho.

Mientras miraba el reflejo, un hombre salió del callejón. Era alto y llevaba sombrero de copa y una capa negra de etiqueta que flameaba a su espalda. Su aspecto resultaba casi risible, como de villano nefario de una cubierta del *New York Detective Library*. Su cabello parecía oscuro pero, antes de que Carver pudiera mirarlo bien, los copos cubrieron el espejo.

Hora de irse. Corrió hasta el final del edificio, pateando nieve a su paso. Como había esperado, el callejón tenía toda la pinta de volver a la calle Leonard, pero era tan angosto que hasta a la nieve le costaba acumularse dentro. A falta de otra solución, Carver se puso de lado y se deslizó a lo largo de los ladrillos resbaladizos y cubiertos de hollín. Sentía sofoco, tanto por lentitud de la marcha como por no tener ni espacio para colocar las manos entre él y la pared.

Siguió avanzando hasta que un siseo procedente del suelo lo obligó a detenerse. Una rata, casi tan grande como ancho el callejón, se alzaba sobre los cuartos traseros a menos de un metro de distancia. Carver pateó en su dirección y un poco de nieve voló hacia la criatura, que sobresaltada por el frío húmedo se dobló sobre sí misma como el contorsionista de un circo y salió disparada.

Pocos metros más adelante Carver se topó con una valla medio podrida. Más allá estaba el mismo callejón desde el que su perseguidor lo había espiado. Si salía a la calle desde allí, estaría detrás del tipo de la chistera.

Tras mentalizarse para darle la vuelta a la tortilla, agarró los tablones con las manos desnudas y tiró. Carver tenía cierta fuerza en los brazos, pero nunca había hecho ningún ejercicio especial, como Finn, para aumentar su musculatura. Al no poder doblar las piernas, obligó a sus congelados pies medio a empujar, medio a tirar de los tablones. Por último, con el hombro por delante, se lanzó contra la valla. La madera se quebró en agudas astillas, pero el gabán de Hawking se llevó la peor parte.

Faltos de la agilidad ratonil, sus pies golpearon el suelo con el talón por delante, se resbalaron y lo enviaron de espaldas al pavimento. Se obligó a levantar al menos los hombros: debía darse prisa si no quería perder al desconocido.

Sin embargo, al mirar hacia la esquina, se dio cuenta de que su brillante plan no había funcionado. Igual que Carver había visto las huellas de su perseguidor, este había encontrado las de Carver y, suponiendo lo que tramaba, había vuelto sobre sus pasos.

Y allí estaba.

Una estatua centrada en el callejón, de pie, mucho más grande de lo que parecía en el espejo. Sus rasgos seguían oscurecidos por las sombras y la nevada, pero el cabello era sin duda negro, y en su rostro se distinguían las patillas de boca ancha propias de un caballero adinerado.

Carver, que no sabía si sentir vergüenza o miedo, forcejeó para levantarse. La valla le había hecho un siete en el viejo abrigo y él lo cerró con la mano para evitar que se colaran la nieve y el viento.

—Bueno, pues ya me ha pillado —dijo al de la chistera.

No hubo respuesta. Los anchos hombros de su acechador ni siquiera hicieron un movimiento del que pudiera deducirse que respirara.

—¿Es usted un agente? —preguntó Carver.

Nada.

¿Se trataba de un juego, de esos que le gustaban a Hawking? ¿Quería el de la chistera que Carver averiguara su identidad?

—¿Le ha dicho el señor Tudd que me siga?

La única respuesta surgió del propio cuerpo de Carver, en forma de abrupta y abrumadora certeza de hallarse en presencia de un poderoso depredador.

Le dio la impresión de que empezaba a nevar de nuevo, porque el miedo lo acribilló como los helados copos que golpeaban su rostro. El desconocido no dio la menor señal de que el frío lo afectara.

Carver buscó el bastón en su bolsillo. No tenía ni idea de cómo usarlo, pero si había un momento apropiado para descubrirlo era aquel.

Vacío. Se le había debido de caer cuando la valla le desgarró el gabán.

De repente el hombre echó una ráfaga de aire por la nariz y los gruesos labios rematados por un tupido bigote se abrieron. Sin embargo, no pronunciaron palabra alguna: profirieron un gruñido bajo, animal.

Carver pensó en gritarles a los trabajadores que espalaban nieve delante de las Tumbas, pero no podrían llegar hasta él antes que su acechador; y él tampoco podía ir hacia este y tratar de esquivarlo, porque el callejón era demasiado estrecho. En consecuencia, giró sobre sus talones, agarró la parte superior de la valla, apenas consciente de las astillas que se le clavaban en las manos, y la salvó de un salto. Lo que antes le había resultado difícil, en ese momento le parecía facilísimo, gracias al instinto de supervivencia. Un pánico atroz lo empujaba hacia la estrecha abertura. Cuando cayó al otro lado de la valla sintió algo duro bajo los pies: el bastón.

Al recogerlo se percató de que no había suficiente espacio para abrirlo, así que se deslizó rápidamente de lado, golpeando una pared y luego otra, llenándose de rozaduras y moratones.

Aunque no oía a nadie por detrás, no se atrevía a mirar. Por delante, la salida del pasadizo era una cinta vertical de remolinos blancos y formas borrosas. Pensó que no viviría para alcanzarla pero se acercó poco a poco hasta que, con una embestida final, se desplomó sobre la acera.

En ese momento, bastón en ristre, se atrevió a mirar atrás. Tras un instante, las grandes manos de su perseguidor aferraron la valla. Con un movimiento ágil, la figura, que en el recuerdo parecía demasiado grande para el angosto espacio, saltó los tablones, se adentró en el pasadizo con la facilidad de una sombra y se deslizó hacia Carver a una velocidad inhumana.

Al chico le dolía el pecho, le faltaba el aliento, pero encontró el botón del cilindro y lo oprimió.

¡Shiic!

Alzó la punta de cobre. Cuando los copos de nieve la tocaron, el metal lanzó chispas y siseos. Al verlo, el depredador vaciló en la salida del pasadizo y después retrocedió.

Carver se puso en pie sin soltar el crepitante bastón. Los barrenderos, que seguían con su batalla de bolas de nieve, se encontraban terriblemente lejos.

—¡Socorro! —gritó Carver. Anduvo hacia atrás sin perder de vista la sombra que se alejaba. No se creía capaz de gritar más alto y nadie parecía haberle oído—. ¡Socorro!

Por fin, cuando estaba a una distancia de media manzana, uno de los trabajadores se volvió en su dirección. Como el acechador no volvía, Carver cerró el bastón y se lo guardó en el bolsillo.

Los de las palas se reunieron y lo señalaron. A Carver le sorprendió que fuesen tan jóvenes, poco más que pillos de la calle. Un chaval rechoncho de cara aplastada y perruna se adelantó a toda prisa para recibirlo.

Ambos se reconocieron al mismo tiempo:

—¿Carver? —dijo una voz chillona.

—¿Bulldog?

27

—¡Esto sí que es un ennn-cuen-tro! —berreó Bulldog, como si acabara de estrenar la palabra. Los chicos llegaron corriendo por detrás. Entre ellos, Carver reconoció a otros miembros del la extinta banda de Finn. Una vez superada la impresión inicial, recordó que todos se habían apuntado alegremente para trabajar en el servicio de recogida de basuras.

Su rivalidad parecía tan lejana y tan infantil que Carver ni imaginó que no quisieran ayudarlo.

—Bulldog —dijo intentando recobrar el aliento—, me persiguen, necesito ayuda.

—Eso parece —contestó el otro carcajeándose y levantando la pala—. Llevamos mucho tiempo esperando algo así.

Siguiendo el ejemplo de su líder, los demás blandieron las suyas.

—¿Todavía quieres pegarme porque Finn robó un guardapelo? —preguntó Carver estupefacto.

—¿Crees que vamos a olvidar lo tramposo que fuiste?

—Esto va en serio —dijo Carver. Se acercó un paso y a punto estuvo de ser golpeado en la cabeza por la plancha de hierro de una pala.

—Y esto más —replicó Bulldog.

Carver era consciente de la desproporción numérica, pero debido a su reciente exposición a un peligro mucho mayor, no pudo evitar sentirse indignado. Ganas le dieron de sacar el bastón y mandar a Bulldog al país de los sueños.

—¿Cómo es posible que seas tan idiota...? —empezó Carver.

¡Usshhh! Tuvo que apartarse de un brinco para evitar el golpe.

—¿Seguro que quieres llamarme idiota? —preguntó Bulldog provocando las risas de los otros.

—¡Esto es una locura! Yo solo...

¡Usshhh!

—¿Y ahora loco?

—Deja esa...

¡Hud!

La última oscilación del instrumento había golpeado a Carver en el estómago y lo había mandado de espaldas al suelo. Bulldog usó la pala a modo de cuchillo: el borde de la plancha de hierro traspasó la nieve y tintineó al chocar contra la acera, muy cerca de la cabeza de Carver. Este, más que harto, miró fijamente al matón y tensó los músculos, preparándose para patear.

En ese instante se acercó a ellos una figura alta, tan alta que Carver pudo verle la cara incluso por detrás de un Buldog erguido.

—Hola, Carver —dijo una voz profunda y familiar. Llevaba el cabello rojo bien cortado y con raya a la izquierda, y el pecoso cutis limpio. Vestía un elegante levitón negro desabotonado que dejaba ver el traje y la corbata. Su cara seguía igual pese a la mayor limpieza, tan apuesta como siempre.

—Finn —contestó Carver—, ¿te has convertido en un lechuguino y te has escapado del huerto?

—De vez en cuando me gusta alternar con mis amigos.

—Ahora no está la señorita Petty por aquí para salvarlo, ¿eh? —dijo Bulldog dando un codazo a Finn.

Carver intentó levantarse y sacar el bastón al mismo tiempo, pero solo consiguió que Bulldog y Peter Bishop le sujetaran los brazos. Entre ambos lo pusieron en pie, le llevaron los brazos a la espalda y lo colocaron enfrente de Finn.

Este observó el raído y desgarrado gabán de Carver.

—¿Eres un pillo de la calle? ¿Para esto te ha servido tu mollera?

—Algún día de estos me zamparé un lechuguino —contestó Carver—. ¿Te echan bastante estiércol?

A Finn le centellearon los ojos. Se estiró el abrigo y se aflojó la corbata.

—Gracias por ponérmelo fácil.

—¿Cuántas facilidades necesitas? ¿Necesitas que te ayuden todos estos? —inquirió Carver.

—Quia, pero así es más divertido.

Bulldog soltó risitas mientras Finn levantaba el puño. Carver forcejeó pero todo fue inútil. Le extrañaba, sin embargo, la duda que expresaba el rostro del matón. ¿Era posible que le pareciera injusto golpear a alguien que no podía defenderse?

Los otros salmodiaron:

—¡Finn! ¡Finn! ¡Finn!

—Adelante —dijo Carver—, ladrón de poca monta. Eso borró cualquier duda. Finn echó el puño hacia atrás. Lo siguiente que Carver supo es que la salmodia había acabado y el matón decía:

—¡Ay, ay!

—¡Phineas! ¿Se puede saber qué estás haciendo? A Carver le llevó un momento reconocer la voz de Samantha Echols, madre adoptiva de Finn. Llevaba un sombrero con pumas de pavo real y se envolvía en una piel de zorro blanco que la asemejaba a una especie de criatura polar. Su mano regordeta retorcía la oreja de Finn con tal saña que Carver hizo una mueca de dolor por pura simpatía.

—¡Ven conmigo ahora mismo! —dijo ella arrastrándolo del sufrido órgano—. ¡El señor Echols va a reunirse con el jefe de policía y habrá fotógrafos! ¡Mira cómo te has puesto! ¡Te vas a planchar la ropa tú solito!

Bulldog y Peter, atónitos, soltaron a Carver mientras la corpulenta mujer se llevaba al musculoso Finn bajo la nevada. Incluso cuando se perdieron de vista, los chicos seguían mirando fijamente en su dirección.

—¿Planchar? —farfullaba Bulldog—. ¿Planchar?

Aprovechando el sobrecogimiento de la banda, Carver retrocedió unos pasos y echó a correr. Mientras la nieve se abría paso por los desgarrones de su gabán, pensó en la ropa nueva y abrigada de Finn y en lo bajo, pero lo cómodamente, que podían caer los poderosos. Sin embargo, ¿por qué había dudado si pegarle o no?, ¿y qué hacían los Echols en las Tumbas con aquel tiempo?

Se dirigió al este, a la calle Center. Se alejaba de los Pinkerton, pero quería evitar a toda costa un encuentro con el tenebroso desconocido.

Aunque pareciera imposible, la tormenta arreciaba. A solo media manzana de la banda, los remolinos blancos ya le impedían ver a los chicos. Hasta las enormes Tumbas eran un mero borrón y el olor de agua estancada había desaparecido.

Por delante se distinguía aún menos. La frontera entre calle y edificios era visible, pero entre calzada y acera se había difuminado. Carver no reparó en el coche de punto hasta que tropezó con él. Estaba inclinado y sin caballo. Al parecer el cochero, del que no quedaba ni rastro, no había visto la curva.

Mientras Carver consideraba la posibilidad de meterse un rato en el coche para recobrar el aliento, la portezuela se abrió de golpe. Un torbellino marrón y gris brotó de la negrura.

¿Era su perseguidor? El chico se echó hacia atrás. Mientras la figura se enderezaba, vio que su forma y su ropa no coincidían. Aquella silueta era más vieja, más encorvada...

—¿Señor Hawking? —preguntó. El bombín del detective estaba salpicado de escarcha y su bigote de nieve. Bajo la tormenta parecía muy vulnerable. Carver estaba encantado de verlo.

—El idiota del cochero dijo que volvería con el caballo —rezongó Hawking, y miró a su pupilo solo vagamente interesado por la coincidencia—. Ha habido otro asesinato.

Con el bastón un poco agitado por el viento, Hawking señaló en dirección a las Tumbas y añadió:

—Y el asesino ha tenido el detalle de dejar el cuerpo allí.

28

—Me han seguido —dijo Carver.

Hawking ignoró la información y probó a dar unos pasos por la nieve, pero acabó indicándole a Carver que se acercara para ayudarlo.

—Después de tu marcha, Tudd me llamó desde la calle Mulberry balbuceando como una vieja chocha. Todavía alberga esperanzas de que intervenga, supongo; y yo, tonto de mí, le dije que echaría un vistazo.

—¡Me han seguido! —repitió Carver más alto.

Hawking soltó unas risitas.

Al tiempo que le contaba lo sucedido, Carver le rodeó con un brazo la ancha espalda y le hizo apoyar el brazo malo sobre sus hombros. Dejando tras de sí un extraño par de huellas, avanzaron en diagonal por la calle Leonard hacia la Center. El chico esperaba en parte que Hawking pusiera los ojos en blanco y le diese una explicación de los hechos con la que pudiera sentirse idiota pero a salvo. En lugar de eso, el detective se detuvo con tal brusquedad que Carver estuvo a punto de resbalarse y caerse de bruces.

Hawking giró la cabeza a izquierda y derecha para escrutar lo poco que se veía de la calle.

—Con lo desierto que está todo, es muy posible que te hayas topado con el asesino en persona.

—¿Sí? —preguntó, atónito, Carver—. ¿Pero por qué iba a seguirme?

Hawking hizo una mueca.

—¿Tengo que explicarte lo que es obvio? Habrás oído que algunos gustan de volver al lugar del crimen, ¿no? Un hombre que arroja un cadáver a las Tumbas desea, como mínimo, llamar la atención. Al verte rondar por los alrededores, querría asegurarse de que no le habías visto trasladar el cuerpo. Es posible que él tuviera más miedo de ti que tú de él.

Miró la amedrentada expresión del chico y suspiró.

—Bueno, lo último ha sido algo exagerado, lo admito. Más vale que nos movamos. Puede seguir por aquí y el grupo da seguridad, aunque esté formado por Tudd y nuestro corrupto cuerpo de policía.

Mientras se acercaban a duras penas, vieron que la fachada principal de las Tumbas centelleaba bajo la ventisca como un espejismo en una tormenta de arena. Al doblar la esquina, Carver se sorprendió con el alboroto. Focos montados en carruajes y alimentados por generadores de manivela, abrían en la nevada un inquietante túnel propio de una mañana soleada. Toda clase de vehículos de caballos ocupaban la calzada y las aceras sin orden ni concierto. Eso explicaba lo de Bulldog y el resto de los paleros: el asesinato hacía necesario despejar la calle de nieve.

Hawking parpadeó ante el túnel de luz, pero Carver no solo sintió su habitual fascinación por cualquier tipo de máquinas, sintió gratitud: la claridad permitía distinguir los rasgos de los aproximadamente quince hombres bien abrigados que ocupaban en semicírculo la escalinata de entrada.

—No quiero que me vean —dijo su mentor, señalando un reloj de pie. Pronto estuvieron sobre el pedestal de hierro, contemplando la escena al abrigo del soporte.

Hawking carraspeó y añadió:

—No me preguntes nada hasta acabe de hablar, así podrás formular preguntas más efectivas. Hace unas noches, después de pasar la velada en el centro con unos amigos, la señora Jane Hanbury Ingraham, de Park Avenue, desapareció. Su cuerpo ha sido encontrado a primera hora de esta mañana. A pesar de las enérgicas objeciones del muy consternado señor Ingraham, Roosevelt, que en apariencia no es un completo imbécil, mantuvo intacto el lugar del crimen hasta que pudo ser examinado, tarea difícil hasta para los más expertos con este tiempecito. —Hawking señaló el centro del grupo, donde un hombre conocido daba pisotones al suelo y gesticulaba locamente—. Yo esperaba batir aquí mismo a nuestro *cowboy* de medias de seda, pero no ha habido suerte.

Dicho esto echó el brazo sobre los hombros de Carver y sugirió:

—Si queremos oír algo, habrá que acercarse un poco más. Será más fácil que no nos vean si nos mantenemos lejos de esas luces.

Moviéndose con tanto cuidado como su extraña configuración les permitía, se acercaron lo más posible. Las fantasmagóricas luces convertían el lugar del crimen en una especie de representación teatral al aire libre. Roosevelt, con su cabeza cuadrada, su tupido bigote y sus quevedos, estaba en el centro del escenario, el abrigo abierto y flameando.

—¡Delante de nuestras narices! —bramaba—. ¡El muy cobarde nos está diciendo que hará lo que quiera cómo y cuándo le venga en gana! ¿No hay nadie que haya descubierto algo?

Carver vio a Tudd por primera vez. El director de la Nueva Pinkerton, que estaba pálido y ojeroso, se acercó a Roosevelt, pero le habló demasiado bajo para el oído del chico.

Con el Comisionado, sin embargo, no había problemas de volumen:

—¿Más tiempo? ¡El juez de instrucción nos ha dado una hora! ¡El propio señor Ingraham está detrás de él! Ni siquiera deja que nos la llevemos cerca del depósito de la cárcel. ¿Sabemos por lo menos si la han matado aquí o en otro sitio? ¡Hablen de una vez! ¿No?

Hawking le susurró a Carver, aumentando así su sensación de estar en un teatro:

—Qué dramatismo. Bien, ahora... veamos quién más hay.

Un hombre solitario de cara chupada salía por las grandes puertas del edificio.

—Alexander Echols —dijo Carver. Entonces, a eso se debía que Finn estuviera por la zona.

—¿Pero lees los ecos de sociedad en cuanto me descuido?

—No, es que ellos... él... adoptó... a alguien. ¿No es el fiscal del distrito?

—Sí, y una sabandija de cuidado. Si Echols adopta es por las apariencias. Tu amigo dispondrá de dinero, pero en cuanto al afecto, solo recibirá el que se profesan los reptiles. Saldrá en un montón de fotos, eso sí.

Carver hubiera querido explicarle que Finn no era su amigo, pero no le pareció el momento oportuno. Entre tanto, Echols se había abierto camino a codazos entre los policías y miraba al suelo. De improviso retrocedió, el rostro crispado y pálido, la boca cubierta con una mano.

—¡Ja! Una sabandija delicada. ¿Y tú qué? ¿Has visto alguna vez un cadáver? ¿Quieres acercarte un poco?

Cuando Carver titubeó, Hawking perdió los estribos:

—¡No es por pasar el rato, sino para completar tu formación! Verás un horror de verdad más tarde o más temprano, pero si tienes que vomitar hazlo aquí en la nieve, no al lado de algún agente que crea que eres un debilucho. Además, tengo que comunicarle a Septimus los errores que cometa la policía. ¡Sé silencioso, sé rápido!

Avanzaron unos diez metros. Todos los pensamientos de Carver se tomaron un descanso cuando el cadáver quedó a la vista. Al pronto parecía un simple montón de ropa cara, pero después la mente separaba los pliegues del vestido de la capa de la carne y los cabellos.

La cruda luz teñía la piel de Jane Ingraham de una blancura nívea. Parecía una estatua esculpida en una postura ridículamente distorsionada. Al mirar con más atención, Carver distinguió una línea negra atravesando el cuello y marcas oscuras en la ropa y el suelo. Quizá fuese por efecto de la distancia, la nieve o las luces, pero pese a saber que estaba mirando un cuerpo humano, no podía convencerse de que era real.

—Tudd va a tener un buen día —susurró Hawking.

—¿Por qué? —preguntó Carver.

—A menos que me fallen los ojos, y son los únicos órganos que no me dan la lata, esas lesiones son vagamente parecidas a las de Elizabeth Rowley. A Tudd le basta y le sobra con un parecido vago para relacionar dos crímenes.

29

—¿Todavía nada? —ladró Roosevelt—. ¿A qué viene tardar tanto?

—Aficionados —susurró Hawking—. Es evidente que no la han matado aquí; no hay suficiente sangre.

Roosevelt levantó la cabeza y por un momento pareció mirarlos directamente. Hawking agarró a Carver para llevarlo detrás de un carruaje aparcado en diagonal. En el proceso el chico golpeó un costado del coche con el hombro y de aquel cayó un poco de nieve.

Si Roosevelt los había visto, no lo demostró. Siguió preguntando afanosamente cuándo llegaba el coche del depósito.

—No podemos meterla en las Tumbas. ¡Su marido dice que sería un escándalo!

—Ladra como un perro, pero sigue pendiente de la clase alta —rumió Hawking al esconderse detrás del carruaje. Carver, sin embargo, pensó que quizá a Roosevelt tan solo le preocupaba el dolor del marido. Los labios de su mentor temblaron—. Aquí estaremos bien; confío en que nadie nos vea...

—¡Carver! —gritó alguien.

Hawking pegó un brinco. Una cara rosa rodeada por una capucha de lana se asomaba por la ventanilla del coche.

—¡Delia! —dijo Carver, forcejeando consigo mismo para no subir la voz.

—¿Es que conoces a todo el mundo, chico? —gruñó Hawking—. ¿Por qué no repartes vasos de ponche y celebramos una fiesta?

—Es Delia Stephens, mi amiga del orfanato —explicó Carver.

—¿La que compraron los Echols porque hacía juego con su alfombra nueva? —preguntó, ceñudo, el detective.

—Nada de eso —replicó Delia—. He venido con el señor Jerrik Ribe, del *New York Times*.

Hawking no contestó y tiró de Carver para apartarlo del coche.

—¿No pensarás escaparte otra vez, no? —preguntó su amiga subiendo la voz.

—No... no sé —contestó Carver. Esperaba que no. Desde que Hawking le había dado una idea sobre qué decirle, estaba deseando encontrarse con Delia para contárselo.

Su mentor, por su parte, parecía un manojo de nervios.

—¿El *Times*? —susurró—. Eso no me lo dijiste. Bueno... quizá no sea tan malo. Quédate y charla, a ver qué averiguas. Toma notas. Roosevelt te protegerá si hay algún hombre del saco por los alrededores. Si cierran el ferry, en la sede central de la Nueva Pinkerton te darán cama. Pero lo que quiero que lleves a rajatabla es lo siguiente: no vuelvas a la calle Leonard hasta que tengamos la oportunidad de hablar otra vez.

Se tocó el ala del sombrero para despedirse de Delia y enfiló hacia la calle Center, andando solo por la nieve mucho mejor de lo que Carver hubiera imaginado.

—¿Y ese era...? —preguntó Delia desde la ventanilla.

—Albert Hawking, detective jubilado.

—¡Oh, eso es fantástico para ti! —exclamó Delia encantada. Luego abrió la portezuela y le hizo señas para que entrase—. ¡Hace un frío que pela! —añadió desplazándose al otro extremo del asiento a fin de hacerle sitio.

Carver no se dio cuenta del frío que tenía hasta que, al sentarse, sintió la rigidez de sus huesos.

—¿Por qué no me lo dijiste cuando nos vimos? —preguntó Delia—. ¿Y qué estás haciendo tú aquí?

—No puedo contártelo —respondió Carver, que había practicado mentalmente un montón de veces la conversación—. Le prometí al señor Hawking no hablar de su trabajo. Cuando nos vimos creí que no podía contarte nada de nada, pero lo consulté con él y me dijo que esto sí podía decírtelo.

—Entonces no está tan jubilado, ¿no? —comentó Delia, y el leve centelleo de sus ojos indicó a Carver la agilidad de sus pensamientos—. Qué cosas. Es exactamente igual que lo que Jerrik le dijo a Anne sobre la historia en la que está trabajando. Anne me dijo a mí que no había motivo de preocupación, que conocía bien a su marido y que él acabaría por contárselo. Y lo hizo, y ahora yo también sé de qué se trata. Si yo fuera de las que apuestan, apostaría a que ti te pasará igual conmigo.

Molesto por su confianza en sí misma pero aliviado por evitar una discusión, Carver decidió que había llegado su turno de preguntar:

—¿Y qué haces aquí *tú?*

—¿Por qué iba a contarte lo que tú no? —preguntó Delia a su vez, pero a continuación soltó una carcajada—. Bueno, sí, te lo cuento: ¡estoy demasiado sola para no hacerlo! Tengo muy pocos amigos de mi edad —dijo y, a la velocidad del rayo, explicó—: Trabajo en el periódico como ayudante de Anne, en el quinto piso, donde todas las mujeres se encargan de los ecos de sociedad y los artículos ligeros. Nos pasamos todo el santo día con esa estupidez de los anagramas, como *sería de Laponia y aires de pianola,* ese es mío. El caso es que el gran secreto de Jerrik era que estaba cubriendo el asesinato de la biblioteca e intentaba convencer a los mandamases de que hicieran más reportajes de sucesos. El *Times* tiene fama de no ser un periódico sensacionalista, así que es una verdadera lucha, pero como últimamente pierden dinero, tendrán que pensárselo. Esta mañana Anne se ha quedado en casa por la tormenta, y Jerrik y yo habíamos ido a recoger unas cosas a las oficinas cuando recibimos la llamada. Jerrik era el único periodista presente, así que aprovechó la ocasión. Como no podía dejarme allí con esta tormenta, después de rogarle y suplicarle que no me mandara a casa, conseguí que me dejara acompañarlo.

Y aquí estamos. ¿No es emocionante? Vamos, que es terrible pero emocionante, ¿no? ¿Y tú qué? ¿Haciendo prácticas de detective?

Al percatarse de que la conversación versaba de nuevo sobre su persona, Carver respondió:

—Más o menos.

—¿Y qué tal? ¿Dónde vives?

Antes de poder darle la respuesta que tenía preparada, Delia se volvió hacia la ventanilla.

—Espera. Llega otro carromato. Ven a verlo —dijo tirando de él para que se acercara, y añadió—: Aquí hay sitio para los dos, será como escuchar en los respiraderos del Ellis.

Enseguida apretaban las caras contra el cristal, mejilla contra mejilla. Carver pensó que, pese a haber pasado todo el tiempo en el carruaje, Delia seguía helada, pero su contacto le gustó.

—¿Ves al hombre del sombrero tejano? —preguntó ella—. Es Jerrik. Y el carromato... debe ser del depósito. Sacan una camilla. Oh, por fin se llevan el cadáver.

Una manta áspera fue echada sobre Jane Ingraham y dos hombres se prepararon para subirla a la camilla. Antes de que lo hicieran, Roosevelt gritó una orden que los chicos apenas oyeron debido a la portezuela cerrada del coche. Todos los presentes se quitaron el sombrero, unieron las manos e inclinaron la cabeza para guardar un minuto de silencio.

Delia, que se había quitado la capucha, le dio un codazo a Carver y miró significativamente su empapada gorra. Él se la quitó y bajó con solemnidad los ojos.

Pasado el minuto, los dos hombres pusieron a la fallecida en la camilla y la llevaron a un carromato con la inscripción *Depósito municipal.*

En ese momento, las caras de los chicos ya habían empapado el cristal, así que Delia se estiró la manga del suéter para cubrirse la palma de la mano y limpiarlo.

—Qué horrible. Es lo más horrible que he visto en mi vida —dijo ella.

—Y yo.

—Sin embargo, no lo lamento, ¿sabes? Lo mismo más tarde, cuando lo digiera. Jerrik tenía miedo de que llorara o me pusiera a gritar, y ya ves. Creo que me impresionaría más si la muerta pareciera una persona, pero con la nieve y todas esas luces no lo parece, ¿verdad que no? ¿Crees que no tengo corazón?

Al volverse al mismo tiempo para mirarse, se encontraron nariz contra nariz.

—No —consiguió responder Carver—, claro que lo tienes.

«Y muy grande», añadió para sí.

30

Carver se despertó en la más absoluta oscuridad, con la cabeza bullendo de sueños cegadores plagados de nieve y sangre. Cuando había regresado por fin a la Nueva Pinkerton, hasta Beckley se iba a casa. El bibliotecario se había quedado un rato para ayudarle a encontrar una cama plegable, que hallaron doblada en el rincón de un trastero sin ventanas y lleno de cajas. En cuanto se echó, el agotado Carver se quedó dormido.

Olía raro. Hawking había dicho que la sede central estaba debajo de una cloaca y quizá alguna pared o el mismo suelo de aquel cuartucho comunicaba con ella. Las alcantarillas le recordaron el pasadizo de la rata, y la rata al asesino. Por un momento sintió que su acechador se cernía sobre él lleno de cólera, negro como boca de lobo.

Carver sacudió la cabeza, se puso de lado, procurando no molestar al ruidoso somier, y palpó en la negrura para buscar su ropa. Con la esperanza de llevarla bien puesta, giró el picaporte y salió del cuarto. En el vestíbulo más alejado, la luz solar se filtraba por las invisibles claraboyas del alto techo de ladrillo.

Beckley le había advertido que todo el mundo estaría ocupado con la investigación del nuevo crimen, así que no le sorprendió no encontrar a nadie. Sin embargo, le hubiera encantado saber dónde guardaban la comida, porque se moría de hambre. Fue mirando por aquí y por allá, girando distraídamente los pomos de las puertas que encontraba a su paso. La mayor parte estaban cerradas, pero eso no era problema: seguía teniendo su equipo de clavos y estaba solo.

Lo que ofrecía interesantes posibilidades. Podía meterse en el despacho de Tudd, leerse todos los informes de su escritorio, quizá averiguar si lo seguían y por qué... Podía incluso descubrir la teoría de Tudd sobre el asesino y enterarse de la razón de que suscitara en Hawking tanto desdén.

Al pasar por el laboratorio, no pudo resistirse a echar un vistazo. Todos los aparatos que utilizaban durante el día estaban guardados bajo llave, pero un armario de metal parecía fácil de abrir. En cuanto forzó la cerradura, la puerta, cargada de rifles, se abrió de golpe y reveló una colección de armas.

Aunque algunas resultaban conocidas, otras muchas no. Dos estantes sostenían diez extraños revólveres montados en soportes aún más raros: con seis patas articuladas y un mecanismo de resorte. Las armas podían estar cargadas, así que prefirió dejarlas en paz, pero su mirada cayó sobre lo que parecía una navaja.

La tomó, pensando que no tendría peligro, y al abrir lo que en apariencia era la hoja, en lugar de esta apareció un intrincado conjunto de piezas metálicas con forma de llave. Al girar el dial situado en la parte inferior del mango, la «llave» cambió de forma y tamaño. ¿Sería algún tipo de ganzúa?

Decidido a probarla, Carver cerró el armario, insertó la extraña herramienta en el ojo de la cerradura y giró el dial hasta que oyó un clic. Se quedó encantado al ver que una puerta cerrada podía abrirse con un simple giro de mano. Sacó la herramienta y volvió a probar.

Esa vez la cerradura no se movió. Aún peor, el aparato se encajó en la puerta. Carver lo sacudió y tiró de él, haciendo que se tambaleara todo el armario, hasta que cayó en la cuenta de que bastaría con girar el dial un poco hacia atrás. Este se deslizó con facilidad y la puerta se abrió de nuevo.

¡Qué artilugio más asombroso! Ni punto de comparación con los clavos. Con eso se podía ir a cualquier parte, pero... ¿podría llevárselo y ya está? Lo del bastón era distinto. Ese se lo había encontrado. Además, le había salvado la vida, por lo que había valido la pena no devolverlo. Pero la ganzúa... Pero abultaba tan poco entre tantas maravillas... ¿No había dicho Hawking que Benjamin Franklin transgredió las leyes y que había que convertirse en ladrón para atrapar al ladrón? Y, al fin y al cabo, su mentor era un gran detective.

Se la guardó en el bolsillo. De pronto sintió remordimientos y oyó su propia voz cargada de odio gritándole a Finn: «¡Ladrón!».

Pero la ganzúa no era un guardapelo de oro ni la única posesión de una niña huérfana. Además, solo la tomaba prestada para entrar en el despacho de Tudd y averiguar qué estaba pasando.

Una vez decidido, cerró el armario con demasiada fuerza. Se oyó un fuerte *¡pum!* y una bala traspasó el metal. A continuación se produjo un runrún mecánico. Mientras Carver saltaba hacia atrás, la puerta se abrió sola y los revólveres con patas se movieron por cuenta propia, bajando de los estantes como arañas gigantescas. Al caer al suelo, una de ellas volvió a disparar.

Carver se agachó detrás de una mesa maciza. Como el runrún continuaba, asomó la cabeza y vio con sobrecogimiento y pavor que las armas estiraban las patas y empezaban a corretear por la habitación. Volvió a esconderse, por si también eran capaces de ver.

Contuvo el aliento mientras el zumbido proseguía, imparable, aunque por lo menos no hubo más disparos. ¿Qué eran? ¿Un arma de cuerda para perseguir maleantes? ¿Cómo sabían cuándo disparar?

¡Uif! Estaba a punto de averiguarlo. Una de ellas rodeó la mesa y se le acercó moviendo las patas de una en una, como una tarántula. Carver se echó hacia atrás todo lo que pudo sin apartarse de la mesa, porque no quería que las demás lo vieran. ¿Cuántas serían? ¿Ocho?

Se acercaba, se acercaba… y de repente se detuvo.

Enseguida el runrún de los mecanismos restantes se apagó también. Carver se agachó al lado de la suya para examinarla. En el dorso había un temporizador, que en su caso marcaba cero. Carver supuso que se podía calcular un tiempo determinado, dar cuerda al mecanismo y enviar el arma hacia algún sitio peligroso para que disparara al acabarse el tiempo.

Al menos eso significaba que no podían ver. Las fue mirando de una en una. Ninguno de los temporizadores estaba activado. Lo más probable era que al sacudir el armario hubiese provocado el primer disparo, y la caída al suelo hubiera hecho el resto. Con mucha cautela, las devolvió a su sitio pero dejó el armario entreabierto. Rezó porque pensaran que el revólver se había disparado solo (y prácticamente lo había hecho, ¿no?) y pensó que merodear por las dependencias de los Pinkerton no era quizá lo más prudente.

A menos que quisiera recibir un balazo.

31

Al salir a la calle, el sol hizo parpadear a Carver. El aire era más cálido y habían vuelto los colores. La acera disponía de una senda despejada, aunque en cada esquina sostenía un enorme montículo de nieve. En Broadway, el gris de los adoquines dominaba al blanco. Gente, carromatos, carruajes y tranvías iban de arriba abajo como si no hubiese habido nevada alguna.

—¡Horrible asesinato! —gritaba una agradable voz infantil—. ¡Salvajes mutilaciones! ¡Cadáver en las Tumbas!

La gente se arremolinaba en torno al vendedor callejero, que sostenía en alto un ejemplar del *Daily Herald* cuyo titular rezaba: **ASESINATO EN LA TUMBA.** El alegre chaval no daba abasto con las ventas.

Carver miró el dinero que llevaba. Tenía de sobra para comer algo decente y volver en ferry a Blackwell. Pensó en comprar un periódico, pero por lealtad a Delia prefirió esperar a encontrarse con un vendedor del *Times.*

Sin embargo, lo primero que hizo fue comprarse una patata asada en uno de los puestos que bordeaban el City Hall Park. Mientras el vapor de su amarillenta carne le caldeaba la cara, Carver escuchaba las conversaciones de los viandantes. Todos hablaban del segundo asesinato.

Cerca de la fuente de mármol del centro del parque encontró un chico que vendía el *Times*. Con el diario en la mano, buscó un banco vacío, apartó la nieve y se sentó para acabarse la patata y leer el diario.

Al no ser un lector habitual del *Times*, a Carver le sorprendió no ver un titular semejante al del *Herald*. El asesinato aparecía en primera plana, pero no arriba ni en el centro, sino en la esquina derecha, cerca de un artículo sobre la ventisca (que ocupaba más espacio) y con un titular más discreto: HALLADO CADÁVER DE LA ALTA SOCIEDAD; debajo, en un tipo de letra más pequeño, decía: *La osadía del asesino desconcierta a los agentes*, y a continuación en tipo aún menor: *Jerrik Ribe*.

Había una foto de los Echols posando en compañía de Finn, con un pie que ponderaba al inquebrantable fiscal del distrito, famoso por su dureza con los delincuentes y su caridad con los huérfanos. El trajeado Finn tenía buen aspecto, pero no parecía muy feliz.

Al haber estado en el lugar del crimen, Carver ya conocía casi todos los detalles del caso, pero aún así leyó el artículo con interés. El guardia que había encontrado el cuerpo vio un par de huellas, pero para cuando empezó la investigación la nieve las había cubierto. Debido a eso y a la falta de sangre, la policía había deducido que el asesino mató a la víctima en otra parte y la llevó más tarde a las Tumbas, tal como había dicho Hawking. También suponía que se trataba de «un hombre excepcionalmente fuerte». El acechador de Carver, desde luego, satisfacía todos los requisitos. Por otra parte, como decía Hawking, también los satisfacían el padre de Carver y miles de hombres más. Su padre. Tenía ganas de volver a la calle Leonard para seguir la nueva pista, pero su mentor se lo había prohibido. ¿Sería Raphael Trone su padre, o por lo menos alguien que supiera dónde encontrarlo? Un hombre violento y fuerte. *Lobuno*, había dicho la dama de los gatos. Carver recordó la sensación de presa indefensa que había experimentado ante su acechador.

Su mente se paró en seco. Llevaba tanto tiempo ensimismado que la patata se le había quedado fría. Daba igual; había perdido el apetito. Miró hacia lo alto. El edificio del *Times* estaba justo enfrente, nada más cruzar la acera. En cuanto se inauguró empezó una competición. El *Tribune* construyó una sede más alta, así que en 1889 el *Times* hizo crecer la suya. Carver, que por entonces contaba ocho años, solía escabullirse del orfanato para ver las obras. A fin de no trasladar las gigantescas prensas, el nuevo edificio de trece plantas se había ido construyendo a su alrededor mientras el antiguo se demolía por etapas.

Contó las ventanas del quinto piso, donde trabajaba Delia. La idea de visitarla le tentaba, pero estaba sucio, con la ropa arrugada y seguía teniendo miedo de encontrarse con el padre adoptivo de la chica y tener que mentirle, si era capaz, sobre la agencia secreta. ¿Qué debería hacer a continuación? Podía volver a la sede central con la esperanza de que nadie hubiera notado el estropicio del laboratorio y tratar de descubrir si había más de un Raphael Trone. De todas formas, aunque descubrieran que el causante de los disparos había sido él, Hawking no se enfadaría demasiado. Respecto a Tudd, Carver descubrió que le importaba cada vez menos lo que pudiera pensar de él. A lo mejor podía conseguir que le devolvieran la carta y la firma de su padre. Tiró los restos de la patata y se puso en marcha. Al llegar a la fuente volvió a experimentar la sensación de que lo seguían. No era tan intensa como durante la ventisca, pero sí suficiente para obligarle a detenerse y echar un vistazo alrededor.

Mujeres con vestido de lana y pelerinas, hombres con gabán de cuello de piel y sombrero hongo paseaban tranquilamente disfrutando del paisaje invernal; los niños se tiraban bolas de nieve; los vendedores de comida pregonaban su mercancía; los pillos de la calle vendían periódicos. No había nada sospechoso pero, después del día anterior, Carver se había prometido hacer más caso a su instinto.

Hasta cruzando Broadway miraba hacia atrás para ver si alguien lo vigilaba, aunque después de estar en un tris de ser atropellado por un carruaje decidió que era mejor mirar por dónde iba.

Cuando llegó al tubo metálico que abría la puerta de la sede central vaciló y se quedó un momento quieto, por si su perseguidor se acercaba. Si esperaba el momento preciso y se daba la vuelta con rapidez quizá pudiese atraparlo. La sensación de estar siendo observado aumentó y se pegó a su columna vertebral con mayor intensidad que nunca.

Contó para sí, uno... dos...

Y se giró.

¡Tenía razón! Había alguien.

—¿Delia?

Llevaba el mismo tipo de ropa que la noche anterior, pero el grueso vestido de lana era de color verde. Se ceñía el cuello con un echarpe que no hacía juego.

—Ho... hola —contestó ella aturullada.

—¿Me estabas siguiendo? —dijo Carver acercándose.

—Te estaba *investigando*. Si tú haces prácticas de detective, ¿por qué no las voy a hacer yo de periodista?

Carver entrecerró los ojos.

—Era broma, más o menos —se apresuró a decir Delia—. Te vi en el banco desde la ventana, pero cuando llegué ya estabas cruzando el parque.

—¿Y no podías haberme llamado?

—Es que no estaba segura de querer hablar contigo.

—¿Por qué? —preguntó, dolido, Carver.

—Es que he averiguado algo... —Delia exhaló lentamente—, bueno, Jerrik más bien, y él se lo contó a Anne y Anne me lo contó a mí y se supone que yo no debo contárselo a nadie. Pero yo estoy convencida de que tú tienes que saberlo.

—¿De qué estás hablando, Delia?

Ella hizo una mueca, como tomando una decisión.

—De acuerdo, pues ahí va: esta mañana el *Times* ha recibido una carta dirigida al Comisionado Roosevelt. Creen que es del asesino.

—¿Qué dice? —pregunto Carver con los ojos muy abiertos.

—Por lo que dice creo yo que debes saberlo. Es muy corta, pero a mí me recuerda a... bueno, me recuerda a la carta que encontraste en el ático.

Carver frunció el ceño. No podía ser. No tenía sentido.

—¿Que te la recuerda? ¿En qué? ¿Qué dice?

Delia tragó saliva de forma audible antes de contestar:

—«Querido Jefe: Soy yo otra vez. No es guasa», y escribe «jefe» con mayúscula.

—¿Y eso te recuerda a la carta de mi padre?

Delia asintió con la cabeza.

Una sensación espantosa se abatió sobre Carver. Se sintió atrapado, con una cuchilla de carnicero colgando sobre la cabeza y deseando caérsele encima.

Aunque esto era mucho, muchísimo peor.

32

Carver estaba cayendo, abajo, muy abajo... tan abajo que parecía llevar así toda la vida. ¿Sería aquel el abismo contra el que le había prevenido Hawking?

Apenas era consciente de que se le doblaban las piernas, de que Delia lo agarraba del codo para evitar que se cayera de golpe.

—¡Carver! ¡Carver! —repetía ella una y otra vez.

Él parpadeó y la miró por fin.

—*Mi padre* es el asesino de la biblioteca.

La falda de lana verde formó un estanque en la acera cuando Delia se sentó a su lado. Por la expresión de su cara, se hubiera dicho que acababa de apuñalar sin querer a su mejor amigo.

—¡No! —protestó Delia—. Lo mismo no es ni del asesino; puede ser una broma. La semana pasada recibimos una encantadora nota de Abraham Lincoln, que nos escribía únicamente para saludarnos. Y, la verdad, porque tu padre usara la palabra «jefe»... no quiere decir que la carta sea suya. Hay un montón de gente que la usa, porque la mayoría de la gente tiene uno, ya sabes. Yo solo creía que... por la coincidencia... debía contártelo.

—No es solo esa palabra —dijo Carver—. La mujer de los gatos dijo que era violento, como un lobo, y su carta hablaba de cuchillos. Su trabajo consiste en... matar gente. Y yo pensando que era carnicero...

Haciendo de tripas corazón, Carver le contó lo que había averiguado hasta el momento.

—De todas formas puede no ser cierto. Entiendo que tengas miedo, pero no deberías sacar conclusiones precipitadas —dijo Delia buscándole los ojos. Estaba tratando de darle esperanzas. Carver deseó que pudiera hacerlo; luego frunció el ceño, arrugó la cara entera y se dio un golpe en la frente con las palmas de las manos.

«Es un error garrafal sostener teorías antes de disponer de todos los elementos de juicio». ¿Pero cuántos elementos de juicio necesitaba?

—¿Estás pensando o solo te estás pegando? —preguntó Delia—. ¿En qué piensas? ¿Carver?

—Habrá alguna forma de saberlo, y de probarlo, la que sea —dijo abatido—. Delia, ¿la carta está escrita a mano?

—Sí.

—¿La has visto?

—No. Está guardada bajo llave en el despacho del señor Overton, el redactor jefe. Ahora mismo están discutiendo si publicarla o no. Roosevelt los está presionando para que no lo hagan, porque dice que provocaría un pánico innecesario. ¿Ves? Hasta él piensa que no es de verdad.

—Necesito verla. Necesito comprobar si la letra es igual.

—¿Por qué no le das tu carta a Jerrik? Estoy segura de que él sí ha visto esta.

—Ya... ya no la tengo —confesó Carver con un *suspiro*.

Fue el turno de Delia de fruncir el ceño.

—No me lo creo.

Carver estuvo a punto de contarle el motivo, pero se contuvo antes de espetar que seis metros por debajo de ellos yacía en más sofisticado laboratorio criminológico del mundo. Si los Pinkerton pudieran ver la nueva carta...

Un momento. Tudd, que trabajaba para Roosevelt, ya la habría visto. Carver podía tener la respuesta esperándole en el subsuelo.

—Lo siento. No puedo decirte dónde está.

Delia resopló, enfadada, y dijo:

—¿Otro de esos secretos que le guardas al señor Hawking?

—Sí. No. En cierto modo. ¡Te lo diría si pudiera!

—Te juro, Carver —dijo ella acercándose—, que por mí no se iba a enterar nadie, ni siquiera Jerrik, ni Anne.

Carver miró en torno mientras lo pensaba. La gente aflojaba el paso para mirar a los dos jóvenes sentados en medio de la acera, sobre un parche de cemento descolorido. Carver se levantó, se sacudió los pantalones y ofreció a Delia una mano temblorosa.

—Te lo contaré todo —susurró una vez que ella se puso en pie—, te lo prometo, pero antes tengo que ver esa carta. ¿Podrás confiar en mí? ¿Podrás ayudarme?

—Otro trato, como en el Ellis —dijo Delia, y después de pensárselo añadió—: Esta noche hay reunión en el *Times*, aunque es solo una excusa para que el redactor jefe hable con Roosevelt sin ceremonias. El edificio estará lleno de gente, así que podré colarte, y si nos pillan podemos decir que nos hemos perdido; pero la puerta del despacho estará cerrada.

Al recordar la ganzúa de su bolsillo, Carver sonrió por primera vez desde que Delia le había dado la noticia y contestó:

—Hasta el momento no se me ha resistido ni una sola puerta.

—Esperemos que no sea esta la primera. En fin, estate en la entrada lateral a las siete de la tarde.

—Gracias, Delia —contestó Carver, resistiendo el fuerte impulso de abrazarla—, muchas gracias. Y ahora, por favor, tengo que hacer algo… a solas. Así que hasta la noche.

Delia estuvo a punto de protestar pero frunció el ceño, asintió con la cabeza y se encaminó hacia el parque. Al poco se detuvo y dio media vuelta.

—Deberías saber otra cosa —dijo a voces.

—¿Qué? —preguntó Carver.

—Que sea cual sea la verdad, tú seguirás siendo Carver Young.

Carver no dudaba de las buenas intenciones de su amiga, pero el comentario solo consiguió que se preguntara quién era Carver Young en realidad.

33

Cuando el vagón se deslizó hacia el andén, Carver vio que la sede central, hacía tan poco desierta, se encontraba llena de agentes que correteaban por la plaza, donde habían colocado filas de mesas cubiertas de periódicos, archivos y fotos. También se veía el gran plano del despacho de Tudd montado sobre dos caballetes, con círculos de distintos colores en varias calles.

Su exhausto propietario estaba en el centro, sujetapapeles en mano, braceando como si dirigiera el tráfico. El vagón estaba tan bien diseñado que Carver no pudo oír lo que gritaba pero, a juzgar por el movimiento de los labios, era: «¡Encontradlo!» o «¡Encontradlo a él!».

Sintió que su pánico se mezclaba con el del director y abrió de golpe la puerta del vehículo. La primera palabra que le oyó a Tudd, mientras lo señalaba con el dedo, fue un triunfante:

—¡Allí!

Bien. Eso significaba que el detective había relacionado la carta de su padre con la del asesino. Pensando que conseguiría algunas respuestas, Carver se apresuró a cruzar el andén y entró en la plaza con el corazón desbocado.

—¡Señor Tudd! ¡Señor Tudd! —gritó.

—Siento tener que llegar a esto, hijo —dijo el director, tras lo cual levantó la mano y chasqueó los dedos—. ¡Jackson! ¡Emeril! —añadió marchándose como un rayo en dirección contraria.

—¡Espere! —gritó Carver. Intentó seguirlo pero el musculoso Jackson le cortó el paso. Emeril se puso detrás de él.

—¡Eh, alto ahí! —dijo Jackson. Aunque Carver, irritado, trató de continuar, el agente le puso las manos en el pecho.

—Tengo que hablar con el señor Tudd. Mi padre...

—Ahora no —contestó Jackson.

—Tiene mucho trabajo —explicó Emeril—, no puede perder el tiempo hablando con un ladrón.

La palabra golpeó a Carver como una bala. Lo sabían.

—Vale, eso lo siento mucho, pero esto es muy importante. El *Times* ha recibido una carta.

—Lo sabemos —dijo Jackson y lo condujo hacia un corredor del lado izquierdo de la plaza.

—Dice «jefe», como en la carta de mi padre —espetó Carver.

—También lo sabemos —repuso Emeril. Entre los dos lo sujetaron por los brazos y lo arrastraron hacia delante. Carver miró hacia atrás por encima del hombro y vio que Tudd se perdía de vista.

—Por favor, solo quiero saber si ha visto la letra de la carta del *Times*. ¿La ha visto alguien?

—Todavía no —contestó Jackson—. Esta mañana ha sido muy movidita, y más con la mitad de nosotros registrando todas las manzanas próximas al lugar del crimen para buscarte.

—¿A mí? ¿Por qué?

—Porque el señor Hawking le ha contado a Tudd tu aventura de anoche —dijo Emeril—. Tudd cree que te encontraste al asesino y, que yo sepa, es la primera vez que Hawking no le lleva la contraria. Cuando esta mañana Tudd ha visto que no estabas, que había agujeros de bala en el laboratorio y que faltaba cierto instrumento, pensó que habías salido a buscar a tu padre. Y ahora todos sabemos quién puede ser.

—¡Pero si solo he salido a desayunar!

—Y lo sea o no lo sea, si vive en el barrio y te vuelve a ver, no tardará en ocuparse del posible testigo.

Jackson extendió la mano en su dirección. Carver se sacó la ganzúa del bolsillo y se la dio.

El agente tosió en el puño cerrado. Carver suspiró y, a punto de devolverle el bastón, Jackson dijo:

—Luego está el conmovedor asunto de tu amiga del *Times*. Una chica muy mona, pero un poco más y la metes aquí.

—Somos amigos del orfanato. Ella me ha dicho lo de la carta.

—Tudd da mucha importancia a la discreción, así que esa charla con tu chica no le ha parecido nada bien. Se siente un poco... traicionado.

Carver se percató de que estaban junto al trastero donde había pasado la noche.

—Entre eso y el deseo de mantenerte con vida...

—Emeril le indicó por señas que entrara.

Carver entró temblando con una mezcla de culpabilidad e indignación; arrugó la nariz ante el leve olor a cloaca. Al menos alguien había llevado una lámpara y había un poco de luz. Los agentes permanecieron en la puerta. Emeril con la mano en el pomo. El ojo de la cerradura tenía una llave por la parte externa.

—¿Estoy prisionero? —preguntó Carver.

—Te estamos protegiendo —dijo Jackson encogiéndose de hombros—, hasta que avancemos un poco más en la investigación.

—¡No puedo quedarme aquí! He quedado... —la voz de Carver se fue apagando. Ya les preocupaba Delia, ¿cómo iba a decirles que había quedado con ella?

—¿Una cita? —preguntó Jackson—. Le diremos a tu secretaria que las anule todas.

La insustancial réplica irritó a Carver, que exigió:

—Necesito ir a un teléfono, quiero llamar a Blackwell.

—¿No ha dicho Tudd que el señor Hawking está informado de todo? —preguntó Jackson mirando a Emeril.

—Eso ha dicho —convino este—. Además, los teléfonos están ocupados. Tendrás que esperar.

—¡No! —protestó Carver y salió disparado. Su súbita estampida sorprendió a Emeril, pero Jackson fue tras él, lo agarró por los hombros y mirándolo fijamente dijo:

—Nosotros no somos el enemigo. Nosotros lo entendemos y lo lamentamos, pero así son las cosas. Intentaremos traerte una mesa, algo de comida y algo de leer, pero tendrás que quedarte aquí hasta que el señor Tudd diga lo contrario. ¿Lo entiendes?

Carver apretó los dientes, asintió y se dirigió hacia la cama.

—Volveremos en cuanto tengamos un momento libre, prometido —dijo Emeril antes de cerrar la puerta.

El tintineo de la llave resonó en el pecho de Carver, pero estaba seguro de que no necesitaba su recién perdido artilugio para salir de allí. Esperó hasta que las pisadas dejaron de oírse y sacó del bolsillo sus fieles clavos. Se hizo con la cerradura en menos que canta un gallo, pero cuando giró el picaporte y empujó, la puerta se quedó donde estaba.

¡La habían apuntalado por fuera!

Se echó de golpe en la cama, que, al no esperarse el brusco añadido de peso, cayó desplomada al suelo. Hacía frío, pero por lo menos el olor a cloaca era más leve.

¿Cómo sabrían lo de Delia? «¡Idiota!», se dijo. Había estado con ella justo enfrente del ascensor, en el lugar vigilado por el periscopio de Tudd, que los habría visto hablar y habría visto el disgusto de Carver.

Y ahora era un preso. Un delincuente.

34

Carver paseaba tratando de planear la fuga, si no del cuartucho, sí de su propia mente. Tenía que ver esa carta, era imprescindible. Transcurridos unos diez minutos, sin embargo, su única revelación fue que el olor a cloaca era más fuerte en uno de los rincones y que procedía del techo.

A falta de mejor ocupación, amontonó algunas de las cajas que parecían más resistentes y trepó por ellas. Desde lo alto apretó la mano en la escayola. Estaba helada y algo húmeda. La cloaca estaría justo encima. Desde luego, ¡qué bajo había caído!

¿Sería posible salir por allí?

Empujó. La escayola cedió levemente y un polvo muy fino se arremolinó sobre la cabeza de Carver. Estaba blanda. ¿Por qué? Al extender la mano sintió una ola de aire cálido procedente del radiador. La alcantarilla superior enfriaba la escayola, el radiador la calentaba. Entre ambos la encogían y estiraban sin parar y, en consecuencia, la habían debilitado.

Seguro que podía hacer un agujero, al menos para cruzar el techo, pero los Pinkerton querían que se quedase allí, y Hawking también, por lo visto. Escaparse sería peor que «tomar prestado». ¿Cuál era su grado de desesperación? Hawking le había prometido un futuro increíble. ¿Pensaba arriesgarse a perderlo por buscar unas cuantas respuestas? Sí. Golpeó la escayola con el puño. El primer puñetazo solo produjo la caída de algunos trozos, el siguiente dio mejores resultados. No obstante, si seguía así lo oirían. Podría correr más y hacer menos ruido con alguna herramienta, pero no contaba con ninguna. No exactamente, por lo menos. Los clavos eran demasiado pequeños.

¿Qué otra cosa podía utilizar?

Saltó al suelo, arrancó un madero afilado del roto somier y trabajó con él. Acuchillando y excavando, consiguió agrandar el hueco poco a poco, hasta que la blancura de la escayola se mezcló con el marrón negruzco de la tierra. Cuando clavó la afilada punta del madero, desapareció la mitad de la pieza, pero acabó por golpear algo plano y duro. Carver cambió esa herramienta por las manos y quitó suficiente tierra y escayola como para ver medio metro cuadrado de ladrillos húmedos. Eran las tripas de la cloaca. Todo su esfuerzo había sido inútil. Para romper eso hubiera necesitado un martillo y un escoplo.

Pero, después de todo, estaba en un trastero. ¡Quizá hubiera algo útil en las cajas! Al registrarlas encontró sobre todo material de oficina, pero también seis pares de tijeras y una guillotina de papel desmontada con un pesado mango de hierro. No eran un martillo y un escoplo, pero se acercaban bastante.

Colocó la hoja de una tijera entre dos ladrillos y la golpeó con el mango metálico. La hoja se partió un poco en la punta, pero despegó unos trozos de mortero. Era un principio. Tras golpear algo más, empezaron a caer gotas de agua. En una alcantarilla había agua, desde luego, probablemente más que un poco. Si cubría el suelo y salía por debajo de la puerta antes de que el agujero fuese lo bastante grande para salir, lo atraparían.

Enrolló el colchón de la cama, lo oprimió contra la parte inferior de la puerta y puso encima unas cajas para mantenerlo en su sitio. Luego volvió a los ladrillos y luchó ansiosamente contra el mortero. En cuanto desprendió todo lo posible, dedicó sus esfuerzos a los ladrillos, uno por uno, para encontrar un eslabón debilitado.

Al poco había roto todas las hojas de las tijeras menos una y había hecho en el mango una serie de boquetes que amenazaban con partirlo por la mitad. Tenía la ropa y la piel llenas de sudor, tierra y trozos de argamasa, pero los ladrillos seguían incólumes. Metió la última hoja en la grieta más profunda y golpeó. El mango impactó en la hoja de lado y la partió en dos.

¡No!

Lo único que le impidió gritar a pleno pulmón cuando su última esperanza tintineó contra el suelo fue que alguien pudiera oírlo. Enfurecido, golpeó el ladrillo con el mango roto una y otra vez hasta que la grieta del hierro se ensanchó y el remedo de martillo, como había ocurrido con el de escoplo, se partió por la mitad.

Carver evitó por un pelo que le atizara en la cabeza. Jadeó con las manos en las rodillas y la cabeza gacha. Estaba perdido. Apretó los dientes, cerró los ojos y rogó que su vida desapareciera en la nada. Algo húmedo le rodó por la mejilla. ¿Estaba llorando? Se imaginó las caras de Jackson y Emeril al volver con unas revistas y ver a su agente más joven gimoteando en medio del estropicio que él mismo había formado, como un crío con una pataleta.

Sintió otra gota, espesa y fría, y después un chorrito. En el lado más largo de un ladrillo había aparecido una línea brillante. El agua empezó a encharcarse en el suelo.

Carver empujó el ladrillo. El chorro aumentó. Emocionado, agarró el mango roto y utilizó el extremo quebrado para romper el ladrillo suelto, que dio una sacudida y se ladeó. El agua helada salió por el hueco como por un grifo. Carver esperó, suponiendo que acabaría por pararse, pero no fue así. Seguía saliendo, cada vez más sucia y a mayor velocidad, formando en las cajas una serie de cascadas diminutas, llevando la argamasa al suelo.

Un poco, un poco de agua era de esperar, pero aquello…

De perdidos, al río. Carver empujó el mango roto en medio de la corriente, enganchó el borde del ladrillo suelto y tiró. Seis ladrillos aflojados por sus esfuerzos se desprendieron dando paso a un torrente de agua.

La sensación de frío intenso lo obligó a tomar aire. La fuerza lo empujó hacia atrás y, mientras su espalda golpeaba el suelo, lo puso de lado. Para cuando consiguió levantarse, el agua le llegaba a los tobillos y seguía subiendo. Si no salía de allí a toda prisa, acabaría ahogándose. Además, ya tenía los pies entumecidos.

Tanto pensar y no se le había ocurrido que todas las alcantarillas de la ciudad, incluida la suya, estarían llenas de nieve derretida.

35

El agua, que se iba acercando a las rodillas de Carver, le daba más sensación de quemazón que de frío.

¿Cabría por el hueco? No caía tanta agua como al principio y en ese momento se dirigía hacia un lugar concreto: la puerta. A un lado de la abertura había una grieta donde los ladrillos parecían sueltos y a punto de caerse.

Carver vadeó como pudo hacia la catarata sin sentir nada por debajo de las rodillas. Sus piernas parecían dos maderos. Con un rechinar de dientes, hizo una nueva pila de cajas y durante el proceso notó que los dedos se le estaban poniendo azules.

Y aquello fue lo último que vio.

¡Pop! El agua había causado un cortocircuito en la lámpara y lo había dejado sin luz.

En la oscuridad, trepó como pudo por las cajas mojadas, que se partían a su paso. Cuando logró tocar el techo, el agua le cubría los pies. Se agarró a los ladrillos con la esperanza de auparse pero solo consiguió arrancar más, agrandar el agujero y aumentar, en consecuencia, el caudal de agua.

Lo asaltó una desesperación salvaje. Lo único que podía hacer era agrandar más el hueco. Quitó todos los ladrillos que pudo. Uno le arañó el costado, otro le arreó en la cabeza, pero él siguió a lo suyo. El agua helada parecía tan cortante como la navaja de un asesino y estaba llegando al borde superior de las cajas apiladas. Quedaba poco tiempo. Al meter las manos por el agujero, palpó el borde resbaladizo de unas losas. Apretó los dedos en la primera depresión que encontró, dio la espalda al torrente de agua y se impulsó hacia arriba. La corriente glacial le heló la columna. Un frío atroz le subió hasta el cráneo. La herida de su cabeza provocada por el ladrillo le produjo un dolor punzante, pero ya era imposible volver atrás. Mientras su gemido se perdía en el fragor del torrente, se aupó a duras penas y sintió por fin que el peso muerto de sus piernas salía del agua.

Extendió la mano izquierda, deseoso de encontrar otro asidero. Cuando lo hizo, tiró de sí mismo hacia arriba mientras una humedad ardiente le atenazaba el pecho.

Casi consiguió levantarse, pero algo lo retenía. Se miró las piernas: estaban en la corriente y el agua las empujaba hacia abajo. Las tenía tan entumecidas que no se había dado ni cuenta. Estaba a punto de conseguirlo, no podía rendirse, y no por su padre ni por su futuro, sino por salvar la vida.

Al final la fuerza del agua no bastó para detenerlo. Consiguió auparse al colector y se quedó boca abajo, con la cara medio hundida en el agua. Aunque se moría por descansar, por las piernas le trepaba una sensación inquietante que le rogaba que no lo hiciera, aún no. Se arrastró por el suelo curvado hasta alcanzar la orilla y allí se quedó, limitándose a respirar. Con el tiempo sus ojos se acostumbraron a las tinieblas. No estaba completamente oscuro, ya que se filtraba luz por las rejillas de los imbornales superiores. El colector se parecía un poco al túnel de ladrillo del metro de Beach, pero era más alto. En el centro había un pequeño canal, lo que dejaba las orillas relativamente secas. Pese a que el olor no era agradable, no resultaba más molesto que en el trastero, quizá porque la mayor parte del agua era nieve derretida.

En la penumbra vislumbró un tablón apoyado en ambas orillas y perpendicular, por lo tanto, al curso de agua. Debía de ser un puente que usaban los trabajadores cuando bajaban para hacer reparaciones. Con cierto esfuerzo, Carver lo arrastró y lo dejó caer sobre el agujero que había practicado. El peso del agua que corría sobre él ayudó a mantenerlo en el sitio. Quizá así impediría que se inundara la sede central.

Una imagen apareció de pronto en su cabeza: la expresión de Emeril y Jackson al abrir la puerta para ver por qué salía agua. No tardarían mucho, así que Carver se obligó a caminar, aunque cuanta más sensación recuperaba en las piernas, más le dolían.

Al llegar a una escalera de pared, subió por ella y empujó la tapa de registro que cubría el agujero superior. Cuando logró deslizar el pesado círculo de hierro, le cayeron unos copos de nieve en la cara. Si no se había congelado ya, no iba a congelarse por eso. Escurriendo agua, salió medio arrastrándose a la última luz de la tarde y devolvió la tapa a su sitio.

Estaba en la Calle de la Prensa, no tan lejos de la sede de los nuevos Pinkerton como hubiera deseado, pero tampoco lejos del *Times*. Sin embargo, también estaba empapado y congelado, y un reloj de pie le informó que no eran ni las cuatro: demasiado pronto para encontrarse con Delia. En las cercanías distinguió un albergue para vendedores de periódicos, uno de los míseros lugares donde había considerado la posibilidad de vivir.

Poco después abría la puerta y se quedaba en el umbral mirando con nostalgia la estufa de hierro apoyada en la pared. Los chicos más jóvenes jugaban a las cartas y a los dados. Uno mayor descansaba sobre un montón de ropa vieja, leyendo una novela de a diez centavos cuya cubierta Carver desconocía.

El mayor miró a Carver, como todos los demás, pero él enfadado por la intromisión. Sin embargo, cuando se fijó en el penoso aspecto del recién llegado, en su mojadura y su tembleque, su expresión de mal genio se suavizó. No obstante, para no parecer un debilucho, hizo una mueca de desdén.

—¿Y tú qué quieres? —espetó.

—Entrar un poco en calor y secarme la ropa, si puede ser.

—¿De dónde sales? ¿De las alcantarillas? —dijo con sorna uno de los pequeños.

—Pues en realidad sí —contestó Carver—. He dado esquinazo a unos secuestradores. Me tenían encerrado en un sótano y me he fugado excavando un túnel.

«Una verdad dicha con mala intención supera siempre a la ficción».

Intentando fingir desinterés, el chico de más edad dijo:

—En ese caso, ponte cómodo.

36

Quizá fue porque había estado a punto de morirse, pero horas más tarde, cuando Delia se reunió con él en la entrada lateral del *Times*, Carver se quedó estupefacto. La chica llevaba un vestido de fiesta negro, de elegantes mangas anchas, ceñido por un cinturón que realzaba la forma de su cuerpo. Siempre le había parecido guapa, pero en aquel instante le pareció bella.

Iba a decírselo cuando ella arrugó la nariz y preguntó:

—¿A qué huele? ¡Ya podías haberte cambiado de ropa!

Se las había apañado para secarla, pero no había tenido forma de lavarla, ni a él tampoco.

—Luego te lo explico —contestó, y entró en el edificio tratando de no tocar a Delia, que lo llevó hasta una escalera de servicio.

—Tú siempre quieres dejarlo para luego. ¡Dímelo ahora mismo!

—Está bien. Me han secuestrado y, para escapar, he tenido que arrastrarme por una alcantarilla.

—¡Hombre, Carver, siento lástima por ti, pero no soy idiota! —replicó Delia echando a correr escaleras arriba. Sonaba mejor cuando se lo contó a los vendedores de periódicos.

En cada piso, las escaleras desembocaban en un amplio descansillo con un arco que daba a las oficinas y los exponía a las miradas de los posibles ocupantes. Los primeros pisos estaban casi vacíos y los conserjes que barrían el suelo no se molestaban ni en mirarlos. En el cuarto, sin embargo, antes de llegar al descansillo, llegó hasta ellos el sonido de la música y las conversaciones. Delia le indicó a Carver que se detuviera y subió sola los últimos peldaños. Luego se escondió detrás de una de las columnas sobre las que descansaba el arco y espió la sala antes de hacer señas a Carver para que se reuniera con ella.

A diferencia de los otros pisos, aquel era un enorme espacio abierto lleno de hombres bigotudos ataviados con ternos y de mujeres de elegantes vestidos y llamativos sombreros. Todos comían delicados sándwiches servidos en bandejas y bebían en una barra atendida por varios camareros. Alexander y Samantha Echols estaban entre los invitados; Finn, por suerte, no los acompañaba.

—Aunque nadie lo diría por su forma de actuar —susurró Delia—, media ciudad está muerta de miedo por el asesinato de las Tumbas. La mitad rica, digo, porque la segunda fallecida sigue siendo de los suyos.

Roosevelt también estaba, aunque para variar no era el único centro de atención. La nueva familia de Delia, Jerrik y Anne Ribe, formaba parte de un grupito profundamente fascinado por la conversación que el Comisionado mantenía en susurros con un hombre mayor de aspecto amable, cuya camisa blanca con tirantes chirriaba entre los trajes de etiqueta de los demás. Roosevelt parecía listo para salirse de un salto de su terno y abalanzarse sobre él.

Cuando los asistentes se movieron un poco, Carver vio a Tudd. Estaba al lado de Roosevelt, en silencio pero nervioso. El director de la Nueva Pinkerton ya debía estar al tanto de su fuga. ¿Por eso no hacía más que mirar el reloj? ¿Estaría deseando irse de la fiesta para darle caza?

—No sé de dónde se ha sacado que era un tema de debate, Gerald —se oyó decir a Roosevelt, incapaz de hablar bajo—. ¡Debería ceder!

Al percatarse de que prácticamente gritaba, apoyó la mano en el hombro del tal Gerald y se lo llevó a un lugar menos visible pero, para su enfado, el gentío fue detrás.

—¿Roosevelt trata de convencer a tu jefe de que no publique la carta? —preguntó Carver.

—Oh, ya lo ha convencido. No sé por qué discuten ahora. El señor Overton es tan circunspecto que, según algunos de sus periodistas, hace años que pasó a mejor vida. Jerrik tampoco quiere desatar el pánico, pero Anne dice que tienen la obligación de mantener al público informado. ¡Shh! ¡Que vuelven!

Carver y Delia es echaron hacia atrás cuando Roosevelt y Overton se acercaron al arco.

—Usted sabe el respeto que me inspira la prensa, siempre me lo ha inspirado, ¡pero esto es intolerable! —exclamó Roosevelt.

—Como ya le he dicho, señor —respondió Overton con voz respetuosa y baja—, no creo que nuestro cuerpo de policía disponga de la seguridad suficiente para guardar algo tan valioso.

—Yo sé mejor que nadie lo que se cuece, ¡pero ni el agente más corrupto se dejaría sobornar por ese asesino!

—No, pero ese mismo agente podría sentir la tentación de vendérsela por una bonita suma al, digamos, *Journal* del señor Hearst o a algún otro de nuestros competidores; y ellos no dudarían en publicarla. Como ya le he dicho, puede usted enviar al experto que desee para que la examine, pero la carta se queda aquí.

—¡Paparruchas, señor! —bramó un exasperado Roosevelt—. ¡Si no me entrega esa carta mañana por la mañana, le cierro el periódico!

La cara de póquer de Overton permaneció inalterable.

—Haga lo que quiera, señor, pero le hago notar que, si nos cierra, la misma información que no quiere dar a conocer se convertirá en un asunto de dominio público.

Roosevelt abrió la boca como para gritar, pero en vez de eso acabó por reírse.

—Bien jugado, Overton. Supongo que este lugar es tan bueno como cualquier otro para examinar esa cosa, pero necesito acceso las veinticuatro horas del día.

—Yo mismo le daré las llaves del edificio —dijo Overton. A continuación se dirigieron al bar agarrados del brazo.

—Hay que admitir que el tipo sabe perder —comentó Delia.

—Tiene estilo —masculló Carver—, pero eso significa que debemos ver la carta lo antes posible, no sea que Roosevelt quiera examinarla esta misma noche.

Delia asintió y lo llevó a las escaleras de enfrente. Los descansillos de los siguientes pisos estaban cerrados con una puerta acristalada.

Después de subir tres más, Delia se detuvo y probó el picaporte.

—Cerrada —dijo.

Carver sacó un clavo doblado y la abrió. Seguro que con el artilugio le hubiera costado más.

—¿De qué te ríes? —preguntó Delia.

—Oh, eh… de que eran más complicadas las cerraduras del orfanato —contestó él sosteniéndole la puerta.

—Eso era porque la señorita Petty estaba siempre detrás de ti.

Entraron a un espacio amplio y penumbroso cuajado de burós, máquinas de escribir y casilleros. Había periódicos en toda una serie de muebles metálicos, colocados en horizontal, en vertical o enrollados. Hasta sin periodistas parecía bullir de actividad. Carver casi podía verlos correr de un sitio a otro, entregando artículos, tecleando locamente para escribir los titulares…

—Genial, ¿verdad? —dijo con orgullo Delia.

Carver tragó con esfuerzo y preguntó:

—¿Dónde está la carta?

—En el despacho de Overton —contestó la chica señalando una habitación con ventanas interiores—, dentro de una caja fuerte.

—¿Una caja fuerte? —repitió Carver palideciendo—. ¿Pero cómo voy a…?

—Oh, no te preocupes —interrumpió Delia—; no tiene puerta. Se la llevaron hace meses para arreglarla y no la han devuelto. El señor Overton cree que la puerta de caoba maciza del despacho basta y sobra.

Claro está que aún no conoce a Carver Young, maestro ratero.

Carver parpadeó al oír el título, pero no tenía tiempo de preocuparse por eso. Zigzagueando por la sala llegaron por fin al despacho. Ratero o no, por lo menos abrir cerraduras se le daba bien. Se arrodilló con seguridad, sacó su clavo y…

… se quedó atónito.

Jamás había visto una cerradura similar. Era minúscula, como para una mina de lápiz. Seguro que eso no lo movía ni la ganzúa de los Pinkerton. No le hacía falta probar para saber que era inútil, pero aún así sacó su clavo más fino y trató de meterlo en el agujero. Demasiado grueso.

—¿Qué pasa? —preguntó Delia.

Carver suspiró y preguntó a su vez:

—¿No tienes ni idea de dónde guarda la llave?

—No. Yo pensaba que esto iba a ser lo más fácil.

Estaban demasiado cerca para rendirse. Carver empujó la puerta, que apenas se movió. Volvió a empujar, más fuerte.

—¡Espera! —exigió Delia subiendo la voz—. ¿Qué estás haciendo?

En lugar de responder, Carver se lanzó de nuevo con todas sus fuerzas.

—¡Para! —gritó Delia—. ¡Para ahora mismo! ¡No puedes destrozar la puerta del redactor jefe!

—¿Y qué hacemos?

Delia le clavó los ojos, pero no dijo nada. Por fin, aunque casi imperceptiblemente, hizo un gesto de afirmación con la cabeza.

Carver arremetió con el hombro una y otra vez, hasta que oyeron que algo se rompía. Sin embargo, el ruido no había salido de la puerta ni del marco, sino del hombro de Carver, que se lo agarró, dolorido.

—¡Ayy! ¡Debe de estar reforzada con acero!

—Olvídalo, Carver. Tenemos que irnos. Todavía puedo sacarte sin que…

—No, dame un minuto. ¡Déjame pensar! —rogó. Pensar. ¿Pero pensar en qué?

Entonces lo oyó. Un sonido rítmico que sus insistentes golpes habían amortiguado: pisadas subiendo por las escaleras. Los ojos de Carver volaron a la puerta del descansillo. Se la habían dejado abierta.

—¡Ay, no, no, no! —dijo Delia.

—¡Escóndete! —siseó Carver, pero ya no había tiempo. Una silueta masculina se perfiló en el umbral. La luz de una farola que entraba por la ventana próxima iluminó sus rizos rojizos y perfiló el contorno de su costoso traje.

—No puede ser —dijo Carver.

La expresión de Delia pasó del terror al aturdimiento. Jamás en la vida hubiera reconocido al recién llegado antes de oírle decir:

—Qué poca gracia tienes para esconderte, Carver.

—Hola de nuevo, Finn.

37

—¡Ahora sí que te has caído con todo el equipo! —dijo Finn avanzando como un toro, sin importarle cuantos burós golpeaba a su paso. Carver, con el corazón acelerado debido a sus encontronazos con la puerta y la cabeza bullente por todo lo demás, se adelantó para ir a su encuentro y espetó:

—¡Acércate, entonces, y acabemos esto de una vez!

Finn se sobresaltó levemente, pero después agachó la cabeza y arremetió contra él.

—¡Oh, no te haré esperar!

Carver corrió a su encuentro por la tenebrosa habitación, esquivando papeleras y esquinas de escritorios. Gruñía, pero no solo a Finn, sino a todo. El matón hizo otro tanto y se quitó la chaqueta sin aflojar la marcha.

Se abalanzaron el uno contra el otro, agitando los tablones del suelo con los pies. Finn echó un puño hacia atrás, listo para asestar el golpe; Carver metió la mano en el bolsillo, listo para disparar el bastón.

Estaban a menos de un metro de distancia cuando un remolino de ropajes cayó entre los dos. Delia había saltado desde lo alto de un buró y su vestido parecía tan sulfurado como ella.

—¡Basta ya! ¿Es que todo el mundo se ha vuelto loco? —siseó.

Carver se detuvo, Finn también y en ese momento la reconoció:

—¿Delia?

—Sean cuales sean esos problemas de *críos* pendientes —dijo ella con los dientes apretados—, el Comisionado de la policía está unos pisos más abajo. ¿Te gustaría acabar en la cárcel?

—A mí me da igual —replicó Finn.

—¡A mí no, Phineas! —exclamó Delia—, así que baja el puño y retrocede... por favor.

Finn clavó los ojos en el cilindro metálico de la mano de Carver.

—Carver, sea lo que sea eso, bájalo —ordenó Delia.

Cuando Carver se lo guardó en el bolsillo, Finn bajó el puño.

El matón los miró a los dos y dijo ceñudo:

—¿Estás... *con ella*?

—Sí —contestó Carver.

—No —dijo Delia reprendiéndolo con la mirada. Después se volvió hacia Finn y añadió—: Me alegro de verte en persona, porque en fotos te veo un montón. Estás elegantísimo. ¿Has venido con tus padres?

—Los Echols —dijo Carver con voz maliciosa—, destacados miembros de la clase lela.

Finn parpadeó.

—No son mis padres.

—Pues tus padres adoptivos —precisó Delia—. Tienes resuelta la vida, ¡qué suerte!

—Eso es lo que me dicen ellos. Te he visto antes en la escalera. ¿Qué haces tú aquí arriba, Delia, con este ladrón?

—¿Yo?

Finn lo miró de hito en hito. Delia levantó la mano y le dijo a Carver:

—¡Alto! Phineas es un viejo amigo. No me importa en absoluto contarle por qué te he pedido que subieras aquí.

—¿Eh? —dijo Carver con cara de tonto; una mirada de través de Delia lo silenció.

La chica se acercó a Finn, tanto que, de forma inexplicable, a Carver le rechinaron los dientes.

—En ese despacho hay una cosa —dijo Delia señalando la puerta de caoba— que quiero ver como sea.

—¿Tú? ¿Robas? —preguntó Finn.

—No quiero llevármela, solo mirarla. He metido a escondidas al pobre de Carver para que me ayudara a entrar pero, en fin, que no ha conseguido nada. Esa puerta es demasiado para él.

La sonrisa de Finn se ensanchó.

—¿Para el enclenque este? Pues claro, no sé ni cómo se te ha ocurrido pedírselo —dijo.

Carver puso mala cara pero, al darse cuenta de las intenciones de Delia, se contuvo.

—Porque no sabía que tú estabas aquí, Phineas —arrulló ella—. A lo mejor los dos juntos…

—¿Esa puerta? —dijo Finn mirando hacia el despacho—. Con esa puedo yo solo.

—Quizá —contestó Delia—, pero tenemos prisa…

—Nada de quizá —dijo Finn—, seguro.

Enfiló hacia la puerta. Carver le sonrió a Delia pero ella no hizo ni caso y, trotando tras el otro, rogó:

—Haz el menor ruido posible, Phineas.

El fornido joven probó la resistencia de la puerta con el hombro.

—De acuerdo —dijo—, pero quiero que tú también me hagas un favor.

—¿Cuál? —preguntó Delia, encogiéndose de hombros.

«Como se te ocurra pedirle un beso...», pensó, rabioso, Carver. Pero el matón solo parecía avergonzado.

—Eh... pues... que no me llames Phineas. Prefiero Finn.

—Concedido, Finn —dijo ella con una sonrisa cálida.

Él asintió, apuntaló los pies y empujó. Durante un tiempo que se hizo eterno el único ruido que se oyó fue la pesada respiración de Finn y el ocasional arrastrar de pies cuando ajustaba el peso para hacer más fuerza. Al cabo de un rato su cara enrojeció, las venas de sus sienes se hincharon y su camisa de seda se llenó de manchas de sudor.

—Finn, quizá si Carver... —dijo Delia mirando al reloj.

—¡No... necesito... ayuda! —insistió él.

Carver decidió que podía ayudar con el simple hecho de recordarle que estaba allí:

—Ese orangután no va a poder, no se le da bien más que robar guardapelos a las niñas.

—¡Yo no se lo robé! —gruñó el otro. Luego apretó la mandíbula y empujó con tal fuerza que tanto Delia como Carver pensaron que o rompía la puerta o se rompía el hombro.

La costosa madera vibró y cedió con un único y distintivo crac.

Finn se retiró jadeando, con la cara empapada en sudor.

—Esto no marcha —anunció.

—Espera —dijo Carver—, ese ruido significa algo, seguro.

Finn estaba tan cansado que dejó que Carver lo apartara. Este pasó los dedos a lo largo de la puerta y alrededor de la placa que rodeaba el pomo. Excitado, sacó un clavo de su bolsillo, lo introdujo entre placa y madera e hizo palanca. Tanto la placa como el pomo cedieron. Carver metió los dedos en la brecha y tiró. Con un crujido de rotura, arrancó una pieza de caoba y dejó a la vista la barra metálica situada detrás. El nuevo hueco le permitió desprender la cerradura entera.

Carver se volvió hacia Finn, sonrió de oreja a oreja y exclamó:

—¡Lo has conseguido!

Al no saber cómo tomarse tal reacción, Finn contestó:

—Claro, no como tú.

—Estupendo —dijo Delia, y abrió la puerta empujándola con un simple dedo—, ¿te das cuenta de lo que pasa cuando se trabaja en equipo y sin discutir?

Carver entró en el despacho. El único sonido era el tictac de un reloj de pared. La estancia era una versión en miniatura de la sala de redacción, con sus correspondientes periódicos y archivos. Enfrente de la puerta había un enorme escritorio con una lujosa butaca de cuero. A la derecha una jaula cubierta por un paño. En el centro del escritorio descansaba un ventilador, desenchufado, que en invierno servía como pisapapeles.

—¿Qué es eso tan importante? —preguntó Finn mirando a todas partes con curiosidad.

—Una carta —contestó Delia. Se acercó a un dibujo del edificio original del *New York Times*, que colgaba en la pared al lado de la jaula, y tiró del marco. El cuadro giró sobre unos goznes y dejó a la vista una pequeña estantería rehundida.

A Carver le latía con tanta fuerza el corazón que apenas escuchaba a Delia:

—La caja fuerte de Overton no es ni fuerte ni secreta. Quitaron la tapa para reparar la cerradura hace siglos. Sin embargo, ya hemos visto por qué confiaba en esa puerta.

Carver se puso rápidamente a su lado. Delia sostenía una carpeta rotulada con la frase: *Asesinato de las Tumbas*.

—¿Estás totalmente seguro de que quieres hacer esto? —le preguntó ella.

—Tengo que hacerlo —contestó Carver.

—Espera un momento. ¿Por qué tiene este que estar este seguro de nada? —refunfuñó Finn.

Tras darle el expediente a Carver, Delia apoyó la mano en el hombro del otro.

—Es una larga historia, Finn. Si me compras una gaseosa, te la cuento.

Carver estaba tan preocupado por lo que podía descubrir que ni siquiera se puso celoso. Dejó la carpeta sobre el escritorio y la abrió. Había una hoja con anotaciones y una carta dirigida al *New York Times*. Carver agarró con ansia esta última.

Desde el instante en que vio los fuertes garabatos de la dirección lo supo, pero abrió el sobre para asegurarse. Muy corta, como había dicho Delia, «Querido Jefe: Soy yo otra vez. No es guasa» y escrita en una simple cuartilla. La letra era idéntica a los salvajes garabatos de su padre.

Carver se tambaleó y tuvo que apoyar las manos en el escritorio para no caerse. No, no, no.

—Ay, Carver —dijo Delia. Intentó rodearle con un brazo, pero él se apartó y se derrumbó en la butaca de Overton.

—Es él —farfulló.

Delia se arrodilló a su lado, le envolvió las manos con las suyas y se las frotó.

—Lo siento, lo siento muchísimo.

—¡Eh! ¿Pero qué pasa? —preguntó Finn.

—El *Times* ha recibido una carta del asesino de las Tumbas esta mañana —explicó Delia—, y la letra es igual que la de una carta del padre de Carver.

La cara del matón fue recorrida por toda una serie de expresiones.

—Su… el papá de Carver… que es…

—Tienes que decírselo al Comisionado Roosevelt —dijo Delia mirando de nuevo a Carver—, hayas prometido lo que hayas prometido. Tu carta lo prueba. Tienes que decírselo ahora mismo.

Carver miró sus claros ojos azules, y se sorprendió al verla tan afectada por su suerte. Estaba a punto de hablarle de la Nueva Pinkerton cuando su mirada cayó sobre la hoja de anotaciones que acompañaba a la carta. Un nombre saltó hacia él: Septimus Tudd.

Al parecer, Roosevelt había dado al periódico ciertos detalles de la investigación y mencionaba que Tudd había escrito a Scotland Yard a primeros de agosto, en relación a unos asesinatos similares, pero aún no le habían contestado. En cualquier caso, Roosevelt consideraba muy remota la posibilidad de que existiera alguna conexión con los asesinatos de Londres.

¿Londres? ¿Primeros de agosto? Eso fue una semana después de la carta que Carver escribió a la policía. Tudd sabía que el padre de Carver era el asesino. ¡Lo había sabido desde el principio!

38.

—Eh, ¿dónde vas? —preguntó Finn.

—¡Carver! —llamó Delia.

Empujado por la vergüenza y la increíble traición, Carver los ignoró a los dos. Hawking estaba en lo cierto: el mundo era una casa de locos. Y él había sido un necio deslumbrado por los artilugios. ¿Cómo se había podido creer que Tudd iba a elegir a un huérfano para ayudar a Hawking a causa de una simple carta, por bien escrita que estuviera? Ahora veía lo que Carver había significado en realidad para el director de la Nueva Pinkerton: un indicio, una pista de un caso, un medio para capturar a un asesino y salvar del fracaso a su agencia.

Cuando llegó a la puerta, Finn le cortó el paso.

—¡Espera, Carver! —gritó Delia.

—No —advirtió Finn levantando un único y fuerte dedo.

Sin decir palabra, Carver agarró al otro por la camisa y lo apartó de un empujón. Finn no opuso resistencia, quizá porque su enfrentamiento con la puerta lo había agotado o, lo que era peor, porque sentía lástima por él.

Carver se lanzó escaleras abajo, donde lo único que debía mirar era el borrón de sus propios pies.

Delia fue detrás, se puso a su lado y dijo:

—Carver Young, prometiste que me contarías lo que estaba pasando si te ayudaba, y te he ayudado, así que cuéntamelo.

—Ya ni siquiera me llamo así —contestó Carver.

—Me lo prometiste. He corrido un riesgo muy grande... —insistió ella exasperada.

—Sabes quién es Septimus Tudd, ¿verdad? —preguntó Carver parándose de golpe—, pues finge que trabaja para Roosevelt pero en realidad dirige una agencia secreta de detectives. Tudd le birló mi carta a la policía y me ofreció ser aprendiz de investigador solo para conseguir la carta de mi padre, que yo reproduje literalmente en la mía —el chico miró hacia lo alto, pero vio solo la escalera—; cuando uno de sus expertos la analizó, Tudd comprobó que el asesino era mi padre. Me ha utilizado, y ahora está ahí abajo, en esa fiesta.

—No esperarás que nos creamos ese cuento chino —dijo Finn.

Delia arrugaba la cara, como solía hacer cuando se esforzaba por entender algo. Parecía pensar con gran concentración, forcejeando con ideas imposibles en un día lleno de ellas, pero salió de su mutismo para interrumpir a Phineas:

—No, Finn, no es ningún cuento. Lo que dice tiene sentido.

Antes de que llegaran a la cuarta planta, el ruido de la fiesta llegó hasta ellos como el agua de un río. Carver aflojó el paso para advertir a sus compañeros:

—Me hago responsable de todo, ¿entendido? Diré que me metí en el despacho yo solo.

—¿Qué vas a hacer? —inquirió Delia.

En lugar de contestar, Carver irrumpió entonces en el salón.

Cuando el muchacho sucio y maloliente invadió la velada, todas las conversaciones cesaron. Carver sintió las miradas fijas de los ricos y famosos, pero mantuvo la suya al frente y se movió tan deprisa que, para cuando alguien pensó que había que hacer algo, ya había llegado junto a Tudd.

Este le daba la espalda y estaba hablando con Roosevelt, por lo que la primera mirada que se clavó en Carver fue la del Comisionado, que, sin saber muy bien cómo reaccionar, se ajustó los quevedos y entrecerró los ojos.

A Carver le fue indiferente. Agarró al rollizo director de los Pinkerton por el codo y le dio la vuelta de golpe. Tomado por sorpresa, Tudd estuvo en un tris de caerse, pero recuperó rápidamente el equilibrio y se ancló al suelo, listo para plantar cara.

—¡Usted lo sabía! —exclamó Carver, traspasándolo con la mirada—. ¡Me ha utilizado!

Si Tudd estaba sorprendido, no lo demostró. Contestó con precaución, con calma, como para tratar de excluir a quienes los observaban, sobre todo a Roosevelt, de su conversación:

—Si te importa mínimamente tu futuro, el trabajo que has realizado y los progresos que has hecho, te irás de esta fiesta conmigo ahora mismo.

Sus palabras desconcertaron a Carver. Él ya no tenía futuro. Antes de que pudiera contestar, Roosevelt interpuso su fornido tórax entre ambos.

—¿Quién es este mendigo furibundo, Tudd? Si tiene hambre, dale comida y dile que se marche. No hemos acabado nuestra charla.

—Este es… —contestó Tudd sin quitar ojo a Carver— mi sobrino, señor. Tiene problemas con su padre, pero sabe muy bien que este no es momento ni lugar para venir a quejarse. Le ruego que disculpe la interrupción. Se marchará conmigo ahora mismo.

—¿Sobrino? —preguntó Roosevelt—, ¿y deja usted que vaya con esos harapos? No me extraña que no esté en sus cabales. Debería darle vergüenza, Septimus, y a ti igual, jovencito, no demostrar el debido respeto a…

Tudd se movió a toda prisa y arrastró a Carver hacia las escaleras. Este seguía con ganas de provocar una pelea, pero también estaba confuso. ¿Qué había querido decir Tudd?

Todo el mundo los miraba, murmurando. Roosevelt dijo a voces:

—¡Por regla general, no apruebo los castigos corporales para los jóvenes, Tudd, pero en el caso de ese chico, debería usted encargarse personalmente de hacer una excepción!

Algunos asistentes se rieron; otros pocos aplaudieron.

En el descansillo, Tudd le apretó el brazo con más fuerza. Pasaron entre Delia y Finn y bajaron por la escalera sin decir ni pío hasta que llegaron al desierto vestíbulo.

Allí Carver libró su brazo de un tirón y dijo:

—He visto la carta que el asesino ha mandado al *Times*. He leído las notas sobre la petición de usted a Scotland Yard en agosto, ¡justo después de que yo le entregara la carta de mi padre!

Tudd se estiró la chaqueta.

—Así es. Hawking llevaba razón respecto a ti, y es obvio que yo hice mal en subestimarte, como prueban los destrozos causados en la sede central por el agua de la alcantarilla. Deberías haber oído las risotadas de tu maestro.

Carver hizo caso omiso del comentario y repitió:

—Usted lo sabía desde el principio.

—Lo sospechaba —precisó Tudd, con un dejo de remordimiento en la voz—. Desde que tu carta, reproduciendo la de tu padre, llegó a la calle Mulberry... ¿Cómo podría explicártelo? Hace siete años, en Londres, un asesino escribió a la policía. El tono, la gramática, todo concordaba con la carta de tu padre, y las heridas del cadáver de la biblioteca coincidían con su forma de proceder. Sin embargo, cuando pedí ayuda a mi amigo, el brillante señor Hawking, ¡él me llamó tonto delante de mis agentes! ¿Qué podía hacer yo? ¿Decirte tan campante que sospechaba que tu padre era un monstruo? Eso no se lo diría ni a mi peor enemigo sin tener pruebas. ¿Y qué habrías hecho tú? ¿Escaparte? ¿Delatarnos a la policía? Tenía las manos atadas.

—¿Y cuando vio la carta de mi padre con sus propios ojos y el grafólogo le confirmó que era suya? Tudd se encogió de hombros, con expresión culpable. Por un instante, el rechoncho individuo pareció empequeñecerse aún más.

—¿Debería haber ido directamente a la policía? Admito que me cegó el deseo de capturar al asesino sin su colaboración, pero además había otras pegas. Yo no estaba convencido, ni Hawking tampoco. Decidí esperar la respuesta de Scotland Yard. Por otra parte, aunque esta nueva carta que ha llegado al *Times* despeja todas las dudas, ¿cómo podía explicarle a Roosevelt que había dado con una prueba tan irrefutable sin revelar la existencia de la Nueva Pinkerton? Respecto a ti, esperaba que Hawking viniera mientras estabas retenido para que él mismo te lo explicara todo.

—Hawking —dijo Carver cayendo en la cuenta por primera vez—. ¿Él también lo sabía?

—Él solo sabía que yo era tonto —dijo Tudd suavizando aún más la voz—. Cuando leyó tu carta... se interesó al momento por ti e hicimos un trato. Él te mantendría bajo su tutela mientras yo esperaba la respuesta de Scotland Yard. Nunca me imaginé que harías tantos progresos.

—Pues bien que le gustaba usar la información que yo descubría —replicó Carver.

Tudd se puso rígido y contestó:

—Me gustaría que todo fuese distinto, pero así son las cosas. Me parece que no eres consciente de a lo que nos enfrentarnos: un asesino salvaje como tu padre no controla a sus demonios, son ellos quienes lo controlan a él; y a eso hay que añadir el odio que siente hacia sí mismo. No obstante, es evidente que está interesado en ti, porque en caso contrario no hubiera enviado esa carta al orfanato. La verdad, sospecho que no hubieras progresado sin la ayuda de tu padre. Parece estar jugando una especie de partida, y tú eres nuestra única carta.

—¿Y por qué no debo ir yo a la policía? —inquirió Carver.

Los modales amables de Tudd desmerecieron un poco por su rechinar de dientes. Empezaba a perder la paciencia.

—Dejando a un lado mis esperanzas para mí y la agencia, la historia haría aguas. El revuelo que causaría la prensa apartaría a tu padre de ti y lo incitaría a cometer más asesinatos. Debes confiar en mí. Puedo atraparlo, necesito esta oportunidad, ¡me la merezco!

—¿Confiar en usted? ¿Me cuenta cómo? —dijo Carver.

—¡Me debes más que confianza! —gritó Tudd—. Te he salvado de ser un pillo de la calle, te he proporcionado el mejor profesor del mundo y tú, a cambio, me inundas la sede central y estás a punto de arruinar el trabajo más importante de mi vida. ¡Y todo porque te avergüenzas de tu papaíto!

Si Tudd se dio cuenta de que había ido demasiado lejos, no tuvo ocasión de reconocerlo.

¡Shiiic! Carver mantuvo el bastón en alto, la punta de cobre zumbando de energía eléctrica.

—Así que eres un delincuente —dijo Tudd irguiéndose—, y nos robas. También he juzgado mal a tu corazón. ¿Qué más te corre por las venas? ¿En qué más te pareces a tu padre?

Carver echó la punta hacia delante, pero al estar húmeda del agua de la alcantarilla, chisporroteó y se apagó.

Al ver su prototipo estropeado, Tudd se sulfuró todavía más.

—¡Crío estúpido! No tienes ni idea... —bramó.

El puño de Carver borró la iracunda expresión de su rostro. Mientras la mandíbula de Tudd se desplazaba bruscamente a la derecha, Carver le propinó un zurdazo en la barriga.

El hombre cayó al suelo hecho un ovillo. Carver lo miró caer. Hubiera sido difícil decir cuál de los dos estaba más sorprendido. Carver sentía dolor en la mano derecha, la que había golpeado la mandíbula de Tudd, respiraba entrecortadamente y estaba tan rabioso que se le nublaba la vista. De repente sintió una profunda vergüenza.

Pero todo puede empeorar. Una voz conocida lo hizo girar sobre sus talones:

—¿Ca-Carver? —Delia le miraba de hito en hito, los ojos cargados de repugnancia. Entonces lo había presenciado, había sido testigo de su brutal ataque.

Un gemido de Tudd hizo que ella se volviera para mirar la forma acurrucada.

—Es mejor que te vayas —dijo la joven aguantándose una lágrima.

—Delia, yo…

—¡Vete! —gritó ella con los ojos enrojecidos.

Carver asintió con la cabeza, bajó las escaleras restantes como una centella y salió a la calle sin dejar de correr. Al poco rato la cabeza le dolía tanto como la mano. ¿Pero qué había hecho? ¿Por qué? Nunca había atacado a nadie de esa manera. Tudd no era malo. En cierto sentido había tratado de protegerlo. Sin embargo, cuando dijo lo de *tu papaíto*, Carver se sintió invadido por una furia asesina. Quería matarlo. Y cómo lo había mirado Delia…

¿Era… era igual que su padre?

39

—Usted me mintió —reprochó Carver.

Estaba de pie en medio de la habitación octogonal, con el viejo gabán de Hawking, mucho más baqueteado y embarrado que dos días antes, al brazo.

—Cuelga el abrigo y acerca una silla —contestó Hawking—. Ya sabes dónde está la puerta, chico. Te aseguro que yo no te voy a encerrar.

Carver vaciló antes de dar rienda suelta a la rabia que llevaba dentro, porque, según Tudd, Hawking había visto algo en él que valía la pena moldear. Dejó el gabán en un perchero y se sentó enfrente de su mentor. Sobre la mesa, las piezas de latón, ya limpias, se extendían entre ellos como un rompecabezas deshecho. Un vaso de whisky contenía cientos de tornillos diminutos.

—No te mentí, simplemente no te lo dije todo. No quería que te distrajeras con tonterías. Al fin y al cabo no te oculté mi opinión sobre la teoría de Tudd, ¿verdad? Y tampoco dije ninguna mentira respecto a mis planes para ti.

Eso no era lo que Carver esperaba.

—¿Todavía cree que Tudd se equivoca? ¿Todavía cree que mi padre no es el asesino?

Hawking suspiró y apretó los labios.

—No, pero lo de Tudd era más bien un deseo que una teoría, y los hechos todavía no la confirman por completo. Doy por supuesto que si hubiera habido respuesta de Scotland Yard, Tudd nos lo habría dicho. Si no estuvieras tan pendiente de ti mismo, tú también lo verías.

—Pero mi padre...

—No digo que no sea lógico que lo estés —aclaró Hawking levantando la mano agarrotada, y añadió riéndose—: ¡Mira que tirarles la alcantarilla encima! ¡Ja! ¡Entera y verdadera!

Cuando vio que Carver no se unía a sus risas, se calló, pero la sonrisa no abandonó su cara cuando dijo:

—Podría ser peor, ¿sabes?

Carver dio un puñetazo en la mesa con tanta fuerza que dos de los tornillitos saltaron del vaso y rodaron hasta caerse al suelo.

—¿Cómo? —gritó el chicho—. ¿Cómo podría ser peor?

—Esto lo dejaré pasar, pero cuidado con tus modales —advirtió Hawking. No se había movido, pero ya no sonreía—. Afirmas que quieres ser detective. Pues bien, si tu padre es el asesino, te encuentras en una posición inmejorable para atraparlo. ¿Quién mejor que un hijo para entrar en la mente del padre?

—¿Está insinuando que soy como él?

—¡Pues claro que eres como él, chico! ¡Es tu padre! —ladró Hawking—. Es muy probable que tengáis el mismo color de pelo y de ojos, el mismo porte... a no ser que hayas salido a tu madre.

Las manos de Carver temblaban de forma ostensible. Cuando Hawking se dio cuenta las aferró con su mano herida y las apretó con fuerza para aquietarlas.

—Qué propensos son los jóvenes a devorarse desde dentro —comentó el detective en voz baja—. Me gustaría decir que los viejos somos más sabios, pero la verdad es que carecemos de la energía necesaria para carcomernos por todo a todas horas. No he querido decir que seas idéntico a él.

—Yo no quiero parecerme a él en nada.

—¿No quieres respirar aire, ni tener dos piernas y dos brazos? Primera regla del trabajo detectivesco: ser más concreto. ¿En qué no quieres parecerte a él? Doy por supuesto que no te preocupa heredar sus incorrecciones gramaticales; te expresas bastante bien.

Carver expuso lo que resultaba dolorosamente obvio:

—No quiero ser un asesino.

Pero aquello no era suficiente para Hawking, faltaría más:

—Los soldados matan, los policías matan. Los detectives matan a veces para protegerse a sí mismos o a los demás. El hombre que mata a un asesino es un héroe. ¿No matarías tú a alguien que amenaza con matar a un niño?

—Sí, pero... Mi forma de pegar a Tudd...

—¿Pegaste a Tudd? ¡Ja! Bueno, es muy posible que se lo mereciera. Te mintió, te utilizó, te encerró y me apuesto la cabeza a que te dijo algo que te puso en el disparadero. ¿Son las víctimas del asesino personas que lo utilizaran o le hicieran daño?

—No —contestó Carver—. Él se limita a... atacar. Por lo que sabemos, eran inocentes.

—¿Quieres matar tú a mujeres inocentes?

—¡No!

Hawking resopló, como si no se lo creyera.

—¿Ah, no? ¿Nunca lo has pensado en tu tiempo libre? ¿Nunca se te ha pasado por la cabeza mientras charlabas con tu reportera de cabellos negros?

—¡No! ¡Jamás! —exclamó Carver horrorizado.

Hawking le soltó las manos, extendió su mano sana con expresión triunfante y dijo:

—¿Entonces por qué piensas que corres el peligro de hacerlo alguna vez?

—¿Y si no puedo evitarlo? Tudd dice que el asesino no puede controlarse, que está dominado por sus demonios y por el asco que se da a sí mismo.

—Repite conmigo —ordenó Hawking—, ¡Tudd es un soberano imbécil! Tú has leído las cartas. ¿Te parece que el autor se da algún tipo de asco?

Carver frunció el ceño al recordar la redacción lacónica, la energía no contenida de los golpes de pluma.

—No. Yo creo que le gusta lo que hace. Mucho.

Hawking frotó el índice y el pulgar de su mano sana, como si girara entre ambos un granito de verdad.

—Esa es la clave para él, y para ti. Él lo hace, tú no. Él disfruta enormemente con sus actos, desde asesinar a escribir cartas o dejar pistas. No se esconde detrás del menor barniz de civilización. Lleva sus deseos hasta las últimas consecuencias, sin adornos y sin miedo. «Más vale matar a un niño en su cuna que alimentar deseos inactivos», ¿recuerdas? De William Blake, chico, *Proverbios del infierno*. Estúdiatelo si quieres pillar algo más que un resfriado.

Los ojos normalmente perspicaces de Hawking, giraron a izquierda y derecha, desconcentrados.

—Tu padre no se deja llevar simplemente por la bestia, de ningún modo. Colocó el segundo cadáver donde pudiera causar más revuelo, para que se enteraran todos, y tú en particular. Ha puesto en marcha una especie de juego enrevesado, y es muy astuto —dijo Hawking, como si lo admirara—, brillante incluso, y fuerte y esmerado… poseedor, en fin, de cualidades que le enorgullecen a uno.

—Pe-pero… —tartamudeó Carver—, es malo.

Hawking clavó en él su intensa mirada.

—Y a nadie le gusta oír cosas buenas del diablo.

40

Carver creyó al principio que el grito era suyo, consecuencia de alguna pesadilla que no podía ni recordar, pero el gemido sordo y desesperado procedía de abajo. Simpson volvía a resistirse a recibir su tratamiento.

El chico se duchó, comió y remendó su gabán, pero no fue capaz de aclararse las ideas. En su cabeza colisionaban demasiados pensamientos negativos. No podría seguir adelante si alguien no lo tranquilizaba un poco.

—¿Va usted a participar en el caso? —preguntó a su mentor.

—No.

—Pero…

—No. Ya no me dedico a eso.

—¿Pero y yo qué…?

—Es tu vida, no la mía. Eres tú quien debe dilucidar qué hacer a continuación.

Carver no podía dilucidar nada, nada en absoluto. Lo único que se creía capaz de hacer, mientras Hawking maldecía sin parar forcejeando con los diminutos tornillos, era perder por completo los estribos. En un último acto de contención, rogó a su maestro que le permitiera ir a la ciudad.

—¿Por qué?

—Porque como no salga de aquí, me vuelvo loco.

—¿Pues qué mejor lugar que este? Pero te entiendo —masculló Hawking, y añadió—: Si tu padre hubiese querido encontrarte, lo habría hecho hace años. Mientras tú no le busques a él estarás a salvo. Pero no te acerques tampoco a Tudd, de momento al menos. Aunque al final no tendrás más remedio que lidiar con los dos.

—Ya lo sé —dijo Carver.

A media tarde se encontraba en la esquina de la 14 con Broadway, mirando fijamente su antiguo hogar, el orfanato Ellis. En aquellos tiempos la vida le parecía espantosa, sobre todo por Finn, pero al compararla con la actual, le resultaba un compendio de libertad y despreocupación. Las ventanas y las puertas del orfanato ya estaban tapiadas, dando orgullosamente a entender que los nuevos propietarios derribarían el adefesio y lo sustituirían por algo nuevo y maravilloso. Carver deseó ser capaz de hacer lo mismo con su propia vida. La última mirada que Delia le había dirigido seguía cerniéndose sobre él, pétrea e inamovible, como la de una gárgola.

Delia, Finn. ¿Qué habría sido de ellos? ¿Los habrían descubierto? Tenía una responsabilidad hacia ellos, aunque uno fuese su antiguo torturador. Asumirla lo diferenciaría de su padre, ¿no?

Era sábado. Si no estaban en la cárcel, estarían en casa. Delia había mencionado su dirección de pasada, pero Carver la había memorizado: calle West Franklin, 27; el largo paseo le vendría bien para gastar un poco de energía.

Aunque de camino pasó por delante de muchos vendedores de periódicos que gritaban titulares, ninguno de ellos mencionaba un robo en el *Times*. Buena señal. Al parecer los nuevos padres de Finn tenían muchas influencias, porque los de Delia eran simples empelados. Además, Roosevelt no quería dar a conocer la existencia de esa carta. Había mucha gente interesada en silenciar el asunto.

Cuando llegó a la calle Franklin sus esperanzas se desvanecieron. La manzana estaba llena de casitas en hilera y ninguna destacaba más que la victoriana del número 27, con sus ladrillos color zanahoria y sus gabletes de cornisas marrón grisáceo. De no ser por el carruaje aparcado delante, cuyo rótulo rezaba *Policía Municipal*, a Carver le hubiera encantado.

Precisamente cuando pensaba que nunca se había sentido tan desgraciado, se sentía peor. ¿Estaban arrestando a Delia?

Necesitaba saberlo pero, si se acercaba más, el cochero lo veía. Delia había dicho algo de un roble junto a su ventana. En la parte delantera no había ninguno, ¿estaría detrás?

Dio la vuelta hasta llegar a la calle Varrick y se coló en el patio trasero, donde un majestuoso roble se alzaba muy cerca de la fachada. Más arriba del tejado, nubes blancas brillaban sobre un cielo crepuscular casi tan naranja como los ladrillos. Aquello se parecía tanto a un hogar que Carver sintió una punzada de nostalgia.

Quitándose de encima como pudo el doloroso anhelo, se acercó a hurtadillas al pie del árbol y atisbó por una ventana de la planta baja. Vio sobre todo un pasillo vacío pero también una pequeña parte del salón, donde había varias personas. Los Ribe estaban sentados, escuchando a un hombre bajo y fornido que daba vueltas por la habitación y gesticulaba con una energía muy conocida: Roosevelt. Mala cosa.

Al ver una luz en el segundo piso, Carver no lo dudó, empezó a trepar por el árbol como un mono. Mientras subía, el gabán se le enganchaba en la rugosa corteza, obligándolo a desengancharlo a tirones que acabaron por descoser el gran siete remendado hacía poco. Una vez entre las ramas estuvo a punto de resbalarse en los restos de nieve.

¿No había dicho Delia que era fácil de trepar? Llegó a la ventana, sí, pero al borde de la asfixia. La lámpara brillaba por detrás de un visillo que difuminaba el interior. Algunas sombras parecían muebles, pero Carver no hubiera podido asegurarlo. Solo Delia, sentada al lado de algo similar a una colcha blanca, era inconfundible.

Carver golpeó suavemente el cristal con los nudillos. De forma harto extraña, Delia echó un rápido vistazo a la colcha antes de acercarse a la ventana. Cuando apartó el visillo y lo vio, el alivio que expresó su cara provocó una amplia sonrisa en la del chico.

Delia abrió de inmediato.

—¡Carver! —dijo con un susurró tenso. Luego retrocedió un paso, como temerosa de él, pero recobró la compostura—. Estaba preocupada. ¿Te encuentras bien?

—Sigo… sigo aquí. Delia, cuando me viste… yo…

—Carver creía que hablaba en susurros, pero ella se llevó un dedo a los labios y rogó:

—¡Shh! Roosevelt está abajo.

—Ya lo he visto. ¿Ha venido a por ti?

—¿A por mí? Claro que no.

Carver dejo escapar un suspiro de alivio y dijo:

—¿Qué pasó cuando me marché?

—Pues… yo intenté ayudar a ese pobre hombre a levantarse, pero él me apartó de un manotazo y salió corriendo a la calle, para perseguirte, imagino.

—¿Entonces por qué…? —Iba a preguntarle por qué había ido Roosevelt cuando el objeto similar a una colcha blanca apareció en forma de chica detrás de Delia.

Llevaba un gabán blanco y un sombrero de plumas más ancho que sus hombros. Pese a que el atuendo era más propio de una señora, parecía más joven que Delia.

—¿Hablas con las ventanas? —dijo la chica con serenidad. Al ver a Carver su agradable cara reflejó un intenso placer—. ¡Oh, un chico! ¿Por qué no lo invitas a entrar?

41

—Me encantan las citas secretas —dijo la chica—, aunque yo sea todavía demasiado pequeña para eso.

Era una mezcla de niña y joven que hablaba y se comportaba como si perteneciese a la realeza. Carver, fascinado por el contraste entre la actitud vivaracha de la jovencita y su propia pesadumbre, no podía apartar los ojos de ella.

Todavía indecisa, Delia extendió el brazo mientras él forcejeaba para pasar la pierna por encima del alféizar.

—¿Dónde has estado todo este rato? —preguntó Delia.

—En casa —contestó Carver.

—¿En la…? —dijo Delia, conteniéndose a media frase.

—¿*La*? —preguntó la chica alegremente—. ¿Dónde está el *La*? ¿Es el *La* un buen sitio para vivir? ¿Está más cerca de *Sol* o de *Si*?

¿Pero quién era? ¿Una vecina? ¿La heredera de una familia rica? En respuesta a la pregunta de Delia, Carver dijo a toda prisa:

—No, allí no.

—¿Pues dónde? —insistió ella.

Carver asintió con la cabeza en dirección a la chica de blanco, que se aclaró la garganta y anunció:

—No hace falta ser un lince para ver que esta parejita tiene mucho de que hablar, así que, con permiso, voy a ponerme cómoda.

Fue revoloteando hasta la cama de Delia, apartó a un lado la mitad de su elegante abrigo, se sentó y añadió:

—Ya puede empezar la charla.

Delia tiró un poco demasiado fuerte del brazo de Carver para atraer su atención.

—En el manicomio de Blackwell —susurró él.

—¿Manicomio? —repitió Delia.

—Allí es donde vive el señor Hawking —contestó Carver. Iba a añadir que para estudiar a los delincuentes con enfermedades mentales, pero se tropezó con la ventana y apoyó el pie ruidosamente en el suelo.

—¡No hagas ruido! —siseo Delia—. Te van a oír abajo.

La chica de blanco habló de nuevo, sonriéndole a Carver de oreja a oreja:

—Perdona que te diga, pero estoy segura de que un trepador tan sigiloso no tendrá problemas para eludir el cerco policial.

Carver no sabía cómo reaccionar y, contando con el único modelo de Hawking para responder algo ocurrente, esbozó una sonrisa y dijo:

—Un cerco de Roosevelt, además, ese *cowboy* con medias de seda.

—Carver… —advirtió Delia en susurros.

—Está siempre tan ocupado escuchándose hablar…

—¡Carver! —siseó Delia.

—… que no oiría ni a un elefante echándosele encima.

Delia suspiró, hizo un gesto con la mano en dirección a la chica y dijo:

—Carver Young, te presento a Alice Roosevelt, la hija mayor del Comisionado Roosevelt.

—Oh. Ah… —dijo Carver—. Yo…

La precoz sonrisa de la hija permaneció incólume.

—Oh, da igual. Si no puedes hablar bien de nadie, siéntate a mi lado —dijo dando palmaditas a la cama.

Carver se había quedado sin habla. Sin embargo, la chica no estaba ofendida; en todo caso, parecía encantada con la vergüenza que él estaba pasando.

—Ya sé que papi es un farolero —susurró Alice con tono de complicidad—, pero si vas a hacer algo, ¿por qué no hacerlo a lo grande? Ahora, con lo del elefante te equivocas. Él derribaría a cualquier criatura que se le acercara a escondidas con un simple disparo, aunque estuviera escuchándose hablar al mismo tiempo. Prometo que no repetiré ni una palabra de lo que he escuchado, o escuche a partir de ahora, siempre que me siga entreteniendo.

—Oh —fue la única respuesta que se le ocurrió a Carver.

Tras carraspear sonoramente, Delia dijo:

—Están hablando de los asesinatos. Cuando el *Times* aceptó no publicar la carta, a Jerrik le prometieron la exclusiva y…

—A mí me han traído —interrumpió Alice— para que pareciese una visita de cortesía. Al fin y al cabo, no iban a hablar de esas truculencias delante de unas niñas… —añadió recalcando la palabra con desprecio—, y, como se puede ver, me han relegado a los pisos superiores.

En ese instante le tocaba a Delia mirarla boquiabierta, aunque con una expresión cercana a la antipatía.

Por fin se volvió hacia Carver y reanudó su explicación:

—El informe del juez instructor confirma que las heridas del nuevo cuerpo son similares a las del cadáver de la biblioteca y…

—¿Londres? —preguntó Carver.

—Lo siento —dijo Delia con expresión lúgubre—. Eso es todo lo que he podido oír antes de que me mandaran aquí arriba para echarle un ojo a…

—¡Llámame Alice!

—¿Podríamos acercarnos? —preguntó Carver—. ¿Oír lo que dicen?

—No hace falta —contestó Alice quitándole la palabra a Delia—. Cuando papá empiece a… ¿cómo dijimos antes? Ah, sí, cuando empiece a farolear lo oiremos de miedo.

Del salón llegó un berrido apagado:

—¡Levantaré un ejército!

—¿Qué dije? Ahí está —observó Alice, complacida por la oportunidad de su predicción—. ¿Y si nos sentamos más cerca del escenario?

Delia suspiró y se dirigió al pasillo.

—Hay un respiradero que nos vendrá bien.

Mientras Carver la seguía, Delia intentó adelantar a Alice, pero la chica parecía dispuesta a no ceder el liderazgo. Al final Delia la echó hacia atrás diciendo:

—Esta es mi casa.

Los condujo a una habitación del primer piso con una enorme cama con dosel y amplios ventanales. Alice giró en el centro, para que el faldón de su abrigo revoleara como si bailase.

—Algo pequeña para habitación de invitados, ¿no? preguntó la chica.

Delia, que apartaba una butaca de la rejilla de ventilación, contestó con brusquedad:

—Es la habitación del dueño.

—Ay, Delia —respondió Alice—, es broma. ¡No la tomes conmigo por eso!

—No la tomo contigo —contestó Delia devolviéndole la sonrisa—, por eso no.

Los tres se acercaron al respiradero. Antes de arrodillarse, Alice extendió una mano en dirección a Carver, que se la tomó sin pensar para ayudarla. Delia soltó un gruñido de exasperación, se arremangó el vestido y se arrodilló por su cuenta.

La primera voz que oyeron fue la de Jerrik Ribe:

—¿Estaba usted en Londres cuando sucedieron los asesinatos, Comisionado?

—No —respondió Roosevelt—. Estuve dos años antes, en 1886, para mi boda. Pero, por supuesto, desde entonces he leído todo lo posible sobre ese ser diabólico. A fe mía que si está aquí, no tendrá dónde esconderse. Le tenderé una trampa y caerá en ella tan plenamente que hasta las sombras le escupirán. Todos los agentes están en guardia, hemos duplicado el número de patrullas. Lo único que nos falta es un testigo. Su forma de hablar daba a entender que el asesino era famoso. Carver se preguntó si le sonaría el nombre.

—¿No cree usted —intervino una voz femenina— que el público estaría más dispuesto a colaborar si supiera exactamente qué está pasando? ¿Que la publicación de la carta provocaría que apareciera ese testigo?

—Esa es Ann —dijo Delia con orgullo.

—Me gusta —añadió Alice.

Pero, por lo visto, a su padre no:

—¡Ya hemos hablado de eso! Sugerir siquiera que está en Manhattan desataría un circo. ¡Todos los maniáticos se lanzarían a dar pistas falsas o a declararse culpables! ¡Y el pánico! ¡Si se ven arrinconados, los pobres se amotinan, pero los ricos declaran la guerra!

—Roosevelt bajó la voz—: Detesto los subterfugios. El hecho de que alguien se colara en ese despacho estando yo presente demuestra la fragilidad de la situación.

—Overton está convencido de que fue alguien del *Tribune* o del *Herald* —dijo Jerrik.

—Si fuera así, ¿no habrían publicado ya la carta? —preguntó Anne.

—Vamos a ceñirnos al tema que nos ocupa. Cuanto más tiempo podamos trabajar sin la atención del público, tanto mejor. Hasta que la situación caiga por su propio peso, cualquier testigo que se presente será más de fiar.

—Si se presenta alguno, Comisionado —observó Anne.

Delia miró significativamente a Carver.

—Tienes que decírselo.

—No sé —contestó él—, ya no sé ni en quién confiar.

Alice escrutó sus caras. Cuando habló, su mordaz ingenio fue sustituido por una sinceridad igual de bien expresada:

—No sé que habrá hecho mi padre para que lo tengas en tan mal concepto, pero es un hombre de principios. Hasta el aburrimiento, para mi gusto. Jamás, por ejemplo, me ha hablado de mi madre, su primera esposa, a la que no conocí, y estoy segura de que se debe a esos principios. Pero eso es problema mío, porque soy su hija. Como confidente o como amigo, no puede existir una persona más fiable. Si puedes hacer algo para ayudarlo a atrapar a ese asesino, debes hacerlo.

Carver pasó la mirada del sereno rostro de Alice al preocupado de Delia.

Las palabras de Hawking resonaban en su cabeza: «Es tu vida, no la mía. Eres tú quien debe dilucidar qué hacer a continuación». ¿Había sido una forma de darle permiso? Quizá aquella fuese su única oportunidad de demostrarse a sí mismo y demostrarle a Delia que no era como su padre.

—De acuerdo, lo haré —anunció—, ahora mismo.

42

Delia condujo a Carver hasta la puerta y le dijo:

—Es mejor que alguien a quien conocen les explique primero quién eres.

—Entonces yo me quedo aquí —dijo Alice—, pero me muero por saber qué vas a decir.

En las escaleras, Delia le tomó del brazo.

—Explícalo de forma clara y sencilla. Ten en cuenta que cuando empiezas a hablar de una agencia secreta de detectives parece que se te ha ido un poco la cabeza.

—¿Y qué parecerá cuando diga que soy el hijo del asesino?

—Empieza por el principio —aconsejó Delia frunciendo el ceño—, por la carta del orfanato.

Al llegar al salón, Jerrik, con su pelo rubio repeinado y un bloc de notas en el regazo, fue el primero que los vio.

—¿Delia? —dijo.

Roosevelt giró la cuadrada cabeza y sus ojos apuntaron directamente a Carver.

—¡Tudd! —exclamó—. Su sobrino tiene el inquietante don de aparecer en los lugares más insospechados.

¿Tudd? Carver miró locamente a izquierda y derecha. El director de la agencia estaba sentado en un mullido canapé de dos asientos, con un buen moratón en la cara. Carver se quedó de piedra.

Tudd se puso en pie con calma y afirmó:

—Me alegro de que haya venido.

—¿Por qué está aquí, Delia? —preguntó Jerrik—. ¿Y quién es?

—Carver Young —contestó Anne—, un viejo amigo de Delia, del orfanato.

—¡He recalcado que esto era una entrevista privada! —dijo Roosevelt removiéndose en su asiento.

Para entonces Tudd estaba en la puerta, encarándose con Carver.

—Debo contarte algo muy importante sobre el señor Hawking —susurró.

—¿El qué? ¿Le ha pasado algo?

—Sí.

La palabra cayó sobre Carver como una tonelada de ladrillos. La intensidad de su preocupación por aquel hombre tan cargante lo sorprendió.

—Aquí no; vamos a dar un paseo —susurró Tudd, y volviéndose hacia los adultos añadió—: Les presento mis más sentidas disculpas una vez más, Comisionado, señor y señora Ribe. ¿Nos perdonan un momento?

—Si eso significa que va a marcharse con su sobrino, la respuesta es sí —contestó Roosevelt—. Si me está pidiendo que le disculpe otra escenita, me reservo la opinión hasta que haya oído una explicación completa.

—Por supuesto —dijo Tudd y se dirigió a la salida con Carver.

Mientras el primero abría la puerta, Roosevelt miró alrededor.

—¿Por dónde habrá entrado? Hemos estado aquí todo el rato, y desde aquí se ve la puerta principal. ¿Hay otra entrada? —preguntó recorriendo la habitación con los ojos, que enseguida localizaron una rejilla de ventilación por encima de su cabeza. El Comisionado entrecerró los ojos y gritó—: ¡Alice! ¡Apártate de ese respiradero ahora mismo!

Lo que añadió a continuación quedó amortiguado por el ruido que hizo la puerta al cerrarse.

En el porche, Carver preguntó de inmediato:

—¿Qué ha pasado?

Tudd asintió hacia el cochero, que los miraba con curiosidad.

—Vamos hasta la esquina. Gracias por salir conmigo; ya no merezco la completa confianza del Comisionado y prefiero no agravar más la situación.

Recorrieron la calle Franklin, en dirección a la Varrick.

—¿Qué le ha pasado al señor Hawking? —preguntó Carver de nuevo.

—¿No te disculpas por darme una paliza y dejarme tirado en el vestíbulo? ¿No te das cuenta de que tuve que salir arrastrándome a la calle y fingir que me había atropellado un coche? Gracias a que tu amiga no dijo nada, aunque sospecho que lo hizo para protegerte a ti.

Carver sentía en parte que debía disculparse, pero algo le contenía, un desasosiego que se mascaba en el ambiente. Tudd miró hacia atrás. El cochero se había apeado del carruaje y estaba en medio de la acera, vigilándolos. Sin embargo, se encontraban a suficiente distancia para no ser oídos.

—A pesar de que compartas la opinión de Hawking sobre mí y mis artilugios, no soy un idiota. El único motivo que pudo impulsarte a entrar en ese salón fue el deseo de contárselo todo a Roosevelt.

Carver se indignó y puso cierta distancia entre él y Tudd.

—La carta de mi padre es una prueba muy importante. Tiene que saberlo.

—¿Piensas hablarle también de la Nueva Pinkerton?

—Yo... —Carver meneó la cabeza: no era necesario—. No, solo hace falta que sepan lo de la carta. ¡Dígame qué le pasa al señor Hawking!

Doblaron la esquina.

—Estoy preparado para compartir todo lo que sabemos con la policía —dijo Tudd.

A Carver se le erizó el vello de la nuca, como le pasaba siempre que le parecía estar siendo vigilado.

—¿Me quiere decir qué le pasa al señor Hawking? —exigió—. Todavía no me ha dicho...

Pero Tudd ya no lo miraba a él. Miraba por encima del hombro de Carver, y dirigía a alguien una seca inclinación de cabeza.

Carver giró sobre sus talones pero, antes de que pudiera ver quién estaba detrás, tiraron de él, le llevaron los brazos a la espalda y le metieron algo áspero en la boca que le empujó la lengua hacia la garganta produciéndole náuseas.

Forcejeó para liberarse hasta que un golpe súbito lo tiró al suelo. El mundo empezó a dar vueltas. Estaba de espaldas y Tudd se cernía sobre él. El moratón de su cara, que a la luz de las farolas parecía negro, no disimulaba su expresión de triunfo.

—¡Les hablaré de ti y de la carta en cuanto yo atrape a tu padre!

43

Con la mordaza sujeta por un fuerte cordón y atado de pies y manos, Carver fue arrojado a un carruaje abierto de dos plazas. Una figura atlética de tupido bigote se montó a su lado. Levantó a Carver para hacerse sitio y le puso una pantalla metálica abisagrada sobre las piernas. Para ajustarla en su lugar tuvo que inclinarse hacia delante y se expuso a la luz de la farola.

Era Jackson. Carver forcejeó tan violentamente que agitó el pequeño carruaje.

—No hagas eso —dijo Jackson—. Emeril te ha puesto dos nudos de esposas entrelazados. Cuanto más tires, más se apretarán. Si sigues te cortarás la circulación y perderás un pie o una mano.

No mentía. Sus muñecas parecían presionadas por unas tenazas. Jackson le dijo a un cochero invisible, situado por encima y por detrás de ellos:

—¡A ver si llegamos esta noche!

Carver miró hacia delante. No había caballos. ¿Cómo pensaban ir así a ninguna parte? Un fuerte zumbido eléctrico se elevó a su espalda. El carruaje vibró y echó a rodar sobre los adoquines, maniobrando para colocarse en el centro de la calzada. A Carver se le desorbitaron los ojos.

—Ya ves, por fin nos han llegado los carruajes eléctricos de Filadelfia —dijo Jackson.

Enfilaron hacia el norte. Mientras avanzaban, los viandantes se detenían y los miraban rodar cuesta arriba boquiabiertos, como si vieran un truco de magia. En la calle Hudson se encontraron con un tranvía abarrotado y los pasajeros estuvieron en un tris de tirarse unos a otros por puertas y ventanillas en su afán por verlos bien. Un grito femenino le recordó a Carver a la mujer de la historia de Hawking que había visto el coche de bomberos sobre un escenario.

Carver se contorsionó y sopló lo que podía a su mordaza, tratando de llamar la atención para que alguien se diera cuenta de que lo estaban secuestrando. Jackson le echó una manta por encima.

—Menudos secuestradores estamos hechos. ¿Por qué no le hemos puesto una lámpara portátil en la cabeza para que lo vean bien? —masculló y dirigiéndose al conductor añadió—: Emeril, ¿no puedes correr más?

—No —respondió una voz de tono más agudo—. Cincuenta kilómetros por hora es lo máximo. ¡Y aun así, todos los caballos que adelantamos ayer se morían de miedo!

—Es un milagro que la agencia haya permanecido en secreto hasta ahora —comentó Jackson con un suspiro.

—¿Le has dicho a Carver que esto no es cosa nuestra? —preguntó Emeril—. El que se empeña en que atrapemos nosotros al asesino es Tudd.

—Díselo tú —replicó Jackson con inusitada violencia—. A mí me parece bien. Somos mejores que la policía y ya es hora de que nos llevemos los laureles. Y Carver, aquí presente, estaba dispuesto a descubrir el pastel y hacer que nos arrestaran a todos.

Emeril metió el coche en un pequeño garaje de la calle Warren. Allí bajaron a Carver entre ambos, cubrieron el vehículo con viejas mantas de caballo y condujeron rápidamente al chico a la fachada lateral de los almacenes Devlin.

Mientras el ascensor bajaba en silencio, Emeril le quitó la mordaza.

Carver escupió y tosió unas cuantas veces. Después, con toda la furia que fue capaz de reunir, espetó:

—¿Y si muere alguien más por hacer esto?

Jackson se encogió de hombros y preguntó a su vez:

—¿Y si muere por lo que estás haciendo tú?

44

Apenas quedaba nada del sentimiento amistoso que Carver había compartido con los dos agentes. Lo agarraron de los brazos y lo arrastraron por la sede. Todos giraban la cabeza para mirarlos. Algunos a los tres, con expresión de horror; otros a Carver, con expresión de asco. Allí estaba, el hijo de un asesino, el ladrón que había inundado la agencia. Aún peor, el chico que había atacado a Septimus Tudd.

Lo llevaron a un cuarto vacío, que en palabras de Emeril no estaba cerca de ninguna alcantarilla, reemplazaron las cuerdas por grilletes y le registraron los bolsillos.

—¿Dónde está? —inquirió Jackson—. El electrobastón roto.

Carver se quedó mirando al agente.

—Se me ha debido de caer cuando me atacaste.

—Claro —dijo Jackson, y lo registró de nuevo sin éxito.

A fin de no repetir sus errores, nunca lo dejaban solo. Hacían turnos para estar con él en la habitación, donde Emeril estudiaba informes y periódicos, y Jackson hojeaba revistas.

Al pedir Carver algo de comer, la respuesta fue:

—Cuando vuelva Tudd.

Al preguntar si podía dormir un poco, le contestaron:

—Ya veremos qué dice Tudd.

Su único quehacer consistía en estar sentado y dejar que lo ignoraran. Con el tiempo se le cerraron los ojos y se derrumbó hacia delante, cabeceando hasta que algún ruido lo sacaba del amodorramiento. Estaba tan cansado que el regreso de Tudd le dio igual. El detective se quedó en la puerta, con la ropa arrugada y el normalmente afeitado rostro con barba de tres días.

—¿Qué hora es? —preguntó Carver.

Tudd tiró de la leontina de plata de su reloj y contestó:

—Casi las diez de la mañana. Roosevelt nos obliga a seguir todas las pistas que nos llegan, por ridículas que sean. Apenas tengo tiempo para ducharme y cambiarme de ropa antes de volver a la calle Mulberry. Después de tu aparición en casa de los Ribe, me dejó muy claro que si la situación no fuese tan desesperada, me habría pegado un tiro allí mismo.

Al sentir que le quedaba una chispa de rebeldía, Carver replicó:

—¿No estará esperando una disculpa, no?

—No —dijo Tudd con un suspiro—. Como tú tampoco esperarás que yo deje que el hijo de un maniaco destruya la obra de mi vida.

—No —contestó Carver tras pensárselo un poco.

El detective enlazó las manos a la espalda y añadió:

—Esta vez me has obligado a atar algo más que tus manos. Incluso aunque consiguieras escaparte de nuevo, Roosevelt no creería ni una palabra de lo que dijeras. Lo he convencido de que eres un sujeto con graves trastornos, aquejado de curiosidad mórbida e incapaz de distinguir entre la realidad y las novelas de a diez centavos. Tu propio padre te echó de casa por tus desvaríos y desde entonces has rechazado mis ofertas de buscar ayuda profesional.

—No se saldrá con la suya. Tengo pruebas.

—¿La carta que me diste?

—Delia... —empezó Carver. Estaba a punto de decir que ella también la había visto, pero se contuvo. Tudd malinterpretó su propósito y dijo meneando la cabeza:

—Su vehemencia solo servirá para convencer a Roosevelt y a Ribe de que la has manipulado.

—Mi padre atacará otra vez. Yo podría ayudar —dijo Carver.

—En eso estamos de acuerdo: puedes ayudar. Esa dirección que investigabas cerca de las Tumbas, dámela.

—¿Espera que se la diga así sin más? —preguntó, asombrado, Carver.

—¿Quieres detenerlo o no?

Claro que sí, pero algo le decía que no era el paso indicado.

—¿Y si mandó esa carta al orfanato porque quería que lo encontrara yo? ¿Y si está dejando todas esas pistas solo para mí? ¿Quién mejor para pensar como él que su propio hijo?

—Es astuto —dijo Tudd con un resoplido desdeñoso—, pero en última instancia poco más que una bestia atormentada.

—No —contradijo Carver—. Le gusta lo que hace y lo hace muy bien.

—¿Que le gusta? ¿Que lo hace bien? —repitió Tudd arrugando la nariz—. Eso es repugnante.

Hawking llevaba razón. Tudd ni siquiera aceptaba que algo así fuera posible. «A nadie le gusta oír cosas buenas del diablo».

—Dame esa dirección. Si no lo haces, el próximo asesinato recaerá sobre tu conciencia.

—Lo mismo diría Roosevelt de usted si se enterara de esto, ¿no le parece?

—Aquí solo estamos tú y yo. Créeme, Carver, por muy hijo suyo que seas, no sabes nada en absoluto del asesino. Deja actuar a los profesionales.

Ni siquiera podía elegir. Discutió consigo mismo hasta que llegó a la conclusión de que ocultarle información a Tudd era tan malo como que Tudd se la ocultara a la policía.

—De acuerdo, es…

—¡Tudd! —una voz familiar retumbó en la plaza, seguida de un bastonazo contra el suelo de baldosas—. ¡Tudd! ¡Ven aquí ahora mismo! ¡Si yo he venido arrastrándome desde Blackwell, bien puedes tú salir a rastras del nido de ratas donde te escondes!

Tudd se frotó las sienes.

—Hawking —masculló.

—Así que lo de él también era mentira —dijo Carver esbozando una sonrisa.

45

Un Tudd enmudecido salió de la habitación. Carver intentó seguirlo, pero Jackson le impidió el paso. Sin embargo, no cerró la puerta, por lo que pudieron escuchar las atronadoras voces:

—¡Tienes algo que me pertenece, Septimus, y quiero recuperarlo! —gritó Hawking—. ¿Dónde está el chico?

—Está bien, está a salvo —contestó Tudd.

—¡No te estoy preguntando cómo está, so imbécil! —Aunque nasal, su voz era sonora, autoritaria, preparada para llamar la atención. Volvió a estampar el bastón contra el suelo—. ¡Tráemelo ahora mismo!

Tudd se irguió cuan alto era.

—No me des órdenes. ¿Quién te ha dicho que estaba aquí?

—¡Ahora mismo! —repitió Hawking. La orden rebotó por la cúpula del techo.

—Jackson, Emeril, tráelo —dijo Tudd tras un breve silencio.

Jackson se apartó para que Carver saliera al vestíbulo y meneó la cabeza con expresión sombría:

—No sé cómo demonios ha podido enterarse Hawking tan pronto. Debe de tener algún informador por aquí.

—Debe —repitió Emeril, sonriendo y guiñando un ojo a Carver cuando su compañero les dio la espalda.

Carver le devolvió la sonrisa, pasmado. Lo mismo contaba con un amigo por allí después de todo. Al llegar a la plaza, Carver miró a todas partes. Nunca había visto tantos agentes. La organización en pleno se había reunido para contemplar el espectáculo.

Cuando vio a Carver, Hawking gritó:

—¿Con grilletes, Tudd? ¿En qué demonios estabas pensando? ¿No aprendiste la lección la primera vez? Tienes suerte de que este sitio siga en pie.

—Iba a traicionarnos con Roosevelt —contestó Tudd.

—¿Traicionarnos? Nosotros no somos una orden religiosa ni un país soberano. ¡Suéltalo ahora mismo, Septimus, o seré yo quien hable con Roosevelt! —Hawking giró el bastón hacia los agentes—. ¡A menos, claro está, que pretendas que me arresten a mí también!

Tudd parpadeó, y su expresión cobró un matiz de súplica.

—El chico nos ha robado, a mí me ha atacado.

—¡Al chico se le ha mentido y se le ha manipulado! —dijo Hawking sin dejar de gritar—, y, la verdad, no creo que sea muy meritorio dejarse pegar por un chaval de catorce años.

Aunque intentaron disimularlo, las risitas de varios agentes fueron más que audibles. Tudd les lanzó una mirada asesina y dijo a voces:

—¡Silencio! ¡Aquí mando yo!

Todos menos Hawking se enderezaron como soldados, pero Carver sintió que el daño ya estaba hecho. Aparentando serenidad, Tudd añadió:

—Si te lo doy, ¿me prometes que lo controlarás?

—Esto no es una negociación —dijo Hawking de plano—. ¿Pero qué te da tanto miedo? Ya te has asegurado de que nadie le crea. ¿«Curiosidad mórbida»? *Prrffff.*

La reacción de Tudd dio a entender que Hawking tampoco debería haberse enterado de eso.

—Quiero la dirección que estaba investigando cerca de las Tumbas.

Hawking escrutó la multitud.

—Como el director de la agencia de detectives más importante del mundo no es capaz de encontrar pistas, recurre a la extorsión. ¡Si Allan Pinkerton levantara la cabeza...! Lo único que tienes que hacer es preguntarme. Yo estaba allí esa noche, ¿recuerdas? Calle Bell, 42, ¿contento?

Tudd dirigió un asentimiento de cabeza a Jackson y Emeril a fin de que liberaran a Carver.

—¿Era de verdad un tonto, Albert? —inquirió Tudd—, siempre dijiste que mi teoría era imposible. Incluso ahora, en vez de ayudar, me juzgas. Nunca volviste del todo de aquel tiroteo. Reconócelo, te has quedado atrás.

—Certera aseveración para venir de alguien que nunca ha participado en uno. Tú no tienes ni idea de lo que perdí aquella noche, Tudd, ¡porque tú no tienes nada que perder! —gruñó Hawking.

Frotándose las muñecas, Carver se plantó delante del director:

—El señor Hawking es mejor que usted, y usted lo sabe.

—Ya veremos quién es el mejor cuando yo atrape a tu papaíto —dijo Tudd escupiendo las palabras—. Vuelve al manicomio, hijo.

—Eso haremos, Septimus —terció Hawking—, al menos los de allí no son totalmente absurdos.

Mientras Carver cerraba la puerta del vagón de metro, oyó gritar a Tudd:

—¿Qué hacen aquí todos como romanos en un combate de gladiadores? ¡Vamos, hay que seguir la pista! ¡A la calle Bell! ¡A trabajar!

Al salir a Broadway, Carver y Hawking guardaron silencio hasta que se alejaron varias manzanas.

—Le ha dado mal la dirección —dijo Carver sonriendo.

—Por supuesto —contestó Hawking—, y no porque ignorara la verdadera. Mencionaste la calle, Leonard, pero el número, el 27, lo averigüé frotando un lápiz contra la penúltima hoja de papel sobre la que escribiste en el ateneo. Es un truco muy útil. Mira.

Le dio una hoja arrugada. Al desplegarla Carver vio que sobre el manchón negro se veían, rehundidos y en blanco, los trazos de sus anotaciones.

—A Tudd nunca se le ocurriría averiguar algo sin una de sus maquinitas —prosiguió Hawking—. ¿Que me he quedado yo atrás? ¡Ja! Y sácate ese artilugio del forro del gabán. Si sigues llevándolo ahí, acabarás por estropearlo del todo o por electrocutarte.

La confrontación le había infundido vigor.

—¿En serio ibas a hablar con Roosevelt?

—Sí —contestó Carver.

—Pues no te culpo, chico. Como ya he dicho, lo demás son zarandajas. Lo que importa es resolver el caso.

Al levantar el borde de su abrigo para sacar el bastón roto, Carver dijo:

—No iba a hablar de la agencia, solo de la carta. La Nueva Pinkerton puede quedarse como está. ¿Por qué no toma usted el mando? Los agentes le apoyarían. Así podríamos ir los dos a ver a Roosevelt.

Hawking se paró en seco.

—No tengo especial interés. La solución ideal sería que te encargaras tú en cuanto estuvieras preparado. Lo malo es que primero habría que eliminar a Tudd.

—¿Eliminar?

—Su situación con Roosevelt es muy precaria, solo habría que darle un último empujoncito, o utilizar contra él uno de sus preciosos artilugios.

Carver se quedó mirando fijamente a su mentor hasta que este resopló y dijo:

—¿Y bien?

—¿Tomará usted el mando y hará pública la existencia de la Nueva Pinkerton?

—Solo la de Tudd, por ahora. Tú puedes llevarle a Roosevelt la carta y hacer lo que mejor te parezca. ¿Tienes alguna idea?

—¿Yo?

—Considéralo como un examen para ver lo que has aprendido. ¿Estás dispuesto? Te gustan los artefactos, ¿no? —dijo Hawking con una sonrisa traviesa.

46

En un lunes húmedo y gélido, Carver esperaba detrás de un vendedor de encurtidos en uno de los peores barrios de la ciudad, mirando al 300 de la calle Mulberry. Aunque el edificio de cuatro plantas albergaba la Junta de Comisionados de la Policía, el Grupo de Investigación Criminal y a todos los comisarios e inspectores de la ciudad, su fachada revestida de mármol era tremendamente insulsa, más parecida al orfanato Ellis que, digamos, a la sede central de la Nueva Pinkerton o a las exóticas Tumbas. Sin embargo, las ventanas con barras del sótano sí impresionaron a Carver, ya que podía acabar detrás de alguna de ellas si suspendía el «examen» de Hawking.

Se sintió acosado por la incertidumbre y la culpa. ¿Se movía por el deseo de atrapar a su padre lo antes posible o por un simple afán de venganza? Y respecto al plan de acción, ¿cuánto había de Hawking, cuánto suyo y cuánto de las novelas por entregas del *New York Detective Library*? El viejo agente soltaba risitas cada vez que Carver hacía una sugerencia y era obvio que a su mentor anti-artilugios nunca se le habría ocurrido estudiar la Guía de funcionamiento de la *Nueva Centralita Telefónica Western Electric.*

No era momento de mirar atrás, pero tenía mucho que recordar, entre otras cosas que «a Roosevelt lo llaman Presidente, no Comisionado». En realidad había tres comisionados más, y ellos mismos habían elegido a Roosevelt como su jefe.

Miró el reloj que Hawking le había prestado.

No era el único gesto de largueza de su mentor. Carver llevaba también ropa nueva, pantalones castaños con chaqueta a juego y zapatos negros que, por primera vez, ni le apretaban ni le bailaban. Su corte de pelo, obra de un empleado de dedos rechonchos del Octágono, era desigual, pero la gorra de cazador, igualita a la de Sherlock Holmes, le tapaba los defectos.

No parecía un petimetre, como Finn, pero se había librado del aspecto de pillo callejero. Aunque no se sintiera bien, sí sentía que dominaba un poco la situación.

Había llegado el momento.

Sosteniendo cuidadosamente el paquete contra su pecho, cruzó el empedrado y entró al edificio. El sargento del mostrador era un hombre tosco y medio calvo con mechones de pelo oscuro cruzándole de lado la frente. Llevaba la chaqueta abierta y la mano por dentro, como Napoleón, aunque Carver dudaba que el militar francés se hubiera rascado la barriga con tanto entusiasmo.

El rascador le indicó a Carver con una sacudida de barbilla que expusiera su petición.

—Envío para la señora Tabitha Lupton.

El sargento chasqueó la lengua.

—La señorita Lupton está en la centralita de teléfonos, planta baja, última puerta a la derecha —dijo con fuerte acento de Brooklyn—. ¿Es su cumpleaños?

—Será —contestó Carver encogiéndose de hombros.

—Pues no ha dicho nada —se quejó el policía y señaló con la cabeza la puerta por la que debía entrar Carver.

Hasta el momento bien. Sin embargo, al acercarse a la centralita, Carver sentía cada vez más miedo de que los que pasaban por su lado, fuesen policías o personal de apoyo, oyeran los latidos de su corazón.

La puerta no estaba cerrada, así que entró sin más. Solo había una persona: la telefonista sentada a la centralita Western Electric. La chica era baja, de rizado cabello rubio y ojos que, por su inocencia, parecían de alguien mucho más joven.

Carver le tendió el ramo de flores y dijo:

—¿Señorita Lupton? Esto es para usted.

—¡Oh! —exclamó ella mirando el ramo de hito en hito.

Era grande y ostentoso, como quería Hawking. Cuando el florista de ojos saltones le dijo el precio, Carver intentó no protestar, pero él hubiera podido vivir con eso varias semanas.

Estuvo al punto de olvidar su siguiente frase:

—Son de un… admirador anónimo.

Ella sonrió de oreja a oreja y recogió el ramo.

—¡Oh! ¡Oh!

Carver se aclaró la garganta.

—Creo que el aire de la calle no le ha venido bien. Debería usted ponerlo en agua ahora mismo, para que dure más.

—¡Oh, oh, oh! —repitió la señorita Lupton. Después de lo cual se levantó y salió del cuarto. Carver asomo la cabeza por la puerta para vigilar. Cuando ella llegó al vestíbulo, un policía silbó de admiración y dijo:

—¡Vaya ramo le han traído a Tab!

Una azorada Tabitha Lupton fue rodeada en un santiamén por sus compañeros mientras repetía sin cesar que no tenía ni idea de quién era el remitente.

Carver y Hawking habían supuesto que aquello le daría a Carver unos diez minutos a solas en la habitación. No los necesitaría enteros si todo iba según lo previsto. El chico cerró la puerta sin hacer ruido y se sentó a la centralita. El sencillo mueble de madera tenía forma de piano de pared, solo que con el «teclado» más ancho. La parte vertical estaba cubierta por una cuadrícula de agujeros etiquetados; la horizontal, por clavijas también etiquetadas y conectadas a cables con pesas, que colgaban debajo del tablero.

La mayor parte de los negocios grandes y de los edificios gubernamentales contaban con centralita propia. Como la patente de Alexander Bell había expirado el año anterior, por todo el país se creaban nuevas compañías telefónicas, pero todas se negaban a conectarse con las demás. La policía no había tenido más remedio que abonarse a varias para llegar lo más lejos posible.

Carver tiró de un cable, lo conectó al tablero vertical y giró la manivela para llamar a un operador externo. Una voz femenina crepitó en el altavoz:

—Dirección, por favor.

—Isla de Blackwell —contesto Carver.

—Un momento.

Pareció transcurrir una eternidad antes de que la voz de Hawking llegara flotando por el éter:

—Aquí estoy, chico.

—Le paso.

—Habla con voz más aguda. Tienes que parecerte un poco a una mujer.

Carver sacó otra clavija y giró la manivela de nuevo. Los dientes le rechinaron cuando oyó decir a Tudd:

—¿Sí, señorita Lupton?

—Le llama el señor Hawking, de la isla de Blackwell —dijo Carver subiendo la voz una octava y convencido de que sonaba ridículo. Tras un silencio, Tudd contestó:

—Pásemelo.

—Un momento —Carver puso el cable de Hawking en el lugar correspondiente.

—¿Señor Hawking? Soy Septimus Tudd, ¿en qué puedo ayudarlo?

—Qué formal, Tudd —comentó Hawking con su displicencia habitual.

Hasta por el altavoz oyó Carver el indignado suspiro de Tudd.

—¿Señorita Lupton, sigue usted en la línea?... ¿Señorita Lupton?

Cuando Carver no contestó, Tudd dio por supuesto que la llamada no era escuchada.

—¿Cómo se te ocurre llamarme aquí? —reprochó—. ¿Se ha muerto alguien? Espero que sea el chico.

—Te estoy haciendo un favor —declaró Hawking—, tengo razones para pensar que Roosevelt sospecha de ti.

A Carver le sorprendió lo bien que mentía. ¿Mentirían bien todos los adultos? En cualquier caso, aquel era el pie de Carver para actuar rápidamente. Conectó otro cable y giró la manivela tan deprisa que se temió haberla roto.

—Dime, Tabitha —respondió una mujer. Era la secretaria de Roosevelt y, en ese momento, Carver había olvidado por completo su nombre. ¿Cuál era? ¿Cuál? Lo extrajo de su mente en el último segundo:

—Señorita Kelly, el alcalde Strong para el Presidente Roosevelt.

Carver esperó con la frente empapada en sudor. Los segundos volaban. Miró de reojo la puerta, preguntándose cuánto tiempo tenía.

—Roosevelt al habla, señor alcalde —la vitalidad del tono no fue mitigada por el diminuto altavoz.

—Está esperando. Le paso —dijo Carver olvidándose de elevar el tono de voz, y conectó la línea del Comisionado con la de Tudd.

Las primeras palabras que el Comisionado oyó de su ayudante fueron:

—Roosevelt no tiene el menor motivo para sospechar de mí. He sido muy cuidadoso. Cree que soy com-

pletamente leal. No existe la menor prueba que me relacione con…

—¡TUDD! —berreó Roosevelt.

—¿Comisionado…?

—No es preciso que venga a mi despacho, Tudd.
La semana pasada hice que me alargaran el cable, por
lo que puedo andar mientras hablo, por lo que en este
momento estoy al lado de su puerta cerrada. ¡Ábrala
ahora mismo!

«Hecho», pensó Carver. Tenía un sabor raro en la
boca y el cuerpo rígido de la tensión. Desenganchó las
clavijas para dejarlas como las había encontrado y salió
del cuarto. Los admiradores florales habían aumenta-
do hasta tal punto que Carver tuvo que pasar estruján-
dose entre ellos.

Mientras lo hacía, la telefonista lo reconoció. Se
acercó a él, profirió un nuevo «¡Oh!» y le metió una
moneda de cinco centavos en la mano, una propina,
tras lo cual le dedicó una sonrisa deslumbrante. Carver
pensó que al menos lo del ramo había estado bien.

Esperando que nadie notara el sudor de su frente,
pasó por delante de la mesa del sargento rasca-tripas,
cruzó la entrada, bajó los escalones y se internó en el
aire gélido de la ciudad. Nunca le había hecho más feliz marcharse de un sitio.

47

Mientras corría por las calles neblinosas, Carver supo que estaba soñando. Los edificios eran demasiado deformes y la niebla demasiado espesa. Extendió la mano para tocarla. Agarró un puñado. El humo blanco se retorció entre sus dedos como un ser vivo.

El griterío agudo, doliente, seguía perturbándolo. Pero al saber que no era real, dejó de correr. Se adentró en una calleja que no acababa en otra vía o en un descampado, sino en la centralita de la calle Mulberry. El aparato estaba en el centro, rodeado de flores. En el suelo había un cadáver y una figura con sombrero de copa se inclinaba sobre él. Durante un momento, el cuerpo fue el de Delia y de pronto se convirtió en el de Tudd.

Su vientre manchado de sangre temblaba, su pecho respiraba con agitación para tomar el último aliento.

Carver ya no miraba la escena: participaba en ella. Era él quien se inclinaba sobre Tudd. Sentía el contacto del sombrero en la cabeza, el peso de la capa negra sobre los hombros, el frío del cuchillo en la mano. La sangre cálida que le mojaba los dedos era tan abundante que goteaba.

Pero lo que convertía el sueño en pesadilla no era el fallecido, sino el hecho de que Carver sentía una inmensa satisfacción. Aquello era muchísimo mejor, infinitamente más placentero que golpear al hombre con los puños.

Se despertó sobresaltado y se sentó en la cama, sudando otra vez. La mano derecha, la que en el sueño sostenía el cuchillo, se le había destapado y estaba helada. Cuántas más vueltas le daba al asunto, más náuseas sentía. Mezclada con los lamentos de los pacientes, carcomiéndole como un insecto implacable, una voz susurraba en su cabeza: «Lo que tú pensabas. De tal palo, tal astilla».

Paseó la mirada por la habitación octogonal. Unas luces lejanas desafiaban a la negrura, pero las sombras seguían oscilando, densas como la niebla del sueño. ¿Había hecho lo debido, no?

Se consoló un poco al pensar que Hawking estaba cerca. Él sabía qué era lo debido. Por muy hiriente que fuese, estaba dotado de una certeza, de una convicción a prueba de bomba que tranquilizaba a Carver.

Pero... ¿y sus ronquidos? Al oír un golpe en la planta inferior, supuso que era Simpson. Después del golpe, los quejidos aumentaron. Los internos no solían hacer tanto ruido a esas horas. Además, si los oía tan bien a ellos, ¿cómo era que no escuchaba roncar a Hawking?

Fue presa de un miedo infantil, quizá porque acababa de tener una pesadilla. ¿Y si Hawking se había muerto? ¿Y si su corazón era débil y sus viejas heridas habían podido con él durante el sueño?

Se levantó tambaleándose y trató de distinguir algo entre el nido de mantas de la otra punta de la habitación, lugar donde dormía su benefactor. Resultaba difícil decir qué era ropa y qué cuerpo, pero los dos estaban demasiado quietos.

—¿Señor Hawking? —susurró.

No hubo respuesta. Carver se sintió como un tonto. Le pasaba igual que cuando tenía cinco años y se aterrorizaba si la señorita Petty llegaba tarde, porque pensaba que había muerto en algún accidente. Pero ella siempre volvía. Le sorprendió que su mentor despertara en él la misma reacción.

¿Y si se había muerto? ¿De dónde iba a sacar entonces la seguridad que tanto necesitaba?

Del piso inferior llegaron más golpes y más gemidos. El miedo de Carver se agudizó. Se acercó a su maestro.

—¿Señor Hawking?

Él estaba haciendo el ridículo y Hawking se pondría hecho una furia si lo despertaba, pero en ese momento le consolaría hasta oírle gritar.

Se inclinó sobre la cama. Seguía sin distinguir la forma del durmiente. El montón de ropa parecía demasiado plano. Fue hacia la ventana y abrió uno de los postigos para que entrara luz. La escasa luminosidad reptó sobre las mantas arrugadas.

La cama estaba vacía. Hawking se había ido.

Otra vez llegó un ruido de la planta inferior. No era Simpson. Eran pisadas.

Carver abrió la puerta y miró hacia abajo, hacia las escaleras en espiral del manicomio. La tenue luz hendió la oscuridad, pero el suelo de baldosas de la planta baja siguió envuelto en la negrura.

Otra vez los golpes, los lamentos… y algo más. Por los pasillos y los vestíbulos resonaban chirridos y crujidos. Mientras Carver contenía la respiración para escuchar, la puerta principal del edificio se abrió rechinando y dio paso al susurró del viento.

Entonces, cerca de la entrada, se movió una sombra.

A continuación, cruzó el vestíbulo a toda velocidad hasta llegar al pie de la escalera.

Allí abajo había alguien, ¿pero quién? Las posibilidades se atropellaron en la mente de Carver. ¿Era Tudd con ansias de venganza? ¿Era un agente de la Nueva Pinkerton enfurecido por la traición? ¿Pero cómo se iban a haber enterado los agentes de la Pinkerton? Hawking llevaba razón al decir que Tudd nunca… *¿Pero dónde estaba Hawking?*

El crujido distante de un peldaño de madera. Un borrón gris con un destello de plata deslizándose por la barandilla: una mano. Carver empezó a enfurecerse. ¿Su padre? ¿Lo había encontrado su padre? Los hechos destellaron en su cabeza: su padre sabía que él estaba en el orfanato Ellis, porque allí envió la carta; ambos se habían visto en la calle Leonard. No le habría costado mucho espiar a Carver, vigilarlos a él y a su mentor cuando tomaban el ferry, formularle al capitán unas cuantas preguntas y enterarse de que su hijo vivía en la isla de Blackwell.

Los peldaños crujieron de nuevo, pero la mano había desaparecido. Carver no tenía forma de saber por qué piso iba el intruso. Bajó descalzo unos escalones con la esperanza de ver antes de ser visto. Pensó en el electrobastón y recordó la tristeza de Tudd al comprobar que estaba roto. Sin el arma se sentía desnudo, así que miró a su alrededor por si encontraba algo para defenderse. Por las ventanas se distinguía un anillo rosado en torno a Manhattan: las primeras luces del alba. La débil luz desveló un carrito metálico en el descansillo inferior y se reflejó en la hoja de un instrumento metálico, un escalpelo. Bueno, algo era algo.

Carver bajó hasta el descansillo sin apartarse de la pared curva, se hizo con el escalpelo y se quedó quieto. Trató de aguzar el oído, pero las palpitaciones de su corazón se lo impedían. Cuando transcurrió un tiempo y siguió sin pasar nada, su corazón se calmó y él tuvo que preguntarse si no se lo habría imaginado todo o si no seguiría dormido.

Haciendo acopio de valor se acercó a la barandilla y escrutó el solitario vestíbulo. Parecía desierto, sin nada extraño.

Un momento. La estrecha y «misteriosa» puerta por la que había visto entrar a Hawking una vez, ya no se confundía con el paramento hasta el punto de convertirse en invisible. Ahora sobresalía, porque estaba entreabierta.

Carver se tranquilizó un poco. Su mentor debía de estar allí dentro, y al menos su miedo le daba una excusa para echar un vistazo a la estancia secreta. Bajó la escalera, se acercó a la puerta y, cuando estaba a punto de agarrarla, una corriente gélida procedente de la entrada principal la cerró de golpe. La hoja desapareció con un clic.

Sin embargo, lo peor no fue eso, sino darse cuenta de que no estaba solo. El intruso se encontraba allí, con él, en la misma planta. Al menos le daba la espalda y caminaba hacia el lado opuesto, adentrándose en el vestíbulo. Aquel movimiento confundió a Carver: si el extraño era su padre, ¿no debería subir por las escaleras? No. Como no sabía dónde estaba su hijo, tenía que registrar todo el edificio.

Carver se apretó contra la puerta hasta que el desconocido entró a una habitación. Oyó un crujir de papeles y la apretura de un armarito metálico. El intruso estaba en la sala de enfermeras, con la esperanza de encontrar algún dato que le condujera hasta él. Carver se dijo que tenía que encontrar a Hawking cuanto antes.

Rogando por no haberse equivocado respecto a la localización de su maestro, metió la punta del escalpelo en la cerradura de la puerta. Para esa labor, el instrumento era pesado y ancho, más difícil de manejar que sus clavos, pero tendría que servir. Después de muchos esfuerzos, el pestillo se descorrió y la puerta cedió chirriando. Tras ella se alzaba una escalera empinada y estrecha, de peldaños tan angostos que parecían hechos para los pies de un niño.

Por temor a que el chirrido de la puerta alertara al intruso, Carver la dejó entornada y subió por la escalera. Al final encontró un largo pasillo que corría paralelo a la parte trasera de las habitaciones de los pacientes. Uno de sus lados, con ventanas inclinadas, permitía vigilarlos desde arriba. Era una especie de zona de observación, donde los médicos podían verlos sin que ellos lo supieran.

El pasillo estaba vacío, pero más adelante había una estancia más amplia, algún tipo de oficina. ¿Estaría Hawking allí? Carver se olvidó de la prudencia y corrió pasillo adelante. Solo se detuvo, más bien se paralizó, al llegar a la ventana que miraba la sala de enfermeras.

El cristal reflejaba la luz del alba y dificultaba la visión, pero no ocultaba la presencia del intruso, inclinado sobre un archivador. Aquello no era un sueño ni una alucinación nacida del miedo.

Carver se agachó para pasar por debajo del cristal y entró en la oficina. El abarrotamiento del espacio, que para algunos hubiera sido mero caos, gozaba de una personalidad en la que se reconocía al instante la mano de Hawking. Un vistazo a las notas mecanografiadas que sepultaban el escritorio, confirmó a Carver la identidad del propietario, ya que versaban sobre varios internos y algunos médicos y, en estas últimas, la palabra más abundante era «imbécil».

También encontró unos horarios de trenes pero, antes de que pudiera elucubrar sobre su utilidad, algo le llamó la atención por el rabillo del ojo: otra máquina de escribir. Parecía idéntica a la del cuarto octogonal. La explicación más lógica era que de esa forma Hawking no tenía que estar bajando y subiendo la de arriba. Pero aún así a Carver seguía extrañándole algo, aunque no lograra saber el qué. Quizá lo único que le molestaba era la falta de misterio porque, aparte de lo dicho, la estancia estaba vacía.

¿Y bien? El intruso seguía por allí y él estaba solo. Antes de que pudiera decidir cuál sería su siguiente paso, oyó un golpe súbito a su espalda, muy cerca. Reprimió como pudo un grito.

—¡Tengo que pasar! —dijo una voz masculina—. ¡Tengo que pasar!

Carver giró sobre sus talones. Simpson. Se las había apañado para escaparse de su habitación y llegar hasta allí. El hombre arremetió a cabezazos contra la ventana interna de la sala de enfermeras. *¡Pom!* *¡Pom!* *¡Pom!*

—¡Chisss! —siseó Carver. Tenía que detenerlo como fuese.

Alertado de la presencia de Carver, Simpson aumentó la velocidad de los golpes.

¡Pom! *¡Pom!* *¡Pom!*

—¡Tengo que pasar! ¡Tengo que pasar! —aulló. *¡Pom!* *¡Pom!* *¡Pom!*

Si el intruso no lo había oído ya, lo oiría en ese instante. Carver lo apartó de un empujón y miró por la ventana a tiempo de ver que una sombra salía a toda prisa de la sala inferior.

Las rápidas pisadas llegaron al vestíbulo. La puerta chirrió. Se plantaría allí en un segundo. No había otra salida; no había ningún escondite. Carver blandió el escalpelo y se preparó para lo peor.

Una forma negra, aterradora, se materializó al fondo del pasillo y avanzó hacia él.

—¡Vuélvete al infierno! —chilló Carver con todas sus fuerzas.

—¿Eh? —dijo la forma.

Mientras se acercaba, Carver se fijó en que no tenía la talla ni la estatura de su padre y distinguió un uniforme blanco debajo del abrigo. ¡Un celador!

—¿Pero qué demonios pasa? —dijo el hombre—. ¿Eres el chaval de Hawking? ¿Qué haces aquí gritando como un poseso?

—Ha sido Simpson. Creí que había entrado un ladrón —explicó Carver—. Lo siento.

—¡Tengo que pasar! —dijo Simpson—. ¡Pasar!

—Algunos pacientes llevan un nuevo régimen —explicó el celador con el ceño fruncido—, medicamentos cada pocas horas, y yo soy el encargado de dárselos. Tengo tanto sueño atrasado que he debido dejarme abierta la celda de Simpson. Como se enteren, me despiden. ¿Te importaría que esto quedara entre tú y yo? Si no te parece mal.

—Claro —contestó Carver—. No me parece mal.

Cuando salió del cuarto secreto, vio que al anillo rosa de Manhattan se había expandido. La luz mortecina que traspasaba las ventanas no lograba mitigar la lobreguez al manicomio, pero sí la sensación de peligro que infundía; y esa misma luz le permitió ver algo que antes había pasado por alto en la habitación octogonal. Una nota doblada sobre la mesa.

Al leer las palabras de Hawking, a Carver le sucedió lo de siempre, pero agudizado: se sintió como un completo idiota.

Tengo que ir a la NP.
Sin novedades.
Reúnete conmigo después del desayuno.

—Claro —repitió Carver—. No me parece mal.

49

—Es una lo-locura, Carver —tartamudeó un pálido John Emeril en el andén del metro—. Han descubierto a Tudd, ¡y Roosevelt lo ha metido a la cárcel!

—¿A la cárcel? —preguntó Carver atónito.

—¡Cree que forma parte de una banda callejera! ¡Quiere darle un castigo ejemplar!

Siguiendo las instrucciones de Hawking, Carver había vuelto a la sede central y, por supuesto, no podía contar nada de sus tejemanejes del día anterior. Al mirar en torno para no mirar los ojos de Emeril, se quedó sorprendido de la rapidez con que habían cambiado las cosas. Muchas de las zonas abiertas estaban vacías.

—La gente se va —dijo Emeril—. Jackson fue uno de los primeros en marcharse. Él lo hizo por lealtad a Tudd, pero otros creen que si el director revela nuestra existencia, nos arrestarán a todos.

—¿A todos? —preguntó Carver.

Emeril le dio palmaditas en el hombro.

—Tranquilo, chico. Conozco al señor Tudd; no hablará. Ha invertido años en esto y no se rendirá tan fácilmente.

—¿Esta aquí…? —Carver sentía un nudo en la garganta—, ¿está el señor Hawking?

Emeril señaló un solitario rincón donde el viejo detective, sentado a un escritorio sobre el que descansaba una máquina de escribir, hablaba con gravedad a un agente.

—Ha venido para evitar que esto se convierta en un absoluto caos. Yo estoy al cargo, en teoría, pero quien da las órdenes es él. La verdad es que me alegro de que esté aquí.

Carver se sentía demasiado culpable para seguir hablando con Emeril, así que enfiló hacia Hawking.

—No te preocupes —dijo Emeril a su espalda—, a veces las cosas se arreglan solas.

Aporreando tecla por tecla, el encorvado detective maldecía con su habitual inventiva.

—¡Maldito armatoste del demonio! —masculló mientras Carver se acercaba—. ¡No estoy acostumbrado a este tipo de máquina!

—Señor Hawking, la sede está…

—Librándose del lastre —cortó el detective—. ¿Sabías que Tudd encargó nada menos que tres de esos carruajes eléctricos? Gracias sean dadas de que he podido anular los otros dos pedidos —añadió levantando la vista para escrutar el rostro de Carver—. ¿Qué pasa?

—El señor Tudd está en la cárcel —susurró el chico—, y yo me siento como si hubiera destruido este lugar.

—Qué ridiculez. Lo que hemos hecho es salvarlo, de momento. Y ahora puedes decirle a Roosevelt lo de la carta y lo de tu padre. ¿No es lo que querías?

—Sí, pero…

—En la vida no hay decisiones fáciles, y hasta los que desean hacer el bien acaban haciendo daño. Aprende a vivir con eso o no durarás ni tres días.

—Sí, señor —contestó Carver—. ¿Sabe usted dónde guardaba el señor Tudd la carta y el impreso de inmigración de mi padre?

—Otro misterio —respondió Hawking meneando la cabeza—. El señor Tudd consideró que era más inteligente esconderlos.

—Pero Roosevelt cree que soy su sobrino loco, o algo peor, ¡un espía, como Tudd!

—Bueno, pero no lo eres, ¿no?

—Sin esa carta...

—La única forma de convencerlo sería trayéndolo aquí —completó Hawking—. Bien, si decides hacerlo, no seré yo quien te lo impida. Sin embargo, tendré que advertírselo a los agentes, al menos a algunos de ellos —añadió entre risitas.

—Tengo que pararle los pies a mi padre —dijo Carver.

—Sí, sí. Me saca de quicio la repetición, pero te lo diré otra vez: en la vida no hay decisiones fáciles. ¿Qué otras posibilidades tenemos?

—Buscar la carta.

—Empieza por el despacho de Tudd. Como supuse que pasaríamos aquí la noche, te he preparado una cama. ¿Qué más?

Carver se devanó los sesos, pero no sacó nada en limpio.

—¡Venga, chico! Usa ese melón pocho de encima de tu cuello.

—¡No sé! —espetó Carver—. Ayer fue un día muy largo.

—Uy, y las noches lo serán mucho más, te lo digo yo. La culpa te está atontando. Líbrate de ella. Utiliza a los Pinkerton...

—Para que sigan las pistas —completó Carver—. Calle Leonard, 27.

Hawking aplaudió lentamente.

—Respecto a eso, Emeril ha hablado con la propietaria del edificio por teléfono, la señora Rowena Parker. Recuerda bien a Raphael Trone. La mujer es un ave nocturna pero ha aceptado recibirnos a la, según ella, *intempestiva* hora de las diez de la mañana. Emeril pensaba ir con varios agentes. Y tú y yo iremos con ellos, detective Young.

—¿Detective?

—Ah, sí, eso también podemos hacerlo ahora —dijo Hawking. Luego abrió un cajón del diminuto escritorio, sacó una billetera y se la tiró a Carver. Contenía una placa dorada con un número y su nombre.

Al chico se le desorbitaron los ojos.

—Es totalmente inútil —advirtió Hawking—, salvo para identificarnos entre nosotros, pero sé lo mucho que te gustan los cachivaches brillantes. ¿Te parece bien, detective Young?

«Detective Young».

—Sí —dijo Carver y añadió—: Gracias.

—De nada —gruñó Hawking volviendo a teclear letra por letra. Carver lo miró un momento y cayó en la cuenta de que, pese a su aspereza, se estaba encariñando con su maestro cada vez más.

50

Las horas de búsqueda resultaron inútiles. El despacho de Tudd tenía miles de archivos y de periódicos. Si hubiera querido esconder allí la carta, le habría bastado con meterla en medio de cualquiera de los montones de papeles. Carver encontró, sin embargo, la «ganzúa» que le habían quitado, de modo que volvió a guardársela en el bolsillo con el beneplácito de Hawking.

—Más fácil que hacerte un juego de llaves —comentó su maestro.

Carver la utilizó para entrar en la zona dedicada a los análisis grafológicos, pero la estancia era aún mayor que el despacho de Tudd y estaba aún más abarrotada de papeles. Sin la ayuda del experto, que no estaba por ninguna parte, era un callejón sin salida.

A la hora de comer, Carver logró un éxito propio. Se había llevado el electrobastón para ver si podía arreglarlo. Aunque al principio no le encontraba ni pies ni cabeza y tenía miedo de electrocutarse al desmontarlo, acabó por ver que el extremo más grueso disponía de una especie de tapita que ocultaba un pequeño espacio con una forma extrañamente familiar.

Por una corazonada, apoyó la ganzúa en el hueco para ver si abría el bastón, pero, en lugar de eso, se insertó en él con un fuerte clic. Segundos después, aquel emitía su característico zumbido. Carver no supo cómo ni por qué, quizá solo había movido algún cable suelto, pero la ganzúa había arreglado el arma. Quién sabía qué más era capaz de hacer.

A las nueve de la noche la sede central estaba desierta. Hawking dormía en un catre que le habían sacado a la plaza, para huir rápidamente si era preciso. Carver se quedó a solas en el oscuro despacho de Tudd, rodeado de recuerdos del hombre que lo había traicionado y había sido traicionado por él. A veces, al pensar en la placa de su bolsillo, se sentía un ganador; otras, al preguntarse en qué clase de celda dormiría el antiguo director de la agencia, se sentía culpable.

Cuando apagó la luz, descubrió que echaba de menos la cama del manicomio. Los gemidos resultaban molestos, pero el silencio absoluto de aquel despacho era agobiante. Peor aún, la negrura no dejaba de transformarse, primero en algo que se parecía a Tudd y luego en un hombre con capa y chistera. Y pensar que se había considerado un amante de la oscuridad...

Pese a su agotamiento, estaba seguro de que tardaría en dormirse. Sus sentidos seguían escrutando el vacío, ansiosos por ver u oír algo que no fuese producto de su agitada imaginación. Hasta el más leve movimiento de la cama le hacía abrir los ojos de golpe y preguntar:

—¿Qué ha sido eso?

Como estaba demasiado nervioso para dormirse, decidió encender la luz y seguir buscando la carta. Se sentó en la cama y apoyó los pies en el frío linóleo que cubría el suelo.

Volvió a sentir un movimiento, como una vibración. Era débil, pero real. Recordó el estúpido equívoco que había sufrido en Blackwell, pero esto no era un manicomio. Era una sede secreta, teóricamente desierta. Conteniendo el aliento logró distinguir un zumbido continuo. Provenía del ventilador, la gigantesca máquina que alimentaba el ascensor y el metro.

¿Estaría utilizando alguien el vagón?

Se vistió rápidamente y salió de puntillas a la plaza. La tenue luz que entraba por las altas claraboyas le permitió ver el andén, la vía y la elegante curva del coche. Seguía allí, pero el zumbido era más intenso. El ventilador estaba en marcha y no tendría por qué estarlo.

Al adentrarse más en la plaza, la cama de Hawking se hizo visible. Vacía. Súbitamente preocupado, Carver apretó el paso, pero cuando llegó al andén el vagón se alejaba en silencio por el túnel.

¿Dónde iba su maestro a esas horas?

Bajó a la vía y se internó en el paso subterráneo. Comparado con la alcantarilla, aquella limpia fábrica de ladrillo continuamente recorrida por el aire del ventilador resultaba de lo más agradable. Por delante la luz del vagón se apagaba poco a poco. Lo malo era que, al tener que avanzar entre tinieblas, Carver se golpeaba los dedos gordos o se tropezaba cada dos por tres. Cuando llegó por fin a la estancia de las paredes con frescos y la fuente con peces de colores, el vagón estaba vacío.

Echó a correr hacia el ascensor, pero no respondía al botón de llamada. El zumbido y la corriente de aire habían dejado de existir. Hawking había apagado el ventilador porque no deseaba que lo siguieran. Carver no lo había puesto nunca en marcha. Se encendía de forma automática al accionar las tuberías de la calle o la palanca del vagón. Si regresaba en este a fin de arrancarlo, la puerta se sellaría para el viaje de vuelta y él se quedaría encerrado, con lo cual volvería al punto de partida.

Estaba perdiendo un tiempo precioso. Hawking ya le llevaba una buena ventaja. Cruzó el vestíbulo para examinar el enorme ventilador. Una palanca sobresalía en la mitad superior del eje metálico, pero al empujarla o tirar de ella no pasaba nada. Siguió buscando hasta que descubrió un pequeño panel con interruptores de palanca y pulsadores metálicos. Los dos pulsadores más grandes, verde y rojo, estaban juntos y el último sobresalía menos. Probando en primer lugar lo más obvio, Carver pulsó el verde.

Después de un ruidito seco, el ventilador se puso en marcha con un gruñido, echándole hacia atrás el cabello. Listo.

Poco después estaba en Broadway, mirando la calle para buscar la figura renqueante de su maestro. Tenía que calmarse. Se dijo que Hawking sabía lo que se hacía, pero siguió experimentando la misma sensación de temor. Cuando se preguntó una vez más adónde habría ido el detective, se le ocurrió una respuesta inquietante: Leonard, 27.

¿Para ver al «ave nocturna» que conoció a Raphael Trone? Tudd quería atrapar al asesino por su cuenta. ¿Habría mentido Hawking por motivos similares? No. Si acaso, trataba de proteger a Carver, por si el asesino estaba vigilándolo. ¿Pero quién protegería a su mentor?

Ignoró la gelidez del aire y corrió las seis manzanas que lo separaban de su objetivo. No se detuvo hasta llegar al edificio en cuestión. La luz del primer piso de la botica le indicó que estaba en lo cierto. Al ver la puerta entornada la empujó y la campanita situada sobre el marco tintineó con una alegría de lo más inoportuna.

—¿Hola? —dijo Carver a voces—. ¿Señor Hawking? ¿Señor?

No hubo respuesta. Recorrió los pasillos de polvos y tinturas hasta llegar a la estrecha escalera del fondo. La luz del piso superior le animó a subirla al trote.

—¿Señor Hawking?

En el descansillo había una puerta abierta, así que se acercó y asomó la cabeza. Lo que vio a continuación le hizo preguntarse si seguiría soñando.

Hawking estaba acurrucado en el suelo, como un viejo león abatido por un solo disparo. Tenía la cabeza torcida y, en la frente, una mancha oscura que se extendía más allá del nacimiento del pelo. A su lado, al borde de su mano extendida, había un charco de sangre, pero no toda era suya. La mayor parte pertenecía a la mujer que yacía exánime en el centro de una alfombra oval, con heridas espantosamente familiares en el cuello y el abdomen.

Su costoso sombrero, una vez delicada prenda con plumas de avestruz, tenía la copa ladeada, como si lo hubieran pisoteado durante un forcejeo. Una de las largas plumas se había desprendido y flotaba en la sangre. A diferencia de en las Tumbas, los colores no eran irreales a causa de las lámparas de arco, las heridas de la mujer no estaban difuminadas por el viento y la nieve. Aquello no tenía el menor parecido con una obra de teatro.

—¡Socorro! —gritó Carver, pero apenas profirió un susurro.

Bajó trastabillando por la escalera, se tropezó con las estanterías, derribando frascos que se hicieron pedazos, esparciendo polvos.

—¡Socorro! —repitió un poco más alto, pero no lo suficiente.

Se precipitó contra la puerta, de la que casi rompió el cristal, y tragó aire en cuanto se vio en la calle, para llenar hasta el último rincón de sus pulmones con aquel calor gélido.

Así, por lo menos, tendría el aliento necesario para gritar, una y otra vez.

51

Mientras Carver seguía en medio de la calle Leonard, gritando, los perturbados durmientes chillaban desde las ventanas abiertas.

—¿A qué viene este jaleo?

—¡Cierra la bocaza, muerto de hambre!

Una mujer musculosa con el pelo recogido en una redecilla y los ojos medio cerrados le lanzó una botella de leche. Por suerte con tan mala puntería que ni le rozó.

Un policía macizo y de aspecto concienzudo se acercó corriendo desde las Tumbas. Cuando vio el sudor que cubría la frente de Carver, su expresión de ira se esfumó.

—¿Estás enfermo, chaval? —dijo con fuerte acento irlandés.

—Allí —respondió Carver señalando la botica.

—Cerrada, hijo —dijo el hombre—. ¿Por qué no entras conmigo?

Carver negó con la cabeza mientras trababa de arrancar las palabras de su garganta:

—Arriba. A-a-asesinato.

El policía ladeó la cabeza, como si pensara que había oído mal. Al fijarse mejor en el comercio vio la luz del primer piso que salía por la puerta y cubría una franja de acera. Sacó su porra, aunque Carver se preguntó si no haría mejor en sacar el revólver.

—Espera aquí —dijo el guardia antes de dirigirse a la botica.

—¿Qué narices pasa, Mike? —gritó la mujer forzuda.

—Todavía no lo sé, Annie, pero cuida de que este no se vaya.

La mujer le dedicó una soldadesca inclinación de cabeza, miró a Carver con expresión amenazadora y aseguró:

—Yo esto no me lo pierdo.

Poco después el agente salía a la calle despavorido, con la cara blanca como el papel. El chirrido de su silbato sonó como el estertor agónico de un ave enorme. Poderosa. De un halcón, *hawk* en inglés.

Hawking. Carver había sido un loco al dejarlo solo allí arriba. Si no estaba muerto, estaría muriéndose. Avanzó como un autómata hacia la tienda. El tal Mike dejó de tocar el silbato y le cortó el paso.

—Mi… padre… —dijo Carver—, el señor Hawking necesita ayuda.

—Me encargaré de que la reciba, pero ninguno de nosotros va a entrar ahí, chaval.

—Mi padre —repitió Carver.

—Sí, la ayuda para tu papá viene de camino.

—No, mi *verdadero* padre ha… ha hecho esto.

Verdadero padre. Lo había dicho así, ¿pero era cierto? Quien se había portado bien con él, quien había creído en él era Hawking.

Tras observar a Carver un momento, el policía decidió que ocurriera lo que ocurriese excedía sus posibilidades y se dedicó a tocar de nuevo el silbato. Primero llegaron más agentes de las Tumbas y después carruajes. Los mirones de las ventanas bajaron a la calle vestidos con sus batas. Carver seguía sin moverse del sitio.

Cuando los sanitarios de la ambulancia lo sacaron en camilla, Hawking estaba ceniciento y desmadejado. Un lado de su cabeza tenía una hinchazón terrible. La sangre empapaba su enmarañado pelo.

—¿A qué hospital lo llevan?

—Al San Vicente —contestó Mike impidiéndole que se acercara—, pero tú te quedas aquí, chaval. Tendrás que contestar algunas preguntas.

—¡No! —protestó Carver. En ese momento no quería contestar a nada. Se veía en la necesidad de mentir para proteger los secretos de la Nueva Pinkerton y no se consideraba capaz de hacerlo. Por otra parte, ¿qué importaba todo eso si Hawking se moría?

Un coche de punto se detuvo a un cuarto de manzana de allí, y un Jerrik Ribe con cara de sueño se apeó de él. Estaba tan adormilado que hasta le costaba caminar erguido. Sin embargo, cuando distinguió a Carver se enderezó de golpe. Incluso de lejos, este vio desfilar varias emociones por el rostro del reportero, a saber: ofuscación, preocupación y ambición.

Ribe se le acercó a toda prisa, lanzando sus características ojeadas a izquierda y derecha que a Carver seguían recordándole a un hurón. Pensando que era preferible hablar con él que con la policía, se adelantó para recibirlo pero una mano firme lo arrastró hacia atrás.

—Me han ordenado que no hables con la prensa —dijo el agente Mike.

—Le conozco —respondió Carver.

—¿Ese también es tu padre?

Antes de que Ribe consiguiera llegar hasta Carver, varios agentes le cerraron el paso.

—Déjenme pasar —protestó el periodista—, conozco a ese chico. ¿Está arrestado? ¿Es un testigo?

Un joven ataviado con un moderno sobre todo impermeable se apartó del grupo para dirigirse a Carver y le tapó la vista de Ribe. El chico fue presa de la inquietud hasta que reconoció el fino bigote de Emeril. Iba a gritar su nombre cuando el joven le indicó con un meneo de cabeza que guardara silencio.

Al llegar junto a Carver, Emeril lo agarró del brazo y le dijo al policía:

—Yo me hago cargo de él… ¿Jennings, verdad?

—Sí, señor —dijo, ceñudo, el agente Mike—. Lo encontré gritando en la calle. Dice que lo ha hecho su padre, pero a su padre lo atacaron y va de camino al hospital. Ya solo falta que me llame padre a mí. Parece un poco ido.

—Y quién no. Buen trabajo, agente. Redacte su informe y envíemelo dentro de una hora. Yo tengo que ocuparme de algunos asuntos por aquí.

Los ojos de Mike Jennings se entrecerraron aún más.

—¿Ha entrado hace poco en el grupo de homicidios... señor?

—Sí, y además era el único despierto. Seguro que llega alguien más importante cuando ya no quede nada por descubrir. De momento, yo tomo el mando.

Jennings aceptó satisfecho. Emeril se llevó a Carver a un sitio más tranquilo y susurró:

—Pon cara de que estoy siendo duro contigo.

En cuanto se distanciaron lo suficiente, añadió a toda prisa:

—El golpe de la cabeza es feo, tiene conmoción cerebral. Los sanitarios de la ambulancia me han dicho que no había más heridas.

—Pero la sangre...

—No era suya —dijo Emeril con alivio—. Una suerte para él y una desgracia para la señora Parker. El bueno de Hawking debió de caer sobre el asesino en pleno asesinato, aunque yo lo único que sé es que a mí no me avisó de nada. ¿Sabías tú algo?

—¿No lo sabías tú? —preguntó Carver atónito—. Esta fue la última residencia de mi padre. El señor Hawking me dijo que te lo había contado y que vendríamos con más agentes por la mañana.

—Pues no es verdad. Tudd creía que estaba medio loco. ¡Dios santo! ¿Es posible que el viejo león quisiera reservarse la última cacería?

Al ver la reacción de Carver frente a la palabra «última», Emeril le dio un puñetazo cariñoso en el hombro y se apresuró a añadir:

—No te preocupes. Tiene la cabeza muy dura. Seguro que sale de esta.

—Subinspector —llamó alguien desde el gentío.

Emeril saludó con la mano, dando a entender que se acercaría pronto, y se volvió otra vez hacia Carver para decirle:

—Quieren que vayas a la jefatura, pero yo te llevaré al hospital. Diré que es inhumano apartarte de tu padre adoptivo. Sin embargo, tendré que tomarte declaración.

—Yo quiero contárselo todo a la policía —dijo Carver.

Emeril parpadeó, sorprendido.

—No te culpo —afirmó—, pero la situación es peliaguda. Piensa en esto: en cuanto Roosevelt te vea, estará más que dispuesto a encerrarte, como a Tudd. Pueden pasar días antes de que consigas que alguien te escuche. ¿Por qué no esperas al menos a ver cómo evoluciona Hawking?

Algo se retorció en las tripas de Carver. Era una petición razonable, pero no le parecía bien seguir ocultándolo por más tiempo. Emeril le adivinó el pensamiento:

—Carver, tu declaración contendrá la verdad, o la mayor parte por lo menos. Fuiste adoptado por un detective jubilado de la Pinkerton y estudiabas este caso para practicar. El señor Hawking se encargó personalmente de visitar el último domicilio que, según sus pesquisas, pudo ocupar el asesino. Tú lo seguiste y viste lo que todos sabemos. Lo demás depende de ti.

Dicho esto lo acompañó hasta un coche de policía. Durante el trayecto, las palabras de Hawking resonaron en la mente de Carver al ritmo del traqueteo de las ruedas: «Una verdad dicha con mala intención supera siempre a la ficción».

52

Por la mañana, en la habitación del hospital, los periódicos yacían en un montón tambaleante sobre una mesilla metálica situada junto a la cama de Hawking. Los titulares resaltaban al primer vistazo.

El *New York Times* se había permitido uno desacostumbradamente sensacionalista: **EL ASESINO ATACA DE NUEVO.**

El *Sun* había optado por el más poético: **EL MIEDO ACECHA EN NUESTRAS CALLES.**

El *Tribune*, por el misterioso: **¿QUIÉN ES EL ASESINO DE LA BIBLIOTECA?**

Pero el *Journal* los superaba a todos con solo tres palabras que ocupaban la página entera: **¡DEMONIO EN MANHATTAN!**

La ropa de Hawking, tan gris como su piel, colgaba de una percha de la puerta. Un reloj de pared negro indicaba que faltaba poco para el mediodía. El único color de la habitación estaba en el suelo, en un solitario pétalo de rosa que a Carver le recordó una mancha de sangre.

El ramo era de una señora mayor, uno de los seis pacientes trasladados cuando Emeril dijo que quería una habitación privada. La súbita fama de Hawking por ser el único que había visto al asesino, le había granjeado además una escolta policial y un aluvión de reporteros. Emeril le explicó a Carver que le preocupaba mucho que Hawking contrajera el cólera o la tifoidea. Por lo general, los hospitales eran instituciones benéficas creadas para los pobres. Todos lo que podían permitírselo recibían asistencia médica en casa.

De todas formas, la privacidad y la protección se acabarían en cuanto Hawking se despertara, según los médicos dentro de las veinticuatro horas siguientes. Entre tanto, los inspectores de homicidios ya estaban discutiendo con Emeril quién debía interrogar primero a Carver. El joven agente, tanto de la Nueva Pinkerton como de la policía, le había prometido comunicarle el resultado lo antes posible.

Mientras Carver esperaba su regreso miró a su inconsciente mentor y el aparatoso vendaje que le envolvía la cabeza, y rememoró su primer encuentro con él. Entonces le había parecido un cascarrabias y había pensado que su personalidad era tan retorcida como su cuerpo. Un gnomo, lo había considerado. ¿Podía considerarlo ahora un padre?

Hawking le hacía sentir que sus mutuas deudas no eran más que asientos en un libro de contabilidad, pero, aun así, cuando creyó que podía estar muerto había experimentado la desolación más absoluta. Aquel hombre lo había cambiado, le había dado algo sólido a lo que agarrarse, algo con que reemplazar sus fantasías de a diez centavos. Casi como un…

Como un padre de verdad.

La idea de separarse de él le resultaba insoportable.

La puerta se abrió dando paso a Emeril.

—No traigo buenas noticias —anunció el agente mientras cerraba la puerta para aislarlos del abarrotado pasillo—. Dos inspectores te van a meter en un carruaje que espera en la parte de atrás y te van a llevar a la jefatura. El Comisionado ha insistido en presenciar tu interrogatorio. Tratarán de contener a la prensa en el vestíbulo, aunque el señor Ribe ya ha intentado colarse por la escalera de incendios en dos ocasiones.

—Si no le hablo de la agencia, Roosevelt me encerrará —dijo Carver.

—Sin la carta es lo más probable. Con el tiempo sumarán dos y dos y se darán cuenta de que Tudd sabe mucho más de los asesinatos de lo que dice, pero ignoramos cuánto tardarán. En cualquier caso, supongo que esto será el fin de la Nueva Pinkerton.

Emeril le dio un suave puñetazo en el hombro y añadió:

—No es culpa tuya. Ya ha habido tres asesinatos. A mí siempre me ha parecido una bobada guardar secretos, pero ahora además de bobo es peligroso. Si se puede culpar a alguien es a Tudd, por no enseñarle a la policía la carta de tu padre, en primer lugar. He puesto a todos los agentes a buscarla, pero no hay ni rastro de ella.

—Al menos el señor Hawking tiene una buena excusa para lo que hizo.

—Bueno, tampoco hay que ser muy duro con Tudd. Por lo que he oído, le propusieron ocupar el puesto que ahora ocupa Roosevelt, pero él prefirió trabajar en la sombra, para atrapar a tu padre y favorecer a la agencia. No es una excusa, pero...

—Al menos cuando yo lleve a la policía a la sede central, el señor Tudd ya no tendrá motivos para no devolverme la carta.

—La encontrarás desierta, y recuerda que aunque descubras la sede de la agencia, no tienes por qué acordarte del nombre de todos sus empleados. Ya tenemos bastante con que, en lugar de héroes, nos consideren como un hatajo de insensatos que ha obstaculizado la investigación policial del crimen del siglo.

—Yo no creo que los que trabajan para la agencia sean unos insensatos, si te sirve de algo —dijo Carver—. Emeril, ¿tú crees que haciendo eso colaboraré de verdad en su captura?

—Sí. Al menos tendremos alguna posibilidad real de encontrarlo. Hasta el momento se han declarado culpables cinco personas y una de ellas lleva un año en el corredor de la muerte. Los hombres confiesan solo para convertirse en el centro de atención —contestó Emeril y se dirigió a la puerta—. Debo ayudarles a vaciar esta planta. Los inspectores vendrán a buscarte enseguida. Si necesitas algo, hay un agente de guardia en la puerta.

Dicho esto tendió la mano y añadió:

—Ha sido un placer, Carver Young. Recuerda que aunque no hayas podido elegir a tus padres, sí puedes elegir tu futuro.

—Gracias —contestó Carver estrechándole la mano.

—En cualquier caso, me ha gustado estar al mando unos días —dijo Emeril, tras lo cual enarcó las cejas, respiró hondo y salió de la habitación.

Carver miró la forma inmóvil de Hawking, preguntándose qué tendría que decir su maestro. El reloj se disponía a marcar las doce. Las ventanas estaban cerradas, pero se oyeron con claridad las campanadas de la iglesia adyacente. Carver las fue contando.

Alrededor de la décima, Albert Hawking abrió los ojos.

53

Carver dio un grito y estuvo en un tris de caerse de la silla.

Cuando Hawking intentó sentarse se apresuró a detenerlo.

—Tiene que descansar…

Su mentor lo apartó con sorprendente fuerza.

—No utilices jamás las palabras «tiene que» respecto a mí comportamiento. ¡Ayúdame a levantarme, no a acostarme! Quiero llegar al vestíbulo antes de que la policía sepa que estoy despierto.

—¿Lleva despierto todo este rato? —inquirió Carver—. ¿Por qué no se lo ha dicho a Emeril?

—Porque ya tiene bastantes problemas; además ya sabes lo que opina de los secretos. ¿Para qué vamos a complicarle las cosas? —Hawking se sentó en la cama y apoyó los pies en el suelo—. ¡Tráeme la ropa!

Carver no sabía si alegrarse o enfadarse.

—¿Está pensando en escaparse? No puede…

—En escaparme no —contestó Hawking irritado—, en tomar el mando. Deja de perder el tiempo —añadió señalando la percha con su ropa—. ¡Obedece, chico, obedece! Una vez que haya salido de este camisón hospitalario del demonio, tú le dirás a White o a quien esté de guardia que te lleve al lavabo, para hacer pis. Yo me encargo del resto.

—Pero, señor Hawking… —dijo Carver mientras iba a por la ropa.

—Nada de peros —espetó el detective—. No hay tiempo.

—No —dijo Carver parándose en seco, con la ropa en la mano.

—¿Qué es lo que has dicho? —Hawking lo miró de hito en hito.

—¡He estado aquí como un doliente! ¡He creído que había muerto! Quiero saber qué se propone, o que me cuente por lo menos lo que pasó en la calle Leonard. ¿Fue mi padre quien le atacó?

Hawking apretó los labios, como si forcejeara consigo mismo.

—Suerte tienes de que tengo prisa. Fui a la calle Leonard para protegerte, y no vi prácticamente nada antes de que me dejaran sin sentido.

—¿Protegerme? —repitió Carver incrédulo—. Usted dijo que íbamos a ir juntos, con otros agentes, pero ni siquiera se lo había contado a Emeril.

Hawking agitó su mano mala.

—Bueno, te mentí sobre Emeril porque no quería que sospecharas lo que tramaba. Fui yo quien se puso en contacto con la señora Parker. Por la mañana estaba ocupada, pero por la noche podía recibirme. Y exigió recibirme a mí solo, no a un hatajo de detectives privados, así que fui solo. No quiero que corras riesgos, ¿entiendes? Hala, ahí tienes tus explicaciones. Ropa. ¡Ya!

Carver se la dio, pese a no estar nada satisfecho. Una vez vestido, Hawking agarró su bastón y probó sus pies; hizo un gesto de dolor mientras describía un pequeño círculo.

—Cuando me traían en camilla, vi que el baño más cercano estaba cerrado por obras. White tendrá que llevarte al del fondo y dejará libre el camino hacia las escaleras. Tómate tu tiempo, pero mantente a la escucha por si llegan esos dos inspectores que ha mencionado Emeril. Encuéntrate con ellos en el vestíbulo si puedes. Si tenemos suerte, no se molestarán ni en mirar mi habitación.

—¿Y después qué hago?

—¡A eso iba! Si todo sale según lo planeado, en pocas horas volverás a nuestra dorada sede central, pero no te molestes en seguir buscando la carta: se me ha ocurrido dónde puede estar.

—¿Dónde?

—Debería haberlo pensado antes. ¿Recuerdas cuando Tudd te preguntó si habías llevado la carta y yo le dije que tú no te separarías de algo tan valioso?

—¿Usted cree que Tudd la llevaba encima?

—Exactamente. Quizá cosida por dentro del forro del gabán, porque si no se la habrían encontrado cuando se puso el traje de preso. La cuestión es que por ahora puedes considerarla perdida, aunque supongo que eso no te impedirá contarle todo a Roosevelt. Cuando vuelvas a nuestra sede, tómate el tiempo necesario para recoger tus notas y después vete a ver al Comisionado. Sospecho que, si lo haces así, no tendrás necesidad de revelar la existencia de la Nueva Pinkerton.

—¿Cómo? ¿Estará usted presente?

—Por desgracia no. Debo ocuparme de otros asuntos. Necesitas a alguien que te ayude a conservar la cabeza despejada. Esa reportera amiga tuya... ¿confías en ella?

—¿En Delia? —preguntó Carver—. Nunca me ha mentido.

Hawking parpadeó.

—Bien, pues que te acompañe. Al menos mitigará tu tendencia natural a verlo todo negro y te ayudará a concentrarte para hablar con el *cowboy* de medias de seda. Pero si te equivocas respecto a ella, nuestra sede central ocupará mañana la primera página del *Times*. Espero que aprecies lo mucho que arriesgo por ti, chico.

—Por supuesto que lo aprecio —contestó Carver, y fue su primera y sentida muestra de agradecimiento.

Al no saber muy bien cómo tomárselo, Hawking soltó un gruñido.

—Sí, bueno... no tiene importancia, supongo. ¡Ahora, al ataque! Ya llego tarde.

—¿Tarde?

—¡Vamos!

54

La alegría de ver a Hawking recuperado se diluyó en una mezcla de nerviosismo y perplejidad. Al salir de la habitación, Carver se quedó sorprendido por lo bien que Emeril había vaciado el pasillo. Estaba desierto salvo por el regordete y muy aburrido guardia apoyado contra la pared, leyendo un ejemplar de la *Police Gazette*.

—Necesito ir al servicio —dijo Carver.

Como Hawking había predicho, White lo escoltó a regañadientes hasta los aseos del otro extremo del corredor. El guardia se quedó junto a los lavabos mientras Carver entraba en uno de los retretes. Mientras el hombre hablaba de sus dolores de espalda, Carver apoyó la oreja en la fría pared de azulejos. Oyó el característico arrastrar de pies de Hawking, cerrar una puerta y unos pasos mucho más firmes, probablemente de los inspectores.

Tiró de la cadena y salió a toda prisa.

—Aquí está nuestro chico —dijo un gigantón de cabello rubio y ojos verdes. El otro, de pelo rojizo y apelmazado, asintió con brusquedad. Ambos llevaban los ternos y los bombines característicos de los inspectores neoyorkinos.

Despidieron al guardia y escoltaron a Carver hasta un montacargas. Al mando de su canoso ascensorista, el aparato descendió con la velocidad y la gracia de una tortuga soñolienta, provocando en Carver un suspiro de añoranza al recordar la elegante versión neumática. Por fin, el aparato se detuvo en un pequeño vestíbulo con una puerta abierta que daba a un callejón. Por ella se veía el carruaje que los esperaba. Estaban a punto de salir cuando un alboroto procedente del vestíbulo principal llamó la atención de los inspectores. Los tres se acercaron a mirar. En medio del amplio espacio, incontables reporteros se arremolinaban en torno a un hombre de cara chupada y costoso traje negro: Alexander Echols, fiscal del distrito, el hombre al que Hawking calificaba de sabandija.

Mientras Echols se aclaraba la garganta, Carver localizó a Emeril entre la multitud, casi al mismo tiempo que este lo localizaba a él. Con los ojos muy abiertos, el subinspector se abrió camino hasta el vestíbulo trasero.

Echols sonreía, regodeándose con la atención de los flashes, al decir:

—Estoy convencido de que nuestro Comisionado se preocupa más por investigar a los agentes de policía que a los asesinos. Por lo tanto, me he tomado la licencia de contratar, con mi propio dinero, al único hombre de esta ciudad que ha demostrado tener cierto éxito en la caza de ese criminal salvaje…

Echols señaló a alguien que estaba a su lado, pero Carver no podía verlo. Al moverse para ver quién era, Emeril lo agarró y trató de alejarlo de allí mientras siseaba:

—¿Qué demonios te pasa? ¡Quítate del medio!

El fiscal echó el brazo por los hombros de su invisible compañero y dijo:

—Su fama le precede, ya que fue un empleado modelo del mismísimo Allan Pinkerton.

Al oír tal descripción, tanto Carver como Emeril volvieron la cabeza. Al lado de Echols se distinguía una figura muy familiar, encorvada, apoyada en un bastón y tratando de proteger sus ojos de los flashes con una mano a guisa de visera.

—El señor Albert Hawking.

—No deja de sorprendernos, ¿eh? —masculló Emeril.

Tras un momento de silencio, un torrente de preguntas llenó el aire:

—¿Vio usted al asesino?

—¿Pretende que despidan a Roosevelt?

—¿Trabajará con la policía?

Después del esfuerzo que era preciso hacer para oír la vocecita de Echols, todos los asistentes retrocedieron ante el potente trueno que salió de la gibosa figura:

—¡No! No vi al asesino, pero él a mí sí. Sin son tan amables de cerrar la boca un momento, contestaré a sus obvias preguntas. No creo que el Comisionado Roosevelt sea un incompetente, pero es menos competente que yo.

La multitud soltó risitas.

Jerrik Ribe gritó:

—¿Qué vio exactamente en Leonard, 27?

Al volverse hacia Ribe, Hawking vio a Carver. Antes de contestar, le susurró algo a Echols, que asintió con la cabeza y chasqueó los dedos.

—Cuando llegué, la señora Parker estaba tumbada en el suelo. Por la naturaleza y la extensión de las heridas, resultaba evidente que o había fallecido o ya era inútil proporcionarle asistencia médica. Poco después me golpearon por la espalda y, casi con toda seguridad, me hubieran rematado allí mismo si mi brillante *protégé* no me hubiera seguido contraviniendo mis instrucciones...

—¿Su *protégé*? ¿Cómo se llama?

—Carver Young.

—¿El chico que retienen en calidad de testigo?

Carver no pudo oír más. Un hombre con muchas energías, pelo castaño y barba de chivo lo agarró y lo arrastró hacia la salida de servicio. Aunque también cargaba con un fino bastón y un fajo de papeles, se movía tan deprisa que Emeril y los dos inspectores no los alcanzaron hasta que estaban en la salida.

—¡Eh, usted! —gritó un inspector—. Ese chico está bajo custodia policial.

El hombre pivotó ágilmente, sonrió, se quitó uno de sus guantes blancos y tendió la mano.

—Armando J. Sabatier, abogado. El señor Echols me ha contratado para representar a este joven. ¿De qué cargos se le acusa?

El inspector se quedó desconcertado, o deslumbrado quizá por la blancura de los dientes del otro.

—¡Es un testigo y está cooperando! —exclamó el policía y volviéndose hacia Carver añadió—: Estás cooperando, ¿no?

El enjuto y nervudo desconocido dejó de sonreír al instante. Miró a Carver y meneó la cabeza: no. Aunque Carver no tenía ni idea de qué tramaba Hawking se sintió en la obligación de decir:

—Yo... creo que no.

—No puede llevárselo sin más, tendrá que esperar a que venga el Comisionado —dijo el policía.

—Es justo al revés: son ustedes los que no pueden llevárselo —afirmó Sabatier. Una tarjeta blanca apareció en su mano como por arte de magia. El abogado se la entregó a Emeril y dijo—: El Comisionado puede contactar conmigo para fijar una cita en la que discutir del caso. Cooperaremos en todo, pero en un lugar menos llamativo que la jefatura, y, por supuesto, yo estaré presente durante el interrogatorio. ¡Buenos días!

Antes de que nadie pudiera poner la menor objeción, Sabatier arrastró a Carver hacia la calle.

55

Carver y su flamante abogado compartían asiento mientras las ruedas del carruaje traqueteaban hacia el este, de vuelta a Broadway. Sabatier seguía siendo amable, pero estaba muy callado. Carver no sabía ni qué decir.

—Gracias —dijo por fin.

—No hay de qué —contestó el abogado.

—¿Así que el Comisionado Roosevelt se pondrá en contacto con usted?

—No lo dudes.

—¿Puede decirme qué está pasando?

—Me temo que todo lo que sabía se lo he dicho ya a los inspectores, no sé nada más, así que no, no puedo —contestó Sabatier lanzándole su blanca sonrisa—. Me pagan muy bien por saber solo lo que me cuentan.

Carver asintió con la cabeza y se reclinó en el asiento, y como el cuero era mucho más cómodo que la silla metálica del hospital, acabó por adormecerse. Dado lo prometido por Hawking, no se sorprendió cuando el coche de punto se detuvo en los almacenes Devlin.

—Aquí nos despedimos —dijo Sabatier tocándose el ala del sombrero—, y no, no sé por qué.

—No se preocupe —contestó Carver apeándose—, yo sí.

En cuanto el coche se perdió de vista, el chico bajó a la sede central. Si la última vez le había parecido solitaria, esta la encontró totalmente desolada. Recorrió la plaza, mirando hacia el lugar que ocupaba el camastro de Hawking. Tenía pinta de cómodo y Carver llevaba un día entero sin dormir. Hubiera querido llamar a Delia, pero ella estaría trabajando. Un sueñecito no le haría daño, ¿no?

Probó el colchón y se tumbó, con la intención de cerrar los ojos unos minutos. Antes de darse cuenta se sumergió muy, muy profundamente en el más extraño de los sueños.

Ya no existían los edificios que tanto le gustaban, ni las calles de adoquines, ni las aceras asfaltadas, ni las verjas de hierro, ni la gente. Estaba solo en un campo de hierba amarilla y seca.

Únicamente otro ser vivo compartía con él aquella tierra baldía: un avestruz grande y feo que, tras mirarlo un momento, le clavó el pesado pico en el hombro, una y otra vez.

¡*Pum*! ¡*Pum*! ¡*Pum*!

Ni siquiera podía levantar las manos para protegerse de los golpes.

¡*Pum*! ¡*Pum*! ¡*Pum*!

—¡Basta! —gritó Carver—. ¡Déjame en paz! ¡Déjame en paz!

El pajarraco apartó la cabeza y siseó:

—¡Despierta, chico!

Carver abrió los ojos. Hawking estaba de pie junto a la cama, golpeándole el hombro con la punta del bastón.

—Creí que tendría que hacerte sangre para despertarte.

—Usted dijo que no vendría —observó Carver levantándose—, que estaba muy ocupado. No es que no me guste verle...

Hawking se dejó caer en una silla, con una expresión insólita en el rostro. Insólita al menos para él, porque estaba llena de emoción, de tristeza.

—Los planes han cambiado —anunció con gravedad.

—¿En qué?

—Septimus... —Hawking parecía tener serias dificultades para expresarse—. Septimus Tudd... ha muerto.

Carver se puso en pie de un salto.

—¿Que ha muerto? ¡Pero si estaba en la cárcel!

—Ninguna ley dice que no puedas morir en la cárcel —respondió Hawking sin apartar los ojos del suelo—. Sucede a menudo. En este caso ha sido por un motín. Su cuerpo fue encontrado después. Estrangulado. Yo creo que trató de ayudar a los guardias.

La culpa sacudió el cuerpo de Carver.

—Lo hemos matado nosotros.

El bastón de Hawking se estampó contra su espinilla.

—¡Ay!

—¡De eso nada, chico! Yo sí lo hubiera matado, con pistolas, navajas y hasta con mis propias manos, pero tú no. Todavía no, por lo menos. Créeme cuando te digo que yo soy mucho más responsable de esto que tú. Pero Tudd tomaba sus propias decisiones, y decidió su destino. Podía haber entregado esa carta a Roosevelt en cualquier momento, ¡viejo loco tozudo! Sin embargo, por mucho que lo lamentemos, no es momento de perder de vista nuestros objetivos. Tu padre sigue ahí fuera, ¿recuerdas? Y su próxima víctima también, de momento viva, por lo que sabemos. Podemos salvarla. A eso debes dedicar tus energías, ¿entendido?

—Sí, señor —contestó Carver sin dejar de frotarse la pierna.

—Bien —Hawking hizo una mueca y recompuso el gesto—. La pregunta que debes contestar a continuación es ¿qué quieres hacer?

—¿A qué se refiere? ¿A dormir? Estoy tan cansado...

—No, a dormir no —contestó Hawking, luego respiró hondo y añadió—: ¿Qué te dije de la carta de tu padre?

—Que era probable que Tudd la llevara encima, quizá cosida dentro del forro del gabán.

—Su cuerpo está en el depósito de la cárcel, y lleva la ropa con la que fue arrestado. Ese aparatito que tienes debería de abrir todas las puertas.

Carver dejó de frotarse la espinilla para preguntar:

—¿Cómo dice, señor?

Hawking giró el bastón, miró al suelo y farfulló:

—Roba para atrapar al ladrón, mata para atrapar al asesino. —Dicho lo cual volvió a mirar a Carver, y en sus ojos seguía habiendo tristeza—. Nunca dije que sería fácil. En este momento debes preguntarte hasta dónde exactamente estás dispuesto a llegar para detener a tu padre.

—¿Me está pidiendo... que registre el cadáver de Tudd?

—La carta es una prueba... la prueba —contestó Hawking—. El verdadero delito ha sido ocultársela a la policía. Tú mismo dijiste algo así. Ahora tienes la oportunidad de enmendar el error.

—¡No! —protestó Carver—. ¿Por qué no le decimos a Roosevelt que la busquen ellos?

—Porque si me equivoco, tú perderás la poca credibilidad que puedas inspirarle. Es un cadáver, chico, un montón de carne, nada más. Mi viejo compañero se ha ido y estará gozando de los placeres de la otra vida, si tal vida existe —dijo Hawking y miró fijamente a Carver—. Ya es hora de ver de qué pasta estás hecho. Créeme, no es un proceso fácil para nadie.

56

En la calle seguía habiendo luz.

—¿No deberíamos esperar a que anocheciera? —preguntó Carver.

—No hay tiempo —contestó Hawking, moviéndose a una velocidad sorprendente—. El celador tiene la siguiente hora libre. Después trasladarán el cadáver a una funeraria para la cremación, y no sé a cuál.

Carver, cargado con un montón de periódicos vespertinos, se esforzaba por seguir el paso de su mentor.

—¿Cómo puede saber todo eso?

—Emeril ha averiguado lo que ha podido.

—¿Está también en esto? ¿No le molesta?

—Sabe que es necesario.

En la calle Center se detuvieron para mirar hacia las Tumbas.

—Estamos cerca del lugar del último asesinato de tu padre —comentó Hawking—, pero no creo que se arriesgue a actuar a plena luz del día.

Al ver la calle Leonard, Carver sintió un escalofrío, y la sensación aumentó cuando pasaron por la botica en la que Hawking había estado a punto de encontrar la muerte.

Cruzaron la calle y pasaron por delante de las Tumbas, donde el aire estaba cargado de azufre, hasta llegar a un pequeño edificio de tres plantas rodeado por una verja de hierro. Desde allí, Hawking contó las ventanas semicirculares del sótano de la cárcel.

—Cinco, seis, siete… allí —se detuvo y apoyó la espalda en la verja—. Mira con disimulo: el depósito de cadáveres está justo detrás de mí. Tudd se encontrará sobre una mesa, preparado para el transporte. Doy por supuesto que recuerdas cómo era —añadió, y dirigió el bastón bloque abajo—. Hay una entrada lateral a unos veinte metros a mi izquierda. Si te descubren en el interior, serás un vendedor de periódicos que debe hacer una entrega y se ha perdido.

—Señor Hawking, no sé si voy a poder hacerlo —confesó Carver.

—Yo tampoco —respondió su mentor—, pero estamos a punto de averiguarlo.

Carver se cambió los periódicos de mano y echó a andar. Llevaba la ganzúa debajo de aquellos, así que cuando bajó los dos escalones que conducían a la puerta del sótano, abrió esta con tanta rapidez que pareció que le habían abierto desde dentro.

Al entrar sujetó la puerta con el talón para que no diera un portazo. Después del asunto del ramo de flores y sus otras aventuras le parecía cada vez más fácil colarse en los edificios. Lo malo esperaba más adelante, más allá de la puerta doble sobre la que ponía *Depósito*.

Carver respiró hondo y la empujó con el fajo de periódicos. La amplia y fría sala estaba iluminada por el

sol de la tarde que entraba por las ventanas semicirculares. El fuerte olor a sustancias químicas, en concreto a líquido de embalsamar, daba náuseas. Sobre una
pared había una serie de pequeñas puertas de madera con manijas metálicas: los refrigeradores donde se
guardaban los cadáveres.

Por lo menos no tendría que andar abriéndolos.
Como Hawking había dicho, Septimus Tudd estaba
sobre una camilla metálica cerca de la pared opuesta.
Con los ojos cerrados, las manos entrelazadas sobre el
vientre y el sombrero hongo sobre el pecho, daba la
impresión de estar echándose una siesta.

Carver dejó los periódicos contra la puerta y se acercó.
Cuanto más miraba a Tudd, más *muerto* le parecía. Su
tórax estaba inmóvil, por supuesto, y la piel de su rostro
de perro pastor se había caído todavía más, de una forma
terrible y antinatural; además, salvo en el moratón debido
al puñetazo de Carver, se había vuelto gris azulada.

—Lo siento —dijo el chico en voz baja.

¿Por dónde empezaba? ¿Cómo iba a poder?

Tenía que controlarse, acabar con aquello, hacerlo y ya está. Ya se sentiría mal después. Aguantando
las náuseas que le provocaba el olor del líquido para
embalsamar, agarró el bombín y lo dejó aparte. Lentamente al principio, fue palpando el lado izquierdo de
la chaqueta de Tudd, perturbado por la frialdad del
cuerpo que cubría, ese cuerpo que parecía más un objeto que un ser humano.

La dificultad del registro disminuyó según avanzaba, pero no mucho. Revisó la chaqueta, la camisa, los

pantalones, incluso los zapatos. Nada. Después se dedicó al bombín.

Al pasar la mano por encima notó un bulto irregular debajo del ala. Nervioso y emocionado, metió los dedos por un descosido y sacó un sobre doblado. ¡Sí! Su emoción disminuyó al ver que no era el sobre que había contenido la carta de su padre. Este era más grueso y en el remite decía Scotland Yard. Quizá Tudd lo había utilizado para proteger la carta…

Dentro había un trozo de papel grueso y resbaladizo. Lo abrió. Era papel fotográfico, un facsímil, con otro mensaje de su padre:

25 de septiembre de 1888

Querido Jefe:

No hacen más que dicir que la policía me tié pillao y de eso na. Qué risa me da cuando van de listos y presumen de andar tras la pista. Con esa guasa del Mandil de Cuero es que me parto. Odio a las putas y las pienso seguir destripando hasta que reviente. Gran trabajo el último. Ni tiempo de chillar tuvo la dama. A ver si me pillan, a ver. Me gusta mi oficio y estoy deseando entrar en faena. Pronto sabrá de mí y de mis jueguitos. Hasta recogí un poco de la cosa roja propiamente dicha de mi último trabajo en una botella de cerveza pa escribile la presente, pero se puso tan gorda que no he podío usala. La tinta roja pega, digo yo, ja, ja. A la siguiente le cortare las orejas pa mandárselas a los polis pa que se partan. Guarde la presente hasta que yo trabaje algo más, después suéltela. Mi cuchillo es tan bonito y tan afilao que quiero empezar lo antes posible. Buena suerte.

Atentamente

Jack el Destripador

57

Carver sufrió un mareo. *¿Jack el Destripador?* ¿Su padre era *Jack el Destripador*?

El abismo sobre el que Hawking le había prevenido se abrió ante sus pies, y Carver se sintió perfectamente capaz de arrojarse a él de cabeza. El líquido de embalsamar olía cada vez más fuerte; la habitación daba vueltas.

De la ventana llegó un golpeteo. Era Hawking. De alguna forma, Carver se había arrastrado hasta ella y la había abierto un poco.

—¿Qué pasa? —susurró el detective.

—Mi padre…

Carver se acercó aún más a la ventana y se apoyó en la pared; le temblaban las piernas. Arriesgándose a ser descubierto, Hawking se arrodilló para verle la cara.

—¿Qué has encontrado? Dámelo.

El chico levantó una mano temblorosa y le entregó la carta. Tras mirarla, Hawking apretó los dientes.

—¿El muy insensato estaba ocultando *esto*? ¿En serio se creería capaz de atrapar él solo al Destripador?

—¿Estaba usted al tanto de las sospechas de Tudd? ¿Por qué no me lo dijo?

—Claro que estaba al tanto de la absurda teoría de Tudd, y me asombra que las similitudes de los crímenes no te hicieran sospechar a ti. No creo que fuese por no haber oído hablar del asesino de Whitechapel; al fin y al cabo, eras aficionado a las novelas de detectives. En esa época tenías siete años, suficiente para leer los periódicos. La carta de tu padre procedía de Londres, y era de la época de los asesinatos. Solo tenías que sumar dos y dos.

Carver había oído hablar de Jack el Destripador, por supuesto. Su terrible tanda de asesinatos era el caso sin resolver más famoso de todos los tiempos. Durante cuatro meses de 1888 había hecho una carnicería con cinco prostitutas de un barrio bajo de Londres. Hasta había enviado a la policía un riñón humano.

No lo atraparon, simplemente los asesinatos se interrumpieron.

—La señorita Petty no nos dejó leer los periódicos durante ese tiempo. Decía que era un asunto muy desagradable. Yo intenté leerlos, pero solo conseguí enterarme de algo por el cocinero —explicó Carver, y a continuación cayó de rodillas—. Mi padre...

—¡Chico! —siseó Hawking desde la ventana—. ¡Como se te ocurra desmayarte no sales de aquí en la vida! ¡Levántate! ¡Ahora mismo! Vete a la puerta. Sal de ahí. Necesitas aire. ¡Vamos!

Carver se tambaleó, pero fue capaz de levantarse y seguir las órdenes de Hawking, que siguió guiándolo:

—Eso es. Cruzas la puerta y sales por donde has entrado. Estaré esperándote.

Lo siguiente que Carver sintió fue el aire frío en la cara al salir tropezándose por la puerta lateral. Un frenético Hawking lo agarró y tiró de él para cruzar rápidamente la calle.

—Esto no es ninguna novela, chico —le dijo su mentor mientras avanzaban—, es la vida real, y la vida no ha cambiado, tú sí. Bienvenido al abismo. A partir de aquí eres tú quien decides si te arrojas o no. ¿Voy a tener que llevarte a Blackwell y encerrarte en una celda acolchada como a esa pobre mujer que no soportó la obra de teatro?

—Quizá sería lo mejor —farfulló Carver.

Hawking lo agarró por los hombros con ambas manos y lo sacudió.

—No digas estupideces. No pienso dejar que arruines mi arduo trabajo. Tú seguirás adelante, igual que hiciste al descubrir que tu padre no era precisamente tan recto como Sherlock Holmes. ¿Recuerdas lo que te dije entonces?

—Que yo no tenía por qué ser como él.

—Eso es, y también te dije que podías haber heredado algo de su astucia. Él la utiliza para matar, pero tú vas a utilizarla para descubrirlo. Eres el más capacitado para ello. ¿Lo entiendes, chico? ¿Querías ser detective? ¿Era tu sueño? Pues ya lo eres. Eres un detective que trabaja en el mejor laboratorio criminológico del mundo, ocupando un puesto privilegiado para atrapar al más famoso asesino desde que Caín mató a Abel. ¡No es momento de blandenguerías!

Sin embargo, pese al malhumorado sermón, era Hawking quien por primera vez ayudaba a Carver a seguir caminando.

58

Al volver a la sede central, Carver se derrumbó en una silla. Hawking dio zancadas a su alrededor, cada vez más inquieto, hasta que por fin dijo:

—Tengo que irme, Echols me espera.

—¿Por qué trabaja para él? —preguntó Carver.

—¡Ahora no es momento! No puedo dejarte solo, tal como estás podrías hacer cualquier… ¡la chica! Llama a tu amiga la reportera. Dile que te espere a la salida. No le cuentes nada por teléfono.

—Pero…

—¡Hazlo!

Demasiado débil para discutir, Carver levantó el auricular de un teléfono candelero.

—Edificio *New York Times*, por favor.

Mientras esperaban, Hawking agitó su mano sana en el aire y dijo:

—La sala de redacción estará hasta arriba de llamadas: falsas pistas, falsas confesiones… Pregunta por otra sección. ¿Dónde trabaja? Di que quieres quejarte de algo.

Cuando la telefonista contestó, Carver dijo:

—Quiero... quiero quejarme del crucigrama de ayer.

—Le pongo con la sección de pasatiempos, señor —dijo una voz entre crujidos.

Carver cerró los ojos.

—Sección de pasatiempos —respondió una voz joven y desenvuelta.

—¿Delia?

La voz se redujo a un susurro urgente:

—Carver, ¿dónde estás? ¿Qué está pasando?

—¿Puedes encontrarte en el parque conmigo dentro de cinco minutos? —preguntó el chico mirando a Hawking.

—¿Cinco minutos? No hago el descanso para comer hasta... sí, está bien. Voy ahora mismo.

En cuanto colgó, Hawking lo arrastró hacia el metro diciendo:

—Esa chica puede ayudarte con Roosevelt.

—No he encontrado la carta original. He fracasado.

—No has fracasado —contradijo Hawking—. Si no la encontraste era porque no estaba. Lo has hecho bien, esto y lo de antes, llevas haciéndolo bien todo el rato y seguirás haciéndolo igual de bien de aquí en adelante.

Carver hubiera querido darle las gracias, pero la impresión por recibir tal halago sumada a la impresión del depósito de cadáveres lo enmudeció por completo. Los dos guardaron silencio hasta que salieron a Broadway y Hawking paró un coche.

—Volveré lo antes que pueda —le dijo su mentor antes de irse.

Poco después Carver paseaba con Delia por el parque contándole los sucesos de los últimos días entre carraspeos y vacilaciones, con el temor de ver de nuevo en sus ojos una mirada de reproche o, peor aún, de repulsión.

—¿Hiciste que encarcelaran al hombre que pegaste y él murió en la cárcel? —preguntó Delia frunciendo el ceño—. ¿Y dices que fue idea tuya?

Carver se retorció de angustia.

—Delia, ¿qué otra cosa podía hacer? ¡La que decía que estaba mal ocultar pruebas eras tú! ¡Tudd le dijo a Roosevelt que yo estaba loco! ¡Ocultaba la carta!

Delia ni se inmutó.

—¿Qué te está enseñando ese hombre exactamente? ¿A luchar contra el crimen o a ser un criminal?

—Creo que esto no ha sido buena idea —dijo Carver con tristeza cuando cruzaban Broadway—. De no ser por el señor Hawking, yo estaría en la cárcel. Además, arriesgó su vida para atrapar a mi padre.

—Entonces es que además de no ser trigo limpio, está loco. Y ahora, encima, está trabajando para ese… ese… Echols.

—¡Tendrá sus razones! —protestó Carver—. Puede que lo necesite como excusa para trabajar en el caso. Pero… tengo que contarte algo peor.

Cuando se acercaban a los almacenes Devlin, dudó, temeroso de que Delia lo odiara de por vida.

—¿Has oído hablar de Jack el Destripador? —dijo por fin.

—¿Entonces sabes lo de las cartas?

—Sí, y ya no hay duda. Mi padre... el asesino de las Tumbas... y Jack el Destripador... son la misma persona. Puede que lleves razón al odiarme. Al fin y al cabo, soy hijo del mismísimo diablo.

—Oh, Carver, lo siento —dijo Delia, todo su desagrado convertido en simpatía—. La noticia ha corrido como la pólvora por toda la sala de redacción; no saben si publicar o no las cartas. Yo quería decírtelo, pero no sabía dónde encontrarte. Puedo imaginarme lo que significa para ti tener a... alguien así como padre. Carver... no sé qué decir, me siento inútil y no me gusta. Quiero hacer algo. Espera, ¿qué haces?

—Hay algo que puedes hacer —dijo Carver arrodillándose junto a uno de los tubos. Mientras Delia lo observaba con fascinación, él giró y tiró en el orden establecido. La puerta de la fachada se abrió de golpe.

—¡La repanocha! —exclamó Delia.

—Pues esto es solo el principio —dijo Carver conduciéndola al ascensor.

Cuando viajaban en el metro neumático, Delia estaba tan maravillada que temblaba como una hoja. Su emoción consiguió distraer un poco a Carver de sus preocupaciones.

—¿Hay más? ¿Cuándo lo han hecho? ¿Por qué no hay más por toda la ciudad?

Carver extendió las manos para detener el aluvión de preguntas.

—Te explicaré todo lo que quieras, pero me gustaría que antes vieses algo.

Cuando salieron del vagón, la expresión de Delia, el rosa de sus mejillas y el centelleo de sus ojos hicieron que Carver sintiera algo muy parecido al orgullo.

—Está más bonito con gente —dijo.

—Pues nosotros somos gente. ¿Por qué estamos aquí, Carver?

Él se lo explicó de la forma más sencilla que pudo, y acabó por decir:

—Yo no quiero revelar la existencia de la Nueva Pinkerton, pero sí quiero que la policía sepa lo mismo que yo. Soy el mejor vínculo con el asesino, y tengo que resumirlo todo de modo que convenza a Roosevelt. Como tú eres escritora, me gustaría que me ayudaras. Sin la carta de mi padre no será fácil, pero si funciona, Jerrik será el primero en enterarse de la historia. Eso le ayudaría en su carrera, ¿no?

A Delia se le iluminó la cara.

—¡Claro que sí! Gracias por pedírmelo, de verdad. Nunca me hubiera imaginado que podría hacer algo tan importante. ¿Por dónde empezamos?

Él la condujo por la plaza hasta el ateneo. El cavernoso espacio estaba vacío y las enormes filas de libros eran sobrecogedoras.

Pese a que no había nadie a quien molestar, Carver susurró:

—Creo que primero deberíamos buscar todo lo que haya sobre Jack el Destripador.

59

Horas después la mesa de roble estaba llena de notas, libros y artículos de periódicos, en una pila de equilibrio tan precario que Carver se imaginó al señor Beckley explotando de horror al verla. Al no estar el bibliotecario, Carver pensó en utilizar la máquina analítica y le explicó a Delia el sistema de las tarjetas perforadas. Sin embargo, ignoraba cómo ponerla en marcha y en qué podría ayudarlos.

En vez de la máquina, Delia se sentó enfrente de Carver, pluma estilográfica en ristre, y empezó del mismo modo que Carver la primera vez que acudió al ateneo: escribiendo una lista de lo que sabían. Cómo había encontrado Carver la carta, dónde la había encontrado, qué fecha tenía… Era un trabajo lento. Cada pregunta requería hojear docenas de páginas, cada revelación era más terrorífica que la anterior. Carver quería dejarlo más o menos cada quince minutos, pero Delia perseveraba.

—¡Venga, tienes que intentarlo! —Delia repitió su última pregunta—: La carta de tu padre llevaba fecha del 18 de julio de 1889. ¿Coincide eso con el final de los asesinatos, sí o no?

Carver asintió como atontado hacia la colección de artículos que acababa de leer.

—Depende de lo que preguntes. La última de las cinco víctimas más famosas, Mary Jane Kelly, fue asesinada el 9 de noviembre de 1888, pero después se produjeron otros asesinatos que pudieron o no ser obra suya. Una de las últimas víctimas se llamaba... McKenzie, creo. La recuerdo porque fue asesinada el 17 de julio de 1889, el día antes de ser escrita la carta que encontré.

Delia tomó nota y se dio golpecitos con la pluma en la barbilla.

—¿Hay más hechos que relacionen lo que pasó en Whitechapel con lo que está pasando aquí?

Carver observó la oscuridad.

—¿Carver?

—Todas las víctimas eran mujeres —contestó el chico encogiéndose de hombros.

—Dicen que odia a las mujeres.

—No parece que le gusten mucho, desde luego, pero quizá...

—¿Qué?

—No te ofendas, pero puede que simplemente le resulten más fáciles de matar. Son más débiles, y encima las de Whitechapel eran pobres y estaban desesperadas.

—Pero las de aquí no —señaló Delia—. Ha elegido a dos célebres y adineradas.

¿Por qué? Carver recordó la recomendación de Hawking: pensar como un asesino, como su padre.

¿Por qué escogía un tipo opuesto de víctimas? Pobres. Ricas. La diferencia no podía ser mayor.

¿Era por eso? ¿Había elegido algo tan distinto para llamar la atención? ¿Igual que había querido llamarla al dejar uno de los cadáveres en las Tumbas? Carver frunció el ceño.

—¿Qué? —preguntó Delia.

—Algo que han dicho Hawking, Tudd y Roosevelt, y no coincidían muy a menudo. Los tres pensaban que esto es algún tipo de juego. Mujeres pobres, mujeres ricas, el cuerpo dejado en las Tumbas, mi carta y la carta del *Times*, y los nombres que me llevan de un sitio a otro.

—¿Nombres?

—Jay Cusack y Raphael Trone —explicó Carver—. Los descubrí cuando trataba de encontrar a mi padre, cuando aún pensaba que eso era buena idea.

Carver miró cómo los escribía Delia y dijo:

—Cusack es con una ese, y Trone es con… ¡un momento! ¿Me lo dejas ver?

Agarró la hoja y miró fijamente el primero de los nombres, con la ese de más limpiamente tachada. Se lo había dicho a sí mismo un montón de veces, pero solo en ese instante vio las letras separadas por primera vez.

—¿Cómo se llamaban esos rompecabezas de letras? —preguntó.

—¿Anagramas?

—¡Eso! —exclamó Carver tachando más letras. Acababa de encontrar la palabra *Jack* cuando Delia soltó:

—¡Saucy Jack! ¿Jay Cusack es *Saucy Jack*?

—Así es, el Destripador se llamó a sí mismo Saucy Jack, o Jack el Descarado, en una de sus cartas —contestó Carver. Sacó del montón una carpeta con recortes de periódicos y añadió—: Aquí está. En una postal que envió a la Agencia Central de Noticias. Este artículo no reproduce la postal, pero sí lo que decía:

No fue broma querido Jefe cuando le di el consejo, mañana tendrá un dos por uno de Jack el Descarado la primera chilló un poco y no me dio tiempo a cortar las orejas pa los polis. Gracias por guardar mi última carta hasta que entruve en faena.

Jack el Destripador

—Jack el Descarado, y repite lo de Jefe, y comete faltas de ortografía —dijo Delia—. ¿Quién crees tú que es el jefe?

—No sé, pero lo menciona en las cartas que envió a Scotland Yard y en las dos de aquí. Yo creo que era alguien para quien trabajaba, un jefe de verdad.

Mientras Delia miraba el artículo, Carver repasó las notas de su amiga.

Raphael Trone. Empezó a cambiar las letras de sitio otra vez, hasta que se derrumbó en la silla.

—Raphael Trone. *Leather Apron*, o Mandil de Cuero. Otro de los apodos que los periódicos londinenses pusieron al asesino. Esto *es* un juego.

—¿Entre él y la policía?

Carver meneó la cabeza. No se encontraba bien.

—Quizá en Whitechapel lo fue, pero creo que ahora es entre él y yo.

—¿Qué quieres decir?

—¿Por qué mandó esa carta al orfanato? —se preguntó Carver con tono ausente—. ¿Quería que yo me enterase de quién era y de lo que estaba haciendo? ¿Quería fanfarronear? Tú dices que no soy como él, pero mira lo que le hice a Tudd.

—Tú no has matado a nadie, Carver —protestó Delia sosteniéndole la mirada. Luego parpadeó y miró más allá del chico—. Uy, qué tarde. Lo siento, tengo que volver. ¿Crees que ya has recopilado suficiente información para hablar con Roosevelt?

—¿Sin la carta de mi padre? Yo creo que no es suficiente ni para convencer a Jerrik Ribe.

—Llevas razón. Seguiremos buscando mañana. ¿Puedo contarle algo de esto a Jerrik? Me sería más fácil venir si le digo algo.

—Haz lo que quieras —contestó Carver encogiéndose de hombros—. Vamos, te acompaño a la calle.

—No me gusta nada dejarte solo. ¿Estarás bien? ¿Sabes cuándo volverá el señor Hawking?

—No me lo ha dicho, pero no te preocupes. No hay sitio más seguro que una sede central secreta.

60

Pocas horas después Hawking despertaba a Carver de nuevo.

Este parpadeó, se frotó la cabeza y se sentó con esfuerzo.

—¿Te ha ayudado la chica?

—Sí, hemos encontrado…

—No me refiero a eso. Digo que si te ha ayudado a ti.

—Sí.

—Bien. Tengo un poco de tiempo sin Echols ni sus fotógrafos. Dime qué has descubierto y después te contestaré a lo que quieras.

Si a Hawking le impresionaron las pistas que Carver había encontrado, no lo demostró. Se limitó a asentir con la cabeza y, cuando el chico acabó de hablar, dijo:

—Tu turno. Pregunta.

—¿Cuánto hace que sabe lo de mi padre?

—Más o menos desde cuando tú *deberías* haberlo sabido.

—¿Por qué trabaja para Echols?

—Por lo que trabaja todo el mundo: por dinero.

—Usted dijo que era una sabandija. ¿Tanto necesita el dinero?

Hawking se reclinó en su silla y miró alrededor con una expresión rara.

—El dinero no es para mí, so zoquete, es para ti.

—Yo no necesito dinero —protestó Carver—, yo solo quiero...

—Sé lo que quieres, pero yo estoy hablando de lo que yo quiero para ti —espetó Hawking—. Ya me quedan pocos ases en la manga, y estos últimos días he estado a punto de perderlos todos. Echols me proporciona una iguala muy sustanciosa, suficiente para que dispongas de cierta seguridad económica aunque la Nueva Pinkerton desaparezca o yo me vaya.

—¿Irse usted? ¿Adónde?

—Eso es asunto mío —respondió Hawking, con aspecto aún más adusto que de costumbre—, pero el resto no. Las cosas están mucho más feas de lo que supones, y no me estoy refiriendo al trasgo de tu padre. El *Times* ha publicado su carta, junto a la de Scotland Yard, hace unas horas, en la edición vespertina.

—El pánico...

—Ya te dije que las noches serían muy largas. Tudd llevaba parte de razón al decir que el juego me había desbordado. Los dos nos quedamos atrás. Los dos éramos reliquias. ¿Sabes lo que se cuece ahí fuera? Siempre he dicho que esta ciudad era una casa de locos, y ahora empieza a demostrarlo. Están organizando patrullas de vigilancia. —Hawking miró a Carver y añadió—: Te voy a dejar en el centro del temporal. Si sale bien, lo capearás sin problemas; si no, en fin, al menos estará el dinero de Echols para compensarte a ti y compensar mis desvelos.

—Pero yo no lo quiero, no quiero nada. Sólo quiero...

—No te he preguntado.

En ese momento sonó el teléfono. Hawking lo descolgó y escuchó con mucha atención.

—Por supuesto —dijo—. Gracias, señor Echols. Voy para allí ahora mismo.

Dejó el auricular en la horquilla y miró a Carver con expresión adusta.

—¿Quieres tumbarte por si te desmayas cuando oigas lo que me ha dicho el fiscal?

—No hace falta —contestó Carver meneando la cabeza—, dígamelo.

—Han encontrado otro cuerpo.

Al lado del teléfono había un frutero. Hawking agarró una manzana, la frotó contra la manga de su chaqueta y, pensándoselo mejor, se la guardó en el bolsillo para más tarde.

61

Después de llamar a un coche de punto que pasaba por Broadway, Carver quiso saber:

—¿Dónde lo han encontrado?

Hawking le indicó al cochero:

—Calle Mulberry, 300.

—¿A la jefatura? —inquirió Carver mientras ayudaba a subir a su mentor—. ¿Vamos a la jefatura de policía?

Hawking desechó la pregunta con un vaivén de la mano, se reclinó en el asiento y cerró los ojos.

—Me gustabas más cuando me tenías miedo, chico. No me hagas pensar en romper algo solo para que tu tono sea más respetuoso. No te tengo en ascuas porque sí, sino para no influirte con paparruchadas, aunque sean mías. Tienes ojos, así que prepárate para usarlos.

Carver se mordió la lengua y, ya que su mentor había cerrado los ojos, aprovechó para echarle un buen vistazo. Le había costado más subir al coche que otras veces. Estaba más vacilante. ¿Sería simple cansancio? ¿El golpe de la cabeza? ¿Cuánto le habría afectado la muerte de Tudd? ¿Por qué hablaba de marcharse?

Padre a padre. El asesino seguía ahí fuera, más envalentonado que nunca. Otro cuerpo... y ese en la calle Mulberry. ¿Llevaba razón Tudd al decir que estaba dominado por sus demonios? No, era demasiado elaborado, demasiado complejo. Su padre solo había movido otra pieza. ¿Pero con qué objetivo? ¿Estaba presumiendo para que Carver deseara ser como él? Si se trataba eso, el efecto era justo el contrario. Lo único que quería Carver, más que nunca, era atraparlo. Así, además de evitar futuros asesinatos, podría demostrar que no tenía nada en común con él. Por otra parte, parecía la única forma de purgar su culpa, no solo respecto a Tudd, sino porque al estar tan involucrado en los crímenes, se sentía en cierto modo responsable.

Al acercarse a su destino, Carver vio que la calle estaba tan oscura como las demás, pero el coche tuvo que aflojar la marcha por el exceso de carruajes que deseaban abrirse paso y la gente que cada vez se congregaba en mayor número.

Hubo un resplandor blanco en el tejado de la jefatura. Las sombras móviles indicaban que estaba lleno de actividad.

—La subió ahí arriba —dijo Carver.

—¿Subió? —preguntó Hawking abriendo un ojo—. ¿Por qué crees que no la mató ahí mismo?

—Porque lo hubieran oído —dijo Carver, encontrando la respuesta con aterradora facilidad—. La habrá subido y la habrá dejado en la nieve.

—¡Cochero! —gritó Hawking dando bastonazos al techo—. Gire a la izquierda en Mott y déjenos en el

Ministerio de Sanidad. —Y añadió señalando la ventanilla—: Echa una miradita y cuenta las sombras, chico. A izquierda y derecha, los tejados están llenos de reporteros. El Ministerio de Sanidad colinda por detrás con la jefatura y nos permitirá verlo todo mucho mejor, pero tendrás que ayudarme con las escaleras.

Tras doblar dos esquinas, el carruaje los dejó en un gran edificio institucional, cuyas piedras tostadas parecían grises y negras a la luz de la luna. Entraron por una puerta lateral que encontraron abierta y empezaron a subir una escalera de servicio. El detective gruñía escalón tras escalón.

Sin embargo, su mente seguía siendo tan aguda como de costumbre. La oscura cubierta a que llegaron proporcionaba una vista inmejorable de la iluminada azotea del 300 de la calle Mulberry, algo más baja. El lugar del crimen parecía una vez más el abarrotado escenario de un teatro. Carver y Hawking se colocaron cerca, al amparo de una chimenea.

Había unos diez policías de homicidios, al menos veinte hombres uniformados y, por supuesto, en el centro del escenario, la cuadrada y andarina figura de Theodore Roosevelt. Toda la atención se centraba en el nuevo cadáver. Privado de color y de humanidad por la deslumbrante luz, estaba envuelto en una especie de tela. Un brazo y una agradable cara redonda sobresalían en ángulos extraños; el resto quedaba enterrado por un montículo de nieve.

Los potentes flashes del fotógrafo de la policía acentuaban la luminosidad de las lámparas de arco.

—¡Maldición! ¡Maldición! ¡Ha estado aquí todo el tiempo! —gritaba Roosevelt.

Carver se volvió hacia Hawking y susurró:

—¿Todo el tiempo?

—Echols dice que la mataron la misma noche que a Rowena Parker. Doble crimen —contestó Hawking en voz baja.

Doble crimen. Le sonaba familiar. Carver agarró el hombro de Hawking y comentó:

—Eso dijeron los periódicos ingleses de dos asesinadas de Whitechapel, Elizabeth Stride y Catherine Eddowes, las mataron en la misma noche.

Su mentor asintió con la cabeza, en señal de confirmación o aprobación, y señaló la escena.

Roosevelt apenas podía contenerse:

—¡Sin esa carta ni la hubiéramos encontrado! ¡Ya dije que no era falsa! Hasta un vendedor de periódicos hubiera reconocido la letra. Un desafío a la decencia. ¿Todavía no sabemos el nombre de la mujer?

—¿Otra carta? —preguntó Carver.

—¡Calla! No hay necesidad de repetir lo que digan. Quiero oír cómo se llama —dijo Hawking.

—¿Petko? ¿Reza? ¿Es un nombre ruso? Hay que buscar a los parientes de esta pobre mujer ahora mismo —ordenó Roosevelt, tras lo cual se acercó al cadáver y meneó la cabeza.

—¡Parker y Petko! —declaró rodeado de sus inspectores—. Ambos empiezan por P. ¿No nos dice nada? ¿Eh?

Los agentes bajaron la cabeza al mismo tiempo, y siguieron soportando la mirada expectante de Roosevelt hasta que él mismo dijo:

—¿No se estará basando en las páginas de sociedad? ¿Por orden alfabético? Es una idea al menos. —Roosevelt levantó la cabeza y escrutó las sombras móviles de las azoteas vecinas—. ¡Parece que estemos dando una entrevista a todos los periódicos de la ciudad! —Y saludando con la mano gritó—: ¡Hola, señor Ribe! Si puedo ver a un rinoceronte entre la maleza, también puedo verlo a usted. ¡Váyase a casa! ¡Váyanse todos! ¡Esperen al informe oficial! ¡Algún día aprenderé a hablar más bajo, lo prometo, pero ese día llevaré un bastón bien gordo!

Dicho esto indicó a los agentes que lo acompañaran a la parte trasera de la azotea, lejos de los periodistas, pero más cerca del escondite de Carver y Hawking. Además, cumplió su promesa de bajar la voz. Las últimas palabras que Carver entendió fueron:

—¿Nadie sabe todavía qué…?

Si estuviera un poco más cerca… El chico se subió a la cornisa, se apoyó en la chimenea y se inclinó. Habría sido silencioso si no hubiera tocado con el pie un ladrillo suelto que cayó ruidosamente al tejado inferior, a menos de dos metros de Roosevelt.

62

Con sorprendente fuerza, Hawking tiró de Carver para meterlo detrás de la chimenea y subió él mismo a la cornisa.

—¡Chico! —siseó—. ¡Quieto ahí!

Cuando un hombre contrahecho se materializó en la azotea que creían desierta, veinte policías uniformados sacaron sus revólveres. Aunque Hawking parecía mantener un equilibrio precario, no movió un pelo.

—Excelentes reflejos, agentes —felicitó Roosevelt. Carver estaba lo bastante cerca como para ver el vapor que salía de su boca—, pero tendremos que trabajar un poco más con la sesera. Bajen las armas y enfóquenlo con una luz.

Una lámpara de arco giró hacia Hawking con un crujido metálico.

—¡Inclinada, no quiero dejar a nadie ciego!

La luz disminuyó un poco, y el rostro de Roosevelt expresó reconocimiento.

—Usted, señor, es un verdadero castigo —bufó el Comisionado—. ¿El gran detective de Echols? ¿El antiguo agente de la Pinkerton?

Hawking asintió con la cabeza, pero muy poco.

Roosevelt le dedicó una sonrisa llena de dientes y añadió:

—Me conozco el paño. En Medora, Dakota del Norte, fui ayudante del *sheriff* hace más de diez años. Perseguí a los tres forajidos que me robaron el barco, los atrapé y, de acuerdo con la ley, podría haberlos ahorcado, pero los custodié cuarenta horas, hasta que llegó ayuda. Leí a Tolstoi para mantenerme despierto. Y lo hice porque confiaba en el sistema, no en la vigilancia parapolicial. ¿Me he explicado bien?

—A mí Tolstoi me da sueño. Prefiero al Dostoievski de *Crimen y castigo*, sobre todo por el castigo —dijo Hawking en voz igual de alta. Luego apoyó el bastón en la azotea algo más baja de la calle Mulberry y bajó trabajosamente—. Claro que, para castigar al criminal, hay que atraparlo primero, ¿no cree? Para eso me ha contratado Echols.

Carver había visto a Roosevelt enfadado en otras ocasiones, pero nunca con aquella cara que parecía esculpida en piedra. El Comisionado señaló a Hawking con del dedo índice y contestó:

—En nuestro gran país, el señor Echols es libre de decir lo que le plazca, tanto a la prensa como a sus criados, pero no lo es para actuar en contra de la ley. No toleraré la menor injerencia en esta investigación.

—No es esa mi intención, Comisionado —dijo Hawking bajando la voz—, en absoluto.

—¿Cómo piensa satisfacer entonces el encargo de su empleador?

—Cuando era usted un niño asmático, su médico le advertiría contra la actividad intensa, ¿no es así?, pero usted no hizo caso y obtuvo excelentes resultados, por lo que supongo que la máxima «no te quedes sentado, actúa» no le es desconocida.

—Es una de mis favoritas —contestó Roosevelt.

—Pero supongo que esta no la conocerá, porque es enteramente mía, «antes de actuar, siéntate». Esa precisamente, señor, es mi intención.

Carver pensó que era lo más raro que le había oído decir a su mentor. No tenía ningún sentido.

Los ojillos de Roosevelt brillaron mientras escrutaba la cara de Hawking, calándole, como Carver había visto hacer tantas veces a su maestro. De pronto, como si se hubiera topado con algo inesperadamente vil, el Comisionado dio un paso atrás. Acto seguido, se pasó la gruesa mano por el bigote y se irguió cuan alto era.

—Le he juzgado mal, señor. No es que usted interfiera en esta investigación, es que es un cero a la izquierda. No tiene sangre en las venas, ni pizca. No hace preguntas, no da información. Si pensara que me iba a hacer caso, le diría a Echols que recuperara su dinero y lo invirtiera en algo más práctico, como un sabueso. Cualquier animal valdría, en realidad.

Era el peor insulto que Carver podía imaginar. Roosevelt guardó silencio a la espera de una reacción, pero al no haber ninguna añadió:

—Su abogado nos ha dicho que usted y su pupilo estarán en su despacho mañana a las nueve en punto para el interrogatorio. Si no se presentan, haré que los arresten. Si usted se empecina en seguir aquí, lo haré arrestar ahora mismo, así podrá dedicarse a su gran nada en una de nuestras elegantes celdas.

Roosevelt giró sobre sus talones para dirigirse a sus agentes. Hawking subió de nuevo a la azotea del ministerio.

—Hora de volver a casa, chico —susurró a Carver—. Tenemos que salir antes de que lleguen los reporteros.

—¿Y ya está? —preguntó Carver atónito—. Casi no hemos mirado ni el lugar del crimen. Quizá haya alguna pista de mi padre. ¿Y qué era eso de no hacer nada? ¿Se siente usted mal?

—Lo que necesitemos saber estará en los periódicos. Aquí hay demasiada gente y demasiada luz.

Hawking se dirigió a las escaleras y Carver lo siguió diciendo:

—Por su forma de hablar, parece que no tiene intención de encontrar al asesino.

—Es que no tengo intención —replicó Hawking sin aflojar el paso.

—¿Cómo? ¿Cómo es posible que… cómo puede… decir eso como si fuese lo más normal del mundo, como si dijera que tres y dos son cinco? ¡Está muriendo gente! ¿Es que para usted también es un juego?

Hawking se apoyó tranquilamente contra la pared y se sacó la manzana del bolsillo. Cortó un trozo y se lo metió en la boca.

Mientras masticaba contestó:

—¿Un juego para mí? No, chico, en absoluto. Como tú mismo dijiste, el juego es *para ti*. ¿Manzana?

63

Carver y Hawking apenas se dirigieron la palabra mientras volvían a la abandonada sede central de la Nueva Pinkerton. Carver hubiera querido gritar, hubiera querido arrebatarle el bastón a Hawking y golpearlo hasta que recobrara el juicio. En lugar de eso sintió náuseas. ¿Habría enloquecido el viejo detective por culpa del golpe en la cabeza, la muerte de Tudd, o ambas cosas? Carver no podía seguir adelante solo. Necesitaba ayuda.

Tras una noche inquieta y un desayuno mudo, se encaminaron al despacho del abogado Sabatier, en la calle Centre. Hawking ni siquiera le había indicado a Carver cómo proceder durante el interrogatorio.

En las calles se palpaba la tensión. Las noticias de los cuatro asesinatos se extendían como un reguero de pólvora. El miedo era tan ostensible en las caras de la gente como en los titulares. Los viandantes caminaban más rápido y se empujaban con rudeza unos a otros, dispuestos a enzarzarse por la menor tontería. Los vendedores de periódicos gritaban recordatorios, voceando cada palabra de la carta enviada no a un simple diario, sino directamente a la policía:

Querido Jefe:

Ahí le dejo un verdadero dos por uno, aunque no me dio tiempo tampoco a cortar las orejas. Gracias por guardar la carta hasta que entrove en faena. Ya estoy acabando, a ver quién atrapa a quién.

Atentamente

Jack el Destripador

Su padre ya no se molestaba ni en ocultar su identidad. Al leerla, Carver vio que la mitad era prácticamente una copia de la postal de «Jack el Descarado» enviada por el Destripador en Londres, el 1 de octubre de 1888, pero estaba demasiado furioso para decírselo a Hawking. No quería molestarlo cuando estaba tan ocupado haciendo «nada».

Echols los esperaba en el vestíbulo del despacho de abogados. Aunque el fiscal no estaba rodeado de fotógrafos, como de costumbre, no estaba solo, sino con Finn. Fue una sorpresa estrambótica. Carver no había visto al forzudo pelirrojo desde la noche en que lo ayudó a entrar en el despacho del redactor jefe del *Times*. Había transcurrido tanto tiempo y habían pasado tantas cosas que no supo cómo reaccionar al ver a su viejo enemigo.

—Confío en que no habrá problemas, señor Hawking —dijo Echols, tendiendo la mano. Hawking se apoyó en su bastón y estiró la mano izquierda, la sana.

—Ninguno en absoluto —contestó.

Después de eso empezaron a cuchichear. Carver quería oír lo que se decían, pero un súbito tirón de brazo le obligó a volverse hacia Finn. Ambos igual de incómodos, intercambiaron gruñidos a modo de saludos. Sin embargo, como según Delia el matón había intentado mentir para protegerlos, Carver sintió que le debía una disculpa por haberle metido en aquel lío, pero las palabras se le resistían.

Finn resopló, asintió con la cabeza en dirección a Hawking y dijo:

—¿Así que ese es el mejor detective del mundo? Mi... el señor Echols solo lo ha contratado para ver más fotos de sí mismo en los periódicos. Lo de atrapar a tu padre le importa un bledo. ¿Qué pasa entonces?

Como estaba enfadado con Hawking, a Carver no le molestó el tono despectivo de Finn. Sin embargo, lo último que deseaba era confiarle a su antiguo torturador las dudas sobre su maestro.

—Nada.

—¿Nada? —repitió Finn con expresión de perplejidad—. ¿Nos colamos en aquel despacho para nada?

—¿Nos? —repitió Carver a su vez, luchando por controlar sus emociones—. Me da en la nariz que tú lo hiciste por impresionar a Delia. Además, ¿desde cuándo te importa lo que robas?

Carver cayó en la cuenta de que no decía más que sandeces. Estaba pensando en la forma de disculparse cuando Finn hizo amago de golpearle en el hombro. Pero Carver, que ya no era un crío amedrentado, detuvo la rolliza mano.

Si Finn se sorprendió, lo disimuló muy bien.

—¿Estás ayudando a Echols y todavía me acusas a mí de ladrón? —preguntó empujando a Carver con ambas manos. Este le devolvió el empujón y espetó:

—Tú robaste aquel guardapelo. ¿Por qué no lo reconoces de una vez?

—Y tú todavía no le has contado a nadie lo de esa carta de tu viejo, ¿a que no? ¿Por qué no lo cuentas y ya está? Sin pensarlo, Carver le asestó un puñetazo en la mandíbula. El golpe le produjo un dolor agudo en los nudillos que se propagó por su mano y su brazo, aunque fue la cara de Finn la que se llevó la peor parte. La gran cabeza del joven se ladeó de golpe, sus ojos se desorbitaron de incredulidad y de furia.

Después todo sucedió tan deprisa que los adultos tardaron en reaccionar mientras Finn recordaba a Carver con todo detalle el significado de la palabra «enclenque». El matón lo agarró por el cinturón y las solapas, lo levantó y lo arrojó contra una pared. Carver se hizo daño en la espalda, mucho, pero se levantó como pudo y alzó los puños en dirección a su atacante.

Finn le dirigió un zurdazo. El puño apenas rozó el mentón de Carver, pero no sucedió lo mismo con su abdomen cuando Finn se lanzó de cabeza contra él y le rodeó la cintura con los brazos, con la intención de estamparlo contra las caras y duras baldosas de mármol.

Carver se resistió con todas sus fuerzas, clavó los codos en la espalda de Finn y le golpeó las costillas por debajo de los omoplatos, provocando la caída de los dos al suelo, donde se aporrearon el uno al otro.

Aunque hasta el puñetazo más suave de Finn era de cuidado, como el que fue a parar a la oreja de Carver y le llenó el cerebro de campanillas, este le propinó uno pero que muy decente en todas las narices.

Por encima de los golpes y los dolores llegaron las voces en sordina de los adultos y, a continuación, Carver vio que Finn se alejaba resbalando por el suelo de mármol y sintió que a él lo levantaban agarrándolo de los hombros.

—¡Basta ya de este disparate! —chilló alguien. Al retorcerse y ver que quien lo agarraba era nada menos que el Comisionado Roosevelt, Carver se preguntó si en alguna ocasión, aunque fuera durante un segundo, no le parecería un ladrón, un mentiroso o un loco al hombre a quién debía convencer de la identidad de su padre.

Finn forcejeaba contra dos agentes. Echols se apresuró a intervenir:

—¡Suéltenlo ahora mismo! ¡Suelten a mi hijo!

Cuando lo soltaron, el fiscal dirigió uno de sus huesudos dedos hacia el rostro de Finn y espetó:

—¿Cómo te atreves a dar semejante espectáculo? ¡Agradece que no haya llegado la prensa! ¡Debería arrojarte al arroyo, donde te encontramos!

—Me harías un favor —replicó Finn, rojo de ira y de vergüenza.

—Ya puede soltarlo, Comisionado —dijo Hawking acercándose—, ya no dará problemas, ¿verdad, chico?

—No, señor —contestó Carver a su maestro.

Pero Roosevelt no hizo el menor caso. Siguió agarrando a Carver hasta que Echols sacó a Finn a empujones por la puerta delantera. Cuando el Comisionado lo dejó ir, Carver se alejó unos pasos y se estiró la ropa.

—Lo siento —dijo jadeando.

—Más te vale —contestó Roosevelt—, la sensatez es un bien muy escaso. No malgastes la poca que te quede. —Y volviéndose hacia Hawking añadió—: Respecto a usted, caballero, ¡no es buen ejemplo ni como detective ni como maestro!

—No volverá a pasar —dijo Hawking con un casi imperceptible temblor de labios.

—Eso espero —contestó Roosevelt airado, como si hubiera preferido que Hawking le llevara la contraria.

Una vez en el ascensor, Carver estaba tan cerca de su maestro que le oyó decir:

—Ya veremos si soy buen ejemplo o no lo soy.

Lo oyera o no, el Comisionado adoptó un tono más respetuoso:

—Hawking, me he informado sobre usted. Es bien sabido que trabajó con Septimus Tudd en la Pinkerton.

—¿Ya ha empezado el interrogatorio? —preguntó Hawking.

—No. Solo deseaba darle el pésame. Soy el hombre que lo arrestó, y no puedo dejar de sentirme algo responsable de su suerte. Sin embargo, le oí decir por teléfono: «Cree que soy completamente leal. No existe la menor prueba que me relacione con...». Si al menos hubiera admitido eso, quizá hoy seguiría vivo.

Carver se encogió.

Aquello no iba a resultar nada fácil.

64

¿El asesino es tu padre y tú formas parte de una organización secreta de detectives?

—Sí.

—¿Que está en los almacenes Devlin? —preguntó el inspector por enésima vez.

Carver y Hawking habían sido separados nada más entrar a las lujosas dependencias, y el viejo detective no había dedicado a su pupilo ni una mirada cómplice. Carver había decidido contar la verdad, pero estaba resultando bastante más complicado que mentir.

—Debajo. La sede central es una prolongación del metropolitano neumático de Beach —explico Carver.

—Quizá montaran ustedes de niños, yo sí lo hice —terció Sabatier con su inalterable sonrisa. Después sus ojos verdes saltaron del inspector hacia Carver y hacia Roosevelt—. ¿Sería mucho pedir que estas dos mentes privilegiadas formularan otras preguntas?

El inspector miró de través al abogado.

—Tiene razón —admitió Roosevelt—. Esto no nos lleva a ninguna parte. Sabatier, me gustaría hablar un momento a solas con el chico, sin tantas… formalidades.

—Me temo que no puedo... —empezó Sabatier, meneando la cabeza.

—No pasa nada —cortó Carver—. Cualquier cosa es mejor que estar aquí sentado repitiendo siempre lo mismo.

—No me parece lo más acertado, pero en fin. ¿Será usted consciente de que una conversación privada no es admisible como prueba ante un tribunal? —preguntó el abogado a Roosevelt.

Este asintió y Sabatier se volvió hacia el inspector para decirle:

—¿Le apetece un whisky escocés?

—Mientras estoy de servicio no —gruñó el otro.

—Entonces quizá le apetezca mirar cómo me lo bebo yo —dijo Sabatier saliendo con él. Antes de cerrar la puerta, miró a Roosevelt y añadió—: Diez minutos. Ni un segundo más.

Roosevelt se acercó a Carver y dijo:

—El tipo con el que te peleabas era mucho más grande que tú. ¿Te gustan los desafíos imposibles o conocías al chico de antes?

—Las dos cosas —respondió Carver—, conozco a Finn del orfanato Ellis.

—Le diste unos buenos mamporros. Fue impresionante, pero no estuvo bien.

—Ya dije que lo sentía.

—¿Haberle pegado?

—No... haberle pegado en esas circunstancias.

Roosevelt se permitió una risita.

—Así que tú no te limitaste a quedarte sentado frente al matón, como tu señor Hawking. No es necesario que me contestes a eso. Si hacemos que repitas tu historia, es para descubrir las contradicciones. Lo sabes, ¿verdad?

—Sí —contestó Carver.

—Pues no has cometido ninguna, lo cual significa que o estás muy bien entrenado o crees en lo que dices. El difunto señor Tudd quería hacerme creer que eras un iluso, pero también quería hacerme creer que él me era fiel. Sé que eso no era verdad y que tú pareces bastante sensato. ¿Irrumpiste en la fiesta del *Times* porque encontraste la carta y estabas seguro de que era de tu padre?

—Sí.

—En casa de los Ribe estabas dispuesto a contármelo todo, pero Tudd te lo impidió.

—Así es.

—Alice se quedó impresionada contigo —dijo Roosevelt entrecerrando los ojos—. Yo no, no del todo, no todavía. Que no estés mal de la cabeza no significa que digas la verdad. Los anagramas que has descubierto se basan en un rastro que empieza con una carta extraviada, según tú —añadió enlazando las manos a la espalda y recorriendo el despacho arriba y abajo—. Siempre me gusta conocer bien a mis enemigos. Echols es una sabandija, ¿no crees?

—Sí —contestó Carver, sorprendido al ver que Roosevelt utilizaba la misma palabra que su mentor.

—Quiere desautorizarme porque le debe mucho a la corrupción que yo combato y porque le encanta ser el centro de atención. Pero, créeme, a diferencia del señor Hawking, Tudd no trabajaba para Echols. Guardaba silencio para defender la existencia de una organización extraordinaria. Por otra parte, en la habitación contigua, tu mentor no ha dicho nada de ellos ni de tu relación con el asesino. ¿Por qué?

—No lo sé —contestó Carver.

—¿No lo supones?

Carver no quería decir lo que en realidad pensaba: que su mentor parecía cada vez más trastornado.

—¿Para protegerme? ¿Por qué quiere que se lo cuente yo? Dice que tengo un gran futuro.

—¿Ah, sí? Pues estar preso no es futuro para nadie, jovencito. Deberías aprovechar mejor tus oportunidades.

—No todos tenemos las mismas oportunidades, señor —replicó Carver ceñudo.

—Muy cierto —admitió Roosevelt. Luego inclinó la cuadrada cabeza hacia delante—. No sé qué hacer contigo. Eres inteligente, pareces tener principios, pero hay algo en ti que no me cuadra. Eres como una criatura exótica que uno se tropezara mientras caza. Sin embargo, voy detrás de una pieza mayor y no puedo desviarme de mi objetivo. Al final, todo se reduce a esto: mis agentes te llevarán a los almacenes Devlin y tú les enseñarás esa mágica sede tuya, si es que existe.

Carver exhaló un suspiro y sonrió.

—Gracias.

—Y espero que exista, por varias razones. Una organización así representaría una ayuda inestimable. Si no es el caso, si estás tratando de engañarme por alguna razón, en cuanto atrapemos al asesino y yo disponga de un poco de tiempo libre, me aseguraré de presentar cargos contra ti por entorpecer una investigación policial.

Pese a que Roosevelt pretendía amedrentarlo, Carver no perdió la sonrisa.

—No se preocupe. Allí estará.

Roosevelt le dedicó una rápida inclinación de cabeza y salió de la habitación.

Por alguna razón misteriosa, Hawking había preferido no ir, pero Carver, Sabatier y dos de los agentes de Roosevelt se encontraban en el lateral de los almacenes Devlin.

Pensando que las palabras del Comisionado significaban que, después de todo, había un futuro para la Nueva Pinkerton, un emocionado Carver se arrodilló junto a los tubos metálicos. Los agentes flanqueaban el rectángulo de cemento de la acera. Sabatier se entretenía limándose las uñas.

—Es como una cerradura de combinación —explicó Carver.

—Pues adelante.

El tubo no se movió. Carver lo agarró de nuevo y giró y tiró con más fuerza. ¿Estaba atascado? Lo intentó por tercera vez, hasta que las manos le resbalaron por la fría superficie.

Los agentes se miraron.

—¡Está aquí! —gritó Carver.

—Ajá. Una cerradura de combinación.

—¡Está aquí debajo! ¿No lo entienden? ¡Alguien ha cambiado la combinación! —Carver trató de mover los demás caños, con patadas incluidas, pero no consiguió nada. Solo se detuvo cuando reparó en que se había congregado un grupito de gente para observar sus maniobras.

Mientras uno de los detectives les ordenaba circular, el otro se volvió hacia Sabatier y dijo:

—Vamos a informar al Comisionado, querrá presentar cargos.

—Suerte que el chico dispone de un abogado excelente —dijo Sabatier sonriendo de oreja a oreja.

Los dos agentes se montaron en el carruaje de la policía y se marcharon.

—No lo entiendo —protestó Carver volviendo a tirar de un tubo.

Sabatier esperó hasta que el coche de la policía se perdió de vista, después sacó un sobre blanco del bolsillo de su chaqueta y se lo entregó a Carver diciendo:

—Para ti.

—¿Qué es esto?

—No lo sé.

—¿De quién es?

—Buenos días, señor Young. —Sabatier se tocó el ala del sombrero y se perdió entre la multitud.

Carver, furioso, confuso, avergonzado, rasgó el sobre y desdobló la única hoja de papel que contenía. Allí, trabajosamente mecanografiada tecla a tecla, estaba la nueva combinación.

65

Carver solía disfrutar del silencio del ascensor neumático pero, en ese instante, hubiera preferido que algún estruendo amortiguara su desbocado corazón. Corrió por los pasillos, subió como un rayo al vagón cilíndrico y, al llegar a la plaza, profirió un grito que resonó en todos los rincones del más sofisticado laboratorio criminológico del mundo.

«El juego es para ti».

Ya no podría convencer de nada a Roosevelt, a menos que él mismo resolviera el caso. ¿Eso pretendía Hawking con todo aquel revuelo? ¿Y dónde estaba en ese momento el detective loco? ¿Había vuelto cojeando al Octágono para contar el dinero de Echols? ¿Le quedaba a Carver una sola persona en la vida en quien pudiera confiar?

Tras soltar otro grito, descolgó el teléfono y marcó el número del *New York Times*.

—¡Dicen por ahí que le has mentido a Roosevelt! —siseó Delia.

—Lo que ha pasado —dijo Carver apretando los dientes— es que estoy metido en un lío por decirle la verdad. ¿Puedes venir a los Devlin? Me estoy volviendo loco; no me vendría mal una ayuda… o un poco de compañía.

—Considerando que todo el mundo está en la sala de redacción hablando del último asesinato y que yo estoy aquí atascada con los pasatiempos, me muero por hacer algo útil. Dame cinco minutos para terminar el anagrama de hoy, aunque este lo podría hacer hasta un mono, la verdad.

La línea se quedó muda, pero Carver sintió que el enorme peso que acarreaba había disminuido un poco.

Cuando abrió la puerta del ascensor que daba a la calle, Delia ya estaba esperando.

—Qué rápida —dijo Carver.

Ella le sonrió, lo empujó de nuevo hacia el ascensor y entró detrás de él.

—Tengo una hora, dos como mucho. Todos están tan entretenidos que no creo que nadie recuerde cuándo he dicho que bajaba a comer. ¿Entonces qué ha pasado?

Carver se lo contó a toda prisa.

Y lo primero que dijo Delia fue:

—Pobre Finn.

—¿Pobre *Finn*? —repitió Carver horrorizado—. ¡Insultó al señor Hawking!

—Él se limitó a decir lo que tú estabas pensando. ¿Para eso me has hecho venir? ¿Para darme lástima?

—No… —dijo Carver, aunque hubiera querido contestar que sí, que por supuesto—, pero… ¿qué piensas tú de Hawking?

—Suponiendo que no me vas a pegar por estar de acuerdo contigo, yo creo que tienes razón. El golpe en la cabeza y la muerte del señor Tudd le han nublado el juicio. Aunque sea de una forma retorcida y horriblemente peligrosa, da la impresión de que sigue intentando enseñarte.

—¿Haciéndole creer a Roosevelt que soy un mentiroso? —dijo Carver cuando entraban al ateneo.

—Por lo menos te ha dejado una biblioteca estupenda —contestó Delia.

Al principio había llamado a su amiga simplemente para verla, pero al toparse con su escritorio sintió la urgencia de hacer algo más que «quedarse sentado». La acercó una silla a Delia y replicó:

—Vaya cosa. ¿De qué me sirven los libros si no sé qué hacer con ellos? Mi padre ha ido dejando pistas de su identidad, anagramas de sus nombres, pero eso no es precisamente una dirección donde buscar. No tenemos ni idea de dónde está ni de cuál será su próxima víctima... a menos que... haya dejado alguna pista sobre eso.

Delia lo miró fijamente, dubitativa y comentó:

—Tendría que ser una pista muy buena. En esta ciudad hay lo menos un millón de personas.

Carver se dejó caer en el asiento y dijo:

—El señor Hawking me enseñó a reducir la lista basándome en lo que ya sabía. Sabemos que el Destripador solo ataca mujeres, ¿verdad?

—Eso la reduce a medio millón.

—Pero no solo son mujeres —siguió Carver—. En Londres atacaba a prostitutas, pero aquí va tras las damas de la alta sociedad. Eso la reduce bastante más.

¿Qué otras cosas sabemos? Lo que sea, aunque parezca de cajón.

—¿De cajón? Le gustan las pistas de letras y de nombres, de los suyos al menos.

—Su nombre. Eso está bien —dijo Carver—. ¿Y los de las víctimas?

Echó mano a un volumen de periódicos de 1889 y lo abrió por una página marcada.

—Este reportero trató de imaginarse dónde vivía el Destripador. Suponiendo que era en Whitechapel, confeccionó una lista de las víctimas y de los lugares donde las asesinaron.

Empujó la lista hacia Delia y la señaló:

Mary Ann Nichols, Buck's Row
Annie Chapman, Hanbury Street
Elizabeth Stride, Dutfield's Yard
Catherine Eddowes, Mitre Square
Mary Kelly, Miller's Court

—Bien, ¿pero qué buscamos? —preguntó Delia.

—No lo sé. Tú eres la experta en rompecabezas. ¿Ves algo en común en los nombres? Las fechas, las palabras, algo…

—¿Quieres decir que puede estar reproduciendo los crímenes? No es un aniversario; las fechas no coinciden…

—Ha cometido un asesinato doble —dijo Carver—, y ha reproducido incluso parte de la carta original. A Stride y Eddowes las mató el mismo día, como ha pasado con Parker y Petko. Roosevelt mencionó que los dos apellidos empezaban por P, ¿puede significar algo?

Ambos miraron la lista con gran concentración, sin descubrir nada de nada. Por fin Delia rompió el silencio:

—Quizá deberíamos empezar por lo de aquí.

—De acuerdo, escribiré la lista de las nuevas víctimas —dijo Carver. Nada más acabarla hizo una mueca.

—¿Qué pasa? —preguntó Delia. Carver volvió el cuaderno hacia ella y señaló la lista de nombres:

Elizabeth B. Rowley
Jane H. Ingraham
Rowena D. Parker
Reza M. Petko

—No lo entiendo. Es... —Delia miró la lista, confiando en ver algo de un momento a otro. Antes de que la palabra se formara por completo, sus ojos se iluminaron—. ¡Cielo santo! Las iniciales de los apellidos forman RIPP, de *Ripper*, Destripador, ¡su principal apodo!

—Y le faltan la E y la R —dijo Carver—. Otro juego estúpido, y para completarlo debe cometer dos asesinatos más.

—¿Cómo no se habrá dado cuenta nadie?

—Quizá alguien de la policía lo haya visto —contestó Carver encogiéndose de hombros— y estén trabajando en ello. Yo le hablé a Roosevelt de los anagramas, y él me habría creído si Hawking no hubiera cambiado... ¿Adónde vas?

Delia corría hacia los estantes.

—Si llevamos razón —dijo sin detenerse—, la siguiente víctima será una mujer rica cuyo apellido empiece por E.

Volvió con una guía de sociedad, pasando las páginas mientras se acercaba. De pronto se detuvo, anonadada:

—Edders, Egbert, Eldwin… hay centenares.

—Eso es mejor que un millón —dijo Carver recordado lo abrumado que se había sentido al empezar la búsqueda de su padre.

—Si no podemos salvarla, no —replicó Delia, dejando la guía abierta sobre la mesa—. ¿No hay nada más? ¿Ninguna otra cosa en común?

—¿Y los lugares de los crímenes?

—La biblioteca Lenox, las Tumbas, la jefatura —recitó Carver—; edificios públicos en su mayoría.

Ambos repasaron la lista de las fallecidas, antiguas y nuevas, una y otra vez. De puro cansancio, Carver empezó a perder la concentración pero, como le gustaba tanto la compañía de Delia, no hizo ningún comentario. No pudo evitar, sin embargo, que se le fueran los ojos a su piel, a sus mejillas, sobre todo cuando ella se retiró de la mesa y estiró el cuello.

Delia dejó de estirarse al notar que Carver la observaba. Sus ojos se encontraron.

—Tengo que volver —dijo ella—. A lo mejor consigo escabullirme pronto y podemos seguir con esto. Por lo menos podré decirle a Jerrik lo de RIPP.

Al ver que su amiga se levantaba, Carver sintió el apremiante deseo de no dejarla ir. Se volvió, hecho un manojo de nervios, y sus ojos cayeron de nuevo en la lista de las víctimas recientes, encabezada por Elizabeth B. Rowley.

B. Rowley, B. Rowley. Resultaba familiar, ¿no?

—Buck's Row —dijo en voz alta.

—¿Qué? —preguntó Delia.

—B. Rowley, B. Row. Buck's Row, el callejón donde asesinó a la primera víctima, Mary Ann Nichols. La B es la inicial del segundo nombre de la primera víctima de Nueva York.

Delia se puso rígida, volvió a sentarse y dijo:

—No creo que sea un segundo nombre: las mujeres acostumbran a conservar la inicial de su apellido de solteras.

Volvieron a inclinarse sobre la lista.

—Jane H. Ingraham. ¿Podemos encontrar su apellido de soltera? —preguntó Carver.

Sacaron los artículos sobre la muerte de Ingraham, casi desgarrando las páginas por su ansia de volverlas.

—¡Aquí! —gritó Delia, y su voz resonó en el amplio espacio—. Donde las notas necrológicas: ¡Jane Hanbury Ingraham!

—Annie Chapman, segunda víctima original, asesinada en Hanbury Street —dijo Carver—. Tiene que haber más coincidencias.

Aunque no encontraron nada que coincidiera con la M de Reza M. Petko, Carver descubrió una nota de sociedad donde el padre de Rowena Parker figuraba como John Dutfield. Elizabeth Stride había muerto en Dutfield's Yard.

—Lo que significa —anunció Delia— que la próxima víctima tiene un nombre de casada que empieza por E y uno de soltera que empieza con M, por Miller's Court.

—Allí encontraron a Mary Kelly, última víctima de Whitechapel. Ese fue… fue el asesinato más brutal de todos. De todas formas, tenemos que mirar los apellidos que empiecen por E. Nos llevará horas, quizá días.

—Entonces hay que empezar cuanto antes —dijo Delia mirando la guía de la mesa.

—¡Un momento! —Carver chasqueó los dedos—, ¡la máquina analítica! Según Emeril, contiene los nombres de los neoyorquinos de clase alta, y ya no queda nadie en la biblioteca que nos impida probarla.

—Pero si no sabes ni cómo ponerla en marcha —objetó Delia—. Además, ¿no tendríamos que fabricar nuestras propias tarjetas perforadas para hacerle la pregunta?

Carver se dirigió al escritorio de Beckley y dijo:

—Sé dónde están las instrucciones. Podemos echarles un vistazo. ¡Y a ti se te dan bien los rompecabezas! Lo podría hacer un mono, ¿recuerdas? Si no va a pasar nada…

66

Pese a las protestas de Delia, Carver le acercó el grueso manual que explicaba cómo perforar una tarjeta. Y resultó que no era tan difícil como ella se temía.

—Ah —dijo la chica—, las tarjetas se parecen un poco a las de los telares automáticos, de esas para hacer telas con cualquier tipo de dibujo. Vi una en Garment District, ya sabes, el barrio de la confección. En las de esta máquina, en vez de crear una forma, cada perforación de las dos primeras filas representa una letra; el resto de filas se refiere a nombre, apellidos, calle y demás…

Pero Carver no la escuchaba: estaba muy ocupado con el segundo manual, el que explicaba cómo poner en marcha el laberinto de ejes, vástagos y engranajes.

En menos de media hora, Delia había elaborado una tarjeta que, casi seguro, preguntaba por una mujer cuyos nombres de soltera y casada empezaban respectivamente por M y por E. Carver, sin embargo, seguía con las instrucciones de funcionamiento.

—¿Puedes hacerlo o no? —preguntó Delia.

El chico frunció el ceño y se quedó con la mirada perdida un segundo, pero de repente gritó:

—¡Sí!

—¿Seguro?

—No, qué va.

Dicho esto agarró la tarjeta de Delia y se dirigió a uno de los extremos de la enorme máquina. Allí puso con mucho cuidado los agujeros redondos de la tarjeta sobre las correspondientes protuberancias metálicas. Como indicaba el manual, antes de arrancar la máquina se aseguró de que el engranaje principal no estuviera trabado y de que la caldera tuviese suficiente agua.

Bajo la atenta mirada de Delia, echó papel y carbón a un pequeño horno contiguo a la caldera y le prendió fuego con una cerilla. Cuando aquel calentó el agua, la presión del vapor subió la manecilla indicadora y, al poco tiempo, el engranaje principal empezó a girar.

—¡Perfecto! —exclamó Carver, muy orgulloso de sí mismo.

—Pero no hace nada —observó Delia señalando el resto de la máquina.

—Todavía no, porque tengo que engranar el engranaje.

Cuando la manecilla de la presión llegó a la zona verde, Carver accionó la palanca que bajaba el engranaje principal. Por un momento temió que siguiera sin pasar nada, pero la máquina entera se estremeció y sus piezas empezaron a moverse. No era de extrañar la aversión que le inspiraba a Beckley. El ruido resultaba insoportable, como si estuvieran encerrados en una habitación con una locomotora. No obstante, era asombrosa de ver.

Ejes con ruedas metálicas en las que figuraban grabados de números y letras giraron. Vástagos metálicos, similares a dedos, entraron y salieron, agarrando aquí y soltando allá. Dentro del armazón, miles de tarjetas perforadas cambiaron de lugar, cada vez más deprisa, como canicas rodando por un laberinto. Hipnotizados por las piezas móviles y las tarjetas que parecían clasificarse por arte de magia, ni Delia ni Carver notaron que el ateneo se estaba llenando de humo.

Por fin, los ojos de Carver volaron a la caldera. De la parte inferior salían espesas nubes negras.

—¡El fuego no tiene ventilación! —gritó el chico corriendo hacia el horno.

En cuanto abrió la pequeña puerta de hierro, una bocanada de humo lo obligó a retroceder trastabillando. Solo había conseguido empeorar las cosas. Ahora, además de humo, el fuego lanzaba chispas. Si una de aquellas partículas encendidas caía sobre un libro o una hoja de papel, el ateneo sería pasto de las llamas. Perfecto. Por si no había tenido suficiente con un intento de inundación, ahora provocaba un incendio.

—¡Agua! ¡Trae un cubo de agua! —le gritó a Delia, pero no se la veía por ninguna parte.

Con los ojos llorosos, Carver se abrió paso hasta la caldera, se envolvió la mano en la manga de la camisa y cerró la puerta. Después, conteniendo el aliento lo más posible, se dirigió a la parte trasera de la máquina con la esperanza de encontrar algo similar al tiro de una chimenea.

Ya no podía más, y el tiempo pasaba. Tenía que haber un conducto de ventilación, tenía que haberlo. Por fin sus llorosos ojos distinguieron un cilindro metálico que salía del horno. En su superficie había un pomo. Tiró de él y se echó atrás.

Por encima del estruendo de los engranajes, se oyó un débil runruneo eléctrico. Carver siguió retrocediendo en busca de aire más limpio. Estaba jadeando y tosiendo cuando Delia llegó a todo correr con una palangana llena de agua.

Entre jadeos, Carver la detuvo y dijo:

—Espera... creo que...

El aire se aclaraba poco a poco. Enseguida, a pesar de que aún quedaba una buena humareda, la mayor parte se disipó.

—¡Uf! —exclamó Carver.

Pese a sentir un gran alivio, Delia notó que a la máquina le pasaba algo raro:

—Los engranajes siguen girando, pero las tarjetas ya no se mueven. ¿Se ha roto?

Carver se dirigió al extremo opuesto.

—No, yo creo que ha terminado —contestó, y se agachó para extraer una ficha con agujeros recién hechos—, y aquí está nuestra respuesta.

—¿Una sola ficha? —inquirió Delia.

Carver se encogió de hombros. Después de mirar cientos de Jay Cusacks, parecía de lo más raro.

—Quizá la lista está incompleta. La máquina puede haberse roto o quizá es que solo hay una posibilidad.

—¿Qué dice?

—Eso tendrás que descifrarlo tú —dijo Carver entregándole la cartulina.

Delia, que había olvidado por completo lo de volver al *Times*, repasó el libro de codificación. Pocos minutos después, su rostro palidecía.

—¿Qué pasa? —preguntó Carver.

—Samantha Miller Echols —contestó Delia con voz ronca—, la madre de Finn.

67

Carver intentaba hablar con los Echols por teléfono, pero el mayordomo no quería ponerle con ellos.

—¡Trabajo para el señor Hawking! —dijo Carver frenético.

—Recibimos docenas de llamadas falsas respecto a los asesinatos —fue la indiferente respuesta—. ¿Por qué no tendrán las telefonistas más conocimiento para juzgar a los que llaman? —añadió antes de colgar.

Carver llamó a Blackwell para ver si podían ponerle con Hawking, pero su mentor no estaba. ¿Lo había abandonado a su suerte el viejo detective? ¿En ese preciso momento? Carver paseó arriba y abajo como un poseso.

Una preocupada Delia intentó calmarle:

—Quizá no sea la señora Echols. Tú mismo dijiste que la máquina podía haberse roto.

—¡Claro que lo es! —espetó Carver—. ¿No lo entiendes? Mi padre sabía que yo estaba en el orfanato Ellis, porque allí envió la carta, y eso significa que también conoce a Finn; y, gracias a Echols, la cara de Finn ha salido en todos los periódicos. ¡Está relacionado con la prensa, las ricas, las pistas y yo! Tengo que ir a su casa como sea. Al menos si me ven les sonará mi cara.

—Entonces vamos —dijo Delia.

Salieron de la sede central poco después de las cinco, así que las calles estaban abarrotadas tanto de coches como de gente. Por cruzar Broadway a todo correr, Carver estuvo a punto de tirar a Delia a los pies de unos caballos galopantes.

—¡Carver! —chilló su amiga—. ¡Cálmate un poco!

—Los Echols viven en la Quinta con la 84 —dijo Carver—. Podemos tomar el elevado de la Tercera Avenida en la calle Fulton. Eso será lo más rápido.

—¡Espera! —exclamó Delia mirando el edificio del *Times*—. ¡Espera! ¡Se lo puedo decir a Jerrik! ¡Él sí podrá hablar por teléfono con los Echols!

Carver meneó la cabeza.

—Los Echols no escucharán a un reportero; solo quieren hablar ellos.

—Pues a la policía, entonces.

—¡No! Gracias al señor Hawking, a mí ya no me harán ni caso —contestó Carver y se detuvo para mirarla—. Delia, no quiero perderte. Eres... la única persona en quien confío, pero debes hacer lo que creas mejor. Si quieres decírselo a Jerrik para ver qué puede hacer, hazlo. Yo tengo que encontrar a Finn.

—Entonces voy contigo —contestó Delia.

Zigzagueaban, se agachaban y cuando algún hueco entre la multitud se lo permitía echaban a correr. Cruzaron bajo el puente metálico del tren cuando una locomotora rechoncha y sus cuatro vagones de pasajeros se paraban sobre ellos, enviándoles partículas de metal oxidado que cayeron como una lluvia ardiente y anaranjada.

Mientras corrían escaleras arriba, Carver dijo:

—No hay tiempo para billetes. Saltaremos la puerta, ¿lista?

—No será la primera vez. Yo también soy huérfana, ¿recuerdas? —contestó Delia extrañamente orgullosa. La aglomeración de gente facilitó la tarea. Saltaron sin problemas al andén y subieron al vagón más abarrotado. De aquel modo, el revisor no podía circular y mucho menos pedir los billetes. El siseo y los bandazos del tren al arrancar, le recordaron a Carver el dragón de una pintura que había visto una vez, un dragón negro que escupía fuego mientras un santo le daba muerte; y ese dragón le recordó a su padre.

Estaba apretujado por un hombre de negocios que intentaba leer las noticias vespertinas. El vagón era un mar de periódicos abiertos, todos con llamativos titulares sobre Jack el Destripador y el cadáver encontrado en la azotea del 300 de la calle Mulberry. La última vez que Carver había subido al elevado, los pasajeros también leían, pero además hablaban entre sí. Esa tarde el único ruido era el *chaff-chaff* del vapor que escupía la locomotora por los cilindros laterales mientras el émbolo empujaba las ruedas.

Llegarían pronto, pero ¿cómo iba Carver a enfrentarse a Finn? La última vez que se habían visto casi se matan. Todo aquel jaleo le parecía en este momento insignificante. ¿Y si Finn había robado el guardapelo, qué? Lo había devuelto, y Carver había hecho mal al pretender castigarlo. Delia llevaba razón.

De todas formas, ella siempre se ponía del lado de Finn. Bueno ¿y qué importaba lo que sintiera por él? El propio corazón de Carver era un verdadero desbarajuste. Al fin y al cabo, ¿qué podía ofrecerle él, sino su horripilante linaje? De pronto recordó la figura de su padre en el callejón, su velocidad, su fuerza... y la comparó con su irremediable *enclenquez*. Tenía que calmarse; si perdía la cabeza, se iría todo al garete.

Tan concentrado estaba que apenas notó que el tren se detenía en la calle 84. Delia tuvo que sacarlo a empujones al andén, donde los demás pasajeros se dispersaban rápidamente, ansiosos por volver a casa.

Había anochecido, y las sombras difuminaban los gabanes mientras las farolas coloreaban los rostros. Aún así no costaba ver que habían entrado en otro mundo. Aunque Delia y Carver no iban mal vestidos, no alcanzaban ni por asomo el refinamiento de aquel barrio lleno de sombrererías, sastrerías, peleterías, tabaquerías y restoranes caros y elegantes, por no hablar de las viviendas de la clase alta. Hasta los caballos olían mejor.

Por el camino su ropa resultó tan inadecuada que llamó la atención, al menos a un grupo de hombres con ternos, es decir, chaqueta, pantalón y chaleco de la misma tela, que marchaban por la calle como soldados. Carver y Delia apretaron el paso y bajaron la cabeza al cruzarse con ellos, pero fueron detenidos por el cañón de un rifle que apareció súbitamente bajo el mentón del chico.

Todos formaron un semicírculo a su alrededor, algunos enganchándose el pulgar en la cinturilla del pantalón para revelar sus revólveres enfundados. Carver aferró el electrobastón, pero los superaban en número, con mucho.

—¿Qué trae a estos dos muchachos por aquí? —dijo uno muy antipático de ojillos hundidos.

—Si tanto les interesa, venimos a visitar a un amigo —replicó Delia.

—Delia —siseó Carver para rogarle cautela sin quitar ojo al rifle.

—Hay que tener cuidado con los sitios a los que se va. La prensa está informando de la aparición de mujeres asesinadas.

—Yo no me limito a leerla —espetó Delia—, mi padre es Jerrik Ribe, el reportero que cubre esos asesinatos para el *Times*.

—¿No me digas?

—¿Son ustedes de la policía? —inquirió ella—, porque si no lo son ¿a santo de qué nos están interrogando?

—¿Policía? —resopló el hombre—. Si esos hicieran su trabajo, nosotros no estaríamos aquí fuera tratando de salvaguardar nuestros hogares.

Antes de que Delia soltara alguna inconveniencia, Carver dijo:

—Yo trabajo con Albert Hawking; él también piensa que los policías son idiotas.

—¿Hawking? —preguntó el hombre con los ojos muy abiertos—. ¿El detective que ha contratado

Echols? Pues vaya par de famosos que nos hemos encontrado. Qué suerte hemos tenido. ¡Yo soy el sobrino de Abraham Lincoln!

Los hombres se troncharon de risa.

—Me llamo Carver Young. Mírenlo en un periódico si quieren. Yo soy quien encontró a Hawking sin sentido en la calle Leonard, a él y a la tercera víctima. Vamos a casa de los Echols para llevarle un mensaje al fiscal.

El líder miró a los otros. Un hombre delgado que llevaba un periódico bajo el brazo asintió con la cabeza y dijo:

—Está bien. Dale al señor Echols recuerdos de nuestra parte, y cuida de la chica.

—Así lo haré —contestó Carver y tomó a Delia del brazo para alejarse a toda prisa.

—¿Patrullas callejeras? —dijo ella exasperada—. Es de locos. Son más peligrosos que el Destripador.

—Ojalá llevaras razón.

68

Temerosos de que otro grupo o la misma policía volviera a detenerlos, Delia y Carver pasaron corriendo por delante de las suntuosas viviendas. Los sirvientes atisbaban por detrás de cortinajes de satén o desde altas ventanas que se quedaban súbitamente a oscuras. Al no haber ido nunca a casa de los Echols pasaron tres veces por delante del gran edificio de mármol, dando por hecho que algo de ese tamaño era un museo o una biblioteca. Por fin vieron el número y subieron los amplios escalones recolocándose la ropa para estar presentables.

—¿Qué decimos? —preguntó Carver—. El mayordomo no se creyó quién era yo cuando hablamos por teléfono.

—Déjame hablar a mí. Soy más diplomática.

—¿Cómo con los de la patrulla? —repuso Carver sonriendo.

Delia no le hizo ni caso y giró un pomo dorado que emitió un agradable tintineo. La gran puerta negra se entreabrió y el amargado mayordomo los miró fijamente.

—¿Sí?

Delia se aclaró la garganta y dijo:

—Buenas noches, somos amigos de Phineas.

—¿Seguro? —preguntó el hombre con recelo—. Pues el chico no parece barrendero.

—¿Y por qué narices debería parecerlo? —preguntó Delia empezando a enfadarse—. ¿Está en casa o no?

Carver puso los ojos en blanco.

Al hombre no pareció importarle en absoluto el tono de la chica, pero aun así se disponía a cerrarles la puerta cuando una voz dijo:

—¡Delia!

Pese a parecer más deseoso aún de impedirles el paso, el mayordomo abrió la puerta con un resoplido de resignación. Un refinado vestíbulo de inmensa escalera apareció a su espalda. Finn estaba en el quinto peldaño y, por su aspecto, daba la impresión de estar más fuera de lugar que Delia y Carver.

Bajó la escalera con la gracia de un elefante, levantando ecos con sus pisadas. Al ver a Carver se paró en seco.

—No he venido a pelear —dijo este, pensando que con eso sería más que suficiente, pero Delia le dio un codazo—. Lo siento… lo que pasó —añadió sin ganas—. Tenemos que hablar contigo de algo importante.

—Muy importante —corrigió Delia.

Finn clavó los ojos ora en uno, ora en otro, cambiando radicalmente de expresión según quién fuese el observado. Mientras contemplaba a Delia y se hacía a un lado para dejarlos pasar, dijo:

—Está bien. Pero no debemos hacer ruido. El señor Echols está en su despacho.

Ambos pasaron al vestíbulo de baldosas de mármol y miraron con la boca abierta la araña de cristal que colgaba del alto techo.

—Es de Europa o algo así —gruñó Finn. Tras mirar con inquina al mayordomo, que obviamente estaba escuchándolos, señaló un vestíbulo situado a la derecha de las escaleras—. Vamos al jardín. Hace más frío, pero hay menos gente.

—No tomarán nada, entonces —dio por hecho el mayordomo con otro resoplido.

—No le gusto —dijo Finn mientras pasaban por delante de una delicada colección de pinturas, estatuas y jarrones. El chico lanzó una mirada asesina a un viejo jarrón en particular, como si tuviera que contenerse para no romperlo—. Dice que soy un ga... ga...

—¿Galopín? —completó Carver, y se granjeó la misma mirada que acababa de ganarse el jarrón.

Por fin llegaron a una puerta acristalada de doble hoja. Finn no se molestó en girar la fina manija: se limitó a empujar una hoja, levantando en la madera un crujido de indignación. Entró a zancadas en un patio ajardinado. Los macizos de flores y las fuentes estaban cubiertos para pasar el invierno.

Delia se detuvo junto a la puerta para cerrarla con suavidad.

—Tuviste suerte de que nos separaran —dijo Finn a Carver.

—¿Eh? —preguntó Carver tenso—. Yo... siento lo que pasó. —Seguía sonando a falso, pero algo menos.

Finn se dejó caer en una silla. Parecía sentirse incómodo. Con la cara y el cuerpo de toro casi en sombras dijo:

—¿Qué era eso tan importante?

—Creo que debería empezar yo —sugirió Delia.

Carver profirió un gruñido.

Mientras ella hablaba, él miró a su alrededor. La noche era fría, pero en aquel espacio protegido resultaba más templada y más serena. Altas columnas recorrían las tres plantas del edificio de suelo a techo, donde acababan en un rectángulo de cielo. La luz de las ventanas atenuaba la luminosidad de las estrellas pero no la de la luna, que estaba alta y brillante, medio escondida detrás de una gran chimenea de forma extraña.

No era fácil adivinar qué pensaba Finn mientras escuchaba a Delia. Carver creyó que se disgustaría, que se preocuparía al oír la amenaza, pero apenas reaccionó. Delia, que lo conocía algo mejor, hizo varias pausas para preguntarle:

—¿Nos crees, verdad?

Él asentía distraídamente.

¿Y si ni siquiera le importaba? Carver sabía que Finn era desgraciado, ¿pero odiaba a sus padres adoptivos hasta el punto de desearles la muerte?

Cuando Delia acabó su relato, el chico se levantó y le bloqueó a Carver la vista de la luna y la chimenea.

—Ella está aquí, se lo diré, pero no sé si me creerá. O lo mismo creen que es un estupendo motivo para salir todavía más en los periódicos.

—Phineas —dijo Delia pero, al recordar su promesa, se corrigió—: Finn, ¿quieres que te acompañemos?

—No —contestó él mirando de reojo a Carver—, iré yo solo.

Todos se levantaron torpemente.

—Quizá podríamos ayudarte —dijo Carver—. Ellos saben que soy discípulo de Hawking.

—¡No! —ladró Finn, aunque más que enfadado, parecía... avergonzado. Por primera vez Carver cayó en la cuenta de lo estúpido que los Echols hacían sentirse al matón. Después de años de ser el pez gordo del Ellis, detestaba aparentar debilidad. Carver sentía algo similar con Hawking, sobre todo en los últimos tiempos. ¿Sería posible que matón y víctima no fuesen tan distintos?

—Escucha, Finn, en el despacho del abogado tú estabas tratando de ayudar, yo... yo estaba siendo simplemente estúpido.

—Y no por primera vez.

Carver exhaló un suspiro.

—Lo único que intento decirte es que lo siento de verdad. Lamento haberme enfadado, lamento haberte pegado. Y también quiero decirte que sé cómo te sientes, en cierto modo. Yo tampoco puedo contar con mi padre y tengo mis problemas con Hawking.

Finn reconocía el ofrecimiento de paz pero ignoraba qué hacer con él.

—Yo no robé el guardapelo.

Carver se contuvo las ganas de poner los ojos en blanco y, por miedo a decir algo que los enfrentara de nuevo, miró a lo alto, a la chimenea extraña. No solo es que fuese rara, es que vibraba con el viento.

Y en ese instante desapareció.

69

—¡El Destripador! ¡Está en el tejado! —gritó Carver señalando hacia arriba. Acto seguido corrió hacia las puertas de cristal. Su padre había estado vigilándolos todo el rato, espiándolos, esperando a ser visto.

—¿Dónde está tu madre? —pregunto Delia a Finn con la voz teñida de pánico.

—No es mi… Arriba, en su dormitorio. —Finn estaba sorprendido por la súbita conmoción, como si aún no fuese consciente del peligro. Carver se había burlado a menudo de la torpeza mental de su enemigo, pero en aquel instante le dio pena. Sus vidas podían depender de lo que hicieran en los próximos minutos.

Al apoyar la mano en el picaporte, Carver se percató de que él tampoco estaba reaccionando con suficiente rapidez. Se giró hacia Finn y preguntó:

—¿Cuál es la forma más rápida de subir?

—Por ahí no —respondió el otro, y, afectado por fin por la urgencia de sus compañeros, corrió hacia una de las columnas de nueve metros de altura.

—¿Pero qué…? —dijo Carver.

A menos de un metro de distancia, Finn saltó, envolvió el pétreo cilindro con brazos y piernas y empezó a trepar a toda prisa.

—¡No, Finn! —advirtió Carver—. ¡Así no!

—Lo he hecho un millón de veces —dijo Finn desde unos tres metros de altura.

Pero a Carver no le preocupaba que se cayera. Finn era fuerte, pero el Destripador era sobrehumano. No tendría la menor oportunidad.

Carver fue como un rayo a la siguiente columna, apretó el pecho contra la fría superficie y se impulsó con los pies. No era ni mucho menos tan rápido como Finn, pero subía.

A su espalda oyó el desolado grito de Delia:

—¡Yo no puedo trepar por ahí!

—Vete a pedir ayuda —dijo Carver. Al menos uno de los tres haría algo sensato.

Al no oír nada más de ella, supuso que le había hecho caso y dividió su atención entre trepar y vigilar a Finn. Cuando estaba a medio camino, el otro ya había llegado al canalón y se aupaba al tejado en pendiente con la agilidad de una araña, perdiéndose en las alturas.

A Carver le llevó menos de un minuto alcanzar el mismo sitio, ¿pero cuánto se tardaba en matar a una persona?

Cuando agarró el canalón para impulsarse hacia arriba, el conducto estuvo a punto de desprenderse, por lo que el chico buscó un agarradero más seguro; una vez que salvó el borde se dejó caer sobre las tejas.

Por algún sitio más alto oyó un arrastrar de pies y un gruñido. Hubiera querido levantar la cabeza para mirar, pero tenía que mantenerse tumbado a fin de no rodar tejado abajo. Tan rápido como pudo, clavando las uñas y pateando, tirando de paso alguna que otra teja, consiguió alcanzar la azotea impermeabilizada con alquitrán y negra como boca de lobo.

Rodó sobre sí mismo, sacó el electrobastón y apretó el pulsador.

¡Shiiic!

El peso y el zumbido del objeto le hubieran reconfortado con cualquier otro atacante. En aquel momento, entre el cansancio, el terror y la falta de aliento solo sentía mareo. Miró rápidamente en torno. Sin la luz de las ventanas, las estrellas se veían brillantes; la luna, esplendorosa. Todo lo demás estaba en sombras.

—Carver —gimió Finn desde alguna parte.

Aquel sostuvo por delante la punta de cobre del bastón y avanzó escrutando la negrura.

—Finn, ¿estás bien? ¿Te ha cortado?

—No —contestó el otro débilmente—, pero creo que me ha roto un brazo. No puedo... moverlo. Duele...

—¿Dónde está?

Al oír pisadas sobre la azotea movió el bastón a izquierda y derecha.

—Finn —repitió—, ¿dónde está?

Dos anchos rectángulos se alzaban a unos cuatro metros de distancia, uno a cada lado del tejado. Al fijarse mejor, Carver vio que se trataba, ahora sí, de chimeneas.

Una sombra encorvada salió por detrás de una de ellas.

Antes de que Carver pudiera reaccionar, el asesino se plantó delante de los dos. Un solo paso situaría su alta figura a una sola zancada del matón caído. La sombra miró a Carver.

«Mi padre».

Era alto y erguido, iba envuelto en la capa negra y llevaba la chistera en la mano. Como un mago al hacer un truco, sacó de la nada un afilado cuchillo de carnicero. El arma silbó, como una espada al ser extraída de su vaina, y después pareció flotar en el aire, único brillo en un mundo de negros y grises.

Entonces pivotó y se lanzó contra Finn.

—¡No! —gritó Carver abalanzándose sobre el asesino y golpeándolo en el hombro con el bastón eléctrico.

¡Kzt!

El hombre profirió un aullido bestial y se volvió para golpearle la mano: el bastón salió volando. Carver estaba desarmado. Sin embargo, consciente de que si se rendía en ese momento, Finn estaría abocado a una muerte segura, se lanzó hacia delante y golpeó al asesino en el costado. Para el caso, podía haberle hecho una caricia. Su padre ni se inmutó. Con un leve gruñido, agarró a Carver por la pechera de la camisa y lo apartó de sí de un empellón.

El hombro derecho del chico se llevó lo peor de la caída, ya que impactó contra el ladrillo desprendido de una chimenea. Una mano ruda lo agarró por la espalda, enviando oleadas de dolor por todo su cuerpo.

La figura se cernió sobre él y, por primera vez, Carver pudo verle claramente el rostro. Era jubiloso, era ardiente, era hambriento. Ni la peor pesadilla le hubiera hecho justicia. Era largo y afilado, casi con el aspecto que Carver imaginaba para Sherlock Holmes, pero más joven, de cabello espeso y rizado, de sonrisa demoníaca y torcida. Sus ojos eran profundos círculos donde bailaba una furia juguetona. A pesar del terror, Carver vio algo inquietantemente conocido, algo que no pudo o no quiso concretar, quizá porque le recordaba a sí mismo.

Finn gimió con desconsuelo.

—¡Corre! —gritó Carver—. ¡Vete de aquí!

El Destripador agitó la cabeza lentamente y dijo:

—No.

Carver entendió muy bien lo que aquella negación significaba. Finn no correría. No correría nunca más.

Sosteniendo la hoja en alto, el asesino se volvió hacia la indefensa figura, el chico que hacía tantos, tantísimos años, había sido la peor pesadilla de Carver.

Al no disponer de tiempo para buscar el bastón, Carver usó la mano que podía mover, la izquierda, agarró el ladrillo sobre el que había caído y, con un grito fuerte y prolongado, como si él mismo se hubiese convertido en una bestia, se puso en pie y estrelló el ladrillo contra el cráneo de su padre.

—¡Aggggg! —bramó el Destripador, pero no se caía, no había forma. Al menos se tambaleó y su sonrisa fue reemplazada por una mueca de ira. Estaba herido. Un espeso borrón de líquido brillante se abría paso por su oscuro nacimiento del pelo.

—¿Y ahora qué vas a hacer, eh? —inquirió Carver—. ¿Matar a tu propio hijo?

No lo sabría nunca. Desde el suelo, Finn propinó al Destripador una fortísima patada en la rodilla derecha. Carver hubiera jurado que había oído romperse un hueso, aunque quizá fue el ruido de cuchillo al impactar contra el suelo. Apoyándose en la pierna sana, el asesino recuperó el arma. Para entonces, Finn se había levantado y había retrocedido, pero con los puños en alto, dispuesto a plantar cara.

El Destripador miró alternativamente a los chicos. Aunque avanzó hacia ellos, cuando la pierna se le dobló, dio media vuelta y pareció lanzarse al vacío desde el tejado.

Carver y Finn se miraron y después corrieron al borde de la azotea, donde llegaron a tiempo de ver que el hombre descendía por la fachada exterior. Lo habían herido tres veces, pero bajaba con el doble de agilidad que Finn. Incluso saltó los dos últimos metros. Luego correteó por la calle y se perdió en las sombras.

Cuando estuvieron seguros de que no volvería y el único sonido fue el de sus respectivos jadeos, Finn se volvió hacia Carver y le dijo:

—Me has salvado la vida.

—Lo mismo te digo.

70

Después de escuchar la historia, la señora Echols puso cara de haber bebido demasiado té más que de haber estado en peligro de muerte. El señor Echols se dispuso a llamar a la prensa, pero después de que Carver le hiciera notar que no estaría bien visto llamar antes a los periódicos que a la policía, hizo que su mayordomo dejara el recado en la calle Mulberry. Ningún miembro del matrimonio demostró la menor gratitud hacia el trío.

La policía envió a un único inspector, un retaco de hombre cuyos ojos verde grisáceos estaban vidriosos, o por falta de sueño o por exceso de bebida. Cuando él y varios guardias entraron en tromba, el señor Echols les insistió para que interrogaran a los chicos lo más rápidamente que pudieran. Delia creía que estaba siendo amable, que deseaba que los molestaran lo menos posible, hasta que Finn le aseguró que lo único que quería era dejar el campo libre a los fotógrafos. Carver, de momento, solo se alegraba de haber recuperado su electrobastón.

Por el tono desdeñoso de las preguntas del inspector, Carver entendió el daño que Hawking había hecho al cambiar la combinación de la agencia. El policía estaba convencido de que aquello era también una patraña.

Delia ni siquiera fue interrogada y tuvo que contentarse con llamar a sus padres por las ocupadas líneas telefónicas, algo que solo consiguió tras decir a los Echols que ambos y ella misma trabajaban para el *Times*.

En menos de una hora el inspector cerró su libreta.

—¿Eso es todo? —preguntó Carver.

El hombre subió una ceja que más bien parecía una oruga y contestó:

—A los periodistas les encantará la historia. Eso es lo que se pretendía, ¿no?

—¡No! —protestó Finn—. ¡Esto es real!

—No digo que no lo fuese, pero estaba oscuro y pudo haber sido cualquiera. De todas formas, ya ha desaparecido, ¿verdad? Tengo otro aviso y el propietario de la casa quiere que nos vayamos lo antes posible, así que... —dijo encaminándose a la salida.

Dejó a Carver con el hombro dolorido y a Finn con el brazo posiblemente roto y posó para los fotógrafos mientras el señor Echols contestaba las preguntas de los pocos reporteros que había logrado convocar. Delia se disgustó aún más cuando vio que ninguno de ellos era del *Times*; no había podido hablar con los Ribe y el ayudante de redacción que la atendió llegó a la conclusión, como la policía, de que la historia era una más de las muchas trolas que les contaban.

Ida la prensa, los Echols desaparecieron. Un molido Carver, que se sentía con muchos más que sus catorce años, y un hosco Finn se encontraron a solas en un saloncito, descansando en sendos divanes rosas, después de recibir por fin atención médica.

Tras un largo silencio, Phineas preguntó:

—¿Qué era eso con que lo golpeaste?

—Un electrobastón —dijo Carver extrayéndolo de su bolsillo para enseñárselo—, lleva una especie de batería dentro.

—¿De dónde lo has sacado?

—De... yo... lo robé —contestó Carver. Finn se quedó perplejo un instante, pero después soltó una carcajada. Carver se rió con él.

Cuando ambos se callaron, Finn se puso serio y repitió:

—De verdad que yo no robé el guardapelo.

—Eso ya no importa.

—Fue Bulldog.

—¿Estabas protegiendo a Bulldog? —preguntó Carver mirándolo fijamente.

—Birlaba cosas sin parar, sobre todo en las tiendas. Yo creo que no podía contenerse. Cuando me enteré de lo del guardapelo, supuse que había sido él, y para conseguir que me lo diera tuve que prometerle que lo devolvería yo mismo.

—Finn —dijo Carver pasmado—, eso fue muy... generoso. Y yo pensando que...

—Ya sé lo que pensabas. No solías callarte la boca. Tenías la lengua más afilada que una navaja y ni te dabas cuenta.

—Bulldog. El ladrón es Bulldog.

—Ya no. La semana pasada, cuando me tuvieron aquí encerrado, le birló la cartera a quien no debía y acabó en la cárcel, con la mandíbula rota. Los Echols no quieren hacer nada, no me dejan ni ir a verlo.

—Lo siento.

—Ya apenas lo veía, la verdad —dijo Finn encogiéndose de hombros—. Aquí no estoy en la mejor situación para conservar a mis viejos amigos. En realidad, ya no tengo casi ninguno —añadió atreviéndose a mirar de reojo a Carver, quien logró responderle con un estoico:

—Yo tampoco.

Una risa de chica les hizo volver la cabeza hacia la puerta. Delia estaba en el umbral. Su cara y sus ojos demostraban que había llorado, pero en ese momento se tapaba la boca para disimular una sonrisa.

—Lo siento —dijo tratando de contenerse—, ya sé que esto es serio. Espero que se curen pronto las heridas, y que... es que... los dos ahí, en esos divanes rosas...

Carver alzó su vacía taza de té con el meñique extendido y fingió dar un sorbito.

—¿Un terrón o dos? —preguntó Finn con el azucarero en alto.

—¡Solo, por favor!

Delia aulló de risa hasta que una voz fuerte la hizo callarse para escuchar. Desde el salón donde se encontraban se veía el vestíbulo. Allí un agitadísimo Echols ladraba órdenes a un ayudante invisible:

—¡Bajo ninguna circunstancia dejaré que Roosevelt entre en mi propiedad! ¡Me importa un bledo que traiga una orden de arresto!

—Señor —dijo una vocecita—, solo quiere…

—¡Basta! Lo único que quiere es salir conmigo en los periódicos. ¿Dónde está Hawking?

—En su residencia siguen sin contestar.

Echols se pegó un manotazo en la cabeza.

—¿Pero para qué le pago entonces? Debería haber estado aquí para hablar con los reporteros. ¿No has visto cómo creían todos que nos lo estábamos inventando? Esos policías han cuchicheado no sé qué antes de irse, y tú estabas cerca, ¿qué decían?

Cuando el ayudante redujo la voz a un susurró, los tres huérfanos estiraron el cuello para oír mejor.

—Que han encontrado otro cadáver.

—¿Por qué no me lo habías dicho? —reprochó Echols con los ojos desorbitados de la emoción—. ¡Haz volver a la prensa! Tengo que preparar una declaración…

—Señor, la víctima es Amelia Edwin, y estaba… destrozada, como las otras.

El comportamiento de Echols cambió por completo. Se quedó rígido, buscó algo en que apoyarse y dijo:

—Jugábamos al bridge con los Edwin… Ayer mismo vi a Millie…

Al ver que la puerta del salón estaba abierta, un palidísimo Echols se acercó para cerrarla. Lo último que le oyeron decir fue:

—No quiero… no quiero que Samantha se entere aún. ¿La víctima podría… podría haber sido mi mujer?

La noticia borró de un plumazo la alegría del trío.

Carver fue el primero en reaccionar:

—El Destripador se ha buscado otra E. Seguro que Amelia Edwin tiene también alguna relación con Miller's Court.

—Ya sé cuál es —dijo Delia—. Echols la ha llamado Millie. Es un poco distinto, pero como aquí no le salió bien, ha tenido que improvisar.

—¿Pero ya ha acabado, no? —preguntó Finn—. Dijiste que las víctimas originales del Destripador eran cinco y Amelia Edwin es la quinta.

—Te olvidas de algo —contestó Delia reduciendo la voz a un susurro—, de algo muy importante.

—¿El qué?

—Le falta una R.

71

El amargado mayordomo que había tratado de echar-
los les dijo a Delia y a Carver que podían quedarse a
pasar la noche:

—Por si vuelve la prensa.

Carver fue llevado a una habitación del tamaño de
un aula del orfanato dotada de una cama con dosel y
una chimenea. El chico no quería dormirse, a fin de re-
pasar los sucesos de la noche, pero después de pensar
un poco en la última carta del asesino, lo siguiente que
sintió fue el calor del sol en la cara y el olor de huevos
fritos y pan tostado. Sobre la mesilla vio una bandeja
con el suculento desayuno.

Salió de la cama pero, cuando trató de desperezar-
se, el agudo pinchazo del hombro le recordó la peor
de sus lesiones. Sin embargo, sus muchos dolores no
le impidieron comer ávidamente. Los Echols no serían
las personas más amables del mundo, pero su comida
era una delicia.

A medio desayuno, alguien llamó a la puerta.

—Adelante —contestó Carver.

Era el mayordomo con otra bandeja. Carver esperaba que contuviera más comida, pero sostenía un teléfono.

—Me alegra verlo despierto, señor —dijo el hombre—. Sus amigos están desayunando en sus respectivas habitaciones. Le estamos lavando la ropa, así que le he dejado algunas prendas del señorito Phineas en el armario, lo más pequeño que he podido encontrar. El amo de la casa quiere hacerle una petición.

—¿El señor Echols? ¿Y cuál es?

—El señor tiene dificultades para ponerse en contacto con su… con el señor Hawking —dijo el mayordomo; luego dejó la bandeja al borde de una mesa y enchufó el cable del teléfono en una toma de la pared—, y le estaría muy agradecido si le informara usted de que debe hablar con el señor Echols de inmediato.

—Haré lo que pueda —prometió Carver, ya que él mismo quería decirle cuatro cosas.

El mayordomo giró sobre sus talones y salió de la habitación. Carver descolgó el teléfono y pidió que le pusieran con el manicomio de Blackwell. Tras un momento de espera, una mujer desconocida contestó:

—¿Dígame?

—Soy Carver Young. ¿Podría ponerme con el señor Hawking, por favor?

—¿Carver Young?

—Sí. ¿Puede decirme con quién hablo?

—Me llamo Thomasine Bond —contestó ella con acento inglés—. He empezado a trabajar hoy. El señor Hawking no está, pero ha dejado un mensaje para usted. Perdone, pero me ha pedido que antes de dárselo me asegurara de que era usted realmente quien decía ser, por lo que tengo que formularle una pregunta que me ha dejado escrita. Un momento... ¿Quién es...? No, perdone, no está bien mecanografiada. ¿Quién debería ser su detective favorito?

Carver esbozó una sonrisita de suficiencia. Quizá su mentor no lo había abandonado del todo a su suerte.

—Auguste Dupin. ¿Cuál es el mensaje?

—Todo depende de ti.

—¿Nada más? —preguntó Carver decepcionado.

El hombre que había empezado a considerar como su verdadero padre se marchaba de veras, dejaba la ciudad para que su alumno resolviera el caso completamente solo. Un nuevo abandono. Carver colgó el teléfono, apretó los dientes y pensó en pedirle a Finn que le enseñara algunas palabrotas nuevas. Luego abrió el armario. Encontró una camisa y unos pantalones tan grandes que tuvo que remangarse los puños de una y los bajos de los otros para no ir tropezándose con su propia ropa.

Le llevó quince minutos encontrar el cuarto de estar de la noche anterior. Allí, Finn, ataviado con un terno que lo asemejaba a un aprendiz de hombre de negocios, paseaba arriba y abajo mientras Delia, con un vestido demasiado grande, cedido sin duda por la señora Echols, se sentaba al escritorio, ojeando los periódicos matutinos.

—Estás tan ridículo como me siento yo —dijo Finn con bastante amabilidad.

Delia extrajo la cabeza de los diarios.

—Hay pocas novedades —dijo.

—¿Saben los Ribe que estás aquí? —preguntó Carver.

—Sí —respondió ella con cierta satisfacción—. Todavía se creen que no eres de fiar, ni los Echols tampoco, pero piensan que ahora mismo este es el sitio más seguro del mundo y quieren que me quede para estar pendiente de las novedades. Delia Stephens Ribe, reportera de sucesos. Me encanta cómo... —Delia guardó silencio y la expresión de su cara se ensombreció.

—¿Qué pasa? —preguntó Carver.

—Ribe. Ya sé que no son ricos, pero su apellido empieza por R. Si pensaba atacar a la madre de Finn porque él tenía relación contigo, también puede ir a por la mía —respondió Delia cada vez más nerviosa.

—Calma, Delia —aconsejó Carver—. Llámalos, pero no creo que estén en peligro. Como tú misma has dicho, no son ricos y todas sus demás víctimas sí. No mata a gente acomodada, mata a gente rica de verdad. Gente como esta —añadió señalando la habitación con las manos—. He estado pensando en su última carta, donde dice que ya está acabando. Eso se refiere al final del juego, pero también dice «a ver quién atrapa a quién»: da la impresión de que quiere atapar al Jefe y, sea quien sea, no creo que se trate de un periodista.

Tras un breve periodo en que consiguió tranquilizarse un poco, Delia contestó:

—Pues hay otra R que encaja en la descripción.

—¿La de quién? —preguntó Finn.

Carver supo al instante a quién se refería:

—Y es un jefe —dijo con gravedad—, el mayor jefe de todo este asunto. Además, es rico, es influyente y es un cazador. Es el hombre a quien ha estado provocando, al que ha insultado dejándole los cadáveres delante de sus propias narices, uno hasta en su propio puesto de trabajo.

—¿Pero quién es? —repitió Finn.

—¿Y cómo se lo decimos? —preguntó Delia—. ¡No nos va a creer!

—¿Decírselo a quién? —gritó Finn.

—A Roosevelt —contestó Carver.

—Pero ese solo mata mujeres —observó Finn—. ¿Quieres decir que atacará a su mujer?

—A su segunda mujer, Edith —respondió Delia—. Seguro que hay alguna conexión entre ella y las víctimas de Whitechapel.

Carver, afectadísimo, se puso en pie de un salto y dijo a voces:

—¡No! Finn ha dado en el clavo. Hemos hablado de sus cinco víctimas londinenses más famosas, pero después de Mary Kelly hubo otras, y una de ellas fue Alice McKenzie. La primera mujer de Roosevelt se llamaba Alice.

Todo el instinto de Carver le gritaba que descubriese la pista final:

—Esa mujer falleció, pero hay alguien que lleva su nombre y está muy viva, de momento. Alice Lee, la hija de Roosevelt.

72

Suponiendo que los inspectores de homicidios se reirían y colgarían antes de poder explicarles unas pistas tan complicadas, Delia llamó a Jerrik Ribe, con quien consiguió ponerse en contacto después de gritarle y casi llorarle a la agobiada telefonista del *Times*.

—Pues claro que estoy segura —le insistía Delia a su padre adoptivo—; no se me ocurriría hacerle perder el tiempo a nadie sin... pero tú lo entiendes, ¿no?, lo de los nombres de las víctimas. ¡Olvídate de Carver y mira la lista! ¡Si está clarísimo! Si consiguieras que alguien te escuchara... pero... no, estoy bien aquí. Quiero quedarme.

Delia colgó por fin y dijo a sus amigos:

—Me cree, pero desde que el *Times* publicó la carta, los Ribe son personas non gratas para el Comisionado. Jerrik tratará de hablar personalmente con Roosevelt, aunque dice que será difícil. Esta noche hay una fiesta en el City Hall. Asistirán tanto el señor Overton como Roosevelt, y por lo tanto su hija Alice. Jerrik procurará acercarse al Comisionado.

—¿Cómo pueden celebrar una fiesta en este momento? —inquirió Carver.

—¿La protección del grupo? ¿La vida sigue? —preguntó Delia a su vez encogiéndose de hombros.

—Los Echols también van al convite —comentó Finn.

—Entonces... —dijo Carver—, quizá... ¿no podría el señor Echols advertir a Roosevelt?

—Echols no quería ni dejarle entrar su casa —recordó Delia—. Además, la policía cree que lo que pasó aquí fue una estratagema publicitaria.

—Pues por eso mismo —dijo Carver—. Como Roosevelt sabe que a Echols le enloquece la publicidad, si el fiscal se lo dice en privado y le hace la promesa de no contar nada a la prensa...

—¿Y por qué iba a prometer eso? —interrumpió Finn.

—¿Porque es lo que debe hacer? —sugirió Delia.

Finn resopló.

—Vale la pena probar, ¿no? —animó Carver—. No creo que cueste tanto: Roosevelt protegerá a los miembros de su familia en cuanto vea la menor posibilidad de que estén en peligro. ¿Podrías intentarlo, Finn?

—Bueno —dijo este—, pero será como hablar con una pared.

Consciente de que Finn no se expresaba con fluidez, le hicieron repetir lo que debía decirle a Echols hasta que se lo aprendió de memoria. Después, como ya les habían devuelto su ropa, se tomaron un descanso para cambiarse.

El mayordomo los miró con recelo cuando le preguntaron por el dueño de la casa, pero les contestó que estaba en el despacho. Cuánto más se acercaban a la puerta, más palidecía Finn. Delia le frotó los anchos hombros y Carver le dijo unas palabras de ánimo, pese a que le rechinaban los dientes de celos. Finn llamó a la puerta, pero no respondió nadie. Cuando Carver ladeó la cabeza en dirección al picaporte y Finn negó con la cabeza, el primero lo giró en persona y empujó la hoja, que se abrió de par en par. Detrás de un enorme escritorio cubierto de teléfonos, el frágil Echols parecía un niño enfermizo. Se volvió lentamente para mirarlos, la cara cenicienta. Daba la impresión de que estaba o soñando o sufriendo alguna enfermedad grave.

—Phineas —dijo.

—Tenemos que pedirte algo muy importante —contestó su hijo adoptivo, pero el padre no dio señales de haberse enterado.

—Estaba convencido de que todo era mentira —dijo Echols muy despacio—. Creí que Hawking había utilizado a su chico para amedrentarme y sacarme más dinero, y que tú habías colaborado. Al fin y al cabo, fue tu compañero en el orfanato, pero seguí adelante con lo de la prensa, y después asesinaron a Millie… la acuchillaron, a pocas manzanas de aquí. *Edwin*, la inicial E, como tu amigo había dicho a la policía. Samantha, tu madre, podría estar muerta.

El fiscal se levantó tembloroso y abrazó con rigidez a un Finn estupefacto.

—Tú la salvaste.

—Eh... gracias —se limitó a decir Finn, olvidando por completo su discurso. Luego, con infinita torpeza, dio palmaditas en la espalda de su padre.

Carver estaba a punto de interrumpir la fiesta cuando Echols señaló débilmente los teléfonos y dijo:

—He tratado de llamar a Roosevelt para convencerlo de que el Destripador estuvo aquí. Los policías creyeron que les estaba mintiendo, y ha resultado que les decía la verdad.

Echols no iba a ser capaz de ayudarlos a convencer a nadie. Hawking llevaba razón: estaban completamente solos.

73

A las seis de la tarde ya era imposible llegar a la entrada del City Hall. El gentío del parque y de la acera se derramaba por la calzada; los coches de punto y los privados hacían cola y atascaban Broadway. La reunión de la flor y nata de la ciudad se había convertido en una cortina de humo para el miedo y había atraído a toda clase de gente con ansias de participar, aunque fuese mirando de pasada a los verdaderos participantes.

Finn, que había tomado el mando, empujaba con la cabeza gacha, como el toro que siempre le había recordado a Carver. Delia se agarraba al abrigo del primero con una mano y al brazo del segundo con la otra. Una oleada de gente, debida a la llegada del coche del alcalde, empujó al trío hacia las barricadas de madera que rodeaban el edificio. Carver sintió que su hombro era aplastado contra la madera, causándole un pinchazo de dolor.

—¡Por aquí! —dijo Delia agachándose, y desapareció en una prensa de gabanes anónimos.

Carver se puso de rodillas para seguirla, pero el gentío se apresuró a ocupar el aparente hueco y lo lanzó otra vez contra la barricada. Delia y Finn ya la habían cruzado. Cuando Carver también lo consiguió, los tres recorrieron a gatas la distancia que los separaba de la parte trasera del edificio, donde la suavidad del mármol daba paso a la aspereza de la arenisca.

Al abrigo de un árbol solitario, se detuvieron para recobrar el aliento.

—Es imposible —dijo Delia—, aquí atrás hay también policías. No podemos llegar a la puerta.

—Pero si nosotros no podemos entrar, el destripador tampoco podrá, ¿no? —preguntó Finn.

—Si ha planeado atacar esta noche, ya estará dentro —objetó Carver.

Finn miró hacia la ventana más próxima de la planta baja. Las cortinas a medio echar dejaban ver una gran oficina llena de archivadores.

—Esa habitación está vacía. ¿Por qué no entramos por ahí? —sugirió.

Delia meneó la cabeza y dijo:

—Es buena idea, pero seguro que la han cerrado.

—¿Y qué? —replicó Finn.

—¿Ahora también eres un ganzúa? —preguntó Carver.

—No hace falta —dicho esto, Finn se encaramó al alféizar y empujó el marco. La ventana se abrió dando un fuerte chasquido—. Bastante más fácil que la puerta del periódico. Dos a cero, Carver.

—Pero… da igual.

Finn entró en la oficina y, animada por Carver, Delia fue la siguiente. Aquel trepó en tercer lugar, forcejeando a solas con el alféizar. Una vez dentro, le sentó como un tiro encontrar a Delia al lado de Finn, ajustándole la corbata y estirándole con delicadeza la ropa.

Al ver cómo la miraba Carver, Delia dijo:

—Es una fiesta. Tenemos que estar presentables. Te toca —añadió, pero cuando se acercó a él frunció el ceño y, tirándole de la chaqueta, comentó—: Es más fácil con telas de calidad. ¿No te han lavado la ropa?

—¡Acabo de arrastrarme por el suelo! —protestó él. Delia le quitó la gorra de cazador y se la metió en el bolsillo, le cepilló los hombros y le peinó con las manos. Lo último fue de lo más agradable.

—Es mi turno, ¿qué tal estoy? —preguntó Delia por último.

Carver se inclinó para retirarle un único cabello negro que colgaba sobre su mejilla y contestó:

—Perfecta.

—Espero que tengas razón —contestó Delia incómoda—. Es hora de irnos.

Se abrieron paso hasta el vestíbulo y entraron a la fiesta. La rotonda central del edificio encerraba un espacio vertiginoso con una gran escalera de mármol que subía al primer piso, donde diez columnas sostenían una cúpula artesonada. A Carver le recordó al Octágono, pero la rotonda del City Hall era mucho mayor y más alegre.

El gentío era ya considerable. Las mujeres llevaban sombreros extravagantes, joyas finas y vestidos vaporosos. Los hombres, mucho menos coloridos, con trajes donde predominaban el negro y el marrón, parecían pendientes de mantener el orden. Carver llegó a preguntarse si los ricos tendrían alguna prenda de vestir menos aparatosa.

Hasta Roosevelt iba de punta en blanco, luciendo un bastón de empuñadura dorada, bigotes recién recortados, una alta chistera de seda y unos modernos pantalones ajustados. Estaba cerca del centro del vestíbulo, rodeado por una multitud. Su atronadora voz resultaba fácil de oír, como de costumbre:

—Yo trabajé una vez para un *sheriff* del Territorio de Dakota que había pertenecido a la policía municipal de Bismarck. Cuando le pregunté por qué se marchó, me dijo que porque había golpeado al alcalde en la cabeza con un revólver. El alcalde le perdonó, pero el jefe de la policía exigió su dimisión. Así es, en resumen, la política.

Roosevelt no había escatimado inspectores, cuyos trajes menos costosos y sus bombines eran visibles por todas partes. Carver hasta reconoció algunas caras de la Nueva Pinkerton.

—Vamos a dividirnos —dijo Carver a los otros dos—, si atrapan a alguno de nosotros, los demás podrán seguir.

—¿Qué le digo a Roosevelt? —preguntó, preocupado, Finn.

—Olvídate de Roosevelt —contestó Carver—, y trata de buscar a Alice.

—Eso es fácil —dijo Delia—, ¡con ese vestido que lleva!

Carver se volvió en la dirección que señalaba su amiga. Allí de pie, cerca de un gran piano, remoloneaba la chica que había conocido en casa de los Ribe. Su cabello oscuro, recién rizado, estaba recogido con un lazo que hacía juego con su vaporoso traje amarillo y blanco.

—Canastos —dijo Carver—, parece tan… mayor…

—Pues no lo es —espetó Delia.

Carver Young, detective privado, no reparó en el muy mosqueado tono de su mejor amiga.

74

Alice Roosevelt, la expresión maliciosa, cuchicheaba animadamente con el pianista. Él protestó, pero Alice debió de ganar porque una nueva canción recorrió la estancia. Era una tonada popular entre la clase media y la baja, y tremendamente inadecuada para la alta. Bastante nervioso, el hombre cantó:

La dulce Lorraine entra en tu cabeza.
La dulce Lorraine te hunde y se aleja.

Mientras paseaba la mirada por la multitud, disfrutando de las expresiones de pasmo, Alice vio a Carver y le saludó con la mano, muy sonriente.

—Voy yo solo —dijo Carver a los otros.

—¿Y nosotros qué hacemos? —protesto Delia—. ¿Quedarnos de público y mirar?

Cuando vio que Carver se acercaba, Alice se balanceó al ritmo de la música.

Carver tendría que hablar rápido. Además quería hacerse notar lo menos posible, justo lo opuesto a lo que pretendía Alice. Su padre, en particular, estaba pendiente de ella.

—Dicen que a las chicas nos gustan los ladrones y los mentirosos, ¿sabes? —comentó Alice en tono agradable.

El comentario paró a Carver en seco.

—Pero yo no soy nada de eso.

—Qué pena —contestó ella. Carver se había quedado sin habla. Alice le dio palmaditas en el brazo—. ¡Venga, no te pongas tan serio! Solo practico un poco el arte del coqueteo. Alguna vez tendré que empezar, ¿no?, y tú tienes pinta de ser inofensivo, digan lo que digan.

—Claro... yo... sé que... pero, Alice... no me gusta nada tener que decirte que... —Carver se inclinó hacia ella para susurrarle—: Creo que estás en peligro.

—¿De qué? —preguntó Alice sin perder la sonrisa—. ¿De aburrimiento? Eso es una consecuencia natural de la riqueza, creo yo.

—No. El asesino... es largo de contar, pero...

Alice se irguió. Sus chispeantes ojos emitieron un brillo afilado que recordaba a Roosevelt.

—¿Tiene esto algo que ver con tu fantasía sobre una agencia de detectives secreta?

Antes de que Carver pudiera explicarse, una mujer bajita de crispada sonrisa le exigió al pianista que dejara de tocar. Alice se olvidó de Carver y se giró hacia ella como una peonza:

—¡Perdone usted, esa canción se la he pedido yo!

—Y tu padre me ha pedido a mí que la detuviera y te llevara a la mesa de la comida para que tomaras algo.

El Comisionado estaba junto a la mesa en cuestión. Carver no iba a poder acabar su historia.

—Este joven caballero —dijo Alice señalando a Carver— estaba a punto de contarme algo fascinante.

—Las chicas —dijo la mujer tirando de ella— siempre piensan que los jóvenes caballeros tienen algo fascinante que contar.

Alice sonrió de oreja a oreja y dijo a voces mientras la mujer se la llevaba a rastras:

—¿Volveremos a vernos? ¿Como dentro de cuatro años?

Carver parpadeó. Todos los ojos se clavaban en él. Retrocedió tratando de esconderse. Ya estaba cerca de una de las columnas cuando una mano lo agarró por el hombro.

—No digas nada —advirtió una voz conocida.

—¡Emeril! —exclamó Carver volviéndose.

—¡Calla! Dame la espalda; yo haré otro tanto.

Carver le obedeció y se puso detrás de la columna.

—Atiende —susurró Emeril—. Esta mañana, Hawking me ha dejado una nota debajo del felpudo de mi casa para decirme que vendrías aquí, pero no decía el porqué.

—Entonces habla más contigo que conmigo. La verdad es que creo que se ha vuelto loco —dijo Carver, y después le explicó en voz baja lo ocurrido y para qué estaban allí.

Al principio Emeril fingió que su única ocupación era mirar tranquilamente al gentío, pero hacia la mitad del relato de Carver, estaba tan impresionado que no volvió a preocuparse por disimular. Se puso enfrente del chico y dijo muy serio:

—Los inspectores han estudiado las iniciales, por supuesto, ¡pero no creo que hayan deducido los nombres de las próximas víctimas! Un juego dentro de un juego, y demostrará que la Nueva Pinkerton es necesaria. Sígueme, rápido.

Animado, porque al fin parecían enderezarse las cosas, Carver siguió a Emeril hasta la escalera curva. De camino escrutó la multitud en busca de Delia y Finn, pero no los vio por ninguna parte. En el primer piso, Emeril abrió la puerta de la habitación más cercana y le dijo a Carver que entrara.

—Espera aquí —añadió antes de marcharse corriendo.

Súbitamente solo, Carver paseó arriba y abajo sin prestar demasiada atención a los alrededores. Al cabo de un rato abrió la puerta para ver si el agente volvía y cuál no fue su sorpresa al descubrir que había dos policías haciendo guardia. ¿Los había puesto Emeril?

No. Por lo visto no. Poco después Roosevelt entró en la habitación, cerró la puerta, se quitó la chistera y los guantes y los dejó en una mesilla. Eso era. Emeril le daba a Carver la oportunidad que necesitaba para resolver su caso.

—Los jóvenes —dijo Roosevelt— suelen tener gran facilidad para colarse donde no son bienvenidos, pero tú pareces haberlo transformado en una profesión.

Carver se quedó de piedra. Roosevelt acortó la distancia que los separaba.

—Crees que el asesino piensa atacar a mi Alice.

—Sí.

—¿Por qué debería hacer caso a un sujeto que cree en sedes detectivescas subterráneas?

—Los apellidos de las víctimas...

—Eso ya me lo ha contado Emeril. Si todos dicen que dos y dos son cuatro, yo no soy quién para ponerlo en duda. Esta mañana hemos descubierto el mismo juego de palabras en la policía. Sin embargo, no hemos hallado la conexión con la infortunada Alice McKenzie, quizá porque su muerte no llegó a atribuirse al Destripador. Por eso te estoy profundamente agradecido. En este momento mis hombres tratan de sacar con discreción a mi hija de la fiesta. Como la conoces, ya supondrás que no es tarea fácil.

Al oír que Alice estaba protegida, Carver suspiró aliviado. Roosevelt retiró una silla de respaldo alto de un escritorio, la puso enfrente de Carver y dijo:

—Siéntate.

Mientras el chico obedecía, el Comisionado se desabrochó la chaqueta y apoyó las manos en las caderas.

—Lo que te he preguntado es distinto. Quiero saber por qué debo creerte. Cuando te conocí eras un iluso abandonado a su suerte con un tío traidor, y después fuiste el pupilo de un individuo que es pura afectación. Hoy eres un valeroso rescatador que sabe más de este caso que mis propios inspectores. Son muchas identidades para una sola persona. No me inspira demasiada confianza.

Al ver que Carver no respondía, Roosevelt añadió:

—No pretendo ser desagradable, yo mismo tengo varias.

—Yo... no sé qué decirle, señor —tartamudeó Carver.

—Ya veo —dijo Roosevelt. Luego acercó otra silla y se sentó enfrente—. Los hombres se conocen por sus palabras y por sus actos. Tú has venido a advertirme, una buena acción. Ahora quiero palabras. Empezaremos por algo fácil: ¿qué opinas del señor Hawking?

—¿Eso es fácil? —preguntó Carver a su vez, meneando la cabeza—. No lo sé. A veces es brillante y otras... parece que está loco.

—Respecto al Destripador, a quien consideras padre tuyo, ¿qué sentimientos te inspira?

—Me pone enfermo. Mi vida es una pesadilla desde que descubrí quién era. Además, creo que ha dejado todas estas pistas para tomarme el pelo.

—Algo tenemos en común: también a mí me pone enfermo y me toma el pelo. En cuanto a la amenaza contra Alice, ¿tienes idea del cuándo?

Carver negó con la cabeza.

—¿Crees que puede ser esta noche?

Carver pensó en ello, tratando de hacerlo como lo haría su padre.

—En el tejado lo herimos. Está furioso. No creo que espere mucho.

—¡Magnífico! Ese brillo de tus ojos cuando reflexionas. Habla de ti. Tienes la cabeza hecha un verdadero lío, hijo, pero tu olfato no se equivoca. Padre tuyo... ¡Dios santo! No sé cómo me apañaría yo si llevara la sangre de un demonio en las venas.

—Yo tampoco lo sé —dijo Carver mirándolo con desconsuelo.

—¿Cómo ibas a saberlo? Un joven necesita alguien que le inculque ideales, orgullo y valor. Esta clase de brecha no se repara con facilidad —contestó Roosevelt. Luego consideró el asunto un momento y añadió—: No puedo darte un nuevo padre, pero quizá pueda prestarte el mío. No he tomado ni una sola decisión sin preguntarme antes qué hubiera hecho él. Mi propia infancia fue a menudo un desastre, por razones muy distintas a las tuyas. Sufrí de asma y no hacía más que soñar que un lobo me atacaba en mi dormitorio. Entonces la vida también me parecía una pesadilla; pero mi padre me dijo «no mores en la oscuridad, sal y actúa». Desde entonces he tratado de vivir de acuerdo con esa máxima.

—¿Me está usted aconsejando? —preguntó Carver atónito.

—Sí. ¿Qué te parece?

—Muy… muy bien.

—¡Pues claro! —exclamó Roosevelt dedicándole una sonrisa dentuda.

Llamaron a la puerta. Uno de los policías entró y asintió con la cabeza. El Comisionado se levantó y dijo:

—Alice está lista para volver a casa. Tengo que irme.

Carver se alegró de haber terminado con su trabajo, pero el Comisionado añadió:

—Me gustaría que te unieras a nosotros. Ya es hora de que dejes de acechar en las sombras y salgas a la luz, ¿no crees, Young?

—Sí, señor —contestó Carver levantándose—. Gracias, señor.

—No me las des todavía. ¡Te vas a sentar al lado de Alice!

75

La llovizna matutina se había transformado en una niebla tan gris que las luces de la ciudad, tanto de gas como eléctricas, eran simples borrones, y tan espesa que se arremolinaba al paso de los transeúntes. Aquel mundo similar al de un sueño aterraba a Carver.

En la parte trasera del City Hall, Alice esperaba atónita en un elegante carruaje situado entre dos coches de policía llenos de agentes armados.

Roosevelt, que se dirigía hacia su hija, se detuvo un momento para observar la lobreguez del ambiente.

—Esto —dijo apoyando la bota en el estribo del carruaje— es lo que llaman tiempo de suicidios. Señor Young, suba por el otro lado.

—Pero, padre, yo no quiero… —dijo una vocecita asombrosamente sumisa desde el interior del coche.

—Ya está decidido, Alice. Edith y tus hermanos vienen de camino. Ya gritarás y patalearás todo lo que te apetezca en Sagamore Hill —dicho esto, Roosevelt montó y cerró la puerta.

Carver corrió al otro lado, pero el asiento era de dos plazas y, siendo el padre robusto y llevando la hija un vestido de fiesta, los tres tuvieron que retorcerse y comprimirse para que el chico cupiera.

Alice parpadeó y suspiró. Con los hombros en un ángulo extraño, Roosevelt dijo en tono paternal:

—Dale las gracias a este joven, Alice. Puede haberte salvado la vida.

—Gracias, puedes haberme salvado la vida —recitó Alice.

—Ahora, sugiero que disfrutemos de la niebla —dijo el padre, tras lo cual golpeó el techo con la mano y los tres coches se adentraron en Broadway. Con la fiesta a media celebración, la multitud había disminuido y la circulación de vehículos había mejorado. Roosevelt trató de acomodarse, pero solo logró colocarse en una postura más difícil. Llevaban apenas media manzana recorrida cuando el coche vibró como si le hubiera caído encima algo pesado. Roosevelt brincó hacia delante para ver qué era y empujó sin querer a su hija contra Carver. Al mismo tiempo el carruaje ganó velocidad de golpe, arrojándolos a los tres hacia atrás.

—¿Qué demonios...? —Roosevelt miró por la ventanilla—. ¿Dónde está la escolta? ¡Debería haber un coche a cada lado!

El Comisionado no tenía intención de esperar la respuesta. Pese a la velocidad en aumento, empujó la portezuela y se inclinó en el aire frío y gris.

—¿Está borracho, imbécil? —gritó—. ¡Deténgase ahora mismo!

El coche zigzagueaba entre los demás vehículos. Roosevelt miró hacia el cochero y le gritó a Carver:

—¡Young, saca a Alice de aquí, ya!

Carver estaba a punto de agarrar a la chica, pero un hecho atrajo bruscamente su atención hacia la portezuela abierta. Pese a su coraje y su fuerza, Roosevelt acababa de ser arrojado a la calle por una patada de las fuertes piernas que colgaban del techo.

Alice gritó.

—El Destripador —dijo Carver.

Rogando por moverse con suficiente rapidez, el chico agarró a Alice por la cintura y trató de abrir su portezuela. Sin embargo, antes de lograrlo, una sombra apareció en el espacio que Roosevelt había ocupado y se deslizó por el asiento. Su cabello, que sobresalía por debajo del sombrero, era oscuro como el de una pantera; sus ojos, negros y más monstruosos que los de cualquier lobo.

En esa ocasión, Alice no gritó. Usando a Carver a modo de abrazadera y los tacones de sus zapatos a guisa de martillos, pateó al intruso como un molinete enloquecido. Uno de los golpes acertó a la chistera y la mandó volando hacia la noche. En la frente del asesino se hizo visible el moratón del ladrillazo de Carver.

—¡La rodilla, la rodilla derecha, dale! —gritó este al recordar el patadón de Finn. Pero en cuanto Alice se tomó un segundo para apuntar, el Destripador le agarró las pantorrillas y gruñó. Al sentir la fuerza con que tiraba de la chica, Carver fue capaz por fin de abrir la puerta de un empujón. El embarrado suelo pasaba zumbando por debajo. El asesino debía de haber atado las riendas y dejado los caballos a su aire. Carver supo que no tenía elección. Tiró de Alice con todas sus fuerzas para tratar de sacarlos a ambos al borrón de niebla y adoquines.

Durante un tiempo las fuerzas estuvieron igualadas. Alice volvió a gritar, Carver no supo si por terror o por el daño que le hacían entre ambos.

Al tirar otra vez, le sorprendió no encontrar resistencia. ¿Se habría liberado Alice con una nueva patada? Ya estaban prácticamente fuera. Un pequeño impulso y caerían a la calle.

Pero en el instante en que Carver tomaba ese impulso, el asesino tiró de Alice con tal rapidez que el chico perdió el agarre y cayó del carruaje solo. Al golpearse contra el empedrado, se dio cuenta de que su padre se había servido del cuerpo de la chica para empujarlo.

Caballos al galope se abalanzaban sobre él. Carver se puso de rodillas y esquivó por un pelo al primer carruaje de la policía, que en vez de seguir tras Alice se detuvo a su lado.

Un frenético Theodore Roosevelt llegó corriendo desde media manzana más atrás y cruzó la calle a lo loco, provocando las iras de los conductores.

—¡Alice! ¡Alice! —gritó el Comisionado.

Pero hasta su atronadora voz fue apagada por la niebla mientras el coche con su hija y el asesino desaparecía en el muro gris de la noche.

76

El segundo coche de policía siguió como una flecha tras el Destripador. Roosevelt giró sobre sus talones hacia el que estaba detenido pero, en lugar de montarse, desató el arnés.

—¡Adelante! ¡Hay que cortar las calles! Quiero esta ciudad bloqueada, ¿está claro? —gritó.

—Comisionado, ¿qué está haciendo, señor? —preguntó el cochero.

—¡Hacerme con un caballo, hombre! —exclamó Roosevelt. A continuación apartó la yegua castaña del coche, se quitó el gabán y la chaqueta y los arrojó a la calzada—. He montado a pelo miles de veces. ¡Será el único modo de alcanzar a ese monstruo!

Al oír esas palabras, a Carver se le ocurrió otro modo. Echó a correr hacia la calle Warren.

—¡Yijeyyy! —oyó gritar a Roosevelt. Su caballo se empinó y salto hacia delante.

Carver llegó corriendo al garaje de los almacenes Devlin, donde Emeril y Jackson habían dejado el coche eléctrico. Animado al ver que seguía allí, le quitó de encima las mantas que lo cubrían y trepó al asiento del conductor. Con la mano en el manubrio que había visto mover a Emeril, accionó interruptores y pulsó botones hasta que uno de ellos originó un zumbido y una sacudida. El carruaje se puso en marcha, empujó las puertas del garaje y salió a la calle a toda máquina. Cuando Emeril lo había conducido, lo llevaba despacio. Carver avanzaba ya más deprisa, y el vehículo seguía acelerando. Para alcanzar a Alice tendría que correr aún más. No obstante, al mover el manubrio de dirección para girar en Broadway, el coche estuvo a punto de volcar.

Carver tiró de una de las palancas y desaceleró. Ya veía las miradas estupefactas de los policías, varados por su propio carruaje sin caballos.

Una vez de nuevo en la recta, empujó la palanca al máximo. Su pecho se precipitó hacia delante; la fría niebla se abalanzó sobre él a un ritmo desenfrenado. Adelantó sin problemas a varios coches de punto, al otro carruaje de los agentes e incluso a un tranvía. Más adelante distinguió la silueta de un hombre a caballo.

Carver se puso en paralelo a Roosevelt, quien, a pesar de su evidente angustia, le sonrió de oreja a oreja y gritó:

—¡Espléndido!

—¡Suba! —dijo Carver haciéndole señas.

Roosevelt intentó acercarse, pero la aterrada yegua no paraba de dar virajes.

—¡Déjelo! —gritó Carver—. ¡Yo me adelanto!

—¡Y un cuerno! —explotó Roosevelt. Luego, acercando la yegua lo más que pudo, saltó al asiento del pasajero. El coche dio un bandazo, pero Carver se las apañó para estabilizarlo.

—¡Creo que estoy empezando a creer en tu agencia subterránea! —dijo el Comisionado mientras se inclinaba hacia delante para escrutar la niebla—. ¿Podremos alcanzar a ese malnacido?

—No solo eso: ¡mataremos de miedo a sus caballos!

Carver volvió a empujar la palanca hasta el fondo, haciendo que el carruaje saliera disparado.

—¡Yi-pi-eyyy! —gritó Roosevelt—. ¡Ya vamos, Alice!

Carver cayó en la cuenta de que estaba siendo demasiado optimista: lo único que necesitaba el Destripador para darles esquinazo era meterse por alguna bocacalle. No obstante, cuando pasaron a toda velocidad por la calle Prince, Roosevelt señaló en dirección este y gritó:

—¡Allí!

Sin preguntar, Carver desaceleró para tomar la curva. Al hacerlo vio corriendo avenida abajo, primero entre hilachas de niebla y después en su totalidad, el carruaje oscuro. El vehículo cabeceaba de mala manera mientras su conductor trataba de controlar tanto a los caballos como a la peleadora figura que sujetaba.

—¡Deprisa! —exclamó Roosevelt, más como un ruego que como una orden.

Carver empujó la palanca.

Mientras aceleraban, el Comisionado se levantó y dijo:

—Acércate; voy a saltar.

—¡Espere! —gritó el chico. Quería explicarle que podían adelantarlos y empujar a los caballos hacia la acera, pero Roosevelt ya se había subido a la parte delantera del coche eléctrico.

En cuanto estuvieron más o menos a un metro, el Comisionado saltó de nuevo y se agarró a la parte trasera del carruaje con una mano. Con tan poco agarre, la fuerza del salto amenazaba con arrancarlo del vehículo. Mientras Roosevelt se esforzaba por guardar el equilibrio, Carver se puso en paralelo al carruaje. Su asiento no era tan alto como el de su padre, pero estaban lo bastante cerca como para mirarse. La atroz sonrisa se había recrudecido, los bestiales ojos no eran menos aterradores, pero sin su chistera parecía más vulnerable. Carver le seguía encontrando algo familiar en el rostro.

Alice forcejeó con energías renovadas, pero al asesino le bastaba una sola mano para sujetarla; con la otra manejaba las riendas. El flameo de su capa revelaba su largo cuchillo de carnicero. Carver advirtió con un escalofrío que si el Destripador no hubiera tenido que conducir, Alice ya estaría muerta.

Giró el manubrio para acercar el coche a los caballos, que al ver tan antinatural medio de locomoción relincharon y se encabritaron.

La pérfida sonrisa desapareció de la cara del asesino. Recuperó el control, pero a duras penas.

Entre tanto, Roosevelt se había encaramado al techo del carruaje. Mientras se arrastraba hacia la parte delantera, arrancó una de las cinchas para equipajes a fin de utilizarla como cachiporra.

Una vez más, Carver se acercó a los caballos, y un vez más, estos se estremecieron y culebrearon; su aporreo de cascos y sus resoplidos de terror superaban en sonoridad a las palabrotas del asesino.

Roosevelt estaba de rodillas, dispuesto a darle en la cabeza, pero el Destripador lo vio, echó mano diestramente al cuchillo y lo blandió. Carver viró de nuevo, esta vez golpeando el carruaje. Los caballos relincharon y se precipitaron contra la acera. El eje trasero del carruaje se partió y echó a Roosevelt hacia atrás.

Carver no pudo frenar a tiempo. Cuando por fin se detuvo y cambió de sentido, el Destripador se metía por un callejón arrastrando a Alice; la única ventaja era que, al parecer, la rodilla aún le molestaba.

Magullado por la caída, Roosevelt se hizo con un madero suelto del carruaje accidentado y corrió tras él. Como Carver llevaba desventaja, condujo el coche hasta la entrada del callejón. Allí estaba el asesino, con el cuchillo apoyado en la garganta de Alice.

Roosevelt avanzó hacia él blandiendo el trozo de madera como si fuese una espada.

—¡Suéltala! —ordenó.

—A ti no te quiero —bramó el asesino con un tono de voz increíblemente grave.

—¡Pues a Alice no la tendrás! —tronó Roosevelt.

—¡Tampoco la quiero! ¡Quiero al chico!

En aquel instante, Alice abrió la boca y mordió con denuedo la muñeca del asesino. Cuando él gritó y la soltó, ella corrió a parapetarse detrás de su padre.

—Quédate aquí, Alice —le dijo este, y avanzó balanceando el madero.

El Destripador repelió el golpe usando el cuchillo a modo de espada y cortó un buen trozo de tablón, aunque no suficiente para inutilizarlo. Luego se adentró más en la calleja.

Roosevelt aprovechó la ventaja y, balanceando su arma, obligó al asesino a retroceder hasta que este chocó contra una pared de ladrillo sobre la que había una escalera de incendios. El Comisionado se enderezó pensando que había vencido, pero en ese momento el Destripador se carcajeó.

Carver, que no les quitaba ojo, vio que su padre extendía las manos, se agarraba al travesaño inferior de la escalera y se elevaba para patear en el pecho a Roosevelt, que se desplomó como un fardo.

El Destripador saltó a su lado y alzó el cuchillo.

—¡Alto! —gritó Carver desde el coche.

El asesino levantó la vista. Ambos sabían que para cuando Carver bajara del coche, Roosevelt estaría muerto. El chico extrajo el electrobastón de forma instintiva.

¡Shiiic!

Al verlo y recordar la descarga recibida, el Destripador dijo con desprecio:

—Eso es un arma de críos; ni siquiera mata.

—No es para matar —replicó Carver. Cuando su padre se inclinó para acuchillar al Comisionado, Carver lanzó el bastón contra el costado de la hoja como si fuese una jabalina. Hubo un pequeño *bong* y un destello. El Destripador aulló y dejó caer el cuchillo para agarrarse la muñeca.

Sin embargo, sacudiéndose de alguna forma la descarga, recogió el todavía humeante cuchillo y miró a Carver.

—¿Y ahora qué? —preguntó—. ¿Quieres lanzarme algo más? ¿Nada?

El Destripador miró de nuevo al hombre tendido. A falta de otra opción, Carver empujó la palanca hasta el fondo. El coche salió disparado hacia delante. Carver rogó que las ruedas del vehículo tuvieran altura suficiente para que los bajos del coche no golpearan a Roosevelt.

En el momento del choque apenas pudo ver lo sucedido, pero supo que había aplastado a su padre contra la pared de ladrillo. A continuación él mismo salió volando y acabó contra la misma pared.

Después solo existió la nada.

77

Carver percibió destellos de luz, silbidos y ruidos sordos, como si alguien lo hubiera embutido en el misterioso motor del carruaje eléctrico. Al principio no le dolía nada, pero cuando el dolor llegó, no existió otra cosa. Sentía que las piezas de su tórax ya no encajaban, que algo afilado, como la punta de un bastón roto, se le clavaba una y otra vez en los pulmones. Lo despertó el olor a flores y el helor del viento. Al abrir los ojos pensó que continuaba soñando. ¿Cómo si no podía estar en el hospital de San Vicente, en el mismo que había estado Hawking, rodeado por mesas llenas de flores y montones de periódicos?

Al dolerle demasiado la cabeza para moverla, esforzó la vista para distinguir un titular:

**El PINKERTON MÁS JOVEN SALVA
A LA HIJA DEL COMISIONADO**

Pues sí, seguía soñando. Aparte de que nadie sabía nada de los nuevos Pinkerton, allí hacía demasiado frío para tratarse de un hospital. ¿Seguiría en el callejón? ¿Estaría bien Alice?

No obstante, la aspereza de las sábanas parecía real y la humedad también, porque estaba empapado en sudor; hasta el pelo tenía húmedo. Giró los ojos en dirección al frío y vio la causa: un ventilador eléctrico junto a una ventana abierta. ¿Lo del alféizar era... nieve?

—¡Ya estás despierto!

La voz procedía de un hombre enjuto y risueño ataviado con una bata blanca. La cálida palma que le apoyó en la frente, le envió un desagradable escalofrío por la columna que acabó de convencerle de que se estaba muriendo. Sin embargo, el médico parecía de lo más animado:

—¡Te ha bajado la fiebre, magnífico! —dijo el médico, tras lo cual apagó el ventilador y cerró la ventana—. Has llegado a 41 grados. Una hora más y tendría que haberte metido en un baño de hielo. Había que bajar esa temperatura como fuese.

Carver solo consiguió emitir un gemido seco.

—Mejor que no hables —recomendó el doctor—. Te fracturaste dos costillas, una de ellas en fragmentos menudos, así que tuve que operarte para quitártelos, y, en fin, que se presentó una infección. Seguirás con dolores unas cuantas semanas, pero dentro unas horas te sentirás mucho más espabilado. Me voy, quiero comunicarles a los Roosevelt que nuestro héroe saldrá adelante.

Carver señaló con un gesto débil los titulares de los periódicos.

—¿Alice?

—Está bien. Todo está perfectamente. Descansa —dijo el médico antes de salir.

Le encantó oír lo de Alice, pero también quería saber lo sucedido con su padre. Tendría que esperar.

Como obedeciendo a la orden del doctor, su cuerpo fue inundado por una oleada de agotamiento y se volvió a dormir. Después de horas o de segundos, sintió una suave caricia en la mejilla. Al abrir los ojos vio la cara pecosa de Delia sobre la suya. Su amiga le pasó los dedos por la frente para apartarle el pelo, como hiciera en el City Hall. Él le agarró la mano, medio dormido, y sintió los suaves nudillos contra la palma. Le dolía mucho menos moverse, y las sábanas estaban secas y eran suaves. Delia, que no se había quitado el abrigo, se sentó en la cama.

—Carver, creí que te morías... Dijeron que te podías morir, pero no ha sido así... Estoy tan... tan...

Se inclinó impulsivamente hacia él y le dio un beso en la boca. Mientras que la mano del doctor le había producido escalofríos, los labios de Delia hicieron que le ardiera todo el cuerpo. La chica prolongó un poco el contacto e hizo intención de apartarse, pero Carver sacó fuerzas de flaqueza y se incorporó para mantener sus labios unidos. Delia no le hizo el feo. Siguieron besándose hasta que una tos procedente del cuarto los interrumpió.

Delia se sentó erguida, sonriendo, y dijo:

—Finn también quiere saludar.

—A mí me basta con un apretón de manos —dijo el aludido colocándose detrás de Delia—. ¿Cómo andas?

Carver necesitó pensarlo. Llevaba un grueso vendaje alrededor de la caja torácica, pero el dolor no era demasiado fuerte. El médico tenía razón: la mayor parte del malestar se debía a la fiebre. El rugido de su estómago le dio la respuesta:

—Con hambre.

—No me extraña —dijo Delia—, hace una semana que no comes.

—Me ha parecido ver una bandeja de comida por alguna parte —dijo Finn mirando en torno.

—¿Una semana? —Carver se incorporó otro poco y se apoyó en la almohada—. ¿Qué pasó?

—Depende del periódico que leas —contestó Delia con una sonrisa irónica—. Según el *Sun*, Roosevelt persiguió al Destripador cabalgando a pelo y tú lo acorralaste en un callejón ¡con un carruaje eléctrico!

—Eh… pues… eso es verdad —dijo Carver.

Delia hizo una mueca, sin saber o no si le tomaba el pelo.

—En lo que todos coinciden es en que eres un héroe. Ahuyentaste al asesino, rescataste a la damisela…

Pero Carver ya no pensaba en Alice.

—Mi padre. ¿Lo arrestaron? ¿Está…?

—Encontraron mucha sangre —dijo Delia con el ceño fruncido—, pero no había ningún cuerpo.

—¿Ha habido otro asesinato? ¿Otra R? —preguntó.

El latido de su corazón parecía aflojarle los vendajes.

—Ahí está el busilis, que no lo ha habido —contestó Delia—. Dicen que o se ha arrastrado a algún rincón para morirse, o está tan malherido que ya no podrá hacer daño a nadie nunca más.

—Es un hombre muy fuerte, Delia —advirtió Carver meneando la cabeza.

—Tú no lo has visto —convino Finn—. Ese se está lamiendo las heridas.

—No es el coco —objetó Delia con los ojos en blanco—, y tú lo dejaste malherido. Se nota el cambio en toda la ciudad; se palpa el alivio. Por eso airean tanto tu historia los periódicos, con el beneplácito de Roosevelt, claro.

Finn encontró por fin la bandeja, que contenía fruta fresca y un sándwich. Carver agarró una manzana mientras Finn se hacía con el emparedado y asentía en dirección a los diarios para preguntar:

—¿Cómo sienta lo de ser famoso?

—No lo sé todavía —contestó Carver encogiéndose de hombros—. He estado inconsciente. ¿Pero cómo es que dicen que soy un Pinkerton?

—Porque eres el ayudante de Hawking —respondió Delia—, y como él trabajaba con Pinkerton...

—¿Dónde está el señor Hawking? ¿Ha venido a verme?

—No lo sé —contestó Delia—. El doctor dice que has tenido varias visitas. Puede que él fuese una.

—Finn, ¿lo ha visto Echols? —preguntó Carver. Pensar en el abandono de su mentor le dolía, aún más que la costilla astillada.

—No, y está que se sube por las paredes. Dice que va a tener que contratar a otro detective para que le busque a su detective.

—¿Quieres que miremos las notas que te han dejado las visitas? —sugirió Delia.

—Hawking no es precisamente un sentimental, pero podemos mirar si hay alguna escrita a máquina.

Los tres pasaron el resto de la visita mirando las notas en que le deseaban un pronto restablecimiento. La mayor parte era de gente que Carver ni conocía. Se alegró al ver un paquete de libros de la señorita Petty, pero sintió que no hubiese nada de su maestro. ¿Estaría persiguiendo al Destripador, o había llevado tan lejos sus excentricidades que había acabado por ser uno de los pacientes del manicomio?

Como aún estaba débil, hizo que Delia llamara al Octágono. Thomasine Bond le aseguró que Hawking no había vuelto.

—En cuanto pueda voy para allí —dijo Carver—. ¡Tiene que haber dejado alguna pista o algo!

—Te acompañaremos —ofreció Delia.

Pasado un día Carver se levantaba y a los dos se sentía casi bien pese al dolor de las costillas, pero el médico no le daba el alta. Con el transcurso del tiempo, además de las frecuentes visitas de Finn y Delia, recibió la de Emeril, quien le comunicó que se «había encargado» del carruaje eléctrico. Carver le dio a Jerrik Ribe una entrevista durante la cual no mencionó la Nueva Pinkerton e insistió en que el coche sin caballos era producto de la imaginación de algún viandante que había leído demasiadas novelas de a diez centavos.

Mentir era más fácil de lo que pensaba.

Un día muy de mañana, a fin de evitar a la prensa, apareció el Comisionado Roosevelt para expresarle su «infinita» gratitud. Con el mismo entusiasmo infantil sacó a colación todas las facetas de la vida de Carver.

Habló de enviarlo a la universidad para que se dedicara a la política o:

—Si lo prefieres, a la investigación policial. Es obvio que tienes un don.

También dejó las páginas recién mecanografiadas de un libro que estaba escribiendo y una carta manuscrita de Alice quejándose de lo que se aburría y comunicándole su deseo de que fuese a verla lo antes posible. Recordando la afición de Carver por los artilugios, Roosevelt le enseñó el prototipo de unas nuevas esposas, obra de Bean Manufacturers, pero al comprobar cuánto le gustaban a Carver, se las regaló.

Mientras el chico probaba la resistencia de la cerradura y de los aros, Roosevelt se frotaba las manos con un azoramiento impropio de él.

—Si no te importa enseñármela —dijo por fin—, me encantaría ver esa sede central tuya. El señor Tudd murió por salvaguardar sus secretos, así que te doy mi palabra de que, pese a mi posición, yo también los protegeré.

—¿Ya no está usted... enfadado? Como dijo lo de la vigilancia parapolicial...

—¿Enfadado? Lo que siento es rabia, rabia de que la corrupción de esta ciudad sea tan grande que hiciera pensar a Allan Pinkerton en la necesidad de un cuerpo secreto. No obstante, llevaba razón. Mi labor está lejos de haber acabado, y siento lástima por Tudd, aunque no sé cómo hubiera podido evitar lo que le pasó. Ojalá hubiera confiado en mí. Yo habría aceptado su ayuda, pero aún puedo hacerlo. Quizá con el tiempo, tú mismo podrás revivir la agencia.

—¿Yo?

—Por supuesto. Me he propuesto hacer de la policía una fuerza más organizada, como el ejército. Cuando contratemos personal, buscaremos hombres resueltos, sensatos, independientes, que sientan respeto por sí mismos y deseos de mejorar. Tú tienes todo eso y más, porque eres brillante y posees una honradez a prueba de bomba. ¿Quién mejor que tú?

Parecía un sueño. Al final, los planes de Hawking iban a hacerse realidad.

A la mañana siguiente le quitaron el vendaje y, como ya no sentía ningún dolor, el médico le dijo que podría irse a las veinticuatro horas. Se encontraba tan bien que antes de que Delia se marchara de su visita vespertina, la abrazó con fuerza hasta que a ella le dio risa y lo apartó.

—¡Que me ahogas! —protestó con las mejillas encendidas y, avergonzada de sus propios sentimientos, corrió hacia la puerta—. Mañana vendré con Finn. Nos va a llevar a un restorán finolis, cortesía de los Echols. ¡A lo mejor es Delmonico's!

—Pero antes tenemos que ir a Blackwell —dijo Carver.

—Sí, claro.

La sensación del cuerpo de Delia contra el suyo permaneció en su memoria hasta mucho después de cerrarse la puerta.

No había ni rastro del Destripador. Quizá fuese cierto que se había arrastrado hasta algún rincón para morir; quizá por fin la pesadilla se había terminado...

Al anochecer, Carver se acomodó para mirar el manuscrito de Roosevelt. Estaba tan recuperado que pudo leer durante horas antes de apagar la luz y caer en un sueño tranquilo y reparador.

No tenía forma de saber cuánto llevaba dormido cuando un ruidito de la puerta lo espabiló. Se volvió de lado y vio una silueta oscura junto al umbral. Era una forma conocida, encorvada, que se tambaleaba un poco al apoyarse en el bastón.

—¿Qué te parecen mis clases, chico? —preguntó Albert Hawking.

78

—¡Señor Hawking! —exclamó Carver. Al principio se sintió tan complacido como aliviado, pero después, al ver que su mentor parecía tan sano como siempre, se volvió a enfadar—: ¡Me dejó solo!

El viejo detective se colocó bajo la luz procedente de una farola que entraba por la ventana.

—Paparruchas. Te he enseñado a volar, algo que nunca habrías conseguido si hubiera estado contigo para sostenerte.

—Pero había vidas en juego —dijo Carver con expresión sombría—. La de la señora Echols, la de Alice... la mía.

—Las dos están bien. Respecto a ti, hay veces que las cicatrices hacen al hombre. Comprendo que te resulte difícil admirar a tu padre, pero tu resistencia debes agradecérsela a él, eso y tu inventiva. Hasta has utilizado unos cuantos chismes, según tengo entendido. Has estado muy bien. ¿Cómo te tratan en este pozo negro? ¿Te encuentras mejor?

Carver sintió una oleada de orgullo que dio al traste con su enfado. Después de todo, Hawking se preocupaba por él. Asintió con la cabeza.

—Me dejan irme por la mañana.

—Ese imbécil de cirujano casi te mata —gruñó Hawking—, ya puede agradecerle a tu cuerpo su habilidad para curarse. Te he seguido la pista —añadió, otra sorpresa más.

El detective se le acercó, lo miró con bastante menos frialdad que de costumbre y, apoyando su mano lesionada en el bastón, extendió la otra para tocarle la frente.

—A todas horas.

Carver ignoraba cómo reaccionar. Hawking le dio unas palmaditas, se echó hacia atrás, se hizo con la jarra de agua de la mesilla y echó un poco al vaso.

—¿Dónde ha estado usted? —preguntó Carver.

Hawking tomó el vaso con la mano agarrotada y se lo tendió.

—Bebe, estás un poco ronco.

El temblor del vaso amenazaba con derramar el agua, pese a que aquel estaba medio lleno. Carver lo sujetó, se lo llevó a los labios y tomó un sorbo. Tenía la garganta realmente seca.

—Sigo esperando la respuesta —dijo después de beber.

—¿Así que ahora el maestro eres tú? —Hawking soltó una risita. Luego dejó la jarra, se giró y estuvo a punto de caerse al tropezar con la silla de ruedas, en la que acabó por sentarse—. Mi alumno es un detective tan famoso como el de cualquier novela de a diez centavos, ha conquistado a una familia poderosísima que está en deuda con él y sabe la combinación del mejor laboratorio criminológico del mundo. ¿Pero está agradecido? No. Quiere más.

—Claro que estoy agradecido, pero…

—Hay más. El dinero de Echols está ya en una cuenta a tu nombre. Encontrarás el papeleo en Blackwell. A mí no, sin embargo. Esta vez me voy de verdad.

A Carver le daba vueltas la cabeza. Le resultó muy difícil escoger las palabras para decir:

—No lo entiendo. ¿Adónde va? Todavía no me ha dicho dónde ha estado.

—¡Y tú todavía tienes la mala costumbre de repetir preguntas que estoy a punto de contestarte! He estado atando cabos, asegurándome de que todo funcione como es debido. No obstante, debo hacer algo más, y es asunto mío, no tuyo. Las clases han terminado, así que yo también repito: ¿qué te han parecido?

Carver sintió el escozor de las lágrimas en los ojos, pero las contuvo y miró fijamente a su maestro.

—¿Solo ha venido para decirme que se vuelve a marchar?

—No me mires así, chico, ni me hables en ese tono. ¿Eres un bebé en mantillas que me necesita para cambiarle los pañales?

Hawking apoyó el bastón en el suelo y se puso en pie. Temblaba más que de costumbre y, por primera vez, Carver cayó en la cuenta de que tenía mala cara.

—He venido porque me alegra y me enorgullece verte.

Su tono inusualmente emocionado llenó a Carver de preocupación.

—¿Se encuentra mal, señor Hawking? ¿No puede decirme adónde va, por favor?

—He recibido ciertas noticias —contestó el otro, dubitativo—. Alguien que creía muerto puede seguir vivo, y yo tengo que averiguarlo. Eso requiere viajar un poco.

—¿Mi padre? —preguntó Carver—. ¿Va a perseguir a mi padre?

—No te preocupes. Me aseguraré de que en Nueva York no haya más muertes.

¿Qué quería decir? ¿Pensaba matar al Destripador? ¡Pero si estaba muy débil! Algo iba mal, algo iba terriblemente mal. La habitación giraba. Carver apoyó la mano en la mesilla para estabilizarse.

—No me siento bien —dijo.

—Será por el hidrato de cloral que te he echado al agua —contestó Hawking—. Gotas para dormir. Quizá me esté volviendo sentimental, pero quería verte antes de irme y tenía que asegurarme de que no me siguieras. Nunca me oirás repetir lo que voy a decirte, pero te he enseñado demasiado bien y este es el único modo.

79

—¡Carver! ¡Carver!

La cabeza le dolía como si le hubieran pegado con una cachiporra. Alguien lo sujetaba por los hombros y lo sacudía para despertarlo, pero lo único que lograba era agravar el dolor.

Carver movió las manos.

—¡Para!

Delia y Finn estaban delante. La luz de primera hora de la mañana iluminaba la habitación.

—¿Tenías una pesadilla? —preguntó Delia.

Carver se irguió como un resorte.

—¡Ha sido Hawking! ¡Me ha drogado!

—¿Por qué? —preguntó Finn.

—Creo que ha encontrado a mi padre —contestó Carver. Se levantó y empezó a dar vueltas—. Creo que va a matarlo.

—¿Qué? —exclamó Delia—. ¡Eso es una locura!

El médico entró en la habitación y dijo:

—¿Va todo bien?

—Sí —respondió Carver—, estoy bien, es que he tenido una pesadilla.

—De acuerdo —dijo el médico observándolo—, ya casi es la hora del alta. Te traeré unos papeles para que los firmes y te acompañaré a la puerta.

Una vez que el doctor se fue, Carver empezó a quitarse la bata, deteniéndose solo para pedirle a Delia que se volviera mientras se vestía.

—El médico quiere despedirse de mí delante de la prensa, pero yo quiero llegar a Blackwell cuanto antes. Seguro que allí encuentro alguna pista. ¿Qué hora es? ¿Cuándo sale el próximo ferry?

—Miraré el horario —dijo Delia abriendo un periódico.

Finn se fue a toda prisa tras decir:

—Yo buscaré un coche. Estaré en la puerta trasera.

En el último momento, Carver agarró las esposas que Roosevelt le había dado.

Antes de que el médico regresara, él y Delia bajaron por una escalera de servicio que desembocaba en la puerta de atrás. Finn los esperaba en un coche de punto.

Mientras iban hacia el ferry, Carver siguió diciendo:

—Va a enfrentarse con él a solas, lo sé. Puede que vea esto como su última gran batalla. Aunque nadie más lo sepa, él sabrá que dio caza a Jack el Destripador.

—Y yo pensando que mis padres eran raros... —dijo Finn.

Carver se había acordado de guardar el electrobastón y la ganzúa, pero con las prisas se había olvidado de su gabán nuevo. En el coche no hacía un frío excesivo, pero cuando el viento sopló del East River al bamboleante ferry, creyó que se congelaba. Aunque se acurrucó junto a Delia, no le sirvió de tanto como hubiera creído.

En el Octágono, un guardia les advirtió que fuesen despacio, pero cuando Carver lo ignoró, el hombre no hizo el menor esfuerzo por detenerlos. Carver subió corriendo la escalera circular, propulsándose con el pasamanos. La puerta de la habitación de Hawking estaba cerrada, cosa que nunca sucedía y razón por la cual Carver no tenía llave. La ganzúa fue la solución. La gran estancia octogonal era un desbarajuste, prácticamente el mismo que antes de que Hawking obligara a Carver a limpiarla. La cama de este era casi invisible por la cantidad de cajas y libros que la cubrían. El escritorio estaba abarrotado de desperdicios. Carver supo sin ningún género de dudas que Hawking había estado trabajando allí durante todo aquel tiempo.

Delia y Finn llegaron jadeando mientras Carver paseaba la mirada por la habitación tratando de imaginarse qué había ocurrido. ¿Cómo había encontrado su maestro la pista del asesino? Tenía que ponerse en el lugar de Hawking. ¿Qué era lo más importante para su mentor?

La máquina de escribir había desaparecido. De pronto se acordó del aparato ferroviario y corrió hacia la mesa; solo vio unos tornillos por el suelo. También faltaban algunos de los trajes de Hawking.

—Se ha trasladado a otro sitio —dijo Carver—. Delia, baja a ver si encuentras a una mujer que se llama Thomasine Bond. Es inglesa, y probablemente enfermera.

—¿Y ahora quieres que baje? —inquirió la jadeante Delia.

—Por favor. Recuérdale que hablamos por teléfono. Dile que sé que Hawking ha pasado aquí arriba estas últimas semanas. Pregúntale cómo era el tono de su voz cuando hablaba con ella y si salía a menudo. Es importante. Corre.

Delia asintió y se dirigió a las escaleras.

—¿Y yo qué hago? —preguntó Finn.

—Recoge —dijo Carver recorriendo el cuarto—. Pon los muebles en su sitio. Amontona las cajas y los periódicos. Si encuentras algún libro abierto por una página, no lo cierres.

—Bueno. ¿Y qué estoy buscando?

—No lo sé. Notas sobre Jack el Destripador. Anotaciones sobre... viajes.

Finn se puso manos a la obra, amontonando las pesadas cajas con facilidad y rapidez. Carver siguió con su paseo y miró un par de libros abiertos. Vio el viejo gabán que Hawking le había prestado colgando solitario en el perchero, vio que Finn deshacía despacio su cama.

—Carver —dijo este con un papel en la mano—, esto es de viajes.

Era un plano de las líneas del metro elevado de Manhattan, que incluía los trenes suburbanos que salían de Grand Central. Había también un horario. Carver lo había visto antes en alguna parte, pero no recordaba dónde.

—¿Te sirve? —preguntó Finn.

—No lo sé. Quizá el Destripador huyó de la ciudad y Hawking sabía a qué sitio. ¿Dónde lo has encontrado?

Finn señaló un montón de papeles que medio cubrían una máquina rota. Carver se había equivocado; la máquina de escribir seguía allí, pero estaba irreconocible. Daba la impresión de que Hawking la había estampado contra el suelo en pleno ataque de ira. Carver se arrodilló y miró de hito en hito las teclas retorcidas y aplastadas.

Delia apareció en la puerta; jadeaba tanto que parecía a punto de sufrir un colapso.

—Carver, aquí no hay ni ha habido nunca ninguna Thomasine Bond, y nadie más recuerda haberte dado ningún mensaje. Dicen que Hawking se ha ido esta mañana temprano, en el ferry anterior al nuestro.

—¿Entonces con quién hablé? —Carver recordó el momento en que utilizaba sin permiso la centralita de la jefatura de policía, y a su mentor diciéndole que pusiera una voz más aguda, más femenina—. ¿Cómo es posible que no me diera cuenta? Thomasine Bond era Hawking. ¿El ferry anterior al nuestro? Nos saca mucha ventaja, pero si piensa tomar un tren de cercanías, podemos alcanzarle, si sabemos dónde va. ¡Hay que seguir buscando!

Finn, que no paraba de recoger, agarró la máquina por el armazón. Cuando la levantaba, el carro se desprendió y se cayó al suelo.

—Va a necesitar otra máquina.

—Otra… ¡Finn! —chilló Carver.

—¿Qué? Perdón, ¿qué...?

—¡Cómo que perdón, eres un genio! —exclamó Carver y, tras darle a Delia el horario, corrió escaleras abajo hasta la estrecha puerta que conducía al cuarto de observación. Acababa de recordar dónde había visto aquel horario. Allí, en el pequeño y abarrotado espacio del despacho, la segunda máquina de escribir seguía intacta. Las notas, sin embargo, parecían todas de los pacientes. El rodillo.

Hizo sitio en la mesa. Estaba buscando papel y lápiz cuando sus amigos llegaron.

—Por favor, por favor, no más escaleras —rogó Delia—. Además, ¿qué haces?

—Hawking leyó mis notas en el ateneo frotando con lápiz la última hoja de mi bloc. Él aporreaba las teclas de esta máquina, así que las impresiones más recientes serán las más profundas. Por eso voy a probar lo del lápiz en este rodillo.

Sus primeros esfuerzos le granjearon unas palabras sueltas, como «idiotas», pero cuando giró el rodillo y probó de nuevo, descubrió unos números:

—10.10 y 870. Delia, ¿hay algo así en el horario de trenes?

Delia recorrió la lista con la mirada:

—¡Sí! 870 es el número de una locomotora de la línea Nueva York Central, y hay un tren que sale a las diez y diez.

—El elevado de la calle 34 que comunica con el muelle del ferry va a Grand Central —dijo Carver—. Podemos llegar a las diez.

—Ese elevado es sobre todo para turistas que quieren ver Brooklyn y Long Island. Solo pasa cada hora —dijo Delia—. Lo mismo nos encontramos a Hawking esperando en el andén.

Mientras Carver corría hacia la puerta, vio que Delia le había bajado el viejo gabán de su mentor.

—Supuse que lo querrías —dijo ella—, hace frío.

Al mirar a sus amigos, Carver dejó por primera vez de sentirse un huérfano.

El ferry hizo el recorrido bastante rápido. Gracias al viejo gabán, Carver fue capaz de quedarse en la cubierta superior con Delia y Finn para mirar el andén del elevado mientras se acercaban al muelle.

Aunque alcanzaran a su mentor, ¿qué pretendían? ¿Esposarlo a una farola? Pero no podían dejar que se enfrentara solo al Destripador. Incluso herido y acorralado, su padre había sobrevivido a un atropello, y Hawking parecía cada vez más débil.

—Ese debe de ser el tren —dijo Finn señalando una columna de humo. Aún no se movía, pero lo haría pronto. El capitán les gritó cuando saltaron el último metro que los separaba del muelle y corrieron hacia las escaleras. Al llegar al andén, la locomotora emitió un fuerte silbido. Las puertas estaban selladas, cerradas a cal y canto por mor de la seguridad. Con una bocanada de vapor, el tren se puso en marcha.

—Demasiado tarde —dijo Finn deteniéndose—. Si consigo pronto un coche, podemos alcanzarle en la estación.

Carver miró a los pasajeros por las ventanillas.

—Muy bien, vamos… —localizó a su mentor a media frase. Antes de que el chico pensara siquiera en agacharse, Hawking levantó la mirada y lo vio, tras lo cual sonrió tristemente y meneó la cabeza.

—¡No! —exclamó Carver—. ¡Me ha visto! Saldrá en la próxima parada y buscará otro medio para salir de la ciudad. Nunca lo encontraremos. Tenemos que subir a este tren.

—¿Cómo? —preguntó Delia—. No puedes subirte encima de un salto.

Carver miró el techo de metal que salía en voladizo sobre el vagón y preguntó:

—¿Por qué no?

Trepó por una columna y saltó al tejado de la estación. Mientras recuperaba el aliento, oyó que Delia lo llamaba exasperada, y después los golpetazos de Finn al seguirlo.

El tren arrancaba lentamente, aún estaba a tiempo de lograrlo.

Corrió como no había corrido en su vida y al llegar al borde del tejado saltó al tren, aterrizando boca abajo en el segundo de los cinco vagones de pasajeros. Le dolieron las costillas, pero tras rodar un poco, fue capaz de detenerse y levantarse. Finn saltó poco después, y el golpe de su pesado cuerpo dejó una huella en el techo del vagón.

Antes de que pudieran pensar el siguiente paso, vieron a Delia en el tejado. Corría como un rayo, sujetándose la capa con ambas manos. El tren aceleraba. No lo conseguiría.

—¡No! —gritó Carver—. ¡No lo hagas!

Pero ya había saltado. Carver contuvo el aliento mientras la chica volaba por el aire y solo exhaló cuando la vio caer en pleno centro del quinto y último vagón. Delia se levantó sin soltar la capa, se tambaleó levemente y avanzó muy decidida. Carver y Fin se miraron, tan impresionados como aliviados.

Pero el alivio duró poco. Un brusco bache de las vías estuvo a punto de tirarlos a los tres del vehículo. Carver supo que no sería la última sacudida. Tenían que cruzar la Tercera Avenida y pasar la calle 42 antes de llegar a la estación Grand Central.

—¡Hay que entrar! —dijo y agitó los brazos en dirección a Delia, señalando luego hacia abajo.

Ella lo ignoró, echó a correr y saltó al cuarto vagón.

—Me parece que no le gusta quedarse atrás —dijo Finn.

Carver meneó la cabeza. A gatas, para mantener mejor el equilibrio, fue hasta la parte delantera del vagón en el que había caído para ver si descubría una forma más fácil de bajar y entrar.

Por debajo vio una corriente de frenéticos hombres de negocios y obreros empujándose para abrirse camino desde el primer vagón al segundo. Finn se agachó a su lado con el ceño fruncido y preguntó:

—¿Qué pasa?

—¡Ya voy! —gritó Delia por detrás. Al ver que ya estaba en el tercer vagón y presentir que algo iba mal, Carver le hizo señas para que retrocediera, pero ella se limitó a poner mala cara. Carver miró de nuevo hacia delante.

—Estamos llegando a la parada de la Segunda Avenida. Cuando el tren vaya más despacio podemos bajar y cerrarle el paso a Hawking —le dijo a Finn.

Pero el tren no fue más despacio, sino más deprisa, haciendo de los pasajeros que esperaban en el andén un borrón confuso e irritado. Algo iba muy mal. Cuando los últimos viajeros pasaban al segundo vagón, Carver se puso tenso, preparándose para bajar. Antes de poder hacerlo, una figura alta ataviada con capa negra y chistera apareció en la puerta del primer vagón, metiendo prisa a los pasajeros para que salieran.

Su padre. El Destripador.

Se habría dado cuenta de que Hawking iba tras él y había decidido devolverle la pelota. Carver apretó los dientes. En vez de miedo sintió rabia. Tenía que acabar con aquello, de una vez por todas.

El tren dio un nuevo bandazo. El asesino hizo un gesto de dolor y la rodilla derecha se le dobló. Todavía estaba herido, algo era algo. Además, Finn estaba allí arriba y Hawking abajo; entre los tres lo capturarían.

En cuanto el último pasajero salió del vagón, el Destripador sacó algo largo y brillante de los pliegues de su capa. Carver frunció el ceño. No era su cuchillo, sino el aparato metálico que a Hawking le había costado tanto montar. Carver tragó saliva. ¿Por qué lo tenía él? ¿Es que había matado ya a su mentor?

Pese a los resoplidos del tren y al traqueteo de las ruedas, Carver tuvo la impresión de que el asesino había oído su grito ahogado, porque miró alrededor con una mueca salvaje. Al no ver nada desacostumbrado, clavó la herramienta en el espacio comprendido entre los vagones y la giró. Después guiñó un ojo, se tocó el ala del sombrero y volvió a meterse en el coche.

Carver sintió una sacudida cuando su vagón perdió velocidad. Sin embargo, la locomotora y el primer coche siguieron adelante. El Destripador había desenganchado los vagones. El espacio entre ellos aumentaba. Su padre se iba.

Carver se levantó tembloroso. El hueco crecía poco a poco...

—¡Mi padre va en ese vagón! ¡Tengo que saltar!

—¿Estás loco? —dijo Finn, levantándose también.

—¡No podrás! —gritó Delia al alcanzarlos—. ¡Y si lo haces estarás solo con él!

Medio metro. Un metro.

Carver se volvió hacia Finn.

—¡Lánzame!

—¿Qué?

—¡Como hiciste en el despacho del abogado! ¡A la de tres, yo salto, tú lanzas!

—¡No lo hagas, Finn! —rogó Delia.

—¡Lo hagas o no, voy a saltar! A la de una, a la de dos, a la de...

—¡No! —gritó Delia.

Finn agarró a Carver por el cuello del abrigo y la cinturilla de los pantalones.

—¡Tres!

Los fuertes brazos de Finn lo alzaron. Los pantalones se le incrustaron en la entrepierna. La espalda del viejo gabán se desgarró pero, en el momento en que Finn lo soltó, Carver saltó por los aires con las piernas estiradas al máximo.

81

Aterrizó sobre la tripa. Durante un segundo pensó que lo había conseguido, pero el tren iba a mucha más velocidad que al salir de la estación. Al no poder detenerse, Carver rodó por el techo, se agarró un segundo a una columna de la estructura metálica y, en cuanto la pequeña plataforma posterior del vagón pasó por debajo de él, saltó. Su padre estaba dentro, y Hawking también, a menos que ya hubiera…

El tren osciló con violencia. Carver recobró el equilibrio y trató de encontrar la menor gota de calma en el mar de rabia y miedo que lo inundaba. No halló ni una. Ya no quedaba nada por pensar ni por hacer, solo abrir la puerta de un tirón.

Al fondo del coche se sentaba Albert Hawking, su gibosa forma emborronada por los vertiginosos cambios de luz y sombra cuando el tren pasaba por delante de cielo o de edificios. Una manta vieja le cubría los hombros y el pecho.

Estaba tan inmóvil como un cadáver.

Carver contuvo el aliento y estudió el espacio que los separaba. En los asientos vio abrigos, maletines y fiambreras abandonados por los pasajeros. En algunas de las mesas situadas entre los asientos había también bebidas derramadas y tentempiés. Aparte de eso, el vagón parecía desierto. Carver estaba deseando llegar hasta Hawking, pero sabía que cualquier error podía ser el último. Dio un paso y se detuvo. Debajo de las mesas había únicamente espacio para esconder a un niño pequeño, pero el Destripador tenía que estar por alguna parte.

—No te detengas ahora que has llegado tan lejos, chico.

Hawking, súbitamente animado, levantó la mano y le hizo señas para que avanzara.

Carver siguió adelante, mirando nerviosamente entre los asientos.

—¿Está aquí? ¿Se encuentra usted bien?

Hawking mascullaba para sí:

—Me está bien empleado. Los periódicos decían que estabas bien, pero no, yo tenía que verlo con mis propios ojos. Has encontrado la segunda máquina de escribir, claro. Bueno, pues no esperes una palmadita en la espalda.

En la mesa, delante de él, descansaban una tetera tapada y una taza vacía. Hawking abrió los dedos de su mano agarrotada y los estiró completamente. A pesar del movimiento del tren, levantó la tetera con aplomo y la sostuvo en alto.

—Algún pobre tipo se ha dejado esto —dijo echándose una taza—. Sería una pena desperdiciarlo.

Cuando estuvo llena, Hawking se levantó y mantuvo un instante el encorvamiento que Carver conocía.

Después se oyó un crujido cuando su espalda se enderezó y añadió quince centímetros a su estatura. A continuación se sacudió un poco de polvo blanco del pelo para revelar lo negro que era por debajo. Carver intentaba encontrar sentido a lo que veía, pero no se lo encontraba por ninguna parte. Hawking se irguió aún más. La manta que lo cubría cayó al suelo dejando ver su capa y su traje negros.

—No te haces idea de lo que cuesta mantener esa postura —dijo con voz más resonante y más grave—, sobre todo después de que el matón de tu amigo me rompiera la rodilla y mi propio vástago me arreara un ladrillazo y me golpeara dos veces con ese bastón infernal para electrocutarme.

Carver, boquiabierto, con los ojos desorbitados, se las arregló para decir:

—No puede ser.

—¿No puede? —su mentor parecía enfadado—. ¿No hay coches de bomberos en los escenarios? En serio, chico, si no estás preparado para lidiar con los monstruos, no mires debajo de la cama.

El hombre bajó la cabeza, apretó dos tiras de pelo negro a lo largo de sus mejillas y estiró la mandíbula. Cuando levantó la mirada, en vez de la cara ajada de Hawking, Carver vio la amplia sonrisa lasciva de Jack el Destripador.

El demoniaco rostro desapareció con tanta rapidez como había aparecido, dejando algo más parecido a Hawking, salvo por las patillas de boca ancha y el cabello oscuro.

El Destripador pasó los dedos por su capa y su traje negros.

—En Londres ni siquiera me visto así, ¿sabes? Así es como me ven unos cuantos dibujantes morbosos. Un personaje para mentalidades de novela de a diez centavos. Un disfraz —dijo con evidente desdén. Luego tomó un sombrero de copa de la mesa vecina y lo sostuvo en alto—. ¿Quieres ver cómo te queda?

Carver no sabía si gritar o llorar.

—¡Le vi sin sentido en el piso de la calle Leonard! —exclamó por fin, como si la razón pudiera lograr que la imagen que tenía ante sí desapareciera.

—¿Y no eres capaz de suponer algo ahora que ya sabes la respuesta? —preguntó su padre enfadado—. ¿Lo de usar la máquina de escribir para que nadie reconociera mi letra? La actual claro, porque antes del famoso tiroteo era distinta. Respecto a la calle Leonard, Rowena Parker estaba más preocupada por sus plumas de avestruz que por morirse. Fue ella quien me golpeó en la cabeza. Casi me desmayo antes de matarla.

—Lo ha hecho usted. Usted ha matado a esas mujeres...

—Y al señor Tudd. No te olvides de Septimus.

—¿A él también?

—Fue más difícil de lo que pensaba —dijo Hawking algo apenado—. No técnicamente: no sabes lo fácil que es desatar un motín una vez que estás en la cárcel, más que estrangular a alguien en medio del delicioso caos. Ni siquiera supo que era yo. Mejor así, ¿no crees?

—Su propio compañero.

—Es un hecho interesante: la mayoría de las víctimas de asesinato mueren a manos de un conocido. Tudd hizo la suposición más sabia de toda su carrera, pero yo no podía permitir que descubriera el resto antes que tú. Ahí, sin embargo, fuiste de ayuda. ¿Te acuerdas de cómo registraste su cadáver? Sangre de mi sangre —añadió sonriendo.

—Yo no soy como usted —dijo Carver sin demasiada convicción.

—Ya hemos hablado de eso. Claro que lo eres. Te falta un hervor, desde luego. Y no hay duda de que yo soy mucho más divertido —dijo y subiendo la voz para que sonara como la de Thomasine Bond añadió—: Lo siento, el señor Hawking no está. —Ladeó la cabeza—. Thomas Bond fue el único forense convencido de que Alice McKenzie era otra víctima del Destripador. No viste esa pista, ¿verdad?

—¿Por qué? ¿Por qué lo ha hecho?

—Y eso también lo hemos hablado. Era un juego, para ti. Planeado desde el momento en que supe que estabas vivo. Después de Whitechapel, ya no podía ser el detective que pretendía ser, pero mi hijo sí. ¿Por qué no dejarle atrapar al mayor asesino del mundo? Fingí que había nacido en Inglaterra; cuando el barco atracó firmé como Jay Cusack. Luego me convertí en Raphael Trone, envié aquella última carta al Ellis y esperé a que estuvieras preparado para encontrarme. Y aquí estás, al borde de la grandeza, justo donde estaría yo si no me hubieras seguido.

El tren se ladeó. Estaban girando para entrar en la Tercera Avenida.

—¡Usted era un gran detective! —gritó Carver—. ¡Ayudó a impedir el asesinato del presidente! ¿Qué le pasó para convertirse en esto?

Hawking estampó la mano contra la mesa, haciendo vibrar la taza.

—Tú no tienes ni idea, chico, ni idea. Creí que tu madre estaba muerta, y tú también, por supuesto, más mutilados que cualquier víctima del Destripador, y ellos me hicieron creer que lo había hecho yo. Aquel fue mi abismo. Lo salvé, o pienso que lo salvé, hasta aquel último tiroteo. Después de eso me atendieron los mejores médicos londinenses. Me hicieron más fuerte y más inteligente, pero no pudieron curarme el alma. De eso tuve que encargarme yo. ¡Asesinar fue mi única forma de salir del abismo! Pero no creo que tú puedas entenderlo. Todavía no, por lo menos.

82

Carver retrocedió con expresión de repugnancia. Acababa de ver el abismo, por completo. Estaba justo enfrente de él.

Su padre puso cara larga.

—Iba a morir para ti, morir como el Destripador, dejar que Albert Hawking desapareciera como un héroe incomprendido. Pero eso era antes. Ahora, bueno, como ya he dicho, me queda algo por hacer. El juego se ha acabado, Carver. Déjame marchar; no volveré. Te doy mi palabra como padre tuyo.

—No puedo.

—¿Por qué no? —preguntó Hawking levantándose—. Es un solo paso más. Yo estoy preparado para dejar que tú te vayas.

—Yo no soy un asesino.

—Pues para detenerme tendrás que matarme.

—No, no creo.

¡Shiic! El bastón se extendió en toda su longitud, la punta de cobre crepitó.

—¿Otra vez con esas? ¡Pues qué bien! —dijo Hawking, y el largo cuchillo de carnicero apareció en su mano—. Venga, chico, detenme.

Para acabar lo antes posible, Carver dirigió el bastón al rostro de su padre. Se lanzó hacia él, pero Hawking se agachó y golpeó el centro del bastón con el canto de la hoja. El golpe fue tan fuerte que casi arrancó el arma de la mano de Carver, que la agarró con más fuerza y probó de nuevo.

¡Bang! ¡Ping! ¡Clac!

Ambos giraron, saltaron, esquivaron. Hawking no solo sabía algo de esgrima, sino que era más rápido y considerablemente más fuerte. Por mucho que lo intentara, Carver no podía acercarle la punta de cobre. Sin embargo… no hacía falta que lo tocara, ¿verdad? La última vez, Carver solo tuvo necesidad de tocar la hoja del cuchillo. La corriente había pasado por el metal y le había obligado a tirar el arma.

Esperando volver a sorprenderlo, Carver apuntó al cuchillo. Con abrumadora velocidad, el Destripador levantó la hoja y dejó pasar la punta del bastón. Luego, en el último momento, la bajó sobre la punta.

¡Shiic! Crac.

Carver dio un grito ahogado. Hawking había cortado el bastón como si fuese papel. La punta de cobre cayó al suelo; el extremo partido exhaló volutas de humo.

—¿Lo ves? Me has obligado a romperte tu jugueti-to. Qué pena.

Carver pasó la mirada del cuchillo a los ojos de su padre.

—¿Va a matarme?

—No, pero no puedo dejar que me sigas. Así que jugaremos por última vez. Tu inoportuna aparición me

obliga a improvisar, pero creo que sabré arreglárme-
las. —Hawking señaló con el cuchillo en dirección a la
locomotora—. El maquinista está inconsciente. Además de servir para desenganchar vagones, mi aparato
mantiene apretado el acelerador. Es una bella metáfora
de la vida: nadie conduce el tren. Se detendrá cuando
choque contra la Grand Central, lugar en que nuestro infeliz maquinista será aplastado por toneladas de
acero y carbón ardiente, por no hablar de los pobres
atropellados.

Con aire desenvuelto, se pasó el cuchillo de una
mano a otra.

—Así que tú eliges —prosiguió—: te estás quieteci-
to y salvas al maquinista y a los demás o sigues luchando conmigo y nos matamos todos.

—Usted ha dicho que no me mataría.

—Pero no he dicho que te impediría matarte. Ciertas cosas son casi imposibles de parar. Como ocurre,
digamos —Hawking cobró por un instante la diabólica
expresión del Destripador—, con un tren sin control.

Carver apretó los dientes. Las esposas de Roosevelt
le hacían un ruidito metálico en el bolsillo. Las aferró
con la mano para acallarlo.

—Bien, yo me aparto y te dejo marchar —dijo Hawking bajando el cuchillo y retirándose—. Si no te pareces a mí, como quieres creer, solo tienes una opción.

Carver permaneció inmóvil, atrapado por el remolino de sus pensamientos.

—Venga, chico, ¡no podemos quedarnos aquí para
los restos! ¡Decídete... decídete... decídete!

Carver clavó los ojos en la puerta que comunicaba con la locomotora y, tratando de no mirar la oscura forma de su padre, caminó hacia ella, la sobrepasó y abrió la puerta, dando paso al aire invernal y a una bocanada de vapor caliente. Su padre pareció aliviado.

—Serás un gran detective —sentenció—, el mejor después de mí.

Carver abrió la boca como para contestarle pero, en vez de eso, sacó las esposas y cerró una sobre la muñeca de Hawking. Incluso pillado por sorpresa, los reflejos del hombre eran extraordinarios. Se apartó a toda prisa, pero una sacudida del tren le obligó a cambiar el peso del cuerpo a su rodilla lesionada. El rostro se le crispó de dolor y el cuchillo se le escapó de la mano. Carver aprovechó esa pérdida de equilibrio para cerrar la otra esposa sobre el brazo metálico de un asiento.

Solo le faltaba alejarse de él. Carver retrocedió por la puerta delantera, hasta la pequeña plataforma situada entre el vagón y la locomotora. Hawking, furioso, se lanzó hacia delante. El vapor bailaba a su alrededor, agitando su capa negra.

Carver siguió retrocediendo hasta chocar contra la parte trasera del ténder de la locomotora. Los largos dedos de Hawking estuvieron a punto de atraparlo, pero las esposas se lo impidieron. El asesino tiró de ellas como si estuviera dispuesto a arrancarse la mano. Se golpeó el brazo con tanta fuerza que se oyó un ruido de rotura, rechinó los dientes y soltó un alarido salvaje más sonoro que el repiqueteo de la locomotora y el chirrido de las ruedas contra las vías.

Pero después empezó a reírse y dijo:

—¡Excelente, chico! ¡Has esposado al demonio! ¿Y ahora qué piensas hacer con él?

83

Mientras la risa de su padre resonaba a sus espaldas, Carver subió por la escalerilla a la parte superior del ténder. Un humo lleno de carbonilla le cubrió los ojos y le llenó la boca de un líquido repugnante. El tren había dado su última vuelta e iba disparado por la calle 42. Ya se veían las tres torres rematadas por cúpulas de la Grand Central, es decir, el final de la vía.

Carver bajó hasta la puerta abierta de la cabina. El humo disminuyó y él trató de escupir para quitarse el mal gusto de la boca. Una vez dentro, achicharrado por el calor, le asombró la rapidez de su padre para crear tal desbarajuste.

El maquinista, un hombre robusto y mayor, cuyos cabellos y patillas castaño rojizos se mezclaban con las manchas negruzcas de su cara, yacía desplomado, balanceándose peligrosamente con el movimiento del tren. Un chichón sobresalía de un lateral de su frente, pero su respiración irregular le dijo a Carver que seguía vivo.

El chico se volvió hacia los mandos, una serie de palancas y un panel de indicadores, con todas las agujas en la zona roja. Carver no tenía que pensar mucho para darse cuenta de que la caldera podía explotar antes incluso de que chocasen. Registró la cabina, sin reconocer al principio el curioso artefacto metálico de Hawking, porque hacía juego con el resto del diseño.

En cuanto lo descubrió tiró de él con ambas manos. No se movía. Encontró una palanca, introdujo la parte plana entre el artilugio y la locomotora y empujó. Nada. Se dejó caer sobre ella con todas sus fuerzas. Ni la palanca ni el aparato cambiaron de posición.

Ya en la recta final, el tren dejó de balancearse y ganó velocidad. Por debajo del tramo elevado, los viandantes levantaban la vista, estupefactos. Carver era consciente de la inutilidad de recurrir a ellos, pero necesitaba ayuda.

Se volvió hacia el hombre tumbado y lo zarandeó.

—¡Despierte! ¡Despierte!

La cabeza del maquinista giró como si apenas estuviese conectada al cuello. Había un maletín de comida en el suelo del que sobresalía una botella. Carver la abrió y le echó el contenido sobre la cabeza antes de percatarse de que era whisky.

Cuando el alcohol salpicó la rubicunda cara del hombre, las chispas volantes de la caldera amenazaron con prenderle fuego. Frenético, Carver intentó secar el líquido con su camisa. Mientras lo hacía, el hombre escupió y, al ver a Carver, gritó y sacó un revólver del gran bolsillo frontal de su mono de trabajo.

—¡No he sido yo! —protestó Carver—. ¡Yo no le he atacado! ¡Tiene que ayudarme a detener el tren!

El hombre lo miró con un tremendo recelo hasta que el chico señaló la palanca encajada en el artefacto de latón. Entre los dos la agarraron y empujaron. El maquinista era bajo, pero de brazos fuertes. Mientras empujaba sus ojos se agrandaron tanto que parecían a punto de salírsele de las órbitas. Ambos soltaron la palanca jadeando. El artefacto seguía sin moverse.

—¡Déjalo! —dijo el maquinista. Miró por la puerta al borrón de las vías y después al frente. El gran edificio de la terminal se agrandaba por segundos—. ¡Tenemos que saltar!

Carver asintió y, al instante, recordó a su padre. Era un asesino espantoso y enloquecido pero también había sido su mentor y, de cierta forma enfermiza y retorcida, había intentado ocuparse de él. Dejarlo morir esposado a un tren sin control parecía algo propio del mismísimo Destripador.

—¡Tengo que buscar a una persona! —gritó.

—¡Tráela rápido! —dijo el maquinista dirigiéndose a la puerta.

—¿Me deja el revólver? —preguntó Carver deteniéndolo.

El maquinista se encogió de hombros y se lo dio. Un segundo después su cuerpo pequeño y macizo rodaba y rebotaba por los raíles. Carver no tenía tiempo de comprobar si había sobrevivido: la estación estaba a menos de cuatro manzanas.

Volvió a salir al aire frío y lleno de humo, recorrió el ténder en sentido opuesto y entró al vagón esgrimiendo el revólver amartillado. Había trazado un plan. Le tiraría las llaves a su padre, que se quitaría solo las esposas y podría saltar por su cuenta. No era gran cosa, pero no se le ocurría nada mejor.

Sin embargo, el umbral estaba desierto y el resto del coche también. Su padre se había ido, la puerta del fondo del vagón seguía abierta. Solo quedaban las esposas, una en el brazo del asiento y la otra colgando, el metal lleno de sangre.

¿Se habría roto la mano para escapar?

Por delante, el túnel que llevaría el tren a Grand Central se agrandaba como las fauces de un monstruo hambriento. Pequeños borrones móviles que Carver tomó por gente correteaban y saltaban para quitarse de en medio. Se acercó a la puerta por la que había saltado su padre. En el momento en que el tren se adentraba como una flecha en la oscuridad, Carver saltó al vacío sin tener ni idea de adónde iría a parar.

84

Más que golpear las vías, Carver rebotó sobre ellas como la piedra arrojada a la superficie de un estanque. Se alzó una vez, dos y una tercera antes de caer de lado. Oyó el golpe de la locomotora al chocar contra el tope de hormigón y oyó que seguía avanzando.

Fue el primero de varios impactos ensordecedores.

Levantó la cabeza a tiempo de ver que la máquina se inclinaba al final de la vía arrastrando con ella al vagón. Hubo un segundo estruendo, aún mayor, cuando el morro de aquella cayó violentamente sobre el suelo de mármol de la terminal.

Al tiempo que el vagón empezaba a inclinarse, la gente empezó a gritar. El coche no desapareció totalmente de vista. En vez de eso, después de un ruido algo menos fuerte, se detuvo y se quedó colgando. Carver supuso que había chocado contra el ténder de la locomotora.

El cuarto y último estrépito fue el más horrendo. La caldera de la máquina, debilitada por la presión, la caída y el golpe del coche, acabó por explotar. Hubo un estruendo retumbante, un único golpe en un inmenso tambor, seguido por una ráfaga de aire caliente, una nube de humo y una llamarada.

Para Carver fue como si su padre, en un último acto de crueldad, hubiera abierto la boca del infierno.

85

Hubo cuarenta y siete heridos pero, milagrosamente, ninguna víctima mortal. Carver se granjeó varios cortes profundos y múltiples cardenales de todos los colores, pero nada que requiriera reposo en cama. Timothy Walsh, el desventurado maquinista, solo se rompió la muñeca. Cuando Carver le visitó para devolverle la pistola, él hombre le dijo alegremente que había salido ganando, en concreto una gran aventura que podría contar una y otra vez.

Una semana después Carver estaba sentado con Delia, Finn y el Comisionado Roosevelt en la plaza de la vacía sede central de la Nueva Pinkerton. El olor a quemado de la máquina analítica había desaparecido hacía tiempo y el aire estaba relativamente limpio. Era la primera visita de Roosevelt y Finn, y todavía en ese momento, una hora después de su llegada, ambos seguían lanzando miradas al metro neumático parado con elegancia en el andén.

Carver había sacado a la plaza la butaca más cómoda de Tudd para que Roosevelt se sentara, pero este prefería dar zancadas a su alrededor, con la chaqueta abierta y los pulgares metidos en la cinturilla del pantalón.

—Es sin duda un buen sitio, señor Young, refinado y tranquilo —dijo el Comisionado—. No obstante, aún ahora sigo oyendo el barullo de la calle Mulberry, como oye uno el fragor del mar al ponerse una caracola en la oreja. El deber nos llama, deberíamos empezar.

Dio golpecitos a un archivo situado sobre la mesa y lo empujó hacia Carver.

—Como he dicho —prosiguió—, me he puesto en contacto con la Agencia Pinkerton para ver qué podían contarme del señor Hawking, sin mencionar, como se me había pedido, el dinero que Allan Pinkerton legó para fundar este sitio.

Carver agarró la carpeta y miró ansiosamente las páginas. Delia hubiera querido mirar por encima de su hombro, pero se limitó a preguntarle a Roosevelt:

—¿Qué ha descubierto usted?

Roosevelt se encogió de hombros.

—Insinuaciones, señorita Stephens, rumores. La doble vida no era nada nuevo para Hawking. Los Pinkerton se sirvieron de agentes secretos en la guerra de Secesión para luchar contra las bandas de forajidos y, cuando la agencia creció, contra las bandas criminales de Nueva York. A finales de la década de 1870 encargaron a Hawking que se infiltrara en un grupo responsable de secuestros y otros actos violentos contra mujeres. Estuvo con ellos durante años, actuando como uno de ellos, dando chivatazos a la agencia de los peores crímenes. Con el paso del tiempo, y en contra de la opinión del propio Pinkerton, Hawking contrajo matrimonio. En 1881 el jefe de la banda descubrió la identidad de Hawking.

—El año de mi nacimiento —dijo Carver tenso.

Roosevelt suavizó el tono:

—Según ese expediente, es también el año en que la esposa de Hawking fue brutalmente asesinada. En aquella época esperaban un hijo.

—Era mi madre —dijo Carver—. Según Hawking, le convencieron de que la había asesinado él.

—Pues si se consideraba el asesino, no confesó. Por lo visto se volvió excéntrico, imprevisible, aunque como detective siguió siendo brillante. Eso es todo lo que sabemos, aparte de lo que tú mismo me has contado sobre la fundación de la Nueva Pinkerton y el tiroteo final que lo dejó malherido —dijo Roosevelt, y tras pensar un momento añadió—: Si yo fuera jugador, apostaría a que la muerte de su esposa lo destrozó y que esa batalla final lo puso en el disparadero y lo convirtió en un asesino despiadado. —Roosevelt miró a Carver significativamente antes de decir—: Pero cuando tratamos de algo tan importante como la identidad del asesino más odiado del mundo, no es adecuado hacer apuestas.

—No, no lo es —convino Carver—. Tiene que haber algo más.

—Por ahora habrá que conformarse con esto. Al haber cumplido su propósito, es posible que Hawking desaparezca como te prometió. Sin embargo, mi gente me ha dicho que este tipo de salvajismo no puede reprimirse durante mucho tiempo. Al final encontrará una razón para volver a matar; pero como se le ocurra hacerlo en esta ciudad, estaremos aquí para detenerlo, armados de valor, aliados e información.

—Quiero seguirlo —dijo Carver.

—Lo entiendo, pero no sé cómo podrías hacerlo. Al no disponer de la menor pista de su paradero, el próximo movimiento es suyo, me temo. Hasta que lo haga, yo te aconsejaría que te quedaras aquí, estudiando y creciendo —dijo Roosevelt y miró a Carver con admiración—. Puede que aún seas joven, pero ya tienes mucho más de hombre.

El Comisionado miró su reloj de bolsillo y añadió:

—Tengo que volver. Cuando me vaya, puedes contactar con la gente que trabajaba aquí que consideres digna de confianza. Aunque haya que mantener sus identidades en secreto hasta para mí, puedo estar al tanto de sus actividades.

—Sí, señor —contestó Carver.

—¡Magnífico! —exclamó Roosevelt y estrechó con firmeza la mano del chico—. Estará bien contar con una fuerza así. La corrupción de esta ciudad sigue siendo amplia, variada y tan dispuesta a destruirnos como nosotros a ella. Pero ahora puedo decir, con más confianza que nunca, ¡que va a perder la batalla!

Dicho esto, el Comisionado enfiló a zancadas hacia el metro.

Antes de marcharse se volvió para decir:

—Recuerde, señor Young, no more en la oscuridad. ¡Actúe!

Los saludó con la mano, entró en el vagón y cerró la puerta.

Poco después la abría de nuevo, asomaba la cuadrada cabeza y preguntaba:

—¿Aprieto la palanca de debajo del asiento y ya está?

—Sí, señor —respondió Carver con una sonrisa.

—¡Espléndido! Alice envía recuerdos —dijo Roosevelt.

Delia hizo una mueca al oír el nombre. Poco después el vagón desaparecía por el túnel, tan silencioso como el aire que lo propulsaba.

—Debería presentarse a las elecciones para Presidente —dijo Finn, y se volvió hacia Carver—. Lamento lo de tu madre.

—Ni siquiera sé cómo sentirme respecto a eso. No la conocía.

Cuando Carver se sumió en un silencio inquietante, Delia hizo una seña a Finn, que obedeció y le golpeó en el brazo.

—¡Au! —protestó Carver—. ¿A qué viene eso?

—A nada. ¿Cómo sienta estar al mando?

—No creo que esté al mando —contestó Carver mirando alrededor—. Más bien seré el enlace entre la Nueva Pinkerton y Roosevelt. Yo no tengo ni idea de cómo se dirige un sitio así.

—Todavía —precisó Delia. Como estaba sentada a su lado, empezó a pasar las manos por el raído abrigo que Carver había dejado en el respaldo de la silla.

Carver sacudió la cabeza para volver al presente y dijo:

—Vamos a empezar por Emeril. Él es quien debería estar al mando. Y después el señor Beckley; alguien tiene que limpiar el ateneo.

Se estremeció al pensar en el lío que Delia y él habían formado.

Delia seguía pasando los dedos por los desgarrones del abrigo.

—Todavía no sé cómo me sienta tener que mentirles a los Ribe sobre esto, pero es importante —dijo mientras su dedo índice encontraba un gran agujero—. Carver, ¿por qué sigues llevando esta cosa tan vieja?

—Porque era suya. Es un recuerdo.

Delia se enrolló la tela en los dedos.

—Se está cayendo a pedazos. Apesta a carbón. ¿Quieres que te remiende algún...? —se calló de repente y miró a Carver.

—¿Qué? —dijo él.

—Hay algo en el forro.

Carver quitó el abrigo del respaldo y lo abrió sobre la mesa. Al apretar la tela se hizo visible una silueta rectangular. Demasiado impaciente para buscar una navaja o unas tijeras, Carver descosió el forro por la costura y extrajo un paquete.

—No me lo puedo creer —dijo.

—¿No deberíamos buscar huellas? —sugirió Delia, pero Carver ya lo había desgarrado. Contenía las *Memorias de Sherlock Holmes*, de Arthur Conan Doyle.

—La nueva colección —dijo Carver perplejo—. ¿Me ha hecho un regalo?

Mientras hojeaba las páginas de forma inconsciente, cayeron tres hojas. Una era la carta que había encontrado en el orfanato, otra un facsímil de la carta *Querido Jefe* de Londres, aunque la copia parecía haber sido arrancada de un libro, y la tercera una carta nueva, aunque escrita con los garabatos habituales.

Finn y Delia lo rodearon mientras la leía.

Desde el Abismo

Tres recuerdos. El primero lo escribí en Londres cuando planeaba el juego. El segundo lo arranqué del libro de una biblioteca. Malo de mí.

He mentido un poquito, pero ¿tengo acaso la culpa? Tu madre nunca me perdonaría que me fuese a la horca sin dar recuerdos. Resulta que quizá esté viva.

Atentamente

... ya sabes quién

Carver miró un buen rato la carta antes de decir:

—Mi padre.

—... está como una cabra —completó Finn.

Delia cabeceó en dirección al archivo de Roosevelt.

—Al menos ahora sabes que alguna vez fue un buen hombre.

—Eso es lo que más me preocupa de todo —dijo Carver—. Si él ha podido cambiar tanto, ¿por qué no puedo cambiar yo?

—Porque tú no quieres —dijo Delia—. Pase lo que pase, tú seguirás siendo Carver Young.

The New York Times

20 de enero de 1889.

«JACK EL DESTRIPADOR» COMUNICA AMABLEMENTE QUE INICIARÁ SUS ACTIVIDADES EN GOTHAM[1].

El siguiente y mal escrito comunicado fue recibido por el comisario Ryan en la comisaría de la calle 35 Este ayer por la tarde:

Comisario Ryan:

Usté se cree que «Jack el Destripador» está en Inglaterra, pero no es así. Estoy aquí mismo y espero matar a alguien el próximo martes, así que esperenme con sus revólveres, que yo tengo un chuchillo que ha hecho mucho mas que sus revólveres. Pronto oirán hablar de una mujer muerta.

Atentamente

Jack el Destripador

DESTRIPADOR

El comisario recibió la carta hacia las dos de ayer. Llegó por correo, con dos sellos en el sobre, aunque faltaban dos centavos. El comisario Ryan no pudo distinguir el matasellos, sacó una copia y la envió a la jefatura de policía.

---

[1] *Gotham: apodo de la ciudad de Nueva York que usó por primera vez Washington Irving en 1807, en su revista satírica* Salmagundi *(N. de los T.).*

GLOSARIO DE PERSONAJES Y ARTILUGIOS

Oye, la tira de autores de ficción se toman libertades con la historia para que la novela sea entretenida. Cambiamos detalles de gente famosa, inventamos nuevas tecnologías, imaginamos guerras, alienígenas, monstruos y lo que haga falta. Todo es poco para mantener al lector pegado a la página. Pero aunque tu humilde escritor es también culpable de esos cargos, al investigar al Destripador encontré fascinación por arrobas en la realidad pura y dura. En consecuencia, gran parte de los aparatos, así como muchos de los detalles referentes a los personajes históricos de esta novela son históricamente exactos. ¿Qué es real y qué no? ¡Algunas de las respuestas te sorprenderían! (bueno, a mí sí...).

Jack el Destripador

Pues sí, el primer asesino en serie mundialmente famoso existió, no fue atrapado y su identidad sigue siendo un misterio que ha alimentado cientos de libros, novelas y películas. Los detalles sobre sus abyectos crímenes londinenses son ciertos y también lo es la en teoría sexta víctima, Alice McKenzie. Dos de las cartas supuestamente escritas por él se reproducen en esta novela de forma literal. Aunque los asesinatos de Nueva York son ficticios, en 1895 todo el mundo seguía recordando a Jack, y más de un periódico se preguntaba si alguno de los asesinatos más truculentos de la época no serían obra suya. Sin embargo no tuvo ningún hijo, que se sepa, y, dada su actitud hacia las mujeres, es improbable que lo tuviera. ¿Estuvo alguna vez en Nueva York? Quizá. Un sospechoso llamado Francis Tumblety volvió allí tras los asesinatos de Whitechapel y, por petición de Scotland Yard, la policía neoyorquina lo vigiló una temporada.

Allan Pinkerton

La emocionante carrera del primer detective privado de Estados Unidos es muy parecida a la descripción que el señor Hawking hace de ella, incluyendo su debilitante apoplejía, su notable recuperación y su enfrentamiento con sus hijos para controlar la agencia que había creado. Sí es una invención que legara una cuantiosa cantidad a los agentes de ficción Hawking y Tudd para fundar la Nueva Pinkerton, pero me gusta pensar que le hubiera encantado la idea.

Teddy Roosevelt

Después de ver a este hombre bullanguero y de sonrisa dentuda a quien el osito de peluche (Teddy Bear) debe su nombre, retratado en películas como *Una noche en el museo*, me figuraba que sus gritos y sus hazañas eran una exageración. Qué va. El TR de carne y hueso es la figura más excitante que he tenido el gusto de conocer en los libros. He reproducido con exactitud los detalles sobre él y su vida, citándolo incluso cuando era posible. Es cierto también que fue Comisionado de la Policía de Nueva York y que se asomaba por la ventana de la jefatura de la calle Mulberry gritando ¡yieeeii! para atraer la atención de la prensa. Más adelante fue Secretario Adjunto de la Armada, Vicepresidente y, cuando el Presidente McKinley fue asesinado, Presidente de Estados Unidos. Pero esto no es ni la mitad de la historia. Fue un gran cazador que participó incluso en una expedición para encontrar a un monstruo.

Alice Roosevelt
Se dice que la hija mayor de Roosevelt, una figura extravagante y problemática para su padre durante toda la vida, solía decir: «Si no puedes hablar bien de nadie, siéntate a mi lado». Creo que la frase la retrata con bastante precisión, aunque dudo que la dijera a la temprana edad con que figura en este libro. Es más posible que una jovencita tan vital sintiera inclinación por alguien como Carver. Otra de sus frases preferidas era: «Mi filosofía es muy sencilla: llena lo que está vacío, vacía lo que está lleno y ráscate donde te pique».

Metropolitano neumático de Alfred Beach
Ya, ya, la sede de la Nueva Pinkerton es puro cuento, pero el asombroso tren que conduce hasta ella no. El Sistema de Transporte Neumático de Beach existió tal y como se describe. En 1870 se accedía al mismo desde el Devlin's Clothing Store (comercio de ropa para caballeros), situado en la esquina de las calles Broadway y Warren. En su primer año de vida, unos 400.000 viajeros recorrieron el corto trayecto que acababa en una vía muerta. Se rumorea que Beach no consiguió fondos para

continuar el trazado porque no sobornó como era debido al corrupto gobierno municipal, aunque fuentes más fiables afirman que no encontró apoyo financiero debido al crac del mercado bursátil. El primer metropolitano subterráneo estadounidense ha sido inmortalizado en la canción *Sub-Rosa Subway* del grupo canadiense Klaatu y goza de una breve aparición en *Cazafantasmas 2*. Aunque ya no existe, en 1912 la estación y la vía se excavaron para hacer sitio a un metro nuevo. Mirando un poco en internet se encuentran imágenes del vagón cilíndrico (por ejemplo, en el vídeo *Pneumatic Transit* de YouTube), sobre todo si buscamos «Beach pneumatic transit».

Ascensor neumático

Yo creí que era invención mía, pero parecía una consecuencia tan lógica del metro neumático que no podía estar seguro. Por eso miré en internet, y de hecho hay unas cuantas compañías actuales que fabrican estas monadas. Se les llama elevadores neumáticos de vacío y suelen fabricarse para casas particulares y un único pasajero. Sin embargo, hacia 1895 no hay ningún documento que acredite su existencia.

Tubo acústico

El tubo acústico del despacho de Tudd en la Nueva Pinkerton era un medio de comunicación habitual en barcos y oficinas desde el 1700. Eran de metal, caucho o incluso lino, y a principios del siglo XX seguían usándose en muchos lugares.

Periscopio de oficina

Desde la subterránea Nueva Pinkerton se ve la calle a través de lo que Tudd describe como un periscopio. Aunque la recepción en el espejo, los tubos curvos y la distancia involucrada son licencias literarias, el periscopio es un instrumento óptico (consistente en un tubo vertical con espejos o prismas) que lleva siglos dando vueltas por ahí. Johannes Gutenberg, más conocido por su imprenta, ya se los vendía a los peregrinos allá por la década de 1430 para que vieran algo por encima de las cabezas del gentío en las festividades religiosas.

Correo neumático

La idea de enviar objetos utilizando aire para desplazarlos por un tubo fue inventada por William Murdoch hacia 1799. A todo el mundo le encantó, pero no fue realmente útil hasta la invención de la cápsula en 1846. Eso sí que fue grande. El correo neumático se popularizó enseguida en las oficinas y siguió utilizándose hasta 1960. En los últimos tiempos, un McDdonald de Medina, Minnesota, anuncia que entrega los pedidos por correo neumático, pero no sé yo las bebidas...

Fonógrafo

Aunque hubo algunos precursores fascinantes, el exitoso aparato de Edison para grabar y reproducir sonidos data de 1877. En 1895 su uso estaba bastante extendido, sobre todo entre los hombres de negocios para grabar sus dictados. El público normal podía disfrutarlos en los salones descritos por Carver, donde por cinco centavos escuchaban la música grabada en el cilindro.

Electrobastón

En términos de tecnología disponible, el electrobastón de Carver es el único anacronismo de esta obra, eso, sí de tomo y lomo. Para aturdir o dejar sin sentido a un hombre se necesitan unos dos millones de voltios y en esa época no disponían de las baterías necesarias para acumular tanta carga: la pila de cinc carbono, comercializada en 1896, producía tan solo 1,5 voltios. Las llamadas armas de electrochoque (pistolas, porras…) no aparecieron hasta 1970. Pero, oye, ¿en un laboratorio secreto con un montón de recursos, quién sabe qué tramarían?

Ganzúa automática

Las ganzúas son tan viejas como las cerraduras (4.000 años lo menos) pero, por lo que yo sé, la automática que tan bien le viene a Carver es invención mía. En la actualidad las hay eléctricas, así que no veo por qué no pueden inventar una automática. Ahora que, como venga en kit, no seré yo quien la monte.

Carruaje eléctrico

Aunque puede ser el vehículo del futuro, fue también el del pasado. No muchos se dan cuenta, pero hubo una competición de treinta años entre los ruidosos y apestosos motores de gasolina y sus tranquilos homólogos de pilas. La batalla duró desde la década de 1890 hasta la de 1920. Después de algunos ajustes, el motor de gasolina proporcionaba bastante más autonomía y velocidad, así que ganó la batalla. En Nueva York no aparecieron carruajes eléctricos hasta 1897, dos años después de la fecha de esta novela, pero si una agencia secreta de detectives no puede conseguir unos cuantos por adelantado, ¿quién si no?

Aparato ferroviario de Hawking
El aparato de latón con tantas piezas y tornillos que Albert Hawking pasa horas y horas limpiando y montando es, por desgracia, totalmente ficticio. Parte de la idea procede de la película *Pelham 1, 2, 3*, en la que utilizan un instrumento similar para que el tren avance sin maquinista. Dicho esto, tampoco es tan descabellado. En los primeros tiempos del ferrocarril, los maquinistas cambiaban de vía golpeando la palanca del cambio de agujas con un palo grueso o similar cuando pasaban por su lado; y no se me ocurre una razón que impida desenganchar los vagones con la herramienta adecuada.

Armas de hojalata
Un poco más de extravagancia. Los motores y otros mecanismos existían en aquel tiempo, pero una pistola de cuerda da como un poco de miedo, ¿no?

Centralita telefónica de la jefatura de policía
Como se dice en el libro, una vez que finalizó la patente de Alexander Bell sobre el teléfono, hubo una

avalancha de compañías que daban servicio, como ocurre actualmente con los móviles. La gran diferencia es que entonces se necesitaban cables para conectar todos los teléfonos. Los grandes edificios de oficinas, gubernamentales o no, se volvían locos para conectarse, por lo que siempre disponían de centralita propia. La versión que Carver utiliza es un modelo de la época descrito en un viejo catálogo que descubrí durante mi investigación.

Máquina analítica

Aunque me he tomado la libertad de imaginarla manipulando una gran base de datos, la máquina analítica, o primer ordenador del mundo (alimentado por vapor), es real, en el papel al menos. Fue diseñada en 1837 por el matemático inglés Charles Babbage, aunque por desgracia no pudo construirla en vida. Según sus planos, el programa debía introducirse mediante gruesas tarjetas perforadas (que en aquel tiempo se utilizaban ya para automatizar telares, al modo del cilindro de una pianola). Necesitaba además una impresora y una campanita para indicar que había acabado la tarea. Babbage unió algunas piezas antes de su muerte, en 1871. En 1910 su hijo Henry construyó un modelo más grande y lo usó para imprimir la respuesta (incorrecta) de un problema matemático. Hasta 1991 no se construyó la versión completa, obra del London Museum of Science. En internet hay fotos y, permíteme que te lo diga, es lo más molón del mundo... más o menos como el vapor del steampunk.

Agradecimientos

Destripador ha sido un viaje maravilloso y enloquecido a través del tiempo y de los mitos, cuyo billete me han regalado tres personas igual de locas y maravillosas. Joe Veltre, que ha hecho un trabajo fantástico representando mis libros desde hace mucho y me hizo un favor especial al ponerme en contacto con el siempre intrépido y entusiasta Pete Harris y con la quintaesencia del sentido común editor, es decir, Michael Green. El apoyo de Pete y la guía de Michael han hecho que trabajar en este libro resultara de lo más agradecido.

Rebuscar en la tecnología del siglo XIX también me dio la ocasión de conocer algunas obras de consulta magníficas. He estudiado viejos mapas, horarios de trenes, manuales de centralitas telefónicas y muchas cosas más, pero quiero resaltar cuatro obras. En términos de veracidad, el exhaustivo *Complete History of Jack the Ripper*, de Philip Sugden (Constable & Robinson, 1994) y el maravillosamente evocador *Commissioner Roosevelt* de H. Paul Jeffers (Wiley & Sons, 1994). En el lado de la ficción, he disfrutado en especial de dos novelas ambientadas en el Nueva York de la década de 1890, *El alienista* de Caleb Carr (Zeta Bolsillo, 2006) y la menos conocida pero no menos valiosa *La banda de la misericordia* de Michael Blaine (Roca Editorial, 2005).